カリベユウキ

マイ・ゴーストリー・フレンド

MY GHOSTLY FRIEND

早川書房

マイ・ゴーストリー・フレンド

カバーデザイン／坂野公一（welle design）
カバー写真／©Adobe Stock

目次

登場人物

町田佐枝子……………売れない女優
綿道……………………ホラー映画の脚本家
真野友平………………現地スタッフの大学生。映画研究会
薮崎健司………………真野の映画研究会の先輩。笹原博物館の元バイト
菜津美…………………薮崎の妻。大手出版社の週刊誌編集者
春日ミサキ……………ファミレスのウェイトレス
栗川圭司………………ファミレスのウェイター
アラン・スミシー……ラフカディオ・ハーンに興味のある語学教師
長村重利………………埴江田団地の管理人
正木兼良………………啓華大学考古学教授。笹原博物館顧問
能坂家利………………笹原博物館館長。ピュラー出版社長
S氏……………………団子坂の生首騒動のあった邸宅の主人
靖子……………………S氏の愛人
直哉……………………靖子の連れ子
アプロディーテ………団地に住む主婦
結城敬一郎……………佐枝子の元カレ
有澤冬治………………異端の学者。故人

プロローグ

窓から海が見える。

永遠を体現したような、その果てしのない青の運動を受け止め、慰撫《いぶ》するかのごとく続く真っ白い砂浜の遥《はる》か遠くには、風力発電の風車が白い巨体を連ねている。昼下がりの微睡《まどろ》みに支配されたのか、ぼそぼそと話す教師の声以外は物音ひとつしない教室の隅で、少女は窓の外からつと目を離し、ノートの片隅に走り書きした。

『ここは、どこでもない場所。世界の果てにある学校』

ほどよい距離を保って教室の机を埋める数人の生徒たちの大半は眠るかスマホをいじるかのいずれかで、誰も授業をまともに聞いていない。ただ、うつむいて語り続ける教師の口調に、不意に場違いな熱意の発露を聞いた気がして、少女は顔を上げた。

「DNAは生命の設計図です。では、DNAには何が書かれているか知っていますか？」

ほとんどの者が何の反応も示さない授業で、教師は虚空《こくう》に向かって問いかけていた。

「DNAに書かれていることは、生物を構成するタンパク質の作り方です。タンパク質は二十種類のアミノ酸によってできあがります。この二十種類あるアミノ酸のどれを使い、どの順番で組み合わせるか、それをDNAが指定しているのです」

どうやらこれは生物の授業らしいと少女は遅まきながら思い出す。だが、どの学年のレベルに合わせたものなのかは判然としない。そもそも、ここに集まった生徒たちはお互いの正確な年齢すら把握《はあく》しておらず、学年という枠組から逸脱《いつだつ》している。

「ＤＮＡは四つの文字コード的なもの、すなわち、Ａ、Ｔ、Ｇ、Ｃの塩基から成り立っています。つまり、この四つによって二十種類のアミノ酸を指定していることになります。

ここで皆さんは疑問に思わないでしょうか？　なぜ、四つしかないものが、二十種類のアミノ酸を指定できるのか、と」

皆さんって誰に向けて言っているのだろうと思っていると、教師がふと視線を浮遊させ、少女を一瞥《いちべつ》したので鼓動が乱れた。

「四つしかないものが、二十種類のアミノ酸を指定できるのは、それが『言語化』されているからです。つまり、ＤＮＡには言語のように文字の組み合わせによる『単語』が存在します。ＤＮＡの並びがＡＧＡならアルギニンというアミノ酸、ＣＡＡならグルタミンというように。

このＡＧＡは『単語』のつづりであり、それが『意味』するアミノ酸に変換されることは、生物学では『翻訳』と呼んでいます。地球上の全生物において、このＤＮＡの『翻訳』は同じ結果となります。

これは何を意味するのでしょう？」

再び教師が視線を投げかけたので、問いかけるのが好きな先生だと思いつつ少女は肩をすくめて見せた。細身の中年教師は口もとに思いのほか柔和な笑みを浮かべると、淡々と話を続けた。

「ＤＮＡという言語を翻訳するための『辞書』は、どの生物においても同じものが使われているということです。

同じアルファベットの文字列でも、英語なのか、ローマ字なのか、いずれの『辞書』を使うかで、まったく意味は異なってきます。しかし、ＤＮＡにはそのような別種の『辞書』は存在しないということです。

また、文字であるからには、その『読み手』を必要としています。『読み手』がいない文字列は、解読不能の古代文字と同様、意味をなしませんから。

だから、DNAにおいても『読み手』が存在します。DNAの『読み手』は、DNAとセットで存在し、その『読み手』はDNAの必要な部分をコピーして翻訳、つまりタンパク質を生成するという作業を担っています。この『読み手』の存在と翻訳作業のことを、生物学では『セントラル・ドグマ』と呼んでいます」

ノートに『セントラル・ドグマ』と書きつけてみる。試験に出るだろうか？　でも、少女が試験を受ける予定はない。ここの学校で試験なんてあったためしはないから。

「では、ここで生命にとって、なぜDNAが必要不可欠なのかを考えてみましょう。

この宇宙において、生命の誕生は、いろいろな偶然が重なって起こったと思われます。しかし、それは並大抵《なみたいてい》の偶然ではない。ある学者はその偶然を、スクラップ置き場にハリケーンが繰り返し襲来した結果、飛行機ができあがるようなものだと言いました。

しかし、我々がここにこうして存在していることを考えるなら、そのような偶然は起こったと見なすしかない。この偶然の問題を掘り下げるために、サイコロを例に出して考えてみましょう」

相変わらず授業を聞いている者は彼女ひとりしかいない。他の者は皆、存在の気配すら消していた。

「サイコロで六の目しか出さないロボットは作れると思いますか？

答えは、作れます。

ロボットの手がサイコロを持つときの向きと位置、高さ、仕草を完全に再現し、風や温度、湿度、落下する床の状態を同一に保つことができるなら、そのロボットは、六の目を出し続けるでしょう。

では、ロボットが『六の目を出したときの状態』を完璧に再現するために何が必要かというと、それは『六の目を出したときの状態』の正確な記録です。この記録さえあれば、ロボットは何度でも再現できます。

最初の生命は、サイコロを振り続けて一億回、六が続くような『偶然』のなかで誕生したと思われます。さっきも言いましたように、ここでは、その『偶然』はとにかく起こったのだという立場をひとまず取ることにします。しかし、そのような極めて稀有《けう》な『偶然』が起こったとしても、何度も再現できなければ、結局は生命活動を維持できない。

再現するには、ロボットの例と同様、記録が必要です。記録するには『言語』的な何かが必要であり、つまり、それがDNAなのです」

科学の授業というより、どこかしら新興宗教の怪しい説法でも聞いているような気分に陥《おちい》りながらも、いつしか少女は熱心に聞き入っていた。教壇と教室の隅という距離こそ隔《へだ》てられているものの、今や教師は少女に向かって語りかけ、問いかけていた。まるで彼女こそが答えを知っているかのように。

「それでは、ここで問題です。

その宇宙史的にも極めて稀有な『偶然』を、『誰』が最初に『記録』したのか？

生まれたばかりの生命が刻《きざ》みつけたのでしょうか？

それとも、別の何かが手を貸したのでしょうか？」

第一部

1

町田佐枝子《まちださえこ》、二十八歳、役者志望。東京に出て苦節十年、セリフのあった役は張り込み中の刑事に話しかけるうどん屋の店員で、そのセリフは「二つで充分ですよ」の一言。あとはひたすら通行人、通勤客、火事場の野次馬、死体……つまりエキストラ。

佐枝子にまったく女優としての見どころがなかったわけではなく、黙って澄ましていれば時代劇の薄幸な姫君なんて役どころも様になりそうな清楚《せいそ》な面立《おもだ》ちで、すっと背筋を伸ばした立ち姿はスレンダーな体型と相まってなかなかの凜とした佇《たたず》まい。セリフの覚えもいい方で、サバサバした物言いは色気があるとは言い難かったものの、どこかしら物問いたげな眼差《まなざ》しはクルクルと表情が変わり、愛嬌《あいきょう》もある。ところが山ほど受けてきた映画、テレビ、CM、舞台のオーディションでは「いいんだけどねえ、でも何か足りないんだよね。他にはなく、あなたにしかない個性っていうの、内面から湧き出るパッションというかオーラというか、ハッと振り返らせる一瞬の閃《ひらめ》きというか、とにかく決定的なピースが何か欠けているんだよねえ」と評されるのが常で、その決定的に欠けているピースが何であるかは今日に至るまで佐枝子にとっては解き得ぬ謎だった。

連戦連敗のオーディションですっかり心が折れそうになりつつも、気丈にというか、往生際《おうじょうぎわ》悪くというか、佐枝子はなんとか女優への道を諦めることなく崖《がけ》っぷちで踏み留まっていた。ところが、そんな佐枝子を崖から突き落とす出来事が到来する。

ついにインディーズ系だが主役がもらえそうだからカメラテストに行ってこいと事務所の社長に言われて意気揚々《いきようよう》と出向いた先が、なんとインディーズ系アダルトビデオの現場だったのだ。あまりのことに佐枝子は意識を失いかけ、それでもどうにか堪《こら》えて周囲を窺《うかが》うと、眼前にはブリーフ一枚の男優がすでにスタンバイしており、数名のスタッフは部屋の隅に散ってなし崩し的に本番のカメラを廻し始めようとしているではないか。

自分のどこにそんな機転と力が宿っていたのかは分からないが、佐枝子は無意識のうちに手近にあった電気スタンドをもぎ取るように握りしめると、近づいてきた助監督を容赦なくそれで薙《な》ぎ払った。勢いで放り投げてしまった電気スタンドとともに助監督の体もすっ飛んでいき、よく分からない叫びを上げて突進してきた男優の鼻面には正面から頭突きを見舞ってあっさりとのした。この身のこなし、落選はしたがいつか受けたアクション映画のオーディション時の立ち回りが役に立ったのかもしれない。現場が混乱するなか、佐枝子は窓を開けて躊躇《ちゅうちょ》なくそこから飛び降りた。

幸い、そこはマンションの二階で、下は草地だったため大事に至らず、すぐに起き上がって駆けだした。間髪入れず、ヤクザっぽいカメラマンの手下が次々に窓から降ってきて追って来る。デタラメに街を駆けて、ちょうど滑りこんで来たバスに飛び乗り、また適当なバス停で降りてどうにか追っ手を撒《ま》いた。だが、それから数日間は自宅アパートの周辺にも強面の男たちが張り込んでいたため、佐枝子は遠巻きに観察するだけで部屋には帰らず、昔の男の家を転々として身を隠した。

とはいえ、散々な別れ方をしてきた男たちの態度は一様に冷たく、早々に行き場を失って路頭に迷うはめになる。警察に相談しようにも、電気スタンドを使って暴力を行使した引け目があって、どうしても二の足を踏んでしまう。佐枝子にとってまるで悪夢を見ているようなこの数日間は、果てしなく落下するジェットコースターにでも乗せられている気持ちにさせられた。

自分が今どこにいるかも分からないまま、あてもなく街を彷徨《ほうこう》し、気がつくとそこは高田馬場駅前で、疲れきった心身を少しでも休めようとロータリーのベンチに横になった。周囲にはそれなりに人通りがあったものの、人目を気にする心の余裕はとっくに失っていて、ベンチにだらしなく寝そべる女に奇異な目を向けて来る通行人たちも、ひどく遠くの、別世界の光景に思えた。まるで世界の外側にはみ出てしまった心地のなか、すぐ傍《かたわ》らでピタリと足を止めた人の気配があった。

ああ、追っ手に見つかってしまったか、でももう逃げまわるのにも疲れたなと思っていると、その男はしげしげと佐枝子を覗《のぞ》きこんでくる。様子からして敵ではなく、知り合いの雰囲気が漂うので、改めて見返すと、佐枝子の口から「あっ」と声が漏《も》れた。

佐枝子に気づいて足を止めたその男性は、以前、死体役で出演したホラー映画の脚本家だった。脚本家は打ち合わせの帰りにたまたま通りかかったようで、親切に佐枝子に声をかけ、なぜこんなところで寝ているのかと尋ねた。佐枝子が事情を話すと彼はいたく同情し、これから食事に行くところだったので一緒にどうかとの誘いまで口にした。

事務所はクビになったが、そもそも役者の卵を騙《だま》してAVの現場に送りこむような事務所はもとよりこちらから願い下げで、だが何一つあての無い自分はもともと望みが限りなく薄かった役者の道が閉ざされたことに絶望し、いっそ死んでやろうかとまで思い詰めていた矢先だっただけに、突如現れたホラー脚本家は砂漠に降臨した救世主みたいに光り輝いて見えた。

コットンクラブなるイタリアンへと佐枝子を導いた脚本家は、惜しげもなく上等のワインを注文し、奢《おご》りだから遠慮なく飲み食いしてほしいと前置きしつつ、「あのときの死体役は『狩人の夜』の水死体にまさるとも劣らない壮絶な美しさがあった」とよく分からない賛辞を漏らした。死体役であれ何であれ、相次ぐ災難にメンタルが干からびたミジンコなみに弱っていた佐枝子は、自分のことを覚えてくれている、ただその一点だけで熱いものが頬《ほお》を伝って溢《あふ》れ出すことを止められなかった。

「佐枝子さんが輝く場所は絶対あります」と脚本家は力説し、ああ、何万回と受けては落ち続けてきたオーディション会場でこの言葉をどれだけ願い、乞い、希求してきたことかと佐枝子の胸は打ち震えた。

願い、乞い、希求し、壊れながら突破する……自分はその覚悟で役者の道を突き進んできたんです、そう、ナタリー・ポートマン主演の『ブラック・スワン』のごとくに！　と思わず口走りそうになるのをすんでのところで堪えつつ、そっとナプキンで頬を拭《ぬぐ》っていると、ホラー脚本家は「輝く場所」に関する言及はそれきり打ち切って、藪《やぶ》から棒《ぼう》に妙なことを語り始めた。

「今、東京ではね、非常に不思議な出来事が起こっているのです」と脚本家は切り出し、ゴトンとスマホをテーブルに置いて佐枝子に見せた。

脚本家の意図が分からないままスマホ画面に目を凝《こ》らすと、そこには七、八階建ての団地が数棟建ち並んでいる街の情景が写っている。建物と建物の合間には整備された公園が広がり、遊具で遊ぶ子どもたちの姿も確認できる。

「一見、何の変哲《へんてつ》もない団地群の一角に見えますが、ここでね、最近、人が少しずつ消えているのです」

人が消えている……なるほど、それは確かに不思議だ。

だが、「佐枝子さんが輝く場所は絶対あります」と力説されたあとにこの話題が提示されることが甚《はなは》だ妙だ。ものすごく好意的に解釈《かいしゃく》すると、脚本家は準備中の新作映画のアイデアを語っているかもしれず、その映画こそ佐枝子が輝く場所、つまり主役とは言わないまでも、それなりに重要な役、この際、死体だろうが幽霊だろうが稀代《きたい》の殺人鬼だろうがかまわない、映画のポスターの端っこくらいには写っている役がもらえそうとのことではないか……とここまで考えて、佐枝子は慎重に言葉を絞《しぼ》り出した。

「面白そうな映画ですね……」

「映画だなんて、とんでもない」脚本家は大仰《おおぎょう》に首を振り、身を乗り出した。

「本当に人が消えているのです」

「消えているって、どれくらいの人が？」

「数人は消えているかな」

その言い方がいかにもいい加減で、からかわれている気がしたが、脚本家の機嫌を損ねないように用心して佐枝子は尋ねた。

「どんな風に消えるのです?」

脚本家は丸縁メガネの奥の目を細めて、重々しく言った。

「まるで、ちょっと用を足しに出たような気軽さで……とはいかないようですがね」

なんだろう……このどこかで聞いたようなデジャブ感は……。昔見た何かの映画でそのセリフを耳にした気がしたが、そのタイトルが意識の表層に浮上することはなかった。

灰青色のジャケットと黒のデニム地のスラックスをまとった脚本家はいかにも都会的なセンスを醸《かも》しているとはいえ、根はオタクである。ワインがほどよくまわって酔狂な趣味が鎌首《かまくび》をもたげ、目の前の若い女がどれほどのオタク的気質を備えているか、それとなく試しているのかもしれない……。

「大友克洋の『童夢《どうむ》』とか……」

言ったそばから違うと思った。団地で起こる怪異路線でタイトルをひねり出したものの、あの作品にそんなセリフはなかった。

第一、目の前の脚本家がコイツ気でもふれたのかというような目で見ている時点で、佐枝子が発した言葉がこの場で求められる最善手から大きく外れていたことを物語っている。

「ドウム?　何それ」

「いや、あの、映画ではないですが、団地ホラーの漫画で……」

「映画でも漫画でもないよ」怒ったように脚本家は語気を荒らげた。

「僕は現実の話をしてるんだ。さっきから言っているだろう」

「すみませんすみません……」

反射的に平身低頭しつつ、なんだか雲行きが怪しくなってきたぞと佐枝子は内心思った。

瀟洒《しょうしゃ》な店で奢《おご》ってもらった上に、親身な言葉でおだてられ、すっかりいい気持ちにさせられていたが、うまい話にはたいてい裏があるのはこの世界の常。その手口で危うくＡＶに出されそうになったばかりの身としては、ここに来て心の警戒レベルを引き上げざるを得ない。

佐枝子の困惑をよそに、脚本家はフレームの細い小洒落《こじゃれ》たメガネをくいっと持ち上げ、東京のとある団地で起こっているとされる怪異の話題に戻った。繊細な手つきでテーブルに置かれたままのスマホ画面をスワイプすると、団地の廊下で撮られたとおぼしき一枚を表示させる。

「この写真、妙でしょ」

妙と言われても、ありふれた団地の長い廊下が写っているだけで、怪しげな人影をとらえているわけでもない。ただ、リアクションが薄くて面白くないヤツと糾弾《きゅうだん》されるのが恐ろしくて、まるでオーディション会場で無茶振《むちゃぶ》りされたときのように凝固してスマホ画面を睨《にら》んでいると、確かに、妙だなという気がしてきた。

コンクリの長い廊下の左側にはクリーム色の扉が等間隔に並び、右側には大人の胸の高さほどの塀《へい》が続いている。昼間の光景であるものの、薄ぼんやりとした陽光はどこかしら鬱屈《うっくつ》した淀《よど》みを孕《はら》み、寂寞《せきばく》とした翳《かげ》りを帯びていた。

その誰もいない廊下の中央に、何かが這《は》ったかのごとき黒くヌメった跡が連なっている。最初は誰かが汚水でもこぼしたのかと思ったが、廊下の端から端まで続いているのが尋常ではない。

状況がようやく見えてきた佐枝子は、思ったままの感想を漏らした。

「大蛇《だいじゃ》が這ったような跡ですね」

「まさに」脚本家は神妙にうなずいた。「さすが佐枝子さん、気がつきましたね」

現金なモノで褒《ほ》められるとこれまでの当惑も警戒も嘘のように払拭《ふっしょく》され、にわかに団地の怪異がとても興味深いものに見えてくるのだから不思議だ。

心持ちスマホ画面に顔を近づけた佐枝子の様子を満足げに観察しつつ、脚本家は写真をさらにスライドさせる。

「そう、何かが這った跡が階段とか廊下とか、団地のあちこちに残っているのです」

確かに、スマホ画面に表示される一連の写真群には、この大蛇のような何かが這った跡が写っている。階段の一段一段や踊り場にもその半透明の黒い粘液の跡はヌメヌメと蛇行《だこう》しながら続き、一つ上の階に至ったかと思うと、また別の廊下をズルズルと這い進んだ痕跡が見てとれる。

ただ、これが本当に蛇のような生き物だったとすると、相当に長く巨大なモノでなければ、こんな跡は残らないだろう。アマゾンのアナコンダは全長二〇メートルくらいのモンスター級の目撃例もあるそうだが、この大蛇も負けてはいないレベルと推測される。そんな大蛇が都内の団地を人知れず這いずりまわるなんてことがあるだろうか……。

佐枝子が脳内でグルグル推論を展開する間も、脚本家は大蛇らしき何かの跡の連続写真を次々と繰り出し、やがてその這い進む跡がある部屋の前で途切れていることを示す一枚にまで行き着いた。

構造自体は他の部屋と変わったところのない色褪せた扉の前には、黒味を増した粘液の溜まりができ、それは扉の下の隙間から室内へと浸潤している。

「この部屋の人がね」と脚本家は声を潜めて言った。「いなくなったんだよ」

「マジですか……」

ここに来てようやく佐枝子も団地の怪異の禍々《まがまが》しい波動に背筋を撫でられた心地がして、ぞっと身を震わせたが、団地の怪異以上に、神妙さを装った脚本家の口もとが「いなくなったんだよ」との語を発したときだけ、心なしか白い歯を見せるように綻《ほころ》びたのがいっそう不気味だった。

「問題は部屋の中だった。くどくどと説明するより見た方が早いだろう」

さらっとスライドされた写真は、団地の一室で撮られたとは思えない光景が広がっていた。泥炭のごときドス黒い歪《いびつ》な筋が、床はおろか壁や天井まで何重にものたくって渦《うず》を巻き、書棚やテーブルといった家具の類《たぐい》はことごとく破砕されて、その断片が部屋中に散乱している。まるで巨大な泥水の濁《だく》流《りゅう》に直撃されたかのような惨状だ。

「何ですか、これは……」

「説明がつかない何かが部屋中を暴れまわったとしか思えない」

「何かとは……え、大蛇が？」

「何かが這った跡はこの部屋で途絶《とだ》えていて、そのような怪物は見つかっていない。ただ、ドス黒い痕跡だけ残して消えた」

佐枝子は眉間《みけん》に皺《しわ》を寄せ、襟《えり》もとに垂れた髪の毛先を落ち着きなくいじくった。

「この部屋にいた人、本当にいなくなったんですか？」

「三〇代の男性が一人暮らしをしていたらしいが、行方不明になっている」

「こんなやばいニュース、テレビで報道されてましたっけ……」

「報道は一切されてないよ」瞳の奥に狂的ともとれる怪しい虹彩をよぎらせ、脚本家は答えた。「なぜなら、団地の管理会社が秘密裏に処理したから。部屋は特殊清掃が入って綺麗になって、すでに新しい入居者を募っているとの話だ」

「ひどい隠蔽だ」

「といっても、説明がつかないからね。無理に説明をつけようとすると、部屋の住人が室内をゴミ屋敷化した挙句《あげく》、行方をくらませたということになるし、実際、団地側もそういう解釈だ」

「でも、大蛇のようなものが這った跡は……」

「誰かがイタズラで汚水を使って細工したとも考えられる。もっとも、これはこれで何のためにそんなことをする必要があるのか、さっぱり分からないけどね」

「それにしても」と佐枝子は首をかしげた。「団地側が表沙汰にしなかった出来事をどうしてご存じなんですか？」

脚本家は得意そうに椅子の背もたれに身を倒し、微笑した。

「特殊清掃の業界には知り合いが何人かいてね。曰《いわ》くつきの部屋の話とか、そこから流れてくるんだよ。以前、ホラー映画のネタ集めのために取材したのがきっかけだよ」

「なるほど」佐枝子は素直に感心して言った。「映画のネタ集めって、空想を膨《ふく》らませるだけでなく、そうやって実地に取材することが大事なんですね」

「ただ、今回の件はフィクションのためのネタとしての範疇を超えている。この団地の怪異は今も続いている。映画にするにしても、フィクションではなく、ドキュメンタリーとして本格的に調査すべきだ」

「今も続いている……んですか？」

脚本家はニヤリと笑った。

「最初に言ったじゃない、数人が消えているって。行方不明以外にも、何かに取り憑かれたような奇妙な行動を起こす人が後を絶たないらしい」

「奇妙な行動って……」

「奇声を発しながら走り去っていく人とか、階段の踊り場で白目剝《む》いて眠っている人とか」

「いや、それはただの酔っ払いでは……」

「どうかな。とにかくこの団地では何か普通ではないことが起こっているのは確からしい」

不意にワインの酔いを覚え、佐枝子はぐらりと空間が揺れるのを感じた。

脚本家の端正な顔立ちが二重にぶれ始めたと思いきや、中空に溶解するかのごとく歪《ゆが》みだし、それでも、その顔から発せられる低音ボイスだけはこれまでと変わらぬ滑らかさを伴って流れた。

「佐枝子さん、どう、この団地に行ってみない？」

「え、何でですか……」

「だからドキュメンタリーだよ。佐枝子さんはレポーターいけると思うんだ。うん、怪異の地に降り立つ可憐なレポーター、きっといい絵になるよ」

「レポートした末に、行方不明になったりしないですかね?」

「それもまた面白い展開だ」

真顔で即答したのちに脚本家はすぐに破顔した。

「冗談だよ。でもレポーターやってもらいたいのは本気だ。もちろん、無理強いはできないから、嫌だったらこの場で断ってくれたらいい」

少し考えるふりをしたが、佐枝子の腹のなかは最初から決まっていた。

断る選択肢なんて、はなからありえなかった。もっと言えば、行方不明になるのも別に悪くない、脚本家の言うようにそれはそれで面白いではないかとさえ思っていたのだ。急激にまわり始めたワインのもたらす高揚と酩酊《めいてい》のうちに……。

東京に来て十年。散々、他人からガッカリされてきた自分だが、その分、自分も世の中ってこんなものかと幾度《いくど》となくガッカリしてきた。

思えば、こんなつまらない乾いた現実を超えていくために、何よりも自分はデタラメで、人を食ったような、この世のすべてを裏返してしまうような、そんな狂った夢のような超現実を求めていたのではなかったか……脚本家が通りかかる直前の高田馬場駅前のロータリーのベンチで、初夏の夜空に輝く木星を眺《なが》めながら。

「私、やります。やらせてください」

脚本家は満足げにうなずきかけたが、続いて佐枝子が妙に据わった目をして立ち上がったので瞠目した。

「その前に、私、ちょっと吐いてきます」

「な……」

トイレに猛然とダッシュする年期の入った女優の卵の背中を、脚本家は呆然と見送った。

2

誰かがどこかで叫んでいる……女の声だな……。

そんなことを思いながらも妙に心は落ち着いていて、佐枝子はひっそりと目を覚ました。

白い天井には無数のミミズが這ったみたいな微細な模様が入っていて、学校の教室の天井で見るようなその模様はトラバーチンといって、たしか消音効果があるはずだと、いつぞやのクイズ番組で仕入れた知識を反芻《はんすう》しながら、ぼんやりと横たわっていた。

先ほど聞いた叫び声は果たして夢のなかで聞いたのか、それとも現実で聞いたのか判然とせず、ただ、物音ひとつしない静寂のうちにも、叫び声の残響だけがうっすらと瀰漫《びまん》している。喉《のど》がやけにイガイガして、もしかして叫び声を上げていたのは自分自身だったただろうか、何かから必死で逃げながら、何から逃げていたのかは不明のままで、そんな風に主人公の女の人が汗をびっしょりかいて目を覚ます漫画が確かあったよな、山本直樹あたりに……と思ったけれどタイトルは出て来なかった。

それにしても、ここはどこだ……と思った瞬間に急速に意識が覚醒し、佐枝子はガバッと上体を跳ね上げた。

見まわすと、そこは六畳の和室である。開いたままのドアの向こうは小ぢんまりとした台所が見えている。ドアがある壁とは逆側の側面には、曇りガラスの嵌《はま》った引き違い戸が設けられており、そこからベランダに出られるようだ。モスグリーンのカーテンは掛かっていたが、家具の類はない。まるで引っ越したばかりの部屋の様相で、そして、この部屋にまったく見覚えがない……。

前夜、イタリア料理店のトイレで吐いたあとも上等のワインを飲み続け、なるようになれと思っていたが、脚本家は意外にも紳士的で、部屋に誘われるようなことはなかった。なかったけれど、行き場のない佐枝子のために、それならちょうど良い部屋があると言って、共にタクシーに乗り込んでどこかに向かったことまでは覚えている。

そのどこかがどうやらこの部屋であり、前夜の服装のまま、自分は泥酔して眠りこけてしまったらしい。隣の台所も覗いてみたところ、冷蔵庫はあるものの何も入っておらず、戸棚の類もすべてカラッポで、ただ和室の押し入れには毛布と敷布団、あとなぜか双眼鏡が置かれていた。

だいたい、ここはどこなんだと思ってカーテンを開き、ガラス戸を引いたとき、佐枝子は眼前に広がっている光景が信じられず、しばし立ち尽くした。

「団地だ……」

部屋はビルの七階か八階あたりの高層にあり、周囲には同じ形をした箱型の建物が連なっている。団地と団地の間は繁茂した木々が埋めており、少し先には遊具のある公園も見えていた。

公園にある時計は九時五分を指している。遊具で遊ぶ子どもたちの姿はなかったが、妙な人影が見えた。筋骨逞《たくま》しい短髪の大柄な男が四つん這いになっていて、その横に黒いワンピースの痩せた女が立っていた。女は長い棒を持っており、あろうことか、その棒を四つん這いの男の背中に打ちつけていたのだ。

「何じゃ、ありゃあ」と佐枝子は思わず声を漏らした。

だが、高層の部屋からその公園までは距離があり、男女の表情は窺い知れない。女が男を棒で打ちすえる行為はどう見ても暴力沙汰だが、男の方は一言も声を発さず、少しも抵抗を示さないのが不思議である。存外、男は喜んでいるかもしれず、ただそうだとしても、そのような淫靡《いんび》な行為を公共空間で朝っぱらから繰り広げていることが正気の沙汰ではない。

そういえば、押し入れに双眼鏡が置かれていたことを佐枝子は思い出し、急いで取りに戻ってベランダから観察を再開すると、すでに男は立ち上がり、しずしずと公園を立ち去っていくところだった。女はその後ろ姿をしばし見送ったのち、くるりと踵《きびす》を返して逆方向に歩き去った。

繁茂した木々の葉の陰に隠れて二人の姿はすぐに視界から消え、双眼鏡で覗いて見たところで、長い髪の女の表情は窺い知れず、ただ長い棒を持つ節くれだった指先が魔女のそれのようで不気味だった。長い棒は孫悟空の如意棒《にょいぼう》みたいに黒光りしていて、あれで叩かれたらさぞ痛いだろうと佐枝子は顔をしかめたが、視界から消える前の男はさしてダメージを受けている様子もなかった。

いったい自分が見たものは何だったのか、狐につままれた心地になりつつ、なお双眼鏡を動かして周囲を観察してみる。これほど開かれた公共空間で繰り広げられた異常行為なら、自分以外にも目撃している人はいるはずだと思ったのだ。だが、団地はまるで廃墟みたいに静まりかえっていて、人っ子一人、双眼鏡のスコープ内にはとらえられない。

公園の先にはショッピングセンターの建物がそびえ、スーパーや雑貨屋、チェーンのレストランなどが入っているようだ。さすがにその周辺には行き来する人々が見えるも、公園の異変に気づいた人は誰もいなさそうだった……と思いかけたところで、佐枝子はギョッとした。

そのショッピングセンターの側面に備えられた非常階段に人影が見え、しかもその人も双眼鏡を手にしていたからだ。

心臓が跳ね上がったが、双眼鏡から目を離すことはできなかった。

なぜなら、その人が双眼鏡を向けていた先は、間違いなくベランダに立つ佐枝子自身だったからだ。謎の観察者は非常階段の四階付近の踊り場に立ち、若い女性のようだった。双眼鏡で顔の上半分は隠れているが、艶《つや》のあるおかっぱ頭と、口紅の塗られていない薄く開いた唇が垣間《かいま》見えていた。前かけのエプロンが付いたメイド風の衣装はいかにもファミレスのウェイトレスの制服で、実際、その非常階段の真横にはファミレスの看板が大きく掲げられている。

ファミレスのウェイトレスがなぜに私を観察している？

と思いつつ、数百メートルの距離を隔てて佐枝子は謎の観察者と見つめ合った。やがて、ふっと観察者の口もとがイタズラっぽく歪み、双眼鏡を下ろして彼女は非常階段から立ち去った。去り際の横顔から、歳は自分と同じくらいか少し下ではないかと佐枝子は推測した。

ふうっと息を吐き、双眼鏡を持つ手を下げた頃には、佐枝子は自分がどこに連れて来られたのか、だいたい見当が付いていた。

間違いない、あの団地だ。

なるほど確かにここは、普通ではない……。

3

『町田佐枝子さん、ようこそ怪異の団地へ。

君がやる気を出してくれて、とても嬉しいよ。

行くところがないとの話だったので、早速だけど調査のためにおさえていた団地の空き室に泊まってもらうことにした。好きなだけ居てくれてもいいし、もちろん出て行くのも自由だ。

今後の詳細は現地スタッフに訊いてほしい。要望も疑問も、彼が答えてくれると思う。

舞台は整っている。君の調査力、レポート力には大いに期待しているよ。

一介のホラー脚本家より

追伸・ギャラも経費もまったく心配しなくていい。その点についても現地スタッフから説明があると思う。

現地スタッフは午前九時に部屋に到着予定なので、よろしく！』

脚本家からの伝言は、台所の流しの脇に置かれた紙にプリントアウトされていた。このインターネットが発達した時代において、紙に印字された書き置きは古風な印象を受ける。しかし、考えたら脚本家とはメルアドもＬＩＮＥのアカウントも交換しておらず、連絡手段がひとまず紙の書き置きとなるのは仕方がないことのようにも思える。ただ、それにしても、脚本家側の連絡先が書き添えられておらず、こちらから応答なり疑問なりを返す手段が欠如している事態がなんとも心もとない。

正体不明のオカルト団地に放りこまれた身としては、たったこれだけの説明では釈然とせず、佐枝子の脳裏を不安の虫が蠢《うごめ》いた。それに、今さらではあるが、そもそもここは東京のどこであるのかが気にかかった。

スマホの地図で現在地を表示させると、近くに早稲田大学があり、目が点になった。東京のもっと西の方、山間部にでも来ているのかと勝手に想像していただけに、前夜、脚本家と邂逅《かいこう》した高田馬場駅前からさほど遠くに来ていないことに当惑したのだ。

早稲田大学近くの戸山公園を取り囲むようにして広大な団地群が広がっていることは以前から知っていたが、今いる場所はそうした戸山団地のエリアからは少し外れており、ただ、ほぼ隣接する形で広がる埴江《はにえ》田《だ》団地と呼ばれる一角であることが分かった。

埴江田団地なんて聞いたことがなかったものの、早稲田や高田馬場といった馴染《なじ》みのあるエリアに歩いて行ける範囲にいる事実は心に余裕をもたらした。

いつでも自分はここから出て行って、元いた場所に戻れる……。

佐枝子は気を取り直して、スマホで現在時刻をチェックした。書き置きに『現地スタッフは午前九時に部屋に到着予定』と記されていたのを思い出したのだ。

時刻はすでに九時二〇分をまわろうとしていた。現地スタッフの到着は遅れているようだが、いつ来てもおかしくない時刻だ。

まさか、いきなり撮影が始まるなんてことがあるのだろうか……。

前夜のままの格好で髪も梳かしていない状況を唐突に自覚する。

焦って六畳の和室に引き返せば、隅に置かれた自分のバッグに目がとまった。脚本家が忘れずに店から持ってきてくれたようだ。数日来、外泊が続いていたので、幸いバッグには着替えやら日用品やらが詰め込まれている。ひとまずタオルと歯ブラシを引っ張り出して洗面所に飛びこむと、その先にユニットバスも見えたので、勢いで服を脱いでシャワーを浴びることにした。

浴室内は清潔に保たれており、シャワーからは勢いよく湯水が流れ落ちた。すっかり満足して鼻歌が自然と漏れ出てきたが、しばらくすると足もとに水が溜まることに気づいた。排水溝が詰まりかけているようだ。

気分を害されて佐枝子は舌打ちし、しゃがみこんで排水溝のスリットの入った蓋《ふた》を開けると、思わず「ひっ」と声が裏返った。

黒くヌメリを帯びたウロコが一カケラ、排水溝の底で怪しく光っていたのだ。ただ、ウロコにしてはやけに大きい。数センチ四方はあるだろうか。ウロコの中央にはドス黒い六角形の模様がテラテラと揺れ動き、まるで心の襞《ひだ》を逆撫でされたみたいに気味が悪い。

反射的にシャワーの噴射口を近づけて蛇口《じゃぐち》をいっぱいにひねると、水量におされてウロコは流れ去っていった。呆然として水を止め、逃げるように浴室から転がり出た。注意深く辺りに視線を巡らす限り、ウロコは他の箇所には確認されない。それにしても、あれは本当にウロコだったのだろうか。大きすぎやしないか。

目の前から消え去ってしまうと、自分が何を見たのかよく分からなくなってきて、佐枝子はただ放心の態で髪をタオルで拭《ふ》き、歯を磨いて洗面所を後にした。

だが、ドアを開けると、さらなる驚きの光景が待ち受けていた。

なんと室内に人がいたのだ。突然現れたその人は若い男で、ゴテゴテとした色合いの唐草模様があしらわれた趣味の悪いシャツを着ており、六畳一間の中央にぼんやり立っていた。

下着と肩にかけたタオルだけしか身に付けてない佐枝子は腰が抜けて声すら発せられない状況に陥っていたが、若い男は随分《ずいぶん》とのんびりとした口調で話しかけてきた。

「あの、町田佐枝子さん？」

「……あ、はい」

「現地スタッフの真野友平《まのゆうへい》です」

「あ、現地スタッフの方……」

と一瞬、安堵《あんど》したものの、現地スタッフがなんで勝手に部屋に入っているんだよ、と頭に血が上り、目の前が真っ暗になった。部屋の隅のバッグを引ったくるように手繰《たぐ》り寄せ、洗面所に駆けこむ。白地のTシャツと黒のスパッツに、暗めのピンクの長袖《ながそで》シャツを目につくままに引っ張り出して身にまとい、まだ乾ききってない髪を後ろに垂らすようにゴムでくくった。さらにバッグからスタンガンを取り出し、スパッツのポケットに忍ばせた。AV現場から逃げている期間に、護身用として入手したものだ。真野という現地スタッフが不審な動きをしたら、容赦なくそれを行使するつもりだった。

緊張の面持ちで佐枝子が洗面所から出てくると、真野は和室の窓際であぐらをかき、待ちくたびれたというように溜息をついた。

「ドアの鍵がかかってなくてね、しかも誰もいないように見えたから、入ったんだよ」

悪びれもせずにそう言うと、すっと畳《たたみ》の上に封筒を滑らせた。

「これ、ひとまずのお気持ちだって」

「お気持ち？」

充分に距離をとった上で佐枝子は和室の端に腰を下ろし、手を伸ばして封筒を取った。封筒のなかには三万円が入っていた。妥当な金額なのか何なのか、よく分からない微妙なお気持ちだった。

「ここに住むだけで三万もらえるって、おいしい仕事だよね」

真野のからかうような口調に気分を害し、佐枝子は目を剝いた。

「住むだけって、これ撮影の仕事でしょう？　ドキュメンタリー映画のレポーターって聞いたんだけど」

「ドキュメンタリー映画だって？」ホスト風に垂らした前髪を揺らして、真野は下卑《げび》た笑みを浮かべた。「まあ、町田さん次第で面白い絵が撮れたら、ユーチューブで稼げるかもね」

「ユーチューブ？　これ、ユーチューブの動画撮影なの？」

「まあ、どこに発表するかは決まってないみたいだけど、でも、ドキュメンタリー映画なんて冠するほどの大層なものでもないんじゃない。だって二人だけの現場だし」

「二人だけ……」佐枝子は啞然として、まじまじと目の前のふざけた若者を見つめた。

「撮影は真野さんがするの？」

「さん付けはやめてよ。だってオレ、町田さんより年下だよ。学生だし」

「学生なの！」顎《あご》が外れるほどに驚き、佐枝子は全身の力がぬけた。「君、撮影なんてできるの？」

「バカにしないでほしいね」真野は口を尖らせた。「こう見えても大学の映研だし。カメラの扱いは手慣れたものだよ」

よく見ると、真野の傍らにはコンパクトなデジタルカメラが置かれている。

「映研、つまり映画研究会ね。大学って早稲田？」

「早稲田じゃないよ。啓華《けいか》だよ」

聞いたこともない大学だなと佐枝子がリアクションに窮《きゅう》していると、真野は語気を強めた。

「啓華も偏差値高いよ。落ちぶれて、こんな仕事をしている人は知らないだろうけど」

こいつ、スタンガンで焼き殺したろか！　と佐枝子はポケットの中の凶器を思わず強く握りしめたが、すんでのところで自重した。

「つうか、こんな仕事って、君も関わってるでしょ」

「オレ、ピンチヒッターのバイトだから。撮影を担当するはずだった人が来られなくなって、急遽呼《きゅうきょよ》ばれたって感じ」

「その撮影を担当するはずだった人も映研なの？　そのケイカだっけ」

「違うよ、その人はオカルト関連の映像撮ってるプロの人。まあ、主な収入源はやっぱりユーチューブみたいだけどね」

なんだか随分と適当な企画に巻きこまれたようで、脚本家に「佐枝子さんが輝く場所は絶対あります」なんて言葉にいい気になっていた自分がほとほとバカみたいで、脳が内側から泥炭に浸食されていくみたいにどんよりと重くなった。だが、考えたらこれまでだって、自分がもらえた撮影の仕事なんて吹けば飛ぶような些末なものばかりだった。こんなことは今に始まったわけではなく、何度もあった。朝から晩まで出番が来るのを待たされた末に、そのシーンは取りやめになって何もせずに帰ったことだってある。むやみに期待だけ膨らませても、結局はいつもこうなるのだ。

佐枝子は観念したように問うた。

「で、何から撮るの？」

「町田さんはどこまで聞いてる？」

「詳細は何にも。団地の廊下や階段に大蛇が這ったような跡があるということと、行方不明者が複数出ているってことくらい」

「もう分かっていると思うけど」真野は面白そうに頬を歪めて言った。「この部屋、その行方不明になった人が住んでた部屋」

聞く前から確かにうっすらと予想はしていた。だが、予想はしていたが、認めたくない気持ちはあった。認めれば、救世主とさえ思えたあの脚本家に騙されたということになりはしまいか……。

「綿道《わたみち》さんも、とんでもないことを考えるよね」

綿道は脚本家の名前だ。真野は軽い口調のまま続けた。

「ここに住んでた人、行方不明になる前に何かに取り憑かれていたみたいだよ。四六時中怯えて、奇声を発して何か見えないものから逃げ惑っていたらしい。そしてある晩、ふっと姿を消してしまった」

真野はじっと佐枝子の顔を見た。

「そんな人が住んでいた部屋に町田さんを住まわせて、これからどうなるんだろうね」

「どうなるって……」

「これは人体実験なんだ」

「人体実験……」

絶句して固まっていると、突然、真野は腹をかかえて笑いだした。

「冗談冗談、そんなわけないじゃない」

「はあ？」

「町田さん、もしかして信じちゃってるの？　こんなオカルト話。ここは現代の東京だよ。あるわけないじゃん。大蛇が這ってたとか、人が取り憑かれるとか、消えるとか」

「だって、君、それを調べに来ているんじゃないのか？」

「ウソだよ、そんなの全部。どうせペットの蛇《へび》が逃げ出したりしただけでしょ。そのタイミングで部屋を散らかしたまま引っ越した人がいただけの話。この部屋に住んでた人が消えたってのも、ただの引っ越しだろうよ。そこにあることないことウワサの尾ひれがついた。それが真相」

「え、そうなの？」

「まあ、オレの推測で証拠はないけど、大方そんなところでしょ。でも、それなら面白くないし、客も呼べないから、ウソ話に乗っかって、フェイクドキュメンタリー風のオカルトをやろうってのが、綿道さんの考えそうなことじゃない？」

困惑して佐枝子はかぶりを振った。

「いきなりウソって言われても……じゃあ、ここで私たちは何を調査すれば……」

真野は鼻を鳴らした。

「調査のフリをするだけさ。住民たちに面白がって適当なホラを吹いてくれる人がいたら好都合。いなければ仕込むだけ。あとはいいタイミングで、町田さんには怯えてもらったり、何かに取り憑かれてもらったり……」

「取り憑かれる？」

「エクソシスト見た？　あれみたいに痙攣《けいれん》した挙句、ブリッジして這いまわるとか最高じゃない？」

「私がそれやるの？」

芝居がかった仕草で真野は前髪をたくし上げ、一人前の映画監督気取りでへらず口を叩いた。

「だって女優でしょ？　なんなら、ここでリハーサルやってもいいけど」

4

団地群は森のなかに建っているかのように敷地内は緑が溢れ、まだ五月ではあったが、夏の大気を思わせる重量のある風がうねりを帯びて行き交っていた。もとは丘陵地帯だったのか、団地の棟と棟を結ぶ道は勾配《こうばい》があり、大昔からある道みたいに曲がりくねっている。

何本も立ち並ぶ樹木のなかには団地の四、五階ほどの高さに至っているものもあり、その根もとは鬱蒼《うっそう》と草が生《お》い茂《しげ》り、蛇がいてもおかしくない湿り気を帯びた陰影を宿らせている。とはいえ、実際に蛇を目にすることも、その痕跡を見つけることもなかった。

佐枝子と真野の探索は当初、完全に空振り続きだった。団地の住民に話を聞こうと敷地内を行き来する人に話しかけても、露骨に無視されるか、黙って睨まれるか、あるいは撮影の許可を取っているのかと凄まれるか、いずれかの反応を返されるばかりだった。無論、オカルトのレポートなんて物騒な企画でズカズカと乗りこんできた不審な撮影者たちに向ける態度としては至極、真っ当な反応であり、佐枝子は早々にして自身の置かれている立場を自覚し、気持ちが萎えた。

だいたい調査しようにも脚本家の綿道から聞かされている情報が『大蛇のようなものが這った跡』と『行方不明になった人がいた』という漠然としたものしかないのが問題だった。臨時で呼ばれた学生アルバイトの真野とて、めぼしい材料を何も持ち合わせておらず、おまけに彼ははなから団地の怪異を信じてないときている。ここは潔く割り切ってフェイク路線で行くべきだと真野は主張し、再三にわたって『エクソシスト』まがいのヤラセ演技の強要をほのめかしてくるものだから、佐枝子のテンションは下がる一方だった。

　昼食もとらずに団地内をさまよい、ほとほと力尽きて見通しの利かない道の中腹にあったベンチに二人は腰を下ろした。建物が緑で遮《さえぎ》られると、本当に森のなかにいるような気にさせられた。樹木はいずれも古くからそこに植わっている様相を呈《てい》し、実際、昔の森を残して団地は造成されたと想像できた。

　それにしても、広大な団地群だった。こんな茫洋《ぼうよう》としたエリアをやみくもに歩いたところで埒《らち》が明かないと途《と》方《ほう》に暮れていると、目の前の草むらが不自然に揺れ始めたので、にわかに緊張した。

　佐枝子は傍らの真野を肘《ひじ》で小突き、怪訝《けげん》な色を浮かべた真野も草むらの異変に目をとめて慌ててカメラを手に取る。

　ガサゴソと草の葉の揺れ具合は大きくなり、いきなり来るのか大蛇が！　こんな真っ昼間に！　と佐枝子が焦っているうちに、にょきっと頭が現れた。

　息を飲んだと同時に、椅子から転げ落ちそうになった。

　散々気を持たせた挙句に出現したのは、度の強いメガネをかけた小学生くらいの男の子だったのだ。真野が呆れたようにカメラを下げ、まるで気色ばんだ佐枝子が悪いとでもいうように抗議の目を向けてくる。

　小学生は視力が悪いからなのか、やけに目付きが鋭く、頬がふっくら膨らんでいるので怒っているようにも見える。だが、その第一声は意外に人なつっこい響きがあった。

「お姉さんたち、何をしてるの？」

　子どもにこうもまっすぐ問われると、無下にはできない。

「この団地のことをねえ、調べているの」

そう言って佐枝子は男の子に向かって微笑を浮かべたが、男の子は相変わらずすこぶる目付きが悪いまま阿修羅の申し子のような形相で睨みつけてくる。しかし、声音《こわね》だけは年相応にかわいらしいのだった。

「団地の何を調べているの？」

顔と声のギャップに戸惑《とまど》いながら、佐枝子は言葉を継いだ。

「ここで不思議な出来事が起きているって聞いてね、調べているの。君、知らない？」

おいおい子どもに何を訊いているんだ、と真野が隣で苦笑を滲《にじ》ませる気配が伝わってくる。しょうがないだろう、ようやく話をしてくれそうな相手が小学生だったんだから、ここは訊くしかないだろう、他に妙案もないしと佐枝子はテレパシーで反論しながら、ずばり尋ねた。

「最近、この辺で蛇を見たことある？」

男の子は仏頂面の顔を少し傾《かたむ》けただけで答えなかった。

「じゃあ、蛇を見たことがあるって人はいた？」

ボーダーの半袖シャツから伸びた細い腕を、男の子はポリポリと指で掻いた。言葉が通じているのか不安になるほどのリアクションの薄さだ。

「ごめん」佐枝子は申し訳なさそうに言った。「変なこと訊いちゃったね。忘れて」

そこで切り上げたつもりだったが、男の子は突っ立ったままだった。

考えたら草むらから突然出てきたり、見知らぬ大人相手に物怖《ものお》じせずに話しかけてくるわりには憤怒の表情だったり、男の子はどこか普通ではない不穏な空気を漂わせている。

ここは立ち去った方がいいぞと真野が目で合図を送ってきたので佐枝子もうなずき、ベンチから立ち上がりかけたところで、だしぬけに男の子の右手がある方向を指差した。

登り坂になっている道の向こう側に、よく見ると老人が一人、座っている。そこにもベンチがあるようだ。

男の子はその老人を指して言った。

「あの人、死んでる」

言った意味を理解するのに、しばし時間がかかった。

死んでる？

「死んでるって、どういう意味だよ」と真野が顔をしかめた。

「ちょっとちょっと、子どもに乱暴な訊き方はよくない」と佐枝子はたしなめた。

納得がいかないように真野が口を歪める。

「物騒なことを言っているのはその小学生の方だよ。死んでるって何だよ」

「あの人」と男の子は淡々と言った。「楽器で殴られて死んだんだよ」

「楽器で殴られたって？」真野がうなった。「『Yの悲劇』かよ」

やや間を置いてから、佐枝子はぼそりと真野に耳打ちした。「『Yの悲劇』って何？」

「有名な推理小説だよ。エラリイ・クイーンの代表作なんだけど、楽器で殴られて殺人が起こるんだよ」

「何が推理小説だよ」佐枝子は溜息をついた。「話をややこしくしないで。関係ないでしょ」

「まあね」真野はあっさり認めた。「楽器で殴られるなんて、そのガキが言うから、つい連想してね。ミステリでは有名な設定なんだよ。意外な凶器としてね」

「ガキ呼ばわりはないだろう、本人の前で」

慌てて子どもを振り返った佐枝子は、そこにあるはずの人影がなくて虚《きょ》をつかれた。

小学生は消えていた。

「あれ、いなくなった」

「草むらに隠れただけだろう。大人をからかっているんだ」

小学生が先ほど出てきた草むらに真野は近寄った。佐枝子も続き、草むらを覗きこむ。しかし、男の子の姿は影も形も見えない。

ざざっと風がそよぎ、足もとの地面に木漏れ日の泡沫が乱舞した。

「なに、今の」と佐枝子は呆然と言った。「ザシキワラシ的なヤツ?」

「ザシキワラシはザシキにいるんだよ」と真野は冷静に指摘した。「外に出歩かねえよ」

「そういう話じゃなくて、ザシキワラシ的なって言ったでしょ。要《よう》するに物の怪《もの け》なのかという意味よ」

「物の怪なわけあるかよ、短パン履いてたじゃないか」

短パン履いている物の怪もいるだろうよ、と佐枝子は思ったが、これ以上、不毛な議論を続けるのはよした。

「でも、本当にいなくなったよ」

「すばしっこいガキだ」真野が苦々しい表情で毒づいた。「かくれんぼのつもりなんだろうな」

「どうする?」

佐枝子は道の向こうに座っている老人を顎で示した。

「せっかくだから、あの人に話を聞いてみる?」

「楽器で殴られて死んだって、ぜんぜん大蛇と関係ないよね」

「関係ないし、あの人、どう見ても死んでないし」

「というか、楽器を持ってないか」

「ほんとだ、ギターをいじってる」

老人は真っ白い頬髯を生やし、古風な中折れ帽をかぶっており、ギターを構える姿は様になっていた。だが、ぽつんぽつんと爪弾かれる音は明らかに音程がくるっており、なんだか聞いていると不安になるような歪みを孕んでいた。

二人が近づくと、老人が顔を上げ、向こうから話しかけてきた。

「子どもに妙なことを言われたんじゃないのかい？」

「ええ」と佐枝子は曖昧《あいまい》に笑った。「あなたを指差して『死んでる』って……」

老人はギターを傍らに置き、おかしそうに笑った。

「数日前に、ここの団地の管理人にギターで殴られてね。あの子はそれを見てたんだ」

「ギターで殴られるって、どういうことなんですか」

老人は肩をすくめた。

「私はギター教室の講師を昔やっててね。引退後もここのベンチに座ってギターを弾くのを日課にしていた。それを見た団地の管理人が興味を持って、ギターを教えてほしいと頼んできたんだ。ところがだ」

顔をシワシワにして老人は渋面をつくった。

「貸し与えたギターで私の頭を殴りおった」

「なんでまた……」

老人は何かを言おうとしたが、そこで口をつぐんだ。じっと佐枝子の背後を見ているので、釣られて振り向くと、真野がカメラを構えていつのまにか撮影を開始している。

「ちょっと！」と佐枝子は無神経な学生アルバイトを一喝《いっかつ》した。「許可も取らずにカメラを廻し始めないでよ」

「何言ってんだよ、せっかくのチャンスをふいにできないだろうが」臆面もなく真野はカメラを止めることなく抗議する。「下手なレポーターのせいで、全然、住民のインタビューシーンが撮れてないんだから」

「下手なレポーターだって」佐枝子はうなり声を上げた。「私のせいって言うの」

佐枝子はカメラのレンズに顔を寄せて、怒りの表情をファインダー越しの真野の網膜にどアップで注ぎこんだ。

「まあまあ、お二人とも」と、やけにのんびりとした老人の声がかかった。「大蛇のことを調べとるんだろう？」

ハッとして佐枝子は老人を顧《かえり》みた。

「私たちが蛇のことを調べているって、どうして知っているんですか？」

中折れ帽の鍔下に光る目をすぼめ、老人はずいっと身を乗り出した。

「だって、あちこちで話を聞こうとしていたじゃないか」

イタズラが見つかったような気持ちに見舞われ、佐枝子はうつむいた。

「見てたんですね」

「どうかね、何かめぼしい話は聞けたかね」

「それがまったく誰も話してくれないんです」

「そりゃそうだよ」老人はしたり顔で顎をさすった。「みんな、心底怯えているからね」

そうして、老人は何事かを小さくつぶやいたが、うまく聞き取れなかった。

真野がすり足になって老人の周囲を旋回《せんかい》しだした。撮影の許可はなし崩し的にOKになったと判断したのだろう。よりベストなカメラポジションを求めて移動したと見える。

「怯えてる……」と佐枝子は慎重に言った。「では、大蛇は本当にいるのですか？」

「さっき話した団地の管理人ね」と老人は続けた。「私をギターで殴った男だけど、あの男も大蛇のことを調べてから、頭がおかしくなったんだ」

「ギターであなたを殴ったのは、大蛇のせい？」

よく分からずに佐枝子は老人ににじり寄った。

「大蛇が這ったような跡が団地のあちこちに現れたのは二か月ほど前かな。まあ水に濡れたような跡なんで、蛇とは断言できないけれど、それでも気味が悪くてね。なにせ、あちこちの団地の廊下やら階段やらに延々とヌメリを帯びた液体の跡が続いているんだから」

「それは、この団地のどの辺りですかね？」

老人は手をかざし、指を折った。「最初はG棟だったかな。それからC棟、B棟、E棟……とにかくあちこちだ」

E棟は佐枝子の部屋がある棟だ。

「行方不明になった人がいるとも聞きましたが……」

「それについては何とも言えないな」老人は素《そ》っ気《け》なく答えた。「以前から人がいなくなることの多い団地だから」

佐枝子は眉《まゆ》を吊り上げた。「えらく物騒な団地ですね」

「違うよ」老人はどうってことないという風に片手をひらひらさせる。「独居老人が多いんだよ。認知症で徘徊している人もいるし。でも、身寄りもお金もなくて介護も受けられない。そういう人は気づかないうちに行方不明になってしまうことはある」

「そういうことですか……」

オカルトではなく、社会問題のドキュメンタリーを撮った方がいいのではないかとの考えが佐枝子の脳裏をよぎったが、今はそんなことを検討している場合ではない。

「さっきの管理人の男の人ですが、大蛇のことを調べていて頭がおかしくなったとおっしゃいましたよね？」

「うむ」老人は深く首肯《しゅこう》した。「大蛇の這ったような跡があちこちに出現して、管理人のところに住民からの苦情が殺到した。管理人は最初、這ったような跡の清掃に追われ、それが済むと今度は大蛇の探索に乗り出した」

「探索っていっても、どこを調べるのですか？」

「大蛇の這ったような跡は、どう見ても普通ではなかった。長さと幅が尋常ではないんだ。生き物がつけた跡にしても、常軌を逸した大きさの怪物でなければ、あんな跡はできないだろう。しかも、その跡を辿《たど》っていくと、ある箇所で唐突に途切れて消える。まるで、蒸発でもしたかのようにプッツリとね。となると、これは怪奇現象と呼ぶべき異常事態だ。怪異となると、ここに昔から住んでるヤツならピンとくる場所があるんだよ」

「そんな場所が……」佐枝子は思わず老人の横のベンチに座り、その彫りの深い顔を覗きこんだ。

「どこなんです、それは」

老人はそんな佐枝子を面白そうに見つめ、意味ありげに頬をピクッと震わせた。

「G棟の四〇九号室」

「G棟？　それはどこなんです」

ぐるりと老人は首をまわし、木々の向こうに垣間見える背後の棟を指で示した。

「あそこ」

生い茂った枝葉に隠れてその全貌は窺い知れなかったが、今話しているベンチからさして離れてはいない。

「G棟の四〇九号室はずっと空き室になっていてね、曰くのある部屋なんだよ」

佐枝子は顔を曇らせた。「何かよくないことがそこで起こったとか」

「そう、十年ほど前に殺人事件があった」

「それはどんな事件だったんですか？」

落ち窪《くぼ》んだ目をすぼめ、老人は声を落とした。「私も詳しくは知らない。一人暮らしの婆《ばあ》さんが殺されたそうだ。しかも犯人は見つからなかったらしい。それ以来、ずっと四〇九号室は空き室だ」

「でも、これだけの規模を誇る巨大団地なら、一つや二つ、事故物件的な部屋はあると思うのです。G棟の四〇九号室が特に曰くある部屋と言われるのは、何か理由があるのでしょうか？」

「さあね。G棟の四〇九号室には近づくな、呪われるからって噂話は聞くけど、その根拠はよく分からない。だが、大蛇のような魍魎《もうりょう》の類が巣くっているとしたら、あそこかなと古い住民ならうっすら想像する。それで管理人の男もG棟の四〇九号室に出向いたわけだ。よせばいいのに、頭がおかしくなる前は責任感のある真面目な男だったからね」

「その部屋に行ってどうなったんでしょう……」

「部屋で何があったのかは分からない。だが、その後は人が変わったように奇行が目立つようになってね。さっき話した、ギターで私を殴ったというのも、部屋から戻った頃のことだ。ほかには、公園で遊んでいた子どもをゴミの焼却炉に放りこんだこともあった」

「何ですって……」

「幸い、焼却炉に火がついてなかったので、子どもは事なきを得たがね」老人は思い出したように付け足した。「その子ども、さっきそこにいた子」

「え、あの不愛想な……」

「無理もないよ、あんな目にあったらね」

「その管理人の男は警察に捕まったのですか？」

「捕まってないよ」

「なぜですか」

「だって行方不明だから。でも、まだそこらにいるんじゃないかな」老人はしげしげと佐枝子を見て言った。「だから気をつけた方がいいよ。大蛇だけでなく、頭のおかしい人もいるから」

老人の口調はいかにも佐枝子のような無防備な若い女性が危ないのだと言いたげだった。

だが、その忠告を佐枝子はどこか上《うわ》の空《そら》で聞いていた。そのとき、佐枝子の目は老人の中折れ帽の黒ずんだ染みに向けられていた。ドス黒い染みは血のように見えた。

あっと思って、そこに手をやりかけたとき、すっと老人が立ち上がって傍らのギターを手に取った。

佐枝子はバランスを崩して無様に上半身をベンチに投げ出す格好となった。

「私はもう行くよ。とにかく忠告はしたからね」

老人はベンチで伸びている佐枝子には目もくれず、真野の構えるカメラのレンズに顔を寄せて楽しそうに付け足した。

「G棟の四〇九号室に行ったら、君たち二人とも呪われるよ」

そうして、別れの挨拶代わりにギターの弦を爪弾いた。それはやはり奇妙な具合に音程がくるっていた。

5

ギターを抱えて悠々と去っていく老人の後ろ姿をひとしきり真野はカメラにおさめ、切りのいいところで停止ボタンを押してから、ギロリと佐枝子を睨んだ。

「もう何なんだよ、せっかくの緊迫のシーンなのに、どうしてベンチの上ですっころんでるんだよ」

バツが悪そうに佐枝子は上体を起こし、ベンチから立ち上がった。

「しょうがないでしょう……」

老人の帽子に血が滲んでいたから……と言いかけたが、自分の見たものに今ひとつ確信が持てなくて言い淀んだ。あの老人、ギターで殴られた傷が今なお癒《い》えてないのだろうか。あの黒々とした染みはまだ生々しい湿り気を帯びていた。しかし、頭から血を流していた人にしてはそんな素振《そぶ》りは微塵《みじん》もなく、終始、不気味な話を饒舌《じょうぜつ》に語った。

「で、行くの？　G棟に」

真野はカメラのレンズをブロアーで手入れしながら事務的に尋ねてくる。

「君たち二人とも呪われるよ〜って」と佐枝子は老人の口マネをして言った。「やけに楽しそうに言ったよね」

「町田さんさあ」真野はずるそうな笑みをつくる。「ビビってるでしょ」

「ビビってねえよ」佐枝子はムッとして反論した。「ただ、なんか嫌な感じはした」

フンと真野は鼻を鳴らした。「管理人の男がギターで殴ったとか、子どもを焼却炉に放りこんだとか、要《よう》は癇癪《かんしゃく》を起こしただけでしょう。どこにでもいるよ、そんな人」

「どこにでもいるかよ」

「いるよ。ことさら怪談と結びつけて考える必要もない。責任感が強くて真面目な人でも、ひとたび癇癪を起こせば暴走する、それが人間だ」

「若いのに、達観しているねえ」

「事実を言っているだけだよ。それで、行くの？　G棟」

こめかみをグリグリ両手でマッサージしてから佐枝子は宣言した。

「この流れで行かないって選択肢はないでしょ」

灌木《かんぼく》の茂みを縫うように連なる小道を抜けると、G棟はもうそこにあった。構造自体は他の建物と同様に八階建てで、各階にはクリーム色の扉を備えた部屋が等間隔に並んでいる。ただ、燦々《さんさん》と陽光の降り注ぐ真っ昼間においても全体にくすんだ印象を受けるのは、老人に『呪われている』なんて言葉を吹きこまれたからだろうか。壁面にも汚れが目立ち、入口周辺の地面にも雑草が野放図に繁茂していた。

「四〇九号室以外にも空き室が多そうな雰囲気だな。人の気配がしないよ」

真野がそうつぶやいたとき、ふっと建物の一角に人影が揺らめいた気がした。

四階と三階の踊り場の付近……ちょうど濃い陰が落ちている場所……。

「ひっ」と佐枝子は声を上げた。

怪訝な表情で真野が顔を向ける。

「今、あそこに何かいた」

佐枝子の指差す方向に真野がカメラを向ける。

「何って、蛇？」

「蛇じゃない。人影」

「人影だあ？」

呆れた表情で真野はファインダーから目を離した。

「そりゃ、住民がいたってことでしょうが」

「いや、その人の顔が……」

ウロコに覆《おお》われていた……と言いかけて、さすがに佐枝子は口をつぐんだ。

そんなわけないい、何かの見間違いだ。それにそんなことを言ったら、また真野にバカにされる。

「その人の顔がどうしたんだよ？」

「いいよ、忘れて」

真野は大仰に頭を振って苦笑した。「町田さん、やっぱビビってるわ」

「ビビってねえし」

「呪い、信じてる口なんだ」

「君は信じてないの？」

「信じるわけないだろう」

「それ、ホラー映画で一番最初に殺されるフラグじゃないの？」

「そんなフラグねえよ」

建物のなかに入ると、心持ちひんやりとした空気が肌を撫でた。二人は階段を点検しながら進んだが、大蛇の這ったような跡はどこにも見当たらない。先刻、妙な人影が見えた踊り場も特段変わったところはなく、二人は怪異に遭遇することもなく四階まで到達した。

「入ってみると、どうってことない普通の団地だよな」と真野がうそぶいた。

G棟の四階の廊下からは、佐枝子の部屋があるE棟の建物が木々の向こうに見えていた。空は晴れ渡っていたが、何もかもがうっすらと弛緩《しかん》したオレンジ色にかすみ、ぼやけていた。ここにいながらにして、ここではないどこか別の世界を目にしている思いにかられ、佐枝子は唐突に意識が白濁していくような気分に陥った。そして、ふとE棟の屋上に人影が並んでいるのを目にしたのだった。

屋上にいるのはセーラー服を着た女子高生たちで、彼女たちは一様に両手を空に向かって伸ばし、輪になって同じところを巡っている。人数は十人ほどだろうか。

目をすがめた佐枝子の傍らで真野も足を止め、その光景に気づいたようだ。

「何だ、あれは?」

「UFO呼ぶやつ、何だっけ……」

「チャネリング」

「そう、チャネリングじゃない?」

「知らないよ」

「なんか空に向かって言っているよね」

「学芸会の出し物かなんかの練習だろ」

「団地の屋上で?」

「まあ、この団地に変な人が多いというのは認めるよ」

真野は踵を返し、息を吐いた。

「後であの屋上に行ってみよう。それより今は呪いの部屋だよ」

なおも屋上の女子高生たちが形づくる奇妙な儀式に佐枝子は惹きつけられたが、ここから見ていても何をやっているかは一向に分からないので観念して前を向いた。

四階の廊下を歩く間、居並ぶ扉の向こうからはコトリとも音がせず、人の気配はない。

十年前に一人暮らしの老婆《ろうば》が殺され、それ以来、空き室になっているという四〇九号室はその廊下の中ほどを過ぎた辺りにあった。真野がドアの取っ手を握ってひねると、それはあっさり回った。

「開いてる」と真野は白い歯を見せた。

「なんで開いてるんだろう」佐枝子は腕組みをして考えこんだ。「入ると呪われるなんて噂がたっている部屋は、普通、厳重に鍵がかかっているものじゃない？」

「知らないよ。管理人の男が調べたあと、鍵をかけなかったんじゃないのか？　まあ、とにかくこれは絶好の撮影ポイントだ。すぐ本番いこう」

焦って佐枝子は手で制した。

「ちょっと待って。撮影する前に下調べした方がよくない？」

「それなら迫真性が出ないでしょうが。下調べなんてやるべきじゃないよ。どうせただの空き室なんだろうけど、ただの空き室だと分かっている顔になっちゃうから」

「そこまで顔に出るか？」

「出るね」未来の映画監督モドキの学生アルバイトは断言した。「観客にはバレバレさ。だからここはもう即本番、すぐ本番。それとも、もしかして町田さん……」

佐枝子は声を大にして言った。「ビビってねえし」

ファイダーの向こうで満足そうに真野がうなずき、調子よく叫んだ。

「はい、カメラ廻った！」

なおも佐枝子は心の準備ができずに顔を強張《こわば》らせていたが、カメラ越しの真野が急かすようにグルグル手をまわすので、腕組みを解いてドアの取っ手に手をかけた。

そして、さっと振り返ってカメラ目線になり、精一杯の女優顔で宣言する。

「では、四〇九号室に入ります。呪われちゃったら、ごめんなさい」

余計なことは言わなくていい、と真野が声を発さずに口だけで告げてきたが軽く無視して、佐枝子は十年前の殺人現場らしい呪いの部屋とやらに足を踏み入れた。

部屋は退色した写真のなかのごとく鈍重な陰影に沈んでいた。間取りは佐枝子のいる部屋と変わらず、入口を入ってすぐに台所があり、その左手に洗面所と浴室、台所を進んだ先には六畳一間が見え、それがこの団地の一人用住居の基本的な構造であるようだった。

二人は靴を脱いで部屋に上がりこんだ。当然のごとく家具は皆無《かいむ》でガランとしており、室内は拍子抜けするほど綺麗に片付いていた。老人が告げた殺人事件の痕跡は、一見したところ見当たらない。それもそのはずで、十年も前にあったという事件の跡が放置されているわけがない。

やはり、ただの空き室だったかと佐枝子は少し安堵したが、真野はさっそく悪態をついた。

「何にもないじゃねえか。やっぱり、からかわれたのかな」

「余計なことは言わない」

「オレの小言は編集で音を抜くだけだけど、町田さんは口が映っちゃってるからダメなの」

「はいはい」

「だから黙って！」

二人はぶつぶつ小競り合いを続けながら台所をぬけて和室にさしかかった。畳は古びていて茶色くくすんでおり、踏むと弾力があった。窓辺にはレースのカーテンがかかったままになっていたが、ところどころに染みが付着し黒ずんでいる。

和室の隅にある押し入れを佐枝子は注意深く開いた。板で上下に仕切られた収納スペースには何も残されておらず、しかし、奥の壁に小さな落書きがあるのが目にとまった。絡《から》まった糸くずが付着しているのかと錯覚するほど、極細のペンで記された文字の線は弱々しい。筆跡も特徴的で、いずれも心持ち右に傾斜し、やや縦に間延びしている。

佐枝子は押し入れの上段に上がり、その小さな文字に目を凝らした。果たしてそこには謎めいた文句が浮かび上がっていた。

『666　封印は入口でもある』

押し入れで体の向きを変え、和室からこちらにカメラを向けていた真野に声をかける。

「ここによく分からないことが書いてある。撮っておいて」

真野は無言で押し入れに上体を突っこみ、壁の文字を接写した。

カメラを一時停止してから、真野は佐枝子に訝《いぶか》しげな目を向けた。

「666って、聖書に出てくる獣の数字か」

「オーメンだね」

「黙示録だよ。まあ、キリスト教を迫害していたローマの皇帝を指しているという説が有力だけどね」

「さすが、偏差値の高い大学に行っているだけある」

「関係ねえよ」真野は語気を強めた。「ウィキペディアにも書いてるよ。それより、この落書きに意味があるとは思わないけどね。だって、この部屋、鍵開いてるじゃん。誰でも入って来て落書きし放題だ。ただのイタズラだろう」

「でもイタズラだったら、もっと分かりやすいことを書きそうだけど。『呪われる』とか『殺す』とか」佐枝子は首をひねった。「『封印は入口でもある』ってどういう意味だろ」

「考えるだけ無駄。意味なんてないさ」

真野は押し入れから撤退し、佐枝子も後に続いた。

和室に戻ると、空気の裏側に鼻腔《びくう》の奥を刺激する臭気《しゅうき》が漂っていることを知覚した。そういえば、この匂いはこの部屋に入ったときからしていた。押し入れはカビ臭《くさ》かったが、この匂いとは違う。

「なんか匂わない？」

撮影を再開した真野が首を横に振った。「オレは何も感じないけど」

「いや、なんか匂うよ」

台所に移動してみれば、心持ち匂いは強くなった。排水溝から下水の匂いが上がってきているのだろうか。違う、この匂いはもっと生き物のように生臭い。台所の流しや調理台を犬みたいに嗅《か》ぎまわる佐枝子を、黙々と真野のカメラが追っていく。

洗面所のドアを開けた途端、佐枝子はうっと鼻に手をやった。強烈な臭気が嗅覚《きゅうかく》を貫いたのだ。

「ここだ」と佐枝子は鼻をつまみながら言った。

「待て待て」と真野がうめいた。「水道が止まったトイレで用を足したやつがいるんじゃないか。でっかいウンコが放置されているなんてゴメンだよ」

「ウンコの匂いじゃないよ」

洗面台には埃《ほこり》がたまっていたものの、臭気の元となるようなものは見当たらず、佐枝子は意を決してユニットバスの戸を開いた。

目に飛びこんで来た光景は想像を絶していた。

浴室の床も天井も壁もびっしりと無数のウロコが貼り付いていた。ウロコはヌメリを帯びた光沢を宿し、暗い銅色の下地にドス黒いまだら模様がその表面にのたくっている。模様は呪術的な幾何学模様をひたすら繰り返し、それは今朝がた佐枝子が浴室の排水溝で見たのと同じように六角形を形成しているのだった。

高濃度の臭気と禍々しい模様に、嗅覚と視角が同時に衝撃を受け、目を血走らせながら佐枝子は自分でも思ってもみない声を発した。

「ギョリギョリギョリギョリ……」

背後で真野が息を飲むのが分かった。

「町田さん、エクソシスト級のリアクション来た……」

「違うよ」佐枝子は涙を滲ませて言った。「なんか変な声が出た」

「ゴメン、思わずしゃべっちゃったけど、ナイス演技。続けて」

「私のことはいいから」佐枝子は金切り声を上げた。「早くこれを撮って！」

「えっ」

こいつはどこまで鈍いんだ、嗅覚が無いのかと佐枝子は憤然とし、真野の腕を引っつかんで浴室に押しこんだ。カメラを構えて棒立ちになった真野は「えっえっ」と戸惑いの声を漏らした。

「なに、これ……どういうこと」

「分からない。でも……」

佐枝子は真野の背後にまわって、気味悪げにウロコの群れに目を向けた。

「大蛇がここにいたってことじゃない……」

「マジか。でも、洗面所もユニットバスもドアが閉まってたよな。大蛇が出入りできるような穴はないし」

「誰かが飼ってたとか」

「殺された老婆が蛇を飼っていたのか？ それを誰かが受け継いで育てたとか」

「このウロコは決定的な証拠だよ。ちゃんと撮っておいて。あと、ウロコを回収しよう」

「なるほど」

真野は体を反転させてカメラを佐枝子に向けた。

「じゃあ、行くよ。町田さん、いつでもウロコを回収しちゃって」

啞然として佐枝子はレンズを見返した。

「ちょっと待って、私がウロコを回収するの？」

「当たり前でしょう。レポーターなんだから。そのシーンをカメラにおさめないと」

「嫌だよ、そんなの。触りたくないよ、こんなウロコ」

「はあ？ じゃあ誰が回収するんだよ」

「君に決まっているじゃない」

間髪入れず佐枝子は真野からカメラを奪い取り、あべこべにレンズを向けた。

「なんちゅうワガママ。三万もらってるくせに」

真野の表情にはあからさまに不満の色が滲んでいる。

「余計なこと言わない。早くウロコを回収して」

「しょうがないなあ」真野は観念したようにウロコに目を向けたが、チラッとカメラを振り返り、狡《こう》猾《かつ》な笑みを浮かべた。「町田さん、マジでビビってる」

手加減せずに佐枝子は真野の足に蹴りを入れた。

「この状況なら当たり前でしょ。異常だよ、この光景は」

「どうかな」と真野は疑わしげな色を滲ませた。「ペットの蛇が逃げ出したという最初にオレが言った説に近づいていると思うけど。誰かがここで隠れて大きな蛇を飼っていたってだけのオチじゃない？　うわ、なんか、このウロコ、ピリピリするな。毒があったりするとヤバイな」

「え、ヤバそうなら、やめるか」

「いや、待って」

真野の手は浴室の壁に付着したウロコの表面を這いまわったが、取っ掛かりが無くて引き剥がすのにはてこずっていた。

「これ、壁に一体化しているな。まるで壁から生えてきたみたいだ。継ぎ目がないぞ」

「バカ言ってるんじゃないよ」

佐枝子はカメラのズームボタンを押してウロコを拡大した。確かにウロコはぴったりと貼り付いていて、壁面との間に隙間がない。クローネンバーグの映画みたいにモノと生物が一体化したかのような有様だ。

このウロコはどう見ても異常だ……。第一、大きすぎる。四、五センチ四方もある。生物学的にそんな大きなウロコなんてあるのだろうか。

異常なのは大きさだけではない。数が多すぎる。大蛇のウロコが剝がれ落ちるにしても、浴室の四方八方を覆うほどの量がこびりつくのは常軌を逸している。

ウロコの表面には特徴的な六角形の模様が形づくられており、その内側には渦を巻いた歪な円がいくつもひしめいている。佐枝子はそれらのうちの一つをカメラのズーム機能を用いて画面内に拡大していった。

この模様、どこかで見たことがないだろうか。今朝の浴室の排水溝ではなく、もっと前にどこか全然違う場所で……。

渦を巻いた円の中央に、一瞬、黒い楕円《だえん》がよぎり、それは、まばたきした。

佐枝子は悲鳴を上げた。

ウロコの回収に手を焼いていた真野が驚いて顔を向ける。

「いきなりエクソシストやめて。カメラやってるときに演技しても意味ないから」

佐枝子はしゃがみこみ、口をパクパクさせた。

「演技じゃないよ」

「どうしたんだ、いったい」

「今、ウロコの模様の向こうに……」佐枝子は先刻のウロコを指差した。「目が見えた」

「目が見えた？」

真野は眉根を寄せ、そのウロコに顔を近づけた。

「目って、人間の目ってこと？」

「人の目だと思う。誰かに見られた気配があったから」

「どこにもそんな覗き穴みたいのは無いよ」

改めてみると、確かにそれは平面的なウロコであり、向こう側から誰かが覗くなんてありえなかった。ウロコの模様が起こした錯覚か……。

胃がムカムカして今にも吐きそうだった。

「ああ、もう無理。私、いったん出る」

佐枝子はカメラを真野に押し付け、浴室から這い出た。少しでも新鮮な空気が吸いたくて、小走りで和室に向かうと、窓辺でレースのカーテンが揺れていた。

ちょっと待て、なぜカーテンが揺れている……窓は閉まっていたはずなのに。

おそるおそる窓に近づけば、それは端の方が僅《わず》かに開いていた。そこから微風が入ってきているようだ。これくらいの隙間なら当初から開いていても気がつかなかったのかもしれない。

でも、曇りガラスの向こうの一角に黒々とした影があるのは何だ。あれは、ガラス窓の向こうのベランダにとぐろを巻く大蛇ではないのか……。

真野を呼んでくるべきかと思ったが、これ以上、怯えている姿を見せたくない気持ちが勝った。ましてや、この影がなんでもない物陰だったりしたら、あのバカ、調子に乗って大ハシャギでこう言うに決まってる、町田さん、ビビってるわ、マジうける〜。

そうはさせるもんか！

佐枝子は勢いよく窓を開け放った。

視界に飛びこんできたベランダの隅には妙なものがあった。

腰の高さほどの灰色の岩塊で、ダルマのような形をしている。作りかけで放置された彫刻を思わせたが、ただの岩といえば岩である。なぜ、ここに岩があるのかはまったくもって不明だが、少なくともそれは蛇ではなく、焦って真野を呼んで来なくて本当に良かったと安堵して目を上げた先に、そいつはいた……。

上の階から突き出た、逆さの首が……。

その顔はベランダの軒から首だけ出してこちらを覗きこんでおり、そして顔面はびっしりとウロコで覆われていた。

怪人・蛇男の首……。

佐枝子は口をパクパクさせて白目を剝き、恐怖でのけぞりすぎて後ろ向きにブリッジした。それはまさに『エクソシスト』の名高いシーンを再現するかのごとき異様な光景だったが、それを撮影する者はその場にはいなかった。

6

浴室では相変わらず真野が壁面に貼り付いたウロコを回収しようとして手を焼いていた。ウロコと壁の境目をどれだけ丹念に指で辿っても取っ掛かりはなく、爪で引っ掻こうにもヌルリとかわされる。大蛇のウロコが剝がれて壁面にこびり付いたというより、壁からウロコが生えてきたような様相で、専門知識のない真野にも、生物学的に見てこの光景は説明がつかない怪異の一種であるという思いが拭えなかった。

ウロコはまだ生きているように奇妙な弾力をもち、実際、視界の隅に位置するウロコの渦がぐるりと蠢く気配を覚えた。だが、そちらに目を向けると、動くものは何もなく、ただの錯覚だと溜息をつくしかなかった。

それにしても、六角形の模様も、その内側を埋める無数の歪な円も、どこかで見た気がしてならなかった。こことはまったく別の場所……もしかしたらニュースの映像で……。

渦を巻いた円の内側は黒く塗り潰《つぶ》されており、先ほどそこから誰かが覗いていたなんて佐枝子が言ったのを真野は一笑に付したが、一人、浴室に残されると、誰かに見られているときのムズ痒《がゆ》さがずっと背中に貼り付いて消えなかった。

オカルトなんてまったく信じておらず、大蛇騒動はペットの蛇が逃げただけ、行方不明者は引っ越ししただけと今でも信じているが、ならばこの浴室の壁を覆う模様は何なのか、考えるほどに混乱して真野は不安を覚えた。

ウロコの回収は諦めて、最後にもう一度、浴室を撮っておこうと真野がカメラに手をかけたとき、いっせいにウロコというウロコが内包する無数の円の模様がぐるりと回った……気がした。

どっと汗が噴き出て瞬時にして鳥肌が全身を覆った。眩暈《めまい》を覚え、壁に手をついたときに触れたウロコのヌメリに悲鳴が上がりそうになる。

そして、真野はここに来てようやく自分が怯えていることを自覚した。

これ以上、ここにいてはいけない……。

足をふらつかせながら真野は浴室を出て、台所まで戻って一息つく。佐枝子を探して和室に目をやったとき、思わず声が漏れた。

「ひっ……」

和室の窓際では、あろうことか佐枝子がブリッジをして白目を剝いている。フェイクドキュメンタリーのやらせ演技として『エクソシスト』まがいの演技を提案したのは自分自身だったが、あまりの完成度の高さに真野の心臓は停止しかけた。

「町田さん、やめて、白目だけは……。あと、涎垂《よだれ》れてるから。それ放送事故レベルだから……」

佐枝子はもぞりと全身を震わせ、ブリッジしたまま手足を畳に這わせた。裏返しになった四つん這い、悪魔の歩行……。

真野の全身の汗腺からどっと冷や汗が滲み、腰がぬけた。

窓辺では場違いなまでの優雅さでレースのカーテンが揺れ、初夏の薫風を部屋に運びこんでくる。やわらかな風の感触は多少とも真野の正気を呼び覚まし、落ち着きを取り戻してくると、一瞬でも取り乱した己を打ち消すかのように怒りの念がふつふつと湧き上がってきた。

あやうく佐枝子のやらせ演技に引っかかるところだった……。

仕返しとばかりに、思いっきりダメ出ししてやろうと声を張り上げかけたとき、今度は背後の玄関の扉をドンドンと激しく叩く音が響いた。

予想外のことが続いて血の気が引いて固まっていると、玄関の扉が勢いよく開かれた。そこには髪の薄い五十がらみの男が立っていた。

「ここの団地の管理人だけど」男は顔面を紅潮させ、棒立ちになった真野を見るなり怒声を張り上げた。「勝手に部屋に入って何してる」

男は作業服を着ていて、その胸元には『埴江田団地管理組合』と記された札が付けられている。

そういえば、団地の管理人がこの部屋を調べて以来、頭がおかしくなったと老人が語っていたことを真野は思い出した。だが、頭がおかしくなった管理人は行方不明になったと言っていたから、今、目の前にいる管理人は新たに雇われた別の人だろうか……。真野が思案している間にも男は胸倉をつかみそうな勢いでのしのしと部屋に上がってきたので、思わず和室まで後ずさる。

振り返ると、佐枝子もいつのまにかブリッジの姿勢を崩し、ぼんやりと畳の端に座っている。だが、まるで魂をぬかれたみたいに視線は精彩を欠き、その顔は何もない虚空に向けられたままだ。

「あんたら不法侵入で通報してもいいいんだぞ」と男は凄んだ。「勝手にカメラまで廻してやりたい放題だな。まずはそのカメラ、こっちに渡してもらおうか」

反射的に真野はカメラを抱きかかえた。「なんでカメラを渡さなければいけない」

「没収だ。撮影した分は全部消去させてもらうから」

「そんな横暴は許されない」

「無断で撮影しているそっちが悪いんだろうが。盗っ人猛々しいにもほどがある」

「違うんだよ」真野は浴室の方を指差した。「浴室のなかを見てください。気味の悪いウロコがびっしり壁に貼り付いてますから。自分らはそれを調べていたんです」

「ウロコじゃねえよ」男は吐き捨てた。「ただのカビだよ」

「カビだって？」

今すぐ男を浴室に引っ張っていって、あの異様なウロコを見せたい衝動に真野はかられた。

「とにかく浴室に行きましょう。カビかどうか一緒に調べましょう」

「調べる必要なんてないよ。カビだから」

真野が浴室に足を踏み出しかけた隙をついて、男がカメラに手を伸ばした。

「カメラに触るな！」

真野が悲鳴を上げる。男の両手がカメラを鷲摑《わしづか》みにして容赦なく引っ張り上げる。真野はカメラの取っ手を握りしめて必死に防御した。二人の手に引っ張られてカメラはミシミシと嫌な音をたてた。

「カメラが壊れるだろうが、今すぐ手を離せ」

「没収だ。無断撮影は許さない」

真野と男は体重をかけ、手を伸ばしてカメラをお互いのもとへ引き寄せようとする。二人の間でカメラは左右に揺れ動いたのち、一瞬、均衡を保って静止した。

その瞬間、それまで気配を消していた佐枝子がガバッと畳から立ち上がった。間髪入れず二人の間に割って入ったかと思うやカメラをもぎ取り、ラグビー選手のごとくそれを抱えて玄関に突進した。

カメラを失った男二人は左右に勢いよく倒れ、管理人の男はバランスを崩して柱に頭を打ちつけた。真野も畳の上でもんどり打ったが、夢中で態勢を整えて起き上がった。そして猛然と佐枝子の後に続く。

男が頭をさすりながら叫んだ。「おまえら逃げるな！」

佐枝子は玄関の靴を履くのも惜しんで手でそれを拾い上げ、廊下に踊り出た。真野も転がるようにして玄関の敷居をまたぐ。

男は玄関まで這い出て、廊下の二人の後ろ姿に罵声を浴びせた。

「撮影を続けていると呪われるぞ！」

ただならぬ声につられて佐枝子が振り返りかけたので、慌てて真野が注意した。

「前見て、前！」

「おまえらは分かってないだろうが」と男はなおも吠えた。

「E棟の七〇七号室の住民みたいにひどい目にあうぞ」

佐枝子の足が止まりかけたので、真野がまた怒鳴《どな》った。

「立ち止まるな！」

「E棟の七〇七号室って」と佐枝子は言った。「私のいる部屋じゃん」

「おどかしているだけだって」

「前の住民は引っ越ししていなくなっただけじゃないのか？」

「今はそれを考えている場合じゃない」

佐枝子と真野は廊下の角を曲がり、階段を駆け下りた。一階まで一気に降り、そして、足音をたてないように一階の廊下を走った。すぐに建物から出ると、上階から見張っている男の目にとまり、行く先を見定められて後々面倒な気がしたのだ。

廊下を突っ切ってG棟の一階の端まで来ると、建物の裏へと抜ける通路に行き着いた。各部屋の郵便受けが並んだ通路を先に進んだところで倉庫のような扉が見え、その周辺には埃をかぶった事務机や椅子、ダンボールなどが雑然と積まれていた。

二人は物陰の暗がりを見つけて身を潜め、男の足音が響いていないか耳をすました。

G棟は入ってきたときと同様、静まりかえっていた。静寂のなかで二人はしばし沈黙を守り、ぴくりとも動かなかった。

やがて、佐枝子が押し殺した声でつぶやいた。

「ベランダで変なモノを見た」

「変なモノ？」

「君は見なかった？」

「ベランダなんて覗く暇なかったからね」

「上の階から」と佐枝子は気味悪そうに続けた。「変な顔が覗いていた」

「変な顔ってなんだよ」

「分からない、自分が何を見たのか」佐枝子は力なく首を横に振った。「蛇のウロコに覆われたような顔だった」

真野はまじまじと佐枝子を見返した。

「なんだよ、それ」

「だから分からないって」

「だいたい、どうやって上の階から覗くんだよ。上の階のベランダも塀があるだろう。覗くなんて物理的に不可能だ。そいつは宙に浮いてたのか？」

「さあ」佐枝子はじっと前を向いて言った。「でも、ここ、マジで何かいるよ」

そう言った佐枝子の口ぶりがやけに確信に満ちていて力がこもっていたので、真野はじわりと冷や汗をかいた。窓辺でブリッジしていた異様な姿態の佐枝子を思い出しながら。

「で、町田さん、どうするの？　ヤバイと思うんなら、これ以上、深入りするのはやめとく？」

驚いたように佐枝子は真野を見た。

「何言ってるの。これからじゃない。それとも君……」

「ビビってねえし」真野は内心の逡巡を打ち消すように語気を強めた。「町田さんの方こそどうなの。なんか寒そうだけど、さっきから震えてない？」

佐枝子は両手を胸の前でクロスして肩に手をやり、身を縮こませていた。

「はっきり言って」と佐枝子は言った。「ビビってるよ。でも、このビビリには覚えがある」

「ビビリに覚えだって？」

「映画のオーディションをやまほど受けてきたけど」佐枝子は曖昧に笑った。「大半のオーディションはどうでもいい作品だった。まあ、私ごときに選り好みする贅沢なんて無いんだけど、それでも、たまに行き当たるんだよ、やまほど受けていたら、ああ、この作品は向こう側にぬけているな、と思えるものが」

よく分からずに真野は尋ねた。「向こう側にぬけているって、どういう意味だよ」

「うまく言えないけど、ただの作品じゃないってことよ。ここだけで収束してなくて、ちゃんとどこかにつながっているっていう感じよ。そういう作品のオーディションはビビるんだよ」

「……どうして」

「出たいと思うからじゃない」佐枝子は目をキラリと光らせた。「まあ、結局、落ちるんだけどね」

「なるほど」と真野は言った。「でも、それオーディションの話でしょ？　今ここで置かれている状況とは全然違うと思うんだけど」

「違うけど似ている。この場所には向こう側がある」

「何それ、向こう側って何？」

「よく分からないよ。ただ、そういう気がするってだけの話」

急に寒気を覚え、真野は手をさすった。

「どうでもいいけど、ここ、なんか寒いな」

「確かに寒い……」

初夏とは思えない冷気を含んだ風が、壁に備えられた掲示板の貼り紙を揺らしていた。掲示板は団地の各棟に設けられていたが、G棟は管理が行き届いていないのか貼り出された紙はいずれも古びていて、他の棟で見かけたものとも様相を異にしている。

「『シテール島からの船出』」と佐枝子はその貼り紙の一つを読み上げた。「何かおかしなタイトルだな」

「演劇のタイトルみたいだな。この団地、劇の催し物なんかもやっているんだな」

「というか、普通、『シテール島への船出』だよね。そういうタイトルの映画もあるじゃん」

「そんな映画あったっけ」

「映研なのに知らないの？」

「出たよ」真野はいかにも気分を害した様子で立ち上がった。「オレ、そういうオタクが知識量を押し出してマウント取るの嫌いなの」

「映研なんて映画オタクの巣窟だろうが」

「違うよ、とんだ偏見だな」

潜んでいた物陰から顔を出し、真野は辺りを窺った。

「さっきのおじさん、近くにはいないみたいだな。今のうちにずらかるか」

佐枝子も立ち上がり、周囲に注意深く目を向けた。

「なんかここ、打ち捨てられた場所って感じね」

「まるで粗大ゴミ置き場みたいだ」

積み上がったダンボールの横の扉に佐枝子は近づき、取っ手を回したが施錠されていた。

「これ、何の部屋なんだろうね」

「空調系の設備でもあるんじゃない」

「ちょっと待って」

佐枝子は扉の横の壁に目を凝らした。

そこには何か記されていた、右に傾いた縦長の筆跡で……。

「これ、部屋の押し入れの奥に書かれていた文字と同じ筆跡じゃない。同じような細いペンの字だし」

「666って書いてたヤツか」

二人はその文字を見つめた。
十年前、老婆が殺された部屋に残された文字と同様、そこには謎めいた文句がつづられていた。
『最初の子どもたち
六番目の子ども
生まれなかった子ども』

7

G棟からは建物の死角や樹木の陰を伝って脱出し、ショッピングセンター付近の雑踏に身を滑りこませると、ようやく口うるさい管理人の魔の手から逃れたことへの安堵感に佐枝子は包まれた。そして、ほっとすると同時に勢いよくおなかが鳴って赤面した。考えたら朝からロクに食べ物を口に入れておらず、ひどく空腹であることを唐突に自覚する。

団地の敷地内にあるショッピングセンターは一階がスーパー、二階には雑貨屋やホームセンター、三階と四階が飲食店で、五階に診療所の類が入っている。団地以外の住民も利用しているようで夕暮れ時を迎えた館内はそれなりに賑わっており、人ゴミを縫って佐枝子と真野は四階のファミレスに行き着いた。

ファミレスは広々としていたが混雑しており、驚いたのは客層の国際色が豊かなことだった。アジア系はもとより、欧米系とおぼしき一団も見える。もともと高田馬場周辺は海外から来た住民が多い土地柄だが、埴江田団地も例外ではないようだ。

そんなインターナショナルな色合いの店内を見渡しながら、窓際のテーブル席に座ってからずっと、佐枝子の視線はある一点を追いかけ続けていた。

テーブルからテーブルへと忙しなく行き交うウェイトレスの一人……色白で丸顔のおかっぱ頭の彼女は間違いなく今朝、非常階段から佐枝子の部屋に双眼鏡を向けていた謎の人物だった。残念ながら、おしぼりとお冷やを運んできたウェイトレスは彼女ではなかったが、どうにかしてこのスーパー怪しい彼女と接触せねばと、佐枝子は気を揉んだ。どう考えても、人の部屋を双眼鏡で観察している行為は普通ではない。もっとも自分もそのとき双眼鏡で彼女を見ていたのだが……。

件《くだん》のウェイトレスの彼女は漆黒のおかっぱ頭を揺らしながら、佐枝子の視線に気づいている素振りもなく、テキパキと接客をこなし、足しげくファミレス内を行き来している。だが、担当エリアではないのか、一向に佐枝子たちのテーブルに近づく様子はない。

「オレはナポリタン大盛りとドリンクバーでいいや、町田さんはどうする？」と真野が訊いてきたので、佐枝子はハッと正気に戻った。注文を決めてなかったことに加えて、真野に確認したいことがあったのを思い出したのだ。

「君さあ、脚本家の綿道さんの連絡先、分かる？」

佐枝子の問いかけに真野は意外そうに首をかしげた。

「町田さん、もしかして綿道さんの連絡先知らないの？」

「知らない」

「こんな意味不明の仕事をさせられてるのに？」信じられないという風に真野は声を上げた。「よく引き受けたね」

「まあ、それはいろいろとあって……」

さすがにワインを痛飲した挙句、泥酔して目覚めたらここの団地の一室だったとは言いにくい。

「連絡先、さすがに教えといた方がいいよね。やばいことがあったときのために」

珍しく真野にしては気が利いたことを言い、懐からスマホを取り出した。

佐枝子もスマホを取り出し、綿道とついでに真野のＬＩＮＥアカウントも登録する。

「連絡先を私に知らせないというのも変だけど、そもそも、綿道さんって謎じゃない？」

「謎って？」

「綿道さんから聞いている説明が曖昧すぎるのが、調査を難航させている気がするんだけど」

「確かに……」

「行方不明者が出たというけど、詳細が不明だし、あと、行方不明者の部屋がめちゃめちゃに荒らされている写真を見せられたけど、その写真のコピー、送ってくれてもよさそうじゃない。写真があれば、団地の住民に尋ねるときの取っ掛かりになるし」

「そうだな」真野は勢いよくうなずいた。「早速、オレからLINEを入れてみよう」

「サンキュー」と言いつつ、生意気な学生アルバイトが急に素直になった印象を受けて佐枝子は戸惑った。慣れた手つきでスマホにメッセージを打ちこむ真野をさりげなく観察すると、心なしか顔色が悪い。自慢のホスト風に垂らした前髪も無様にほつれたまま直しもせず、表情もどこかしら虚ろな印象を受ける。

もしかして、真野もこの団地の怪異を本気にし始めたのではないか……。佐枝子が敏感に嗅ぎ取ったのは、表面的には平静を装いつつ、真野がその内に隠している怯えのような感情のゆらぎだった。

そのとき、ふっと視界の端を横切る人影を察知し、佐枝子は慌てて顔を上げた。

例のウェイトレスの彼女が配膳室の横を通って店の外に出て行くのが見えた。

女優を目指すといっても東京に出て来てひたすら佐枝子が明け暮れてきたのはまずもって生活のためのアルバイトであり、その大半は飲食店の接客業だった。ファミレスのウェイトレス経験もある佐枝子は、このときの彼女の出て行き方がいかにもシフトの交替のものであるように感じられた。夕食の時間帯が始まる頃に交替のタイミングが入るシフトを取っている店もある。あの彼女、朝からここにいたわけだし……。

ガタッと椅子を引いて、佐枝子は立ち上がった。

「ちょっと席外すわ」

「いや、待ってよ」真野が目を丸くする。「まだ注文もしてないでしょ」

「カレーでいいから」すでにテーブルを後にしながら佐枝子は急いで言い添える。「サラダも付けて。あ、あとパフェも」

「パフェだって？　何のパフェよ」

「適当でいいから、まかせる」

先ほど、彼女が出て行った配膳室のスイングドアを押し開き、躊躇なく佐枝子は突き進んだ。言いとがめられたらトイレを探していると言い訳しようと思っていたが、幸い、佐枝子に注意を向ける者はおらず堂々と厨房横の通路を突っ切って従業員用の出入口から廊下に出た。すぐ先の壁面に更衣室のものと思える扉があったが、さすがに部外者が立ち入るのはためらわれる。

別の扉の開閉する音が廊下の向こうから聞こえ、佐枝子は咄嗟《とっさ》にそちらに足を向けた。廊下を曲がった先に非常口があり、その先は非常階段となっている。まさにその踊り場から、今朝、彼女は佐枝子の部屋を観察していたのだ。

だが、勢いよく駆けこんだ非常階段の踊り場には誰もいなかった。

佐枝子は溜息をつき、非常階段の手すりの際まで歩を進めて、辺りを見まわした。

四階に位置する非常階段の踊り場からは、佐枝子の部屋があるE棟も、呪いのG棟もよく見えた。E棟の屋上にいた女子高生たちの姿は消えている。団地と団地の合間にある公園の遊具には何人かの小学生が群がっていたが、あの不愛想《ぶあいそう》な子どもの姿は見えなかった。

西の空は茜色の透明な光に染まっている。下の方はすでに闇に沈んでいて、それはこれから嵐が来る予兆のようにも感じ取れた。風がそよぎ、団地群を鬱蒼と覆う樹木がゆっくりと揺れる。黄昏《たそがれ》の引き延ばされた陽光の淡い色彩のなかで、どこかしら森のなかの神殿めいた量感をたたえながら団地群は刻々と夜の闇を迎え入れようとしていた。

微かな物音がした気がして、佐枝子は少し背後に体をずらして音のした方を見上げた。踊り場から階上へと向かう階段の中腹に、ウェイトレス姿の若い女性が一人、ぞんざいに腰かけてタバコを吸っていた。彼女だった。

その切れ長の眼差しはまっすぐ佐枝子に向けられており、彼女は今朝、双眼鏡から目をそらした瞬間に垣間見せたときと同じように、口もとにはイタズラっぽい微笑を浮かべていた。

「どこかで見たことのある顔だ」と彼女は薄くつぶやいた。

「それはこっちのセリフでもある」と佐枝子は厳しく言い返した。

彼女は携帯用の灰皿でタバコを消し、さっと立ち上がるとウェイトレスの制服のスカートを軽く手で払い、それからゆっくりと階段を降りてきた。

「どうして双眼鏡で覗いていたの？」

佐枝子は彼女が踊り場に降り立つなり問いただした。

「そっちこそ」と彼女は涼しげに前髪をそよがせて答えた。

「私は自分の部屋にいるのだから何をしようが勝手」いささか強引に佐枝子は言い切った。「でも、ファミレスのウェイトレスが仕事中だか仕事の前だか知らないけれど、非常階段に出て団地を観察しているのは普通ではない。それも双眼鏡を持参してまで」

彼女は踊り場の端まで歩き、目をすがめた。その視線の先にはE棟の佐枝子の部屋があった。丸みを帯びた艶やかなおかっぱ頭のその後頭部はファミレスのメイド風の黒い制服とよくマッチしており、古風なミステリ小説から抜け出してきたキーパーソンのように見えた。だが、微動だにしないまま彼女の沈黙は続き、このままダンマリを決めこむのではないかと佐枝子がじりじりし始めたとき、ぼそりと独り言のような言葉が漏れ聞こえた。

「あなたが引っ越してきたあの部屋、前に住んでいた人がどうなったか知ってる？」

佐枝子はさっと彼女の横に立ち、その横顔を覗きこんだ。

「行方不明になったと聞いた」と佐枝子は言った。「それを調査しているの」

「行方不明の原因は？」

少しためらってから佐枝子は答えた。「大蛇のような何かに襲われたとか」

一笑に付されるかと思ったが、彼女は笑わなかった。大きな黒い目をグルリと巡らし、ひどく深刻そうな様子でじっと佐枝子を顧みた。彼女は小柄だったので、佐枝子を少し見上げる格好になった。

「大蛇ね、まあ、そうかもしれない」

「あなた、なんで行方不明になったのか、その理由を知っているの？」

彼女はかぶりを振った。「いいえ」

佐枝子は焦れてにじり寄った。

「だいたい、あなた何者なの？　オカルトマニアとか？」

「ここで働いているウェイトレス」彼女はしれっと返答した。「それだけ」

「そんなわけないでしょ。名前は？」

「名前を知ってどうする？」

「聞かなくても分かる」佐枝子はウェイトレスの制服に付けられた名札を指差した。「春日《かすが》ミサキ」

春日ミサキはおかっぱ頭の前髪を揺らして肩をすくめた。前髪の長さはそろっておらず、長かったり短かったりしたが、不思議にミサキには似合っていた。

「私は町田佐枝子。ここの団地で起こっている怪異を調査するドキュメンタリーのレポーターをやってる」

「聞いてないの？」とだしぬけにミサキは尋ねた。

「聞いてないって？」

「だから、町田さんの前にあの部屋にいた人も同業者だよ」

「同業者……」佐枝子は口を歪めた。「つまり、私と同じようにこの団地の怪異を調べていたってこと？」

ミサキはうなずいた。「そう、町田さんと同じようにドキュメンタリーを撮影していて、そして……」

佐枝子はミサキから目をそらした。「行方不明になったのね」

「そういうこと」ミサキはぐっと佐枝子に顔を近づけ、耳もとで囁《ささや》いた。「だから、早くここを去った方がいい」

「私も行方不明になるっていうの？」

「分からない。でも、その可能性はある」

「だから、あなたは何者だっつうの。何でそんなことが言えるの？」

佐枝子の剣幕にもミサキは動じず、素っ気なく言った。

「ちょっとだけ、ここのことを知ってる、それだけ」

「どこまでも、はぐらかす気ね」佐枝子は露骨に溜息をついた。「でも、悪いけど、私、やめる気ないから」

訝しげにミサキは目を細めて言った。「警告したのに？」

「警告だって言われても、肝心なことは何も教えてくれずに思わせぶりに徹しているだけだし。私はもう確信したの。ここには何かあるって。G棟の四〇九号室にも行ったし」

「G棟の四〇九号室で何を見た？」

静かな口調だったが、ミサキの言葉の裏には緊張の響きがあり、佐枝子は心なしか顔を強張らせた。

「浴室いっぱいを覆う蛇のウロコ。いや、ウロコかどうか分からないけど、そんなような強烈な光景」

「そのウロコ、触った？」

「ちょっと触ったかな……」

次の瞬間、ミサキに両肩をつかまれて佐枝子はポカンと口を開けた。

「いきなり何をする……」

「じゃあ、声は聞いた？」

「声？」

ミサキは真剣な面持ちで正面から佐枝子を見つめていたが、しばらくして手を離し、すっと顔をそむけた。

「何なのよ、いったい」佐枝子は語気を強めた。「ハッキリ言いなさいよ」

「まだ引き返せる」とミサキは言った。「今すぐここを出て行った方がいい」

「声を聞いたら、引き返せないの？」

いつのまにか日は沈み、完全に夜の帳が下りる前の瑠璃色の時間に入っていた。団地の敷地内のそこここにある外灯が薄ぼんやりとした光を灯し、公園で遊んでいた子どもたちも知らないうちに姿を消していた。

西の空に僅かに残る残照をミサキはしばらく眺めたのち、じろりと佐枝子を振り返って言った。

「うん、引き返せない」

何もかもがマジックアワーの透明な瑠璃色のうちに沈み、その輪郭も境界も曖昧に溶けていくなか、このときの、まだ少女の面影が残る謎めいたウェイトレスの射抜くような眼差しは、佐枝子の胸中に消えずに疼《うず》き続けた。

8

結局、春日ミサキの言う『声』が何であるかは分からないまま、不意に彼女は非常階段の踊り場を出て行き、佐枝子も無理に後を追わなかった。

警告めいたことを口にするわりには是が非でも止めようとする必死さはなく、どこか超然とした達観を漂わせたまま、謎のウェイトレスは謎のまま去っていった。だが、春日ミサキがこの団地の怪異に関して何か核心的なことを知っていることだけは間違いなかった。

ゆくゆくはきっちり追及してやると佐枝子が息巻きながらファミレスの席に戻ると、真野はすでに大盛りのナポリタンを平らげており、食後のコーヒーをのんびり啜《すす》っている。佐枝子がトイレにでも行ってきたと思っていたのか真野は特に何も訊かず、佐枝子とて謎のウェイトレスとの邂逅については説明に窮して結局は話さずにおいた。

食事を済ませたあとはショッピングセンターで日用品を買うことにして、真野には先にE棟の部屋に戻っておくように伝えた。

「今回のバイトは昼間だけの約束だったんだけどな」と真野はぼやきつつ、ファミレスの食事代を佐枝子に払ってもらったあとだけにそれ以上は文句を言わず、おとなしくE棟へと歩き去っていった。無論、ファミレスの食事代は後日きっちり綿道に経費として請求するつもりだった。

雑貨屋やスーパーでこまごまと買い物をしてショッピングセンターを後にしかけたとき、入口付近の壁に貼り紙があるのを目にして佐枝子は足を止めた。

A4の紙にプリントされたその貼り紙は、まるでいなくなったペットでも探すかの要領で、『この人を探しています』と書かれていた。その下には、モノクロの不鮮明な写真が載っており、短髪で彫りの深い中年男性の顔が写っていた。写真の脇には小さな字で説明書きも添えられている。

『埴江田団地の管理人をしていた長村重利《おさむらしげとし》（四二歳）さんが行方不明になっています。見かけた方は団地の管理組合もしくは警察まで届け出を願います』

G棟で佐枝子と真野を叱責した管理人とは別人だったので、あの男はこの長村という人の後釜《あとがま》なのだろう。貼り紙の前管理人は、大蛇を探してG棟の四〇九号室に行ってから奇行が目立つようになったと老人が話していたその人だろう。

それにしても、この顔、見たことあるぞと佐枝子は顎に手を添えて思案した。しかし、記憶のなかの像が結ばれる前に、横合いから話しかけられて思考は途切れた。

「この人に心当たりがおありですか？」

見ると、豊かな顎髭《あごひげ》をたくわえた大柄な男が傍らに立って佐枝子を見ている。しかも、男は欧米系の外国人だった。

「いえ、ちょっとそんな気がしただけで……」

佐枝子が口を濁《にご》すと、大男は人なつっこい笑みを浮かべ、流暢《りゅうちょう》な日本語で言った。

「あなた、この団地のこと、調べてますね」

「なぜ、それを……」

「私、見てました。あなたたち、G棟の部屋に入っていくのを」

唖然として佐枝子は大男を見返した。自分たちが考えている以上に観察されている。そもそも、この外国人は誰なんだ、ここの住民なのだろうか……。

「そして、新しい管理人さんに部屋、追い出されたのも」

そう言って謎の外国人はクスクス笑った。

「失礼ですが、ここの団地にお住まいの方ですか……」

「いえ、違います。私もあなたと同じです」

「同じ？」

大男は意味ありげに目くばせした。

「ここの団地、不思議がいっぱい。私、それに興味があります」

佐枝子はしげしげと男を見上げて言った。

「まさか、オカルトの研究者とか」

「違います。私は語学教師です。水道橋にある学校で外国語、教えてます。アラン・スミシーです」

「アラン……」

「ラフカディオ・ハーンはご存じですか？」

佐枝子が首をひねると、アランは助け船を出した。

「日本名は小泉八雲《こいずみやくも》。明治時代に日本にやって来て『怪談』を書きました」

「ああ」と佐枝子はうなずいた。「『耳なし芳一《ほういち》』の作者」

「そうです」アランは嬉しそうに巨体を揺らして続けた。「私、ハーンの『怪談』を英語で読んで日本に興味持ちました。それ以来、日本に来るのが夢。で、夢がかなって日本で語学教師やりながら、怪談も調べてます」

確か『耳なし芳一』は平家の亡霊を相手にした琵琶法師が体中にお経を書いて難を逃れようとするが、耳だけお経を書き忘れて耳を亡霊に持っていかれる話だった。

アランが日本の怪談に興味を持っているのは分かったものの、それにしても『耳なし芳一』と、この団地の怪異はあまりにも時代も状況もかけ離れている。守備範囲、広すぎはしないか？

「ここの団地に不思議な出来事が起こっていると、どこで聞いたんですか？」と佐枝子は単刀直入に尋ねてみた。

「それはちょっと小耳に挟んで」とアランは言葉を濁し、「でも、G棟の部屋で十年前に起こった恐ろしい事件、聞いたときは身震いしました」と言いながら実際に大仰に身を震わせた。

「十年前にお婆さんが殺されたと聞きましたが、そんな恐ろしい事件だったのですか？」

アランはギョロリと目を動かして、どこか得意げに言った。

「おや、ご存じない？」

その言い方がいかにもオタクが知識量の優位を誇るような響きがあって、佐枝子はカチンと来た。

「まだ調査一日目なんで」

「そうですか、いや、この話を知っていながらあの部屋に踏みこむとは大した度胸だと感嘆してたんですが、そうでしたか、知らなかったからあんな大胆な行動がとれたんですね」

「だから、何が起こったんですか、十年前に！」

「いや、こんなところで言うのも憚《はばか》られますね」

「もったいぶるなら、いいですよ。自分で調べますから」

踵を返して佐枝子が去りかけると、アランは慌てた風に大柄の体軀《たいく》を縮こませて佐枝子のシャツを引っ張り、ショッピングセンター入口脇の少し陰になった建物の角に誘導した。

「もう、何なんですか」

「首がなかったんです」

「え？」

アランは声を潜ませてもう一度、佐枝子に耳打ちした。

「だから、殺された老婆の首がなかったんです」

「首なしですって……」

「その首はまだ見つかってないそうです」

十年前なら佐枝子が上京してきた頃だ。ロクにニュースも見ないような日々だったが、さすがに首なし死体の殺人事件があったのならその当時、世間を騒がせたはずで、記憶に残っていないとおかしい。ところが、そんな事件の記憶はまったくない。

「本当にそんな事件があったんですか？　ニュースで見た覚えもないですが」

「調べてご覧なさい」アランはしたり顔で顎をしゃくった。「十年前の恐ろしい事件はまだ解決してないのです。それが、今日の怪異にもつながっている」

釈然としないまま佐枝子は唇を嚙んだ。

「分かりました、情報ありがとうございます、調べてみます。あ、アランさんでしたっけ？　連絡先、教えてもらっていいですか。後日、改めてちゃんと取材させてほしいので」

「いいですよ。その代わり、あなたの名前も教えてください。それと、私、情報を提供しました。あなたも情報ください」

「は、情報？」

アランが連絡先を記した紙片を受け取りながら、佐枝子は面食《めんく》らった。この男、語学教師だとか言ってはいるものの、本当にそうなのか？　ラフカディオ・ハーンとかもっともらしい名前を出していかにも怪談の好事家《こうずか》を装っている反面、実のところ、自分たちと同じようにオカルトのレポーターで、こちらに先んじて真相を突き止めようとの腹ではないのか？

アランがペンと手帳を構えたまま、急かすように佐枝子を見つめてくるので、観念して名前を告げた。

「町田佐枝子です。用があるときはE棟の七〇七号室にいるので、そこに来てください」

「マチダサエコ、E棟の七〇七号室……と」アランは慎重に手帳に書きつけ、ぬけめなく付け足した。

「それで、情報は？」

「情報といっても、たぶんアランさんの方が私たちより詳しいでしょう」

「私、ただの趣味で怪談を収集している人。なんにも知らない。でもここの不思議、とても気になる。同好のよしみで一つ教えていただきたいのです」

「そうですね」

G棟の浴室を覆ったウロコの話を口にしかけたところで、十年前の事件のことでマウントをとられたことが癪に触って、結局それには言及しないことにした。

「そこに貼り紙が出ている行方不明の管理人の人、楽器で老人を殴ったみたいですよ」

「え？」

できるだけ、どうでもいいような情報を選んだつもりだったが、ふとアランの顔を見ると、その両目が飛び出さんばかりに驚愕した表情が浮かんでいたので、佐枝子はギョッとした。

「楽器で殺したんですか！」

「いや、殺したんじゃないです。楽器で老人を殴っただけです」

「殺してはいない？」

「はい、その老人は生きてました」

「ということは、殺されかけたのかな？」

「殺されかけた……のかもしれません」

「楽器で？」

「ええ、楽器で」謎のやりとりに耐えられなくなって佐枝子は叫んだ。「もう、何なんですか。この話にそこまでビックリするようなことがあります？」

「おや」アランの目にまたしても、あの高慢な知識量の優位を誇る色がよぎり、佐枝子は愕然《がくぜん》とした。

「おやおや、佐枝子さんはまだ気づいてない？」

「気づいてないって……」

「楽器で殺されかけたことの意味についてです」

「そんなことに意味なんてあります？　大蛇にも、十年前に殺された老婆にも関係ないじゃないですか」

アランはほくそ笑んだ。「どうでしょう、関係あるかもしれませんよ」

「もう、なんですか。知っていることがあるのなら教えてください」

「ノーノー、私、一つ教えました。佐枝子さん、一つ教えました。これでオアイコです」

すっかり満足した様子でアランは肩にかけたカバンに手帳をしまい、ひらひらと佐枝子に手を振った。

「また会いましょう。この団地のどこかで」

ずんぐりとした巨体がよたよたと夜道を歩いていくのを呆然と眺めていた佐枝子はやけくそになって言った。

「エラリイ・クイーン！」

「え？」アランが振り返って眉根を寄せた。「何のことです？」

「いえ、エラリイ・クイーンの代表作を彷彿《ほうふつ》とさせる事件かな……と」

完全に真野の受け売りで、佐枝子はクイーンの推理小説を読んだことは一度もなかった。

ただ、散々思わせぶりなことばかり吹っかけられ煙《けむ》に巻かれたことが業腹《ごうはら》だったので、それならばこちらも相手を混乱させてやれと捨て鉢なことを言ってみたまでだった。ところが、アランの反応は予想外のものだった。

「ほう、佐枝子さん、見直しました。分かっているじゃないですか。そこまで気づいているのなら、隅におけませんな」

アランはにっこりと笑い、そうしてまた背中を向けてノシノシと遠ざかっていった。

9

E棟の七〇七号室に戻ると、真野が撮影の準備を整えていた。ガッシリとした大型の三脚が窓際に陣取り、その頂上に据えられたカメラはこれまで使用されていたものと違って望遠レンズが嵌った本格的なもので、このふざけた学生アルバイトがいったいどこにこんな代物を隠していたのかと、佐枝子は瞠目した。

「車に載せてたんだよ。今日の撮影には必要ないと思ってたけど」と真野は事もなげに言い、

「君、車を持ってるのか、学生の分際で」と佐枝子はさらに驚きの声を重ねた。

「違うよ、実家の車」と素っ気なく真野は返答した。「おやじの車を借りてるの」

カメラの野太いレンズは窓辺のカーテンの隙間に差し挟まれ、G棟の建物を狙っている。カメラから伸びたケーブルは畳の上に広げられたノートパソコンにつながり、そのモニター上ではG棟の全景がすでに映し出されていた。

夜になってG棟に潜む何かが蠢き出さないか観察してみたいと提案したのは佐枝子だったが、予想以上の真野の働きぶりを前にして武者震いとも胸騒ぎともつかぬざわめきが胸中を駆け、落ち着きなく部屋のなかを歩きまわった。そうして今しがた会った奇妙な外国人アラン・スミシーについて真野に話した。

「十年前に首なしの殺人事件なんてあったかな」と真野は首をかしげ、

「十年前なら君、小学生だろう。ニュースなんて見てない年頃じゃないか」と佐枝子は突っ込みを入れた。

「今、スマホで検索したけど、そんな事件、出て来ないね。からかわれたんじゃない？」

「いや、なんかいかにも何か知ってます的な雰囲気を漂わせていたけどね。そういえば、管理人が老人を楽器で殴ったという話にえらく反応していた」

「反応ってどういうこと？」

「ねえ、エラリイ・クイーンの小説で君が言っていたの何だっけ」

「楽器で人を殺す話は『Yの悲劇』」

「その話、真相はどうなるの？」

「はあ？」真野は顔をしかめた。「言うわけないじゃん」

「何でよ」

「ミステリのネタバレは死罪に相当する」

「マジかよ」

「名作だから自分で読んだら。貸そうか」

しかめ面になって佐枝子は曖昧にうなずいた。

「クイーンの作品が関係あるって、そのアランという人は言っていたのか？」

「さあ、よく分からないけどね」

「何だか話がどんどん取っ散らかっていくね」

機材のセッティングを終えた真野は畳の上であぐらをかき、腕組みをして厳《いか》めしい口調で宣言した。

「ここらで一度、状況を整理してみよう」

佐枝子も畳に腰を下ろし、「賛成」と言った。

「まず一つ、団地のあちこちに大蛇の這ったような跡が確認された。これは脚本家の綿道さんがキャッチした情報で、オレらが話を聞いた団地に住む老人も証言している」

佐枝子はうなずき、「二つ目」と指を折って後を継いだ。

「団地で行方不明者が出ている。ただ、どこの誰が行方不明になったか具体的には分からない。今いるこの部屋に住んでいた人も行方不明になったという話だけど、詳細は不明」

「その点については綿道さんにＬＩＮＥで訊いたけど」真野はスマホを確認し直しながら言った。

「まだ返事はない」

「綿道さんの情報が曖昧なのがやはり調査を困難にしている元凶だよね」

「三つ目」と真野はかまわず先に進んだ。「この団地には呪われた部屋と言われている空き室があり、それがＧ棟の四〇九号室。今のところ、団地の怪異の震源地としては有力候補のひとつ。その部屋の浴室を覆う謎のウロコをオレたちは目撃した」

「四つ目は、その部屋を階上から覗いていた怪人・蛇男」

「その蛇男のイメージが今イチつかめてないけど、ここは町田さんを信じるしかない」

「いや、信じろよ」

「五つ目」と真野は右手の指を拳にしてから固まった。「あと、何だっけ」

「大蛇のことを調べていた前の管理人がおかしくなったということかな。老人を楽器で殴ったり、子どもを焼却炉に放りこんだりした末に行方をくらませた」

「それは前にも言ったけど、怪異かどうか分からないけどね。そういう変な人がいたってだけのことかもしれないし」

「そういえば」佐枝子は膝を打った。「私、その管理人の男、見たことある」

怪訝な表情を浮かべて真野は上目遣いに佐枝子を見た。「つうか、顔知ってるの？」

「ショッピングセンターの入口にその管理人が行方不明であることを伝えるチラシが貼ってあって、顔が分かった。それでピンと来たんだよ。この顔見たことあるって。まあ、思い出したのは今だけど」

「で、どこで見たの？」

「今朝だよ。ここの部屋のベランダから下の公園を見ていたとき、その人いたよ」

「ほほう」

「しかも、髪の長い女の人に長い棒で打たれていたんだよ。そうだ、あの人が行方不明になった管理人だったのか」

「ちょっと待て、長い棒で打たれていたってどういうことだよ？　意味わかんないんだけど」

「私だって意味わかんないよ。孫悟空の如意棒みたいな堅そうな棒で背中を女の人にバシバシ叩かれてたの、抵抗もせずに四つん這いになって」

「聞けば聞くほど訳わかんないよ！」

うんざりしたように真野はかぶりを振り、ぶっきらぼうに佐枝子が買ってきたポテトチップスの袋に手を伸ばした。

「せっかく状況をまとめようと思ったのに、また取っ散らかったじゃないか」

「しょうがないでしょうが。状況がそもそも取っ散らかってるんだから」

「どうかな。町田さんが何でもかんでも怪異に結びつけるから、話をややこしくしているんじゃないの。もっとロジカルに物事をとらえないと」

ロジカルにとらえられないことが起こっているんだし、そもそもそれを人は怪異と呼ぶのではないのかよ……と佐枝子は立腹したが、言いたいことがうまくまとめられずに沈黙し、真野からポテチの袋を奪い取って塩気の利いた菓子を口に放りこんだ。

謎めいたことなら、まだいくらでもある。ファミレスの謎のウェイトレスこと春日ミサキ、オカルトマニアっぽい外国人のアラン・スミシー、団地の屋上でチャネリングめいた謎の儀式を行っていた女子高生たち、そしてG棟の壁に書かれていた奇妙な文句……。

「おや」とモニターを覗いていた真野がポツリと声を漏らしたので、佐枝子は思考の沼から浮上し、カメラがとらえたG棟の映像に視線を向けた。

辺りはすっかり暗くなっていたが、木々の合間を縫って、人影が移動しているのが分かった。小さな子どもの手を引いた母親のシルエットだ。その二つの人影はG棟の入口へと向かい、そこから建物に入った。

「G棟の住民がようやくお出ましか」

「普通の家族連れも住んでいるんだね」

親子の影はエレベーターホールに消え、そこからエレベーターに乗りこんだと思われるが建物の死角に入って映像からは確認できなかった。

G棟は各部屋の扉が並んでいる側面がE棟に向いており、そのため、どの部屋に明かりがついているかはここからは判別できなかった。廊下や階段の外灯はついているものの、全体的に薄暗い闇のなかに沈んでいる印象があり、ひっそりとしている。

「妙だな」と真野がつぶやいた。「さっきの親子、どの階にも現れない」

どの部屋に入るにしても、各階の廊下を歩く必要がある。しかし、待っていても人影が現れる気配はない。

「エレベーターではなく、階段を使って昇ってきているとか……」と佐枝子は言いながら、建物の両端にある階段に目を走らせたが、そこにも人影は確認できなかった。

各階の中腹にある踊り場には蛍光灯が備わっており、その朧《おぼろ》な光がうっすらと階段を染めている。ただ、モニターに目を凝らしているうちに一か所、不自然なところがあるのに佐枝子は気づいた。

「左端の階段の、三階と四階の間」佐枝子はモニターのその箇所を指差した。「なんで、ここだけ暗いの？」

「照明が壊れているんじゃないのか」

「違うよ、踊り場付近には明かりが見える。でも、階段のところだけ影になっている。本来、ここに影ができるわけないのに」

佐枝子の指を辿って真野はモニターに顔を近づけた。

「確かに、ここだけ塗りつぶされたみたいに黒いな」

次の瞬間、その黒く塗りつぶされた箇所が脈動したように蠢いた。

ハッとして真野は上半身をのけぞらせ、佐枝子と顔を見合わせた。

「何かいる……」

影はしばらく静止したままだったが、二人が息をつめて見守っているうちに、ヌルリと水が流れるみたいに階段上を動いた。ただし、水流ならありえない動き、つまり上に向かって流れたのだ。

「……蛇だ」

佐枝子はうめき、そう言っている間にも黒い影の筋は階段を遡上《そじょう》し、四階、五階へと昇っていった。その長さはどんどん伸びているようにも見え、やがて六階付近で廊下へと溢流《いつりゅう》し、廊下の側面を覆う塀の陰に隠れて視界から消えた。

先ほどの親子は相変わらずどの階にも姿を現さない。ひょっとして、階の途中で大蛇に遭遇した可能性はあるだろうか……。

やるべきことは分かっているのに、すぐには言葉が出なかった。

佐枝子はごくりと唾《つば》を飲みこみ、モニターを凝視しながら言った。

「行ってみるか」

振り返った真野も蒼ざめていた。

「ここから、このまま観察を続けるってこともできるけど」

「いや、さっきの親子も気にかかる。だって建物に入ったのに、どの階の廊下にも現れないのは変だよ」

「分かった」真野は意を決したように立ち上がった。「このカメラは廻しっぱなしにしておく。そして、こっちのコンパクトカメラを携帯してG棟に潜入だ」

E棟の部屋を出てエレベーターで一階まで降り、屋外に出ると、木々に潜む初夏の夜の虫たちが薄闇を満たす通奏低音のごとき鳴き声で二人を包んだ。曲がりくねった森のなかの道をそのまま進むのももどかしく、道から逸れて草木を掻き分けながら佐枝子は駆けた。そして何度も背後を振り返り、後に続く真野の構えるカメラの存在を確かめた。撮影されているという事実が、自分が自分でない何かに変容する高揚をもたらし、佐枝子を奮い立たせるのだった。

先刻、親子の人影が消えたG棟の入口のところで足を止め、屋内を窺う。ガランとしたエントランス付近には誰もおらず、蛍光灯の淡い光がぼんやりと空間を埋めている。佐枝子はカメラ越しの真野にうなずいてから前に向き直り、G棟に踏みこんでいった。

エレベーターは扉を開けた状態で一階に停止していた。

「エレベーターを使わずに、やはり階段で移動したのか？」

佐枝子が疑問を口にすると、カメラの向こうから「自動で一階に戻るエレベーターだってあるよ」

との答えが返ってきた。

「とにかく階段の方に行ってみよう」

昼間に四〇九号室へ向かう途中で辿った階段ではあったが、踏み出してすぐにそれが前と違っていることを佐枝子は察知した。階段が濡れていたのだ。しかも、粘り気のある濁った液体で、それは床だけでなく、壁面にまで至っており、見上げると、天井からも水滴が落ちてきて佐枝子は悲鳴を上げた。

「蛇が通った跡だ……」

「蛇が通っただけで、辺りがこんなにも濡れるわけがない」

「じゃあ何が通ったんだ」

「さあ……」

「ひゃっ、髪から垂れてきた」

画面内の佐枝子が頭から半透明の粘液をしたたらせる姿を真野は呆然と見つめた。

「町田さん、走って。ゆっくり歩いていたら、ボトボト上から粘液が降って来る」

「そうは言っても、曲がった先に何があるか分からないし」

「さっきの影は六階まで昇っていった。そこまで突っ切ろう」

「分かった……」

粘液の跡を避けて足を運ぼうにも、階段の大半がその汚濁にまみれており、それを避けて通るのは困難を極めた。階段の角には陰が生じ、不鮮明な視界のなか、何度も粘液のたまりにはまり、そのうち佐枝子は足を滑らせて派手に転倒した。

「もう、嫌……」

そんな折りも真野は手を差し伸べることはせず、むしろ見せ場が来たとばかりに、冷静にカメラのアングルにこだわりながら粘液にまみれた佐枝子をアップにしたり引いたりしながら撮影に専念した。

ファインダー越しの冷酷なカメラマンに恨めしげな一瞥を投げつつ佐枝子は気丈に立ち上がり、前髪を手の甲で撫で上げてから、やけくそになって階段を駆け昇った。

しかし、目的の六階に辿り着く寸前、踊り場の角を曲がった拍子に上から来る人物とぶつかりそうになって、慌てて飛びのいた。

目の前にのっそりと現れたのは、髪を短く刈り上げた屈強な男で、それはとりもなおさずショッピングセンターの入口のところで貼り紙に出ていたその顔だった。行方不明になった前の管理人であり、男は佐枝子が今朝、部屋から見たときと同様に白地のシャツに黒のスラックスを身に着け、やけに姿勢よくまっすぐに背筋を伸ばして通り過ぎていく。

楽器で老人を殴ったり、子どもを焼却炉に投げこんだりといった奇行を聞いていただけに思わず身構えたが、前管理人の男は佐枝子もカメラも目に入らないかのように無表情のまま通りすぎ、遅くもなく速くもない足取りで階下へと降りていった。その淡々とした歩みは階段を満たす粘液の跡すら意識していないように見える。

「話を聞くべきかな」と佐枝子は真野に囁いた。

「いや、ここは変に刺激しない方がいいよ。なんだか普通じゃなさそうだ」

真野は前管理人の後ろ姿を撮りながら慎重に答えた。

「でも、どこから現れたんだろう。上から来たってことはG棟にいたってことでしょう?」

「案外、この建物の空き室に身を潜めていたのかもしれないね」

「蛇の出現と呼応しているような気もするけど」

「どうだか……」

前管理人が視界から消えると、二人は前に向き直って上昇を再開させた。粘液の跡は六階に到達したところで、やはり廊下の方に続いている。廊下の端に立って向こう側まで見渡せば、粘液のつくる筋道は廊下の端から端まで連なっており、突き当たりの逆側の階段にまで至っていた。

逆側の階段の周辺は靄《もや》がかかったみたいに見通しが利かず、しかも風景そのものがユラユラと揺らいでいるように見えた。

「ねえ、逆側の階段に続く入口の壁、なんか変じゃない？　壁が歪んでる」

「まさか」

傍らでレンズのズームを操作していた真野の全身が一瞬、強張るのを佐枝子は感じ取った。カメラを構えたまま、真野のうめき声が漏れた。

「何だ、あれは……」

もどかしくなって佐枝子はカメラに手を伸ばした。

「ちょっと貸して」

真野から奪い取ったカメラのファインダーに目を添え、廊下の端に画角を合わせる。拡大された廊下の端が視界に飛びこんできたとき、佐枝子の全身は硬直した。

階段へと至る入口の一角がやけに歪んでいると思いきや、ウロコで覆われた何かがそこから顔を覗かせていたのだ。ただし、それは大蛇ではなかった。ウロコで覆われた何かは人の顔の形をしており、さらには、そいつの真っ黒い手や胴体と思える箇所が顔の下に垣間見えていた。

四〇九号室のベランダで佐枝子が目撃した怪人・蛇男……。その者が廊下の端からこちら側をそっと覗いている……。

佐枝子は押し殺した声を漏らした。「蛇男がいる……」

「何なんだ、あれは……」真野が毒づいた。「あのウロコの化け物はどっから出て来たんだ。あれが蛇の怪物の正体だっていうのか？」

唐突に、体の内側にすっと火が灯るような感覚を佐枝子は感じた。

「あいつをとらえよう」

「とらえる？」真野の唇がわななないた。「無謀すぎるだろう」

「捕まえるんじゃないよ」佐枝子はきっぱりと宣言した。「カメラで撮るの」

そうして、真野の胸元にカメラをぐっと押しつけた。

「全身を撮れたら一世一代のスクープよ。だから、ちゃんと撮って」

「まさか、廊下の端にまで行って撮影する気か？」

「そうじゃないと鮮明な映像は撮れない」

「襲ってきたらどうする」

「これを使う」

佐枝子の手には、スパッツのポケットに入れたままになっていたスタンガンが握られている。真野は目をみはり、気圧《けお》されたようにカメラを構えた。

「もし、蛇男がこちらに躍り出てきたら、私を盾にしてでも撮影して」

「いや、そうなったら、町田さん置いて逃げるよ」

「つべこべ言わずに付いてきて。蛇男のいるところからカメラをそらさないように」

決死のレポーター魂に火がついた佐枝子は廊下の向こう側の端に向かって果敢に一歩を踏み出した。だが、勇ましい言葉とは裏腹に、自らの膝がまっすぐ歩くのが困難になるほどガクガク震えているのを、佐枝子は今さらながら感じ取った。

どれだけ前頭葉の一部が虚勢を張ろうが、自分の本体である全身は恐怖ですくみ上がっている。これは、本番直前まで余裕をこいていたのに、いざ舞台に上がった途端、緊張で金縛りになる感覚と似ている。心は嘘をつくが、体は嘘をつかない……。

恐れを中和するように、佐枝子は背後の真野に声をかけた。

「ねえ、蛇男はまだこっち見てる？」

「じっと見てる。顔の半分だけ覗かせてピクリとも動かない」

佐枝子はゴクリと唾を飲んだ。廊下の端は陽炎《かげろう》でもたっているかのようにユラユラと風景が揺らめき、望遠レンズを介さないと細部は把握できない。

しかし、異様なモノがそこにいることは気配で伝わってくる。

廊下の半ばまで慎重に進んだとき、G棟の廊下に等間隔に設置されている照明が突然、いっせいに消灯した。ビクッと体を震わせて、佐枝子は真野を振り返った。

「停電？」

カメラから目を離して真野が答える。「でも、E棟の明かりはついている」

「闇に包まれているのはG棟だけか」

照明が消えたというのに、騒ぎ出して廊下に出てくる住民はいない。G棟は相変わらず墓場のような静寂のなかにあった。

漆黒の闇のなかで、廊下の向こう側でウロコが蠢く気配がした。驚いて目を凝らすと、黒々とした人影の全身がうっすらと視認できた。蛇男が全貌を現している……。だが、闇が濃くて、顔のウロコ以外、首から下の体は黒い輪郭しか見えない。

そして、次の瞬間、蛇男は闇に溶けるようにして搔き消えた。

「逃げられた……」佐枝子は廊下を走りだした。

「おい、ちょっと待てよ」真野がうろたえた声を漏らした。「急に走りださないで」

佐枝子は六階の廊下を端まで駆け抜け、建物の反対側にある階段の踊り場に飛びこんだ。闇の濃度は深まり、うっすらと見えていた周囲の景色も黒一色に塗り潰された。だが、なぜか直感的に分かった。蛇男はもうここにいない……と。

そのとき、闇の奥で声が聞こえた。

背後でパタパタと足音がして「まったく無茶しやがる」と真野が悪態をつくのが聞こえた。

「静かに」と佐枝子は言った。「何か聞こえる」

「聞こえる？」

闇に包まれた二人は互いの気配だけを感じ取りながら、押し黙った。

それは、どこから聞こえてくるのか定かではない声だった。すすり泣きのような、悲鳴のような、押し殺した慟哭のような、あるいはそれらすべてが混ざり合った不可思議な歌声のような何かが、闇を瀰漫《びまん》する微風のごとく漂っている。

「誰か歌っているのか、それとも泣いているのか」

真野が戸惑った声でつぶやいた。「嫌な声だ」

「スマホの懐中電灯をつけよう」

「待って、蛇男はどこに行ったんだよ」

「蛇男はもういない」

「どうして分かる？」

なぜそう思うのか佐枝子自身も答えられなかった。スタンガンからスマホに持ち替えて、懐中電灯モードに設定する。スマホから発せられるか細い光線を、佐枝子は周囲の闇に慎重に巡らした。

やはり蛇男の姿はなく、粘液が滴《したた》る跡も階段の踊り場で途絶えている。ただ、闇のなかで奇妙な声だけが染みわたるように響いているのだった。

もしかして、蛇男はこの声を聞かせようとして、ここに誘いこんだのではないか……。

声は階段の壁や天井に反響し、どの方向からも聞こえているようでいて、その源は上だと佐枝子は思った。知らず知らずのうちに、上へと続く階段を佐枝子は昇り始めていた。

「町田さん、なんか変だよ」真野の当惑した声が階段に残響する。「さっきから、まるで何かに魅入られたみたいだよ」

「そんなことはない。普通だよ」

「普通じゃないよ。この声はやばい、そっちに行ってはいけない、そんな気がする」

「そうらしいね」

「そうらしいって、他人事じゃないよ」

結局、及び腰ながら真野は佐枝子の後に続いており、その気配をすぐ背後に感じながら、佐枝子は殊更平静を装って言った。

「声を聞いたら、もう引き返せないらしいよ」

「何それ、どういうこと？」

「ファミレスのウェイトレスが言ってた」

「はい？　オレ、それ初耳だけど。もしかして町田さん、オレに言ってない情報ある？」

「あるよ。といっても、それくらいだよ。ファミレスのウェイトレスで変な女子がいるんだよ。ここの団地の事情通だと睨んでいるんだけど、その人が言ってたんだ。声が聞こえたらヤバイって」

「ヤバイも何ももう聞いちゃってるじゃん。何で先に進むの。アホなの？」

「ああもうウルサイ。ちょっとは黙って」

振り返った佐枝子の顔がカメラの画面内に浮かび上がり、なまじ顔立ちが端正なだけに闇に滲む白い人形のようにも見えて、真野は全身から冷や汗が滲み出た。会話が途絶えると、闇が急激に濃度を増して二人を包みこみ、そうして脳の襞を直接震わせるかのように声は響き続けていた。

やはりこの声は歌だと真野は思った。歌だけど、なじみのある節もメロディも伴っていない。何もかもが歪んでいて、この世のものの音とは思えない。冥界《めいかい》と交信しているような不吉な韻律を孕んでいる……。

「近い」と佐枝子は上方に目をやった。「すぐ上から声がする」

「六階からもう二階分は昇ったはずだ。この先には屋上しかない」

「しっ」佐枝子は口に手をやって声を潜めた。「誰かいる」

階段を昇った先は屋上に出るとおぼしき入口があった。その横に二つの人影が見えていた。スマホの細いライトの朧《おぼろ》な輪のなかに、大人の女性と小さな女の子が身を寄せて座っている。二人とも屋上の扉の脇で壁にもたれ、目をつむっていた。

「さっきの親子か。なんでこんなところに……」

「口もとを見て」佐枝子が指差した。「動いている」

「歌声はこの親子のものだっていうのか。でも、声はもっと違うところから聞こえないか」

「分からない。でも歌声に合わせて僅かに口が動いている」

佐枝子は慎重に階段を上がり、親子に近づいた。

「大丈夫ですか？　どうしたんですか？」

口が動いているということは意識を失っているわけではなさそうだ。親子ともども歌声に合わせて唇が少しずつ開閉している。

真野はカメラをズームアップして闇のなかに浮かび上がる親子を撮影した。口もとは動いているのに、まるで眠っているような表情だった。母親を撮り終えてから子どもにカメラを向けたとき、突然、その小さな娘の目が開かれた。

ライトのせいなのか、瞳は赤く燃え、そしてレンズを通してまっすぐに真野を見つめていた。息が止まり、胸に手をやろうとした拍子にカメラを取り落とした。

背後でカメラが砕ける音が響き、驚いて佐枝子は振り返った。

真野は体が横倒しになり、今まさに階段を転げ落ちていく瞬間だった。

咄嗟に体が動いた。佐枝子は真野の腕を引っつかみ、そして躊躇なく階段を蹴って宙に身を躍らせた。空中で真野に覆いかぶさり、その体を手繰り寄せる。

空中で抱き合う格好となった二人は猛烈な勢いで落下した。階段のへりに背中が激突し、佐枝子の呼吸は一瞬止まった。そのままグルグルと回転しながら、階段の中ほどから下の踊り場まで落下は続き、そこでようやく二人のもつれ合った身体は静止した。

幸い頭は打たなかったが、体の節々を打撲し、激痛でうめき声が漏れた。

真野の腹の上で上体を立て直した佐枝子は、真野の口から泡が噴き出ているのを見て肝《きも》を潰した。

「おい、大丈夫か。息してるか」

馬乗りになって仰向いた真野の頬を軽く叩くと、「うーん」と真野が声を発した。息はしており、ひとまず胸を撫でおろすも、気を失っているようで芳しい反応を示さない。

ふっと、耳もとで何ごとかを囁かれた。

そんな気がして佐枝子は顔を上げた。目を上げた先には、階段の上に並んで座る親子がいて、二人とも目を閉じたままだったが、その蒼白な表情は闇の眷属のそれに見えた。

親子の横には屋上に出る扉があり、それとは別に、階段を昇った右手の方に別の扉があることに佐枝子は気づいた。その扉は薄く開いていた。

こんな扉、さっきまであっただろうか……。

闇に浸潤するように流れ続ける不可思議な声は、その扉の向こうから聞こえていた。

自分でも気づかないうちに佐枝子は立ち上がり、階段を昇っていた。夢のなかにいるような足取りで、靴底が真野の落としたカメラの破片を踏みしめても、どこか遠くの出来事のように感じていた。

階段を昇って右に曲がり、その扉に佐枝子は近づいた。

扉の向こうに闇が渦を巻いている、生き物のように。

ゆっくりと扉を開き、向こう側へと足を踏み入れた。背後で音もなく扉が閉まった。

10

蛇行した廊下は漆喰《しっくい》の壁と床に覆われ、くすんだ白さを闇に滲ませながら茫洋と続いていた。天井は緩やかなアーチ状の丸みを帯び、それは古い建築物が持つ有機的なうねりを伴っていた。

周囲は暗がりに沈んでいるものの完全に視界が閉ざされているわけではなく、辺りをうっすらと照らし出す光源はどこから来ているのだろうかと訝って廊下を見渡してみると、少し先の壁面に部屋が口を開け、そこから黄色い光が床を浸している。

灯火に引き寄せられる夜の虫のごとく、その扉のない部屋の前まで来て室内を窺えば、部屋の中央に粗末な木製の机が置かれており、その上には何事かが記された一枚の紙が残されていた。天井から吊り下げられたランプの明かりに照らされた室内にはそれ以外の物は見当たらず、佐枝子は室内に踏み入って、机の上の紙に視線を落とした。

『首はどこに消えた？』

その右に傾いた縦長の筆跡を目にするにつけ、急に自我を取り戻したような感覚を覚え、佐枝子は誰もいない室内で強烈な違和感を覚えた。

自分はここで何をしている？

G棟の屋上に向かう階段を昇り、そこから右に曲がって、隠された部屋の扉を開き、中に足を踏み入れた。だが、そこからの記憶が途切れている。気がつくと、蛇行する奇妙な廊下の只中にいて、今、この打ち捨てられた廃墟のような小部屋に迷いこんでいる。

そもそも、ここはどこなのか？　夢でも見ているのだろうか？

そして、各所に現れる特徴的な筆跡の落書きが意味することは何なのか？

『首はどこに消えた？』

その禍々しい文句から、ショッピングセンターの入口で出会った外国人アラン・スミシーの言っていたことが思い出される。

殺された老婆の首がなかったんです。その首はまだ見つかってないそうです……。

アランという男は確かそう言った。

正体不明の落書きの主は、消えた老婆の首を探せとでも言っているのだろうか。

ただ、無造作《むぞうさ》に書き残された文句が、自分に宛てたメッセージと考えるのは間違っている。だが、行く先々でこの落書きに出会うのはなぜだ。

朦朧《もうろう》とした心地のまま、机の上に置かれたその紙片を手に取ると、裏にも何か書かれていることに気づいた。表が『首はどこに消えた?』の一文だけなのに対し、裏面にはびっしりと文字がつづられている。だが、それは英語の筆記体で記されていて、佐枝子にはさっぱり意味が汲み取れなかった。ただ、文面の最後を締める文句はやけに鮮明に浮かび上がって見えた。

My Ghostly Friend, EB

マイ・ゴーストリー・フレンド……。

それが何を意味するのか、考えあぐねたところで答えらしきものの片鱗《へんりん》すらつかめず、佐枝子は紙を手にして再び廊下に舞い戻った。

すぐ近くにまた部屋がある。その部屋には扉があったが、まるで覗きこまれるのを待っているかのように半開きになっていた。扉は黒ずんだ木でできていて、錆《さ》びついた真鍮《しんちゅう》の取っ手が付けられており、相当の年代物であるように見受けられる。

扉の陰から室内に目を凝らせば、部屋の中央には大きな水槽が置かれているのが見えた。汚れが目立つガラスの向こうには濁った液体がなみなみと入っていて、そこには何かが浮かんでいた。茶褐色《ちゃかっしょく》のヌメリを帯びたその青白い物体には腕があり、胴体があり、足があったが、首だけがなかった。

腐敗臭と刺激的な薬品の匂いが同時に押し寄せてきて、佐枝子は吐きそうになった。

水槽のなかにあるのは、首なし死体だった。

十年前に死んだ老婆の首なし死体……それがここで密かに保管されている……。

そんな異様なことがあるだろうか。

いや、やはりこの問いを繰り返さざるをえない。

いったい、ここはどこなんだ?

眩暈がして、佐枝子は扉の脇の壁に手をついて体を支えながら、部屋のなかに一歩、踏みこんだ。首なし死体の水槽の向こう側には祭壇めいたものがあり、壁際には高さ二メートルほどの像が立っていた。像は西洋風の女神がかたどられており、ただその顔は一つではなく、背後にもあと二つ備わっているようだった。

像の背後の壁は大きくひび割れ、天井近くで裂けていた。裂け目の向こう側は闇に満たされた空洞となっており、そこから何やら生き物の蠢く気配が伝わってくるのだった。

バサバサと羽ばたく音は鳥の羽を連想させ、しかし、こんなところに鳥がいるものかと思い直したとき、壁の裂け目から血がぬるりと垂れ、続いて肉片が滑り落ちてきた。

佐枝子は息を飲み、反射的に回れ右をして部屋を飛び出して、廊下を駆けた。一刻も早くその場を離れたかった。

首なし死体が捧げられた複数の顔を持つ女神の像、像の背後に生じた不吉な裂け目、その裂け目から垂れた血と肉片……。今、見てきたものが現実とは思えない。

驚いた拍子にメッセージが記された紙を部屋に落としてきたことに気づいたが、引き返して拾おうとは思わなかった。

蛇行する廊下はまだずっと続いていた。進むほどに闇が濃くなり、そして、生臭い獣の匂いが濃密に漂っている。

スニーカーにじわりと水の染みる感触がして、足もとを見ると黒々とした液体が廊下を浸していた。廊下はその先で二手に分かれており、その一方の道は完全に闇に覆われ、何も見えなかった。黒い液体はその闇に覆われた通路から滲み出ていた。

行ってはいけない……心からそう思っているのに、身体は夢のなかのように制御がきかず、佐枝子の足は闇の通路へと吸い寄せられるように進んだ。生臭い臭気は極限にまで濃度を増し、吐き気を催させる。石づくりだったはずの床がやわらかい泥に変わり、その上を浸す泥水は進むほどに深さを増した。そして、どれだけ目を凝らしたところで、暗黒の向こう側は何も見えなかった。ただ、何かがそこにいることだけは分かる。

だしぬけに獣のうなり声がして、それは一つではなく、二つ三つと重なった。

次の瞬間、闇が裂け、耳をつんざく咆哮《ほうこう》が轟《とどろ》いた。

佐枝子は水の中で尻もちをつき、無意識のうちに絶叫《ぜっきょう》していた。

無我夢中で四つん這いになって反転し、元いた廊下に引き返したところで無様に転がった。すぐ背後の闇が牙を剥いた口を猛スピードで閉じる。闇のなかの獣にもう少しで背中を嚙み砕かれるところだった……。

全身の関節に力が入らず、それでも一刻も早くこの場から逃れようと、足をもつれさせながら立ち上がり、あちこちの壁にぶつかりながら走った。とにかく闇から逃れるために、蛇行した廊下をどちらの方向に向かっているのかもよく分からないまま、叫びながら駆け続けた。

声はかすれ、叫びはすぐに途切れがちになったものの、鼓膜には自らの口が閉じても悲鳴のようなエコーが続いており、それはG棟で聞いたあの不可思議な歌声と同じものであることに思い至った。

廊下は迷宮の色合いを深め、どこまで行っても、果てに辿りつくことはない。いくつもの分岐を通り抜けた先に行き止まりの壁をみとめたとき、この謎の空間で完全に迷ってしまったことの絶望が押し寄せてきた。

不可思議な歌声は間断なく耳の奥を突き刺すように続いており、佐枝子は耐えられなくなって耳をふさいだ。そうして、その場に倒れ伏すと、もう一歩も動けなくなった。

この訳のわからない場所で、自分は遭難する……。

幾筋も涙が頰を伝い、意識が遠のいた。

これは夢なのか、現実なのか……。

廊下のずっと向こうから、こちらに歩いて来る幻のような人影があった。

さっきの闇の怪物ではない。その艶やかなおかっぱ頭には見覚えがあった。

あいつ、なんでこんなところに……。

ファミレスの謎のウェイトレス、春日ミサキがまるで慣れた道を歩行するかのように近づいてくる。彼女は黒のトレッキングウェアに身を包み、ふと足を止めて佐枝子のいる方に目をすがめた。

目が合ったと思ったその刹那《せつな》、佐枝子の張り詰めていた心の澱《おり》が溶解し、熱となって体の芯を満たした。廊下の先に立つシルエットがゆらめき、春日ミサキがこちらへ駆けてくる気配が伝わってくる。

だが、視界はどんどんぼやけ始め、近づいてくるその顔は完全に像を結ぶことはなかった。薄れゆく意識のなかで、耳もとで囁くミサキの声が聞こえた。

「さあ、ここからどうやって戻ろうか？」

その言葉は不思議な安らぎを伴って深い胸の奥まで届き、やわらかな弾力を有した懐に包まれるのを感じながら、佐枝子は気を失った。

11

「こんなところで寝るな！」

頭がかち割られんばかりの怒鳴り声がして、佐枝子は飛び起きた。

一瞬、自分がどこにいるか分からなかった。見まわすと、すでに夜は明けていて、朝の光が射しこむ廊下で、身を横たえているのだった。傍らには趣味の悪い柄のシャツを着た真野の体軀《たいく》が転がっているのが見え、彼もまた今起きたばかりであることが一目で分かる寝ぼけまなこで放心していた。

「まったく、こんなところで何をしてたんだ？」

罵声を張り上げて二人を見下ろす作業着姿の男は、前日、Ｇ棟の四〇九号室でも叱責の言葉を投げつけてきた管理人である。

動かすたびに体の節々に痛みが走るのを堪えながら、佐枝子は立ち上がって周囲を窺った。

そこはG棟の屋上へと至る階段の下で、真野がカメラを落として転がった場所だった。階段を昇った先の壁際にいたはずの親子連れの姿はない。

佐枝子はハッと我に返り、階段を駆け上がった。

「勝手に動くな」

管理人の怒号がすかさず飛んだが、かまうことなく屋上に出る扉の取っ手を回し、それが閉まっているのを確認してから、右側の扉へと進んだ。それは前夜、佐枝子が迷いこんだ魔界への入口だった。

だが、扉はぴったり閉まっており、取っ手を回しても施錠されていて開かなかった。

「ここは何の部屋なんですか？」

「答える義務はない」

憤怒の表情で管理人の男が叫び、階段の下に戻るように手振りで示した。

佐枝子はなおも恨めしげに扉を観察した。

この扉をくぐった先……あそこで見た光景は、果たして現実だったのだろうか。

前夜、階段を落ちる真野に手を伸ばしたあおりで自分も転落し、その結果、頭を打って気を失った。

すべてはその間に見た、夢にすぎない……。

状況を冷静に、現実的に推測すれば、そういう結論になる。だが、あの奇妙な空間で体験した一連の出来事は夢とは思えない生々しさがあった。そして、その夢の最後に会った人物の、おぼろな輪郭と囁き声……。

さあ、ここからどうやって戻ろうか？

もしかして、彼女が戻してくれたのか、ここに……。

「おまえら、舐めたマネを続けていると警察に突き出すぞ」

管理人の男の癇癪に気圧され、佐枝子は仕方なく階段を降りた。その様子をぼんやり見上げていた真野が突然、頓狂な声を上げた。

「カメラが無い」

階段の中ほどで足を止めて、佐枝子は辺りに視線を巡らした。真野はここでカメラを落とした。そのカメラは壊れ、破片を散らせたはずだが、その残骸がどこにも見当たらない。

血相を変えて真野は管理人に詰め寄った。

「カメラを返せ」

「何のことだよ」管理人は冷たく答えた。「おまえらのカメラのことなんて知らないよ」

「あんたが取ったんだろう」

「ふざけるな。オレが来たときはあんたら二人がここで仲良く寝ていただけだ」

「そんなわけ……」

「それより、あんた、真野って言うんだろ？」

「どうしてそれを……」

唐突に管理人に名前を出され、真野はひるんだ。

「あんたの知り合いが管理人室に来たんだよ。家に帰って来ないから心配したらしいぞ」

「知り合いって、母ちゃんが……」

「母ちゃんじゃねえよ。彼女だろ、あんたの」

「えっ……」

棒立ちになって目を泳がせている真野の横っ腹を、階段を降りてきた佐枝子が小突いた。

「君、彼女いたんだ」

「え、まあ」

「心配してここまで来てくれるとは、いい彼女じゃないか」

管理人はギロリと佐枝子を睨み、意地悪く言った。

「こんなところで仲良く寝ていて、彼女さんに変な疑いをかけられないといいけどな」

佐枝子はチッと舌打ちし、それに反応した管理人が目を剥いて一戦始まろうとしかけたとき、真野がぼそりと言った。

「オレ、帰るわ」

急に魔法が解けて、普通の大学生に戻ったような力のない声だった。

「あ、うん」

佐枝子も気勢をそがれてうなずき、「でも、カメラが……」と言った。

「いいよ、もう」真野はうつむいて続けた。「これ以上、続けるとヤバそうだったし、写っているのはきっと公表しない方がいいんだよ」

「ちょっとちょっと、どうしたの急に」

「なんか気分が悪くて」

「大丈夫か。頭の打ちどころが悪かったか」

「そうじゃないよ」真野はすでに階段を降り始めていた。「これ以上、進むとヤバイってことだよ」

「あんた、学生なんだろ」と管理人が口を挟んだ。「心霊ごっこは終わりにして、大学に戻んな」

カメラのことは気にかかったが、管理人の態度が緩んだこの瞬間を逃さない方がいいとの計算が働き、佐枝子は真野の後を追ってその場から離れた。管理人も追っては来なかった。

六階まで降りたところで、部屋の扉が並ぶ廊下に目を向けた。だが、前夜、そこに続いていたはずの何かが這ったような跡は消えていた。

「ねえ、反対側の階段も見てみようか？」と佐枝子は声をかけたが、

「いや、オレはいい」と真野は振り返らずに答えた。

悄然《しょうぜん》と背中を丸めて降下していく真野の後ろ姿を見ていると、彼が前夜、ここで負ったショックが

ありありと漂っていた。彼は帰るべき日常に戻りたがっている。翻《ひるがえ》って自分には、帰るべき日常なんてあっただろうかと佐枝子は漠然と思った。

「私、ちょっと反対側の階段も見てくるね」

真野の返答を待たずに佐枝子は廊下を駆け、反対側の階段に向かった。粘液で覆われていたはずの階段は朝日を浴びて前夜の禍々しい痕跡をどこにも残していなかった。すべてが幻のなかの出来事であったような心地に見舞われ、佐枝子は一人、乾ききった階段を降りた。

G棟の外に出ると、公園の脇の道を真野がとぼとぼと歩いていく姿が見えた。公園には人影はなく、遊具の脇の時計台は六時を指している。

真野が車を停めている駐車場は公園とショッピングセンターの間にあった。駐車場を囲む生垣の前で真野に追いつき、並んで駐車場に入ると、青のプリウスにもたれてスマホを眺めている茶髪の若い女性が目に入った。

真野が女性のもとへ駆けていき、盛んに頭を掻きながら言い訳めいたことを述べているのを、佐枝子は遠目に眺めた。

「あの女、誰よ」と女性の甲高い声が響き、

「だから、町田さんだよ。一緒に仕事してる」と真野が慌てて答えるのが聞こえた。

「なんで昨夜、帰ってこなかったの？」

「だからバイトだって」

「バイトは昼間だけって言ってたでしょう。あの女といたの？　仕事で仲良くなっちゃった？」

「誤解だって」

朝っぱらからこの会話はきついわ……しかし、すごく現実に戻される感じはある。昨夜の出来事が全部、夢のような気がしてきたわ……。真野にとっては、こうした会話が日常に戻る格好のお祓《はら》いになっているのかもしれない。

佐枝子はじりじりと後ずさりし、このままフェードアウトするべく頃合いを見計らって回れ右した。

「町田さん」と真野の声が響いたので、溜息をついて振り返った。

「早くここを出て行った方がいいよ」

学生アルバイトのひどく真剣な眼差しに虚をつかれ、佐枝子はその場に立ち尽くした。

「もう、早く行こうよ」

青のプリウスの助手席に一足先に乗りこんだ彼女がじろりと佐枝子を睨みつけて叫んだ。

「あ、そうだ。部屋に置いているカメラは？」と運転席に片足をかけた真野に佐枝子は声をかけた。

「ああ、あのカメラ、オレのじゃないから置いていく。綿道さんに伝えといて」

走り去るプリウスの窓越しに、助手席の彼女の突き立てる中指が垣間見え、それを渋い表情で見送る佐枝子の前髪を、早朝の乾いた微風が揺らした。

12

同じ頃、埴江田団地から数キロ離れた大久保のマンションの一室では、大柄の外国人が机の上に広げたカメラの残骸を子細に点検していた。その人物はショッピングセンターの入口で佐枝子に声をかけてきたアラン・スミシーであり、そして机上に散らばる破片こそ、真野がG棟の階段で落として破砕したカメラの成れの果てだった。

アランは密かにカメラを回収し、それを持ち帰ってきたのである。

カメラのレンズは無残に砕けていたが、映像を記録したメモリは無事で、アランはそれをピンセットで取り出し、自前の再生装置に慎重にセットした。再生ボタンを押すと装置とコードでつながったモニターには映像が映し出され、アランは満足げに喉を鳴らした。

落下したカメラがとらえた歪んだ闇の空間に、真野に手を伸ばして宙を舞う佐枝子の姿がよぎる。映像を少し巻き戻すと、階段の昇った先に二つの人影がみとめられた。

壁際に並んで座る母親と娘……。暗がりに滲む二つの蒼ざめた表情から、アランは慌てて目をそらした。

親子は完全に感染している……。それをとらえたこの映像はとても危険な代物だ。

一挙に巻き戻して、夜のうちに撮影した箇所をすっ飛ばす。昼間のシーンが現れて適当なところで再生に転じた。

「数日前に、ここの団地の管理人にギターで殴られてね。あの子はそれを見てたんだ」

モニターには中折れ帽をかぶった老人の顔が映し出されている。

「ギターで殴られるって、どういうことなんですか」

画面外から聞こえる佐枝子の声。

アランは佐枝子との会話を思い出して、ほくそ笑んだ。

「私はギター教室の講師を昔やっててね。引退後もここのベンチに座ってギターを弾くのを日課にしていた。それを見た団地の管理人が興味を持って、ギターを教えてほしいと頼んできたんだ。ところがだ」

モニター内でアップになった老人は顔を皺だらけにして渋面をつくっている。

「貸し与えたギターで私の頭を殴りおった」

「なんでまた……」

ここで早送りして、適当なところでまた再生してみる。

「私たちが蛇のことを調べているって、どうして知っているんですか？」

「だって、あちこちで話を聞こうとしていたじゃないか」

「見てたんですね」

「どうかね、何かめぼしい話は聞けたかね」

「それがまったく誰も話してくれないんです」

「そりゃそうだよ。みんな、心底怯えているからね」

ここで老人は何事かを小さくつぶやいた。だが、それはうまく聞き取れなかった。佐枝子も気にとめる様子もなく、次の質問に移っている。

アランは巻き戻して、音量を上げてその箇所の再生を再度試みた。

「そりゃそうだよ。みんな、心底怯えているからね。……」

何らかの単語を口にしているものの、やはりカメラの音声には記録されていない。

この口の動き、日本語ではないような気がするぞとアランは思った。

モニター内で老人の口もとを拡大し、超スロー再生にして、つぶやきを検証する。

エ・ル・キュー・ル……。

エルキュール？

佐枝子とはエラリイ・クイーンの話をしたが、別の有名ミステリ作家が創出した高名な探偵の名前を思い浮かべてアランは苦笑した。

椅子の背に深くもたれ、両手を組んで神経質に指を揉みしだく。

「パズルを解かないといけませんね、佐枝子さん」

そう独りごちるとモニターから目を離し、ジャケットのポケットからスマホを取り出した。写真フォルダを開き、目当ての写真をスマホ画面に映し出す。

夕闇の迫るショッピングセンターの非常階段で、虚空に目を向けて話す二人の女性。望遠レンズで隠し撮りされたその写真には、佐枝子の隣にウェイトレス姿の小柄な女性が写っている。黒々としたおかっぱ頭に、切れ長の目……。

アランは獲物を見つけた猟犬のように頬を歪め、薄くつぶやいた。

「十年前の事件の関係者がこんなところに潜んでいようとはね」

第二部

1

蛇行する長い夜道を、男が一人、歩いている。男は影法師のように真っ黒で、顔も体型も判然としない。ひょっとして、これはオレ自身なのかと真野は思う。自分のような気もするし、会ったことも見たこともない他人のような気もする。

廊下を歩く男は右手に布に巻かれた細長いものを持ち、左手には取っ手の付いたビニール袋を提げている。ビニール袋には重くて丸いものが入っている。それが禍々しいものであることは見なくても分かる。できれば、どこかに捨て去りたい。いったいなぜ、こんなものを自分は携《たずさ》えて歩いているのかと疑う。そして、どこへ向かっているのだろうとも同時に思う。行き先が判然としないはずなのに、足取りは迷うことなく前へ前へと進んでいく。自分は目的地を知っているはずだ。なのに、それが思い出せない。

まるで誰かの夢が混線して、自分の意識に入りこんできたみたいに……。

これは夢なのか？

ふと立ち止まり、右手で握っていた細長いものに目をやる。

細長いものを覆った布切れは赤黒く染まっており、血のように見えた。そっと布の端をめくってみると、鈍色の光沢が現れ、目がくらんだ。それは刃物だった。刃は長く、三日月のように反った弧を描き、特徴的な形状を呈している。柄の部分は二つの細い蛇がもつれ合ったかのごとき二重螺旋《らせん》の意匠が施《ほどこ》されていて、古代の秘儀や呪術の用具を思わせる陰鬱な磁力を発していた。

刃と柄のつなぎ目のあたりに、黒ずんだ何かがこびりついている。目を凝らすと、それはウロコのようであり、その表面に特徴的な六角形の模様をみとめるにつけ、全身に鳥肌が立った。

ずしりと、左手に持ったビニール袋の重みが改めて感知される。

見てはいけない……そう思いながらも、視線は袋の隙間からその内部のものへと這い進んだ。

青黒い腐肉がその一端を露わにしていた。その爛《ただ》れた表面に歪んだ鼻や口が垣間見えた刹那、ひどい悪臭がして、視界がひび割れそうになるほど歪んだ。脳裏に激痛が走り、ビニール袋の中身を突如思い出す。

思い出す？　自分は何を思い出すというのだ……。

ボトリとビニール袋が地面に落ち、そこから老婆の首が転がり出た……。

叫びながら、真野は目を覚ました。

そこが実家にある自室のベッドの上であることを確認して安堵する。

正面の壁に貼られた『マルホランド・ドライブ』のポスターは真野自身が通販で取り寄せたお気に入りの一品だったが、今は二人の女優の背後に広がる闇が無性に怖い。再び悪夢の続きが蘇《よみがえ》ってきそうな気配がして思わず身構えたとき、部屋の扉が開いた。

「友平くん、うなされてたみたいだけど大丈夫？」

顔を覗かせたのは真野の母親で、化粧っけのない表情に心配そうな色が滲んでいる。

「大丈夫、それよりノックせずに開けないでよ」

「だって、大きな声出してたみたいだから。具合が悪いのなら医者に行ったら？」

「大丈夫だって」真野はベッドから起き上がりながら言った。「大学、行ってくる」

「もうお昼になるよ。なんか食べてく？　全然食べてないでしょう」

「いいよ、学食で済ますから」

埴江田団地から戻ってからしばらくは、真野は彼女の一人暮らしの部屋にしけこんでいた。しかし、あの夜に聞いた不吉な声の余韻《よいん》が四六時中、耳の奥に貼り付いて消えず、眠ると悪夢が襲ってきた。団地までやって来た彼女はそんな真野を見て気味悪がり、やがて自分も妙な夢を見るようになったと真野をなじった。ひどい喧嘩が始まる前に真野は実家に逃げ帰り、そこで療養を決めこんだが、その後も悪夢は途切れることなく続いた。起きているときも意識が白濁し、気がつくと眠りの領域に囚われており、これまでの人生で見たことも聞いたこともないはずの光景や事物を幻視する。

悪夢の源泉は埴江田団地で体験したことに端を発しているのは間違いないが、それにしても、夢のなかに現れる刃物の鮮明なイメージや感触は、本当に経験してきたかのような生々しさを伴っていた。あんな刃物を自分は現実に見た覚えがないのに、なぜあそこまでディテールが精緻なのだろう？

夢が自分の意識から出てくる産物であるのなら、知らないことをそもそも見るはずがない。無意識下の想像の産物であっても、その想像を形づくる材料は自分が経験してきたものから発しているはずだ。

未知のものをあそこまで鮮明に夢に見る理由は何か？　まるで誰かの記憶を覗きこんでいるかのごとく……。

冷水で顔を洗い、自慢のホスト風の髪型をセットしても、悪夢の残滓《ざんし》は頭から離れなかった。盛んに食事をとるように勧める母親を振り切って、真野は実家の戸建て住宅を出て、最寄りの梅ヶ丘駅に向かった。

都内に戸建て住宅を構えていることから見ても、真野の実家はそれなりに裕福であり、父親は上場企業の家電メーカーで重役の職に就いていた。不良っぽいファッションや髪型にイメチェンを図ったのも大学に入ってからであり、高校まではどちらかというと地味な部類の真面目な生徒だった真野は、団地の怪異を面白半分で調べるという怪しげなバイトに手を染めたことを後悔し始めていた。

梅ヶ丘駅から小田急線とJRを乗り継いで大学のある四谷に向かう間も、一刻も早く埴江田団地で経験したことを頭から追い出さねばと煩悶《はんもん》していたものの、夢のなかで見た奇妙な刃物と老婆の生首の残像は、不用意に飲みこんでしまった鉛のごとく胸中に居座り続けた。

ふと、十年前に起こったとされる老婆の殺人事件なんて、そもそも本当にあったことだろうかとの考えがよぎった。自分はただの絵空事に怯えている可能性だってある。殺された老婆の死体には首がなかったという話を佐枝子から聞かされて、その場でスマホで検索してみたが、そんな事件はヒットしなかった。

事件なんてなかったと分かれば、きっとこの悪夢から逃れられる。

その望みにすがるべく、真野は啓華大学のキャンパスに入るや、まっすぐに図書館に向かった。大学の図書館にはマスコミ志望の生徒が調べものをするために古いニュース記事のデータベースが用意されている。

入口で学生証のＩＤをかざしてまっすぐに資料閲覧室に向かい、記事データベースが検索できる端末に陣取る。

期間をおよそ十年前、具体的には十一年前から九年前に設定し、『埴江田団地』『殺人』というキーワードで検索をかけた。

早速、記事がヒットして、真野はうめき声を上げた。

真野の期待に反して、そのような殺人事件は十年前に確かにあった。

『新宿区の埴江田団地で、一人暮らしの高齢女性が遺体で発見

新宿区にある埴江田団地の一室で、一人暮らしの女性の遺体が発見された。女性はかなりの高齢と見られているが、部屋の名義人とは別人で、警察によると身元は調査中とのこと。警察では遺体の状況から殺人の線で捜査している。』

日付は十年前の十月で、埴江田団地で老婆が殺されたことは間違いないようだ。だが、首がなかったという記述はどこにもない。無論、警察が敢えてその部分を伏せて発表したということも考えられ

る。

　さらに期間を現在に至るまで延長して再度検索をかけてみた。しかし、事件の続報は皆無。解決したという報道もなかった。

　埴江田団地で老婆が殺された事件は存在した。だが、妙な事件だ……。

『部屋の名義人とは別人で、警察によると身元は調査中とのこと』

　殺された老婆が何者であったか、少なくとも発見当初は分かっていなかったのだ。不可思議な事件は、尾ひれがついて怪談の温床となりうることは想像できる。

　期間を十年前の十月から半年くらいに設定し、今度は『首』『殺人』といったワードで検索をかけてみる。単なる当てずっぽうの検索で、結果には期待していなかったものの、予想に反して週刊誌の記事が二件、引っかかった。

『団子坂《だんござか》の屋敷で生首騒動？』

　ヒットした最初の記事の日付を見ると、十年前の十月で、老婆が殺された日から一週間ほどたった頃だった。『生首』というワードに真野は胸騒ぎを覚え、記事をクリックして詳細を読み始めた。

『東京都文京区の団子坂付近にあるS氏宅で、なんとも奇妙な騒動が持ち上がった。S氏は江戸時代から続く家柄で、歴史ある日本家屋を擁《よう》した広大な敷地を所有していたが、この住まいに、生首を持った不審者が立ち入ったというから驚きだ。

　居合わせたS氏やその家族、家事等に従事していた使用人ともども腰をぬかし、半狂乱となったのは言うまでもない。だが、この不審者は屋敷の人々をおどかすように生首をふりかざしたが、それ以上の危害を加えることはなく立ち去ったので、この異様な行動が何を目的としたのか、解きえぬ謎を残す結果となった。

　通報を受けて現場に駆けつけた警察も、肝心の生首が残されていないため、殺人事件があったのか、単なるイタズラ目的で精巧な人形の生首を振りかざしたのか、判断がつきかねる状況であるようだ。

周辺の聞きこみも行い、不審者の行方を追っているが、現在までその発見には至っていない。

S氏はこのことが発端で心身を病み、現在は都内の病院で療養中とのこと。我々の取材にも応じようとせず、仮に人形の生首を振りかざしたイタズラというだけのことなら、これほどの後遺症を負うとも思えない。

ただ、それが本物の生首であったのなら、いったいどこからそれが出てきたのかという謎は残る。』

記事はそこでぷっつりと終わっていたが、真野はうすら寒い思いに包まれた。

団子坂の屋敷に持ちこまれたという生首……もし、それが埴江田団地で殺された老婆のものであったのなら……。

しかし、老婆の生首を屋敷に持ちこむことに、いったいどのような意味があるというのだ。

放心したまま、真野は次の記事を開いた。同じ週刊誌の記事で、前の日付から一か月ほどたった頃のものだった。

『団子坂の生首騒動に続報！　残された奇妙な凶器の謎
東京都文京区の団子坂にあるS氏宅に、何者かが生首を持ちこんで居合せた家人をおどかした挙句、立ち去ったというなんとも説明のつかない奇妙な騒動については先日、誌面でお伝えした。

この生首が本物であったか否かも、生首らしきものを持っていた不審者の行方も動機も依然として謎のままだが、このほど新事実が発覚したのでお届けしたい。

現場となった屋敷に、不審者が手にしていた凶器が残っていたというのだ。目撃者によると、不審者は左手で生首を下げ、右手にこの凶器を持っていたとのことだが、生首だけは持ち帰り、凶器はその場に置いていったようだ。

この凶器は刃物であるが、不思議な形状をしており、ともすると骨董品的な価値があるのではないかとの見方もあるという。当初、警察で回収していたが、指紋や血痕の検査を終えたのち、団子坂の笹原《ささはら》博物館に鑑定を依頼する予定だとのこと。

編集部では現場に残された凶器の写真を入手し、一足先に専門家にその印象を語ってもらった。啓華大学で考古学を教える正木兼良《まさきかねよし》教授は「西洋由来の古い意匠が見られるが、刃先がきれいすぎる。現代につくられたイミテーションの類だろう」と語っている。

この写真は左にも掲載しておくので、読者諸氏においで何かお気づきのことがあればお知らせ願いたい。』

啓華大学の教授の名前が登場し、真野は目を丸くしたが、それ以上に記事に載った件の凶器の写真を目にした途端、激しい動揺に見舞われ、倒れそうになった。

凶器の刃物は、三日月のように反った弧を描き、柄の部分は二匹の細い蛇がもつれ合ったかのごとき二重螺旋の意匠が施されていた。そして、極めつけは刃と柄のつなぎ目あたりに黒ずんだ何かがこびりついており、目を凝らすと、それは六角形の模様に彩られたウロコのように見えた。

何から何まで、真野が悪夢で目にした不吉な刃物と同じだった。

そして、その悪夢のなかで、右手に刃物を持ち、左手に老婆の生首を下げていたのは、真野自身だったのだ。十年前、団子坂の屋敷に現れた謎の不審者と同じように……。

2

「真野、久しぶりだな。自主映画、撮ってるのか？」

啓華大学の学食の片隅で、真野の正面に座った藪崎健司《やぶさきけんじ》は飄々《ひょうひょう》とした面長の顔を綻ばせた。内心では、映画研究会の後輩に当たる真野が、サークル活動から足を洗った自分に急に連絡を取ってきたことに戸惑っていたが、それ以上に久しぶりに会った後輩の顔色が異様に蒼白くて、不吉な翳りを帯びていることに胸騒ぎを覚えた。

「おまえ、なんか顔色悪くないか？」

真野はいずれの質問にも答えず、食い入るように薮崎を見つめてから、くぐもった声を出した。

「薮崎先輩って、正木《まさき》教授のゼミにいますよね？」

「そうだよ。正木ゼミで大学院に進んだからね。でも、真野は西洋史なんて古臭い学問は興味ないだろう？　マスコミ志望だったよな」

「正木教授に会わせてもらうことってできます？」

「え、うちの教授に？　何でまた」

真野は四角いリュックのなかから一枚のプリントを取り出し、テーブルに置いた。手に取ると、そこには物騒な文字が躍っていたので薮崎は顔をしかめた。

「団子坂の生首騒動……。何だ、これ」

真野はプリントされた記事のある箇所を指差して言った。

「ここに正木教授の名前があるのですが、実は今、ある事情からこの事件のことを調べてまして」

「なるほど」薮崎は記事にざっと目を通し、後輩のほのめかす曰くありげな事情については敢えて深く追及せず、率直な感想を漏らした。

「なんかよく分からない妙な事件だな。で、正木教授に何を訊きたいの？」

「正木教授が鑑定されたというこの凶器は、今どこに保管されているのかという点です」

思い詰めた真野の表情を見ていると、これは早めに言っておいた方が良さそうだとの機転が働き、薮崎は急いで口を開いた。

「せっかくだけど、正木先生は今いないよ。学会に出るためにフランスに行ってる」

「フランスですか……」

あからさまに悄然とする後輩を見かねて薮崎は助け船を出した。

「この記事に出てくる団子坂の笹原博物館、オレ知ってるよ」

「ほんとですか」

「団子坂にあった古物商が店をたたむときに倉庫を私設博物館として改築したんだ。ただ、出所のよく分からないモノも多くて、正木先生は開館前からそれらの鑑定に協力していた。だから、この記事でも取材対象になったんだろうな。実は今も笹原博物館の顧問ではあるから、オレも何度か先生に同行したことあるよ。展示物の運搬とか、収蔵物の目録作りとか、そんな雑用を兼ねてだけど、少ないながらバイト料も出るからね」

いきなり真野に手を握られて、薮崎は面食らった。その手は氷のように冷たかった。

こいつ、本当にどうしちゃったんだ……。

いよいよ血の気が引いて真っ白になりつつある真野の屍のような容貌を見て、薮崎はゴクリと生唾を飲みこんだ。

「先輩、その笹原博物館に連れて行ってもらえませんか」

「いや、オレと一緒に行かなくても勝手に一人で行ってくれば……」

「十年前の事件のことを聞き出すには、先輩の力が必要なんです」

「そうはいっても……」

「頼みます。このとおりです……」

土下座せんばかりの真野を慌てて押しとどめ、どうしてそこまで思い詰めているのかと問いただしてみるも、「記事にある凶器を最近見たような気がする」と口走るばかりで要領を得ず、かといってこのまま放っておくと、こいつ死ぬんじゃないかと思うほどの尋常ならざる切迫感がたちこめていて何とも気まずい。

結局、真野の悲壮な佇まいに気圧される形で笹原博物館に電話を入れてみると、あっさり館長が出て、「正木教授の教え子の方ならいつでも大歓迎ですよ、なんなら館内をご案内します」と至極、懇《こん》切丁寧《せっていねい》な回答が返ってきて薮崎はひたすら電話越しに平身低頭した。

笹原博物館は地下鉄の千駄木駅から歩いて五分のところにあった。鬱蒼とした木々に囲まれた池のある公園の急な勾配の階段を上がっていけば、目の前に忽然《こつぜん》と古色蒼然《こしょくそうぜん》とした洋館がそびえ建ち、明治か大正の時代にタイムスリップしたかのような趣《おもむき》を漂わせている。

　洋館の厳めしい黒塗りの扉を開いて、薮崎が受付で来訪を告げたところ、年配の女性が内線の電話を入れて応接室に通してくれた。

　ここに至るまでの道中、映研でもお調子者でスカして生意気な後輩たちのなかでも断トツでチャラい若頭の筆頭だった真野が、人が変わったように押し黙り、さして暑くもないのに汗をかいている様子を窺い見るにつけ、薮崎はその豹変ぶりの背景に何があったのか、個人的に興味を覚え始めていた。

　小ぢんまりとした応接室では髭の剃《そ》り跡が残る黒縁メガネの中年男性が二人を待っていた。この男性は笹原博物館の館長を趣味的に引き受ける傍ら、本業では学術書を扱うピュラー出版の社長を務める能坂家利《のうさかいえとし》で、正木教授を通じて薮崎とは顔見知りだった。

「十年前に当館に鑑定に持ちこまれた剣についての問い合わせだったね」

　挨拶もそこそこに能坂館長は早速、本題を自ら持ち出した。急に押しかけたことに後ろめたさを覚えていた薮崎は、あらかじめ電話で告げていたとはいえ、館長の方から水を向けてくれたことにいたく感謝した。

「団子坂の屋敷で妙な騒動が十年前にあったみたいですね」

　相変わらず黙ったままの真野に内心苛立《いらだ》ちを覚えつつ、薮崎は急いで会話の穂を継いだ。真野が図書館でプリントした週刊誌の記事も持参していたので、テーブルの上に滑らせる。

　能坂はざっと記事に目を走らせてから言った。

「この記事は正確ではないね」

　真野は不安そうに能坂に視線を送っていたが、ここでぐっと身を乗り出した。

「実際には何があったのです？　十年前、団子坂の屋敷で」

「まず、この凶器となっている剣だ」能坂は落ち着いた声で続けた。「記事では不審者が持ちこんだ謎の凶器となっているが、もともと、この屋敷にあったものだ」

「この屋敷にあった？」

「S氏の屋敷に昔からあった宝剣だそうだ。さらに、もう一つ、ここに不審者と書かれている者も、実際には不審者ではない」

「どういうことですか？」

「S氏の息子さんだ」

「息子……さん？」

「S氏の息子さんはいわゆる放蕩《ほうとう》息子でね、問題児だった」

状況がよく分からずに、薮崎は口を挟んだ。

「記事に書かれていることと随分違うようですが」

「表向きに発表されたことは、まさにこの記事のとおりだ。でも、S氏自身が本当のことを話していなかったんだよ」

能坂館長はコホンと咳を一つして、居ずまいを正した。

「最初から説明した方がいいだろう。S氏の屋敷にあった謎の宝剣は、曰くがあってね。昭和のはじめ、一九三〇年代の頃に、その剣で子どもが父親を切りつける事件も発生したそうだ」

「それはS氏の屋敷でですか？」

「いや、S氏の親戚筋だと聞いている。まあ一九三〇年代の話なので、詳細は分からない。その剣の出所もまたよく分からないのだが、骨董好きのS氏の先祖が知り合いから譲り受けたものだとの話だ。そして、十年前の事件だが、S氏の放蕩息子が蔵からその剣を持ち出して、老婆の首を刎《は》ねたという驚くべき出来事が起こった」

老婆の首という言葉が発せられるや、真野は全身に電気が走ったみたいに飛び上がった。

「老婆の、老婆の……」真野は苦しげに言った。「老婆の首を刎ねたというのは本当なのですか？」

真野の狼狽《ろうばい》ぶりに薮崎は面食らったが、異様な話を淡々と話す能坂館長も尋常ではなかった。博物館の館長というよりは銀行の出納係のごとき実直な印象を受ける能坂は眉一つ動かさず、平然と説明を続ける。

「十年前、S氏の放蕩息子は宝剣を持ち出して老婆を殺し、その首を手に持って屋敷に戻ってきた。屋敷の使用人がその姿を目撃し、ことごとく腰をぬかし、半狂乱となった。当主のS氏に至っては心臓発作を起こす始末だった。一命は取り止めたがね。屋敷の者がショック状態に陥っている間に、放蕩息子は母親を連れて屋敷から消えた」

あまりに常軌を逸した展開に、薮崎も唖然とした。

「十年前に、この東京で、本当にそんなことがあったんですか？　僕はそんな事件、聞いたこともないですが……」

「当時、屋敷にいた者たちの証言がある。ところがだ」能坂は黒縁メガネの奥の瞳を怪しく光らせた。「放蕩息子が殺した老婆なんて、誰も知らなかった。そんな老婆、いなかったんだよ」

「どういうことです？」

「放蕩息子が殺したと言っている人間がどこにもいなかった。近所はおろか、首都圏全体で首を切って殺された死体は見つかっていない」

このとき、真野の口からつぶやきが漏れるのを薮崎は聞いた気がした。

首なし死体はあった……つぶやきはそう言っているようにも聞こえたが、確信は持てなかった。

謎めいた真野の言葉に戸惑いつつ、薮崎は能坂に尋ねた。

「でも、その放蕩息子は、剣で切った首を手に持って屋敷に戻ってきたんでしょう？」

「ただ、よくよく屋敷の目撃者たちに話を聞いてみると、誰も首をハッキリ見ていないのだ。正確にいうと、見たはずだけど細部を覚えてない。そして、当の首は放蕩息子が持ったまま立ち去ったので、その後、現物をしっかりと確認する機会は得られなかった」

「つまり、実際は人の首ではなかったということですか？」

「警察の見解では、放蕩息子が屋敷の者をおどかすために、首に見えるようなものを振りかざしただけということになっている。従って、これは殺人事件ではなく、単なる家族間の諍《いさか》いとして処理され、事件としては立件されず、さほど表沙汰にもならなかった」

「放蕩息子はどうなったんです？」

「行方をくらませた」能坂は抑揚《よくよう》を欠いた口ぶりで言った。「その後の消息はぷっつりと途絶えている」

「さっき、母親を屋敷から連れ出したと言ってませんでしたか？」

「そう、放蕩息子は母親もろとも消えた。実はこの母親は昔からその屋敷にいたわけではない。当主のS氏は妻を亡くし、方々で愛人をつくっていたようだが、そのうちの一人がこの母親で、S氏は強引に屋敷に連れこんで住まわせていたが籍は入れてなかったようだ」

「この騒動の背景には複雑な家庭事情があったということですか」薮崎はうなった。「ところで、放蕩息子は当時、何歳だったのですか？」

「二十歳くらいだったかな。放蕩息子はS氏と母親の仲をよく思ってなかったようだ。この息子は母親の連れ子で、S氏と血のつながりはなかった。それでS氏を困らせることをやったのだろう、かなり突飛だがね」

屋敷で振りかざした生首がニセモノだったとすると、義理の父親と反《そ》りが合わなかった放蕩息子が仕掛けた、子どもっぽいイタズラでしかない。

だが、このとき、薮崎は何か引っかかるものを覚え、額に手をやった。

目ざとく能坂が薮崎の仕草に反応し、意味ありげに見つめてきた。

「薮崎君、今の話を聞いて、何かに気づかなかったか？」

「どういう意味ですか？」

「いや」能坂はかぶりを振った。「いいんだ」

だしぬけに真野が叫ぶように言った。

「それで、その凶器ですよ。剣は今どこにあるのです？」

能坂館長はつと立ち上がり、背後のキャビネットから一冊のファイルを取り出した。そして素早くページを繰ってある箇所を開き、テーブルに置いた。

それは収蔵品の目録で、さすがに現物をここであっさり開陳するわけにはいかないんだろうなと、事情に通じている薮崎は素早く察知した。しかし、傍らの真野はこれで納得しないようにも思えたものの、それより件の凶器に興味を引かれたのでファイルに目を凝らした。真野が図書館でプリントした記事の添付画像も見ていたが、不鮮明で形状をあまり把握できていなかったのだ。

それは剣というより、鎌のように刃は湾曲し、縦に引き延ばした三日月みたいな形をなしていた。ところどころに錆が付着していたが、刃物としての禍々しい光沢は失っていない。柄の部分は二本の太い紐《ひも》をより合わせたみたいに二重螺旋の意匠が施され、刃との境目には羽を広げた鳥がデフォルメされていた。刃と柄のつなぎ目あたりには黒ずんだ何かがこびりついており、薮崎にはそれが何かは分からなかった。

「それで、この剣の鑑定の結果はどうだったのです？」薮崎は率直に問うた。「年代物なんですか？」

「記事で正木教授が見立てを語っていたが、その見解どおりだ」能坂は答えた。「一目見て、刃先が新しすぎる。古代ギリシャのハルパーをかたどっているようだが、まあ良くてレプリカの類だろう」

「ハルパー……」

「そう、ハルパーだ。湾曲している刃の形状は古代ギリシャで使われていた剣の一種ハルパーの特徴を示している。でも形状を似せただけの贋作だ」

その点については西洋の古代史を専攻し、大学院に進学した薮崎もよく知ることだった。ただ、これがハルパーだとすると……薮崎の胸裏に疼くものがあった。先ほども覚えた疼きを……。

「待てよ」と薮崎は言った。「ハルパーということは、これはクロノスの刃か」

真野がピクリと反応し、ぼそりと尋ねた。「クロノスの刃って何ですか、それは」

真野の質問を受け流し、薮崎は能坂館長に逆に訊いた。

「さっき、一九三〇年代の事件の話をしていましたね」

「一九三〇年代？　ああ、この剣には曰くがあったという件だね」

「剣で子どもが父親を切りつける事件があったと」

「だね」

「そのとき、子どもは父親の身体のどこを切りつけたんですか？」

能坂はじっと薮崎を見つめて言った。

「薮崎君が考えているとおりだよ」

ファイルから顔を上げた薮崎の顔は熱に浮かされたかのごとく赤らんでいた。

「性器か。性器を切り取ったんですね」

その答えを待っていたかのように能坂はうなずいた。「そのとおり」

うかない顔で真野は薮崎を見つめた。「子どもが父親の性器を切り取った？」

薮崎は体を揺らして声を荒らげた。「ギリシャ神話のクロノスのくだりだよ」

「ギリシャ神話……ですか？」

「いいか、真野」薮崎はじりっと真野に身を寄せた。

「ギリシャ神話の万能の神ゼウスは知っているだろ？」

「ゼウスは一番偉い神ですよね」

「クロノスはゼウスの父親だ。ゼウスの前に世界を支配していた。クロノスの父親はウラノス。やはり、クロノスの前に世界を支配していた」

薮崎は近くのメモを取って手早く書き付けた。

「ウラノス→クロノス→ゼウス、このように世界を支配する神は交替した。親子関係にあるものが代替わりしただけに見えるけど、ここにギリシャ神話に繰り返し現れるモチーフが浮上する。それは何か？」

真野の答えを待たずに、薮崎は先を続けた。

「子による親殺しというモチーフだ。クロノスはウラノスを殺した。そのとき性器も切り取った。それによってクロノスはウラノスの支配から逃れ、自ら世界の覇者となった。クロノスがウラノスを切った剣はハルパー、つまり、このような形状の剣だった」

「ハルパー……」真野はぼんやりと言った。「まさか、薮崎先輩は一九三〇年代の日本でギリシャ神話を模倣した事件が起こったというのですか？」

「一九三〇年代の話だけじゃないよ。十年前の放蕩息子のくだりもそうだ」

興奮した口調で薮崎はまくしたてた。

「ギリシャ神話では、このクロノスの刃はその後、ヘルメスという神の持ち物になり、そのヘルメスは英雄ペルセウスにこの剣を与える。ペルセウスは知っているだろう？」

「ペルセウス？　聞いたことがあるような……」

「妖女メドゥーサを倒した英雄だよ。メドゥーサは目が合った人間を石に変えてしまう。そのメドゥーサの首を、ペルセウスはクロノスの刃で切り取った。妖女の首は死してなお、人間を石に変える魔力が有効だった。ペルセウスは首を携えて帰郷する。国王から言い寄られ、幽閉されていた母親ダナエを取り戻すために。

その結果、ペルセウスはメドゥーサの首を使って館の者たちを石に変え、母親を連れ出すことに成功する」

薮崎は真野をまじまじと見つめた。

「この話、似てないか？」

真野はポカンと口を開け、それからパクパクと何かを発しようとしたが、それはうまく言葉にならなかった。能坂館長の低い声がそれを代弁するように流れた。

「放蕩息子は老婆の首と称する何かで屋敷の者たちをショック状態に陥らせ、その間に母親を連れ出した……。ペルセウスが母親を連れ出したくだりとそっくりではある」

ようやく真野がかすれた声で口を挟んだ。

「しかし、それはどういうことだ……」

「分からない」薮崎は力なく首を横に振った。「ギリシャ神話のエピソードが反復されていることは分かる。でも、なぜそんなことが起こるのか、それが皆目分からない」

「さすが薮崎君、ギリシャ神話の反復に気づいたのは見事だ」と能坂が言った。

「能坂さんも気づかれてたんでしょう？」

「まあね。でも、やはり今の君と同じ、なぜそんなことが起こりえるのか？ という疑問にぶち当たったところで完全に行き詰まった。しかも、ここは古代ギリシャからあまりに遠く離れた現代の東京だ。たとえギリシャ神話の神々が復活するといったオカルト話にしてもだ、それが東京で起こる意味なんてまったくないだろう」

「能坂さん、この剣はここにまだあるのですか？」薮崎は真野に成り代わって館長に問うた。「そもそも、この剣はどこからやって来たのでしょう？ それこそ神話の世界からやって来たような一品ではないですか」

「鑑定の結果は言ったとおりだ。贋作だよ」

「でも、今一度、鑑定する価値はあるのでは？」

能坂はすぐには答えずに意味ありげに二人の学生たちを見返していた。やがて観念したように口を開いた。

「S氏からは口留めされていたんだがね。まあ、いつか話すべきだと思っていたからこの機会に言おう。当館で保管していたハルパー、クロノスの刃は、十年前のあの騒動からほどなくして何者かに盗まれたんだよ」

「盗まれた？　いったい誰がそんなものを」

「今に至るまで犯人は捕まってないよ。ただ……」

能坂はここで何かを言いかけたが、次の瞬間に起こった出来事に会話は中断を余儀《よぎ》なくされた。

いつのまにか立ち上がっていた真野がクロノスの刃の画像に手を伸ばし、しかし虚空をつかんだだけで身体を激しくよろめかせ、テーブルと椅子の隙間に倒れこんだのだ。

呆気にとられて薮崎が目をやると、真野は口から間断なく涎を垂れ流し、その顔は蠟《ろう》人形のごとく生気を失っている。そして、電気回路がショートした自動仕掛けの人形のごとく激烈な痙攣が全身を覆い、時折、床から跳ね上がっては四肢をくねらせ、のた打った。

それはいつか見たホラー映画で悪魔に取り憑かれた人の症状にそっくりで、薮崎の背筋に冷たい悪《お》寒《かん》が走った。

3

真野が埴江田団地を去ってから、一人残された佐枝子は春日ミサキに接触しようとしたが、その試みはなかなか果たせないでいた。それは佐枝子自身も体調を崩して寝こんでいたという理由によるが、その経緯を話すには時間を少し巻き戻して、埴江田団地の駐車場で真野とその彼女を乗せた青いプリウスが走り去るのを、佐枝子が渋い表情で見送った場面から始めねばならない。

早朝の乾いた風が吹き交うなか、駐車場を後にした佐枝子はファミレスに向かった。前夜、それが夢なのか現実なのかよく分からないものの、蛇行する暗い廊下のなかで、確かに出会ったはずの謎のウェイトレス、春日ミサキに事の次第を問いただすために。

しかし、ファミレスの営業時間は午前九時からで、そもそもショッピングセンター自体にシャッターが降りていて中に入れなかった。固く閉ざされた建物の入口付近で、しばし往生際悪くウロウロしていたところ急に名状しがたい疲労を覚え、立っているのも辛くなった。

これはいったんE棟の部屋に戻るしかないと思い直し、ふらつく足取りで自室に辿りつくと、室内には前夜、真野がセットしたカメラ群がそびえ立っている。カメラに接続されたノートパソコンには、まるごと一晩分のG棟の全景が記録されているはずだが、到底、映像の検証を始める気力は湧いてこなかった。撮影の停止ボタンを押し、カメラの三脚をたたんでから、ぞんざいに部屋の隅に撮影用具一式を押しやる。

多少、部屋のスペースに余裕ができたところで、佐枝子はそのまま畳にじかに横たわると、ほどなく眠りの深みに落ちこんだ。

ただ、耳もとでは前夜聞いた不可思議な歌声が漂い続け、寝ているのに意識のどこかは起きている奇妙な浮遊を味わった。歌声はやがてすすり泣きに変わり、さらには妙にリズミカルになって突き上げるような躍動を孕み、そのうち泣いているのか歓喜しているのか分からない悩ましい声となり、ついには明らかによがり始めた。

というか、これは喘《あえ》ぎ声じゃねえかよ！

と怒りとともに確信したとき、ぱっちりと目が開いた。全然、寝た気がしなかった。

驚いたことに、起きたあとも悩ましい声は続いており、それは隣の部屋との壁伝いに漏れ伝わってくるのだった。

時刻は午後の十二時すぎ。窓からは真昼の陽光が射しこんでいるというこの時分に、お隣さんは盛りのついた動物のごとき絶頂の只中にいるようだ。いったいいかなる隣人がこの壁を隔てた向こう側にいるのかと思いを馳せながら、しばし佐枝子は和室の壁にへばりついて耳をそば立てていたが、ほどなく昼下がりの秘め事は終わりを告げ、辺りは静まりかえった。

唐突に、自分はこんなところで何をしているのだと我に返り、さらなる疲労の澱が身体に沈殿していく侘しさを覚えながら、佐枝子は浴室に直行してシャワーを浴びた。

身支度を整えてから外に出ると、ちょうど隣室の扉が開いたので、心臓が跳ね上がった。

一戦を終えた男の逞しい背中が廊下を歩き去っていくのが垣間見え、ウェーブのかかった長く豊かな髪をなびかせた女が扉の陰から男を見送っている。

女性はメークが濃かったが、目鼻立ちがパッチリしたモデルさながらの顔立ちで、佐枝子と目が合うと愛想よく会釈した。悩ましい声を盗み聞きしていた身としては気まずさがこみあげてきたものの、佐枝子も引きつった笑みをなんとか返した。

逃げるようにその場を去ってE棟の団地を出た途端、昨夜の怪異が嘘のように陽光が降り注ぎ、初夏の微風が身を包んだ。

足どりも軽くなり、佐枝子はまっすぐにショッピングセンター四階のファミレスに向かった。店内はランチの時間が過ぎて閑散としている。そして、真っ先に視線を巡らして探したが春日ミサキの姿はどこにも見えなかった。

注文したサンドウィッチとコーヒーを運んで来た若いウェイターに、それとなくミサキのことを尋ねてみると、驚いた顔をされた。

「もしかしてクレームですか?」

佐枝子は慌てて否定した。「違います。ちょっと訊きたいことがあって」

「春日に騙されたとか?」

「騙された?」

佐枝子は銀盆を持って佇むウェイターをしげしげと眺めた。髪型はマッシュルームカットで耳にピアスなんかしているなかなかのイケメンだ。年齢は真野と同じくらいだろうか。ちらりと視線を投げた名札には、栗川圭司《くりかわけいじ》と記されている。

「なんで騙されたなんて思うの？」

栗川は男性アイドルの一員と見まがうほどの笑くぼを作り、冗談めかした口調で答えた。

「お客様にこんなことを言うのもなんですが、彼女は詐欺師《さぎし》という噂がありまして」

「え、詐欺師？　なんの詐欺？」

「さあ、インチキ霊媒《れいばい》系だったと思うけど」

「霊媒って、占いとかやる感じの？」

「詳しくは知らないす」栗川はすらりとした体軀を折り曲げて、佐枝子に心持ち顔を近づけて囁いた。「ただ、他のバイトの子に霊感商法まがいのことをやったらしいす」

「マジか。壺でも売りつけたのか」

「気をつけた方がいいすよ、春日には」栗川は姿勢を正して言った。「ご注文は以上でおそろいでしょうか」

「あ、そろってます」

かしこまって一礼し、去っていこうとする栗川を佐枝子は慌てて呼び止めた。

「ごめん、一個だけ。彼女がバイトに入っている時間は分かる？」

「分からないす。春日は不定期なんで」

「そうですか」

やけに爽《さわ》やかなイケメンウェイターを見送りつつ、佐枝子は頬杖《ほおづえ》をついて独りごちた。

春日ミサキ、評判悪すぎだぜ……。同僚にインチキ霊媒系の詐欺師呼ばわりされるなんて終わっているじゃねえか……。

だが、そのミサキに会って佐枝子が尋ねようとしていることといったら、『昨夜、あなたに会ったと思うけど、それって現実だっけ、それとも夢のなかだっけ』という、正気を疑われるような内容なのだった。

蛇行する暗い廊下……それはG棟の屋上の出入口脇にある扉の先にあった。屋上しかない階上で、普通なら、そんな廊下はあるわけない。でも、自分はそこにいた。彼女もそこにいた、たぶん……。

あの場所は何だったのだろうか。

インチキ霊媒師のウェイトレスなら答えてくれる気がしたが、当人がいないのなら仕方がない。佐枝子はやや手持ち無沙汰《ぶさた》な気持ちになったものの、要確認事項はそれ以外にも山積みになっていたことをすぐに思い出した。サンドウィッチを頬張るかたわら、スマホで脚本家の綿道にLINEを入れてみる。

『綿道さん、お疲れさまです。

今一度会って、状況を確認する機会をもらえないでしょうか。

昨日、とても不思議な体験をしました。しかし、それを記録したカメラは消えてしまいました。なので、私の口から直接、報告させてもらえればと思っております。

あと、高田馬場のイタリアンで見せてもらった画像類、真野君からも問い合わせてもらっていると思いますが、こちらにもコピーを送ってもらえると嬉しいです。

あと、行方不明者の具体的な情報は無いでしょうか？　どこの部屋の住民が消えたか正確に知りたいです。

あと、今後の撮影計画はどうなっているでしょうか？　真野君は今朝の様子だとかなりマイっていたので、今後も現地スタッフを引き受けてくれるか不明です』

つうか、『あと』が多すぎるな、と佐枝子は溜息をついた。

だいたい綿道がちゃんと状況を説明しなさすぎるからこうなるのだ。撮影の現場で一番ダメなタイプだ。

LINEの返事は、佐枝子が食べ終えてファミレスを出たところで来た。

『綿道です。佐枝子さん、お疲れさまです。

早速、成果が出たようで嬉しいです。カメラが紛失したのは残念ですが、怪異の調査にトラブルは付き物です。

今後のスタッフは現在、手配中ですので、申し訳ないですが、そこでしばらく待機してもらっていいですか？

それと、差支《さしつか》えなければ銀行の口座を教えてください。待機中も含めて佐枝子さんの日当を計算し、それ相応の額を振り込ませていただきます。』

続きを期待して待っていたけれど、綿道のメッセージはそこから更新されることはなかった。佐枝子の質問の半分も答えていない。だが、現金の話をされると、こっちとしては甚だ弱い。ここで待っているだけでもお金が振り込まれるとは、どれだけ怪しい仕事だよと思いつつ、佐枝子はいそいそと銀行口座を打ちこんで送信した。

ショッピングセンターを出たところで、自然と足はG棟の方に向いた。

さっきまで晴れわたっていた空は急に翳りを帯びて曇り始め、佐枝子がG棟の前に立ったときは建物全体が色を失い、寂寞《せきばく》とした趣をいっそう濃くしていた。

蛇男も、奇妙な歌を口ずさむ親子も見当たらず、そもそも誰も行き交う人はいない。すぐには建物に入らず、G棟の裏にまわって四〇九号室に目を向けてみた。しかし、窓はぴったり閉まり、外からは内部が窺い知れない。一つ上の階から蛇男が覗いていたことを思い出しつつ、四〇九号室の上階にも目を走らせたが、さして目を引く事物は見つからなかった。ただ、ところどころに洗濯物を干している部屋があることから、G棟が無人というわけではないことは窺えた。

一階に並ぶ部屋のベランダも近寄って覗きこんでみる。人影をみとめることがないものの、生活の気配はある。窓際に子どもの玩具が積まれている部屋もあれば、観葉植物の生えた植木鉢が並ぶ一角もあり、めくれ上がったカーテンの向こうに空気清浄機的な家電のシルエットもいくつか見てとれた。

再びG棟の表にまわって屋内の探索にさしかかろうとしたとき、緑道を通ってくる管理人の制服姿がちらりと見えた。慌てて建物の角に身を隠す。

どうやら管理人の男は、今日も不届きなオカルトレポーターたちが性懲《しょうこ》りもなく潜入していないか、細心の注意を払って巡回しているようだ。

壁面にぴったり背中を付けたまま、おそるおそる角から顔だけ覗かせて観察すると、管理人はまっすぐG棟に向かってくる。佐枝子はさっと顔を引っこめ、チッと舌打ちした。

隙を見て建物から離れるしかない。とはいえ、G棟の裏手は雑草がはびこった野原が広がっていて、身を隠せる木々が近くにないのが難点だった。野原を突っ切りさえすれば、その先には深い森のごとく生い茂った木々が連なっており、絶好の隠れ場所となっていた。

まずはこの野原をどれくらいの速さで駆け抜けられるだろうかと算段していると、遠くの木々の合間を、数人の女子高生たちが何やら嬌声をあげながら走っていくのが見えた。

昨日、団地の屋上で儀式めいた奇矯な振る舞いをしていた女子高生たち……おそらく、その彼女たちなのだろうが、制服姿のまま、木々の合間を興奮した様子で走り去っていく姿もまた、どこか狂気じみた奇妙な光景だった。

その異様な熱量に吸い寄せられるように、佐枝子は背中を付けていたG棟の壁を離れ、ダッシュで野原を駆けた。息が上がりながら緑の生い茂った木々の陰に身を滑りこませると、そのまま足を止めずに周囲を窺った。先ほどの女子高生たちを追って緑道を逸れ、下草の生い茂った道なき道を進む。

しかし、かなりの速度で走っていた彼女たちの姿はすでに見えなかった。

草を掻き分けて彷徨しているうちに、埴江田団地の敷地の外に出てしまったようだ。突然視界が開けたと思いきや広い運動グラウンドに行き当たり、隅で子どもたちがサッカーに興じているのが見えた。グラウンドの傍らにはフェンスで覆われた広大な空き地があり、野放図に繁茂した雑草の海と化している。舗装《ほそう》された細い道路に出たので、そのまま構わずにずんずん進んでみると、整備された公園が見えてきた。看板が出ていて、見ると、戸山公園と書いてある。

箱根山地区との表示も見え、こんなところに山があるのかと訝しみつつ、さらに先に進んだ。行き当たりばったりのデタラメな散策だったが、この機会に周辺の地理を確認するいい機会だと佐枝子はとらえ、箱根山へと続く坂を昇り始める。左手に屋根のない東屋《あずまや》が見えてきて、その不思議な形状に引っかかるものを覚え、足を止めて眺め入った。

東屋の石の台座は六角形を形成し、その上に建つ黒ずんだ六本の柱が、錆びついた円形の鉄の輪を支えている。もとは屋根があって、それが無くなって、屋根の縁の円形の輪だけが残ったからこうなったのか、あるいは、もともと屋根がなくこのようなデザインであったのかは分かりかねた。

屋根がないゆえに、円を支える六本の柱と、その土台の六角形が、魔法陣めいた組み合わせに感じられ、それらを鬱蒼とした木々が囲んでいる場所柄もあって、秘密の儀式の場を思わず想像してしまう。ともあれ、ここはれっきとした都立公園のなかの施設であり、そんな怪しいものであるわけがない。

近くに公園の地図があったので確認してみたところ、この場所は『陸軍戸山学校軍楽隊 野外演奏場跡』と記されていた。

なるほど、これは野外演奏場の跡だったのか。しかも旧陸軍の……。

となると、昔はここで演奏会が開かれたりしていたのだろうか。

ポツポツと生い茂った葉の隙間から、雨が落ちてきた。空はいつのまにか分厚い雨雲に覆われていた。雨音が強まっていくのを聞きながら、佐枝子はなおも野外演奏場の跡地を眺め続けた。この遺構になぜ引っかかるかというと、やはり台座が六角形であることが挙げられる。六角形は、埴江田団地で見た蛇のウロコの形状を連想させる。しかし、この公園のスポットと、蛇のウロコの模様に関連があるとは思えない。

だが、六角形を、ここではない別のどこか、とても奇妙なところで目にした覚えがある。

六角形だけではない。蛇のウロコを彩る六角形の内側には、無数に渦を巻いた円がひしめいていた。あの円もまた、どこかで見た気がするのだ。

考えあぐねているうちに、雨はいよいよ本降りとなり、佐枝子の髪を濡らした雨水が幾筋も頬を伝い、流れ落ちていった。

4

結局、その日は部屋に帰りつくまでにずぶ濡れになり、そのことがたたったのか、佐枝子はそれから数日間、高熱を出して寝こむはめになった。

外出するのも億劫でUber Eats《ウーバーイーツ》で食事はすませ、常に携帯していた風邪薬を飲んでひたすら寝入った。その間、夜も昼も悩まされるのは、やはり隣室からの淫靡な喘ぎ声だった。その異様な頻度《ひんど》を鑑《かんが》みるに、隣の人々はとんでもなく絶倫を極めていることが推測されるが、ただ、甘い女性の声に混じって漏れ聞こえる男性の獣声のごとき重低音が、昼と夜では違っているように聞こえるのがどうにも気にかかる。熱に浮かされて朦朧となった夢のなかで、どうやら女性は夜と昼で相手を違え、つまり浮気しているらしいことを推理しつつも、そんなことより、とにかく静寂のなかで迎える安眠を佐枝子は無性に乞い願った。

数日ぶりになんとか平熱に戻り、人心地ついたところで、今さらながら綿道からは何の連絡もなく、真野からの音沙汰もなく、代わりの現地スタッフとやらも一向に現れる気配もないことに思い至り、愕然とする。一晩中待たされた挙句、出番のなかったエキストラの記憶を久しぶりに思い起こして、佐枝子はひどく寂しい気持ちになった。

　撮影は何らかの理由で、自分の知らないところで頓挫《とんざ》したのかもしれない。最前線に残されたまま指令を待ち続けて忘れ去られた兵士の心境もかくやと思い馳せつつ、ショッピングセンターに出向いて銀行口座を確認してみると、三万円が新たに振り込まれていた。

　三万円……相変わらず素直に喜んでいいのか分からない微妙な額だ。だが、とにかく自分がまだ世間とつながっている証左のように思えて、ほっと胸を撫でおろす。

　とにかく当面の金の心配はしなくていいと分かったところで空腹を覚え、四階に上がってファミレスに入った。この日も、春日ミサキの姿は店内には見当たらなかった。

　今回もイケメンウェイターの栗川が注文を取りに現れ、一目、佐枝子を見るなり戸惑った声を上げた。

「なんか、やつれましたね……」

「ちょっとね」と佐枝子は言葉を濁し、そしてミサキのことを尋ねた。

「ああ、春日はクビになりましたよ」と栗川があっさり言うので、驚いて顎が外れそうになった。

「クビになったですって……」

「理由は例の詐欺師疑惑ですね」

「春日ミサキはほんとに詐欺師なの？」

「さあ、詳しくは知らないすけど、他のバイトの子とトラブルになったことは確かなようで」栗川は端正な顔を僅かにしかめて続けた。「トラブルメーカーなんですよ。詐欺の疑い以外にも、しょっちゅう人とモメる性分なんでね」

「どうしよう、春日ミサキに確認したいことがあるんだけど」

「金でも貸したんですか？」

「いや、そうじゃないけど」

栗川はここでワザとらしくウインクしたので、佐枝子は眉をひそめた。

「お客さん、ついてますよ」

「え、どういうこと」

「春日、今、店に来ているんです」

「マジか。クビになったのに？」

「私物を取りにですよ。ロッカーにいろいろ入れていたみたいで」

佐枝子は思わず身を乗り出した。

「ねえ、彼女に会えないかな」

栗川はニヤリと笑った。「さすがに店内には呼べないですよ。クビになったから。でも、外で待っていれば出てくるかも」

「分かった」佐枝子は勢いよく立ち上がった。「注文をキャンセルする」

「キャンセル……すか」

「後で食べに来るから！」

ファミレスを出て従業員の通用口付近で佐枝子は張っていたが、春日ミサキはなかなか出て来なかった。店のバックヤードに踏み込みたい衝動を抑えつつ、じりじりと待っていると、スマホがバイブしたので見ると真野からのＬＩＮＥ通話がかかっている。

何事かと思って出てみたら、知らない男性の声が聞こえて面食らった。

「町田佐枝子さんですか？　大学の映画研究会で真野の先輩に当たる薮崎といいます」

「はあ、薮崎さん」

「いきなり連絡してすみません。真野が突然倒れまして、病院に連れて行こうとしたら猛烈に抵抗され、とにかく町田さんを呼べの一点張りで困っているのです。それで真野のスマホを使って町田さんに連絡を入れている次第でして」

「真野が倒れた……」

「はい、今すぐこちらに来られませんか。団子坂にいるのですが。あ、千駄木駅の近くです」

「そう言われても」佐枝子は途方に暮れて言葉を詰まらせた。「私は医者でないですし……」

「とにかく真野の言動が尋常じゃないんです」薮崎は切羽詰まった調子で続けた。「呪われたと主張しています。実際、悪魔に取り憑かれたみたいな様子なんです。意味不明なことを口走ったかと思うと奇声を発して白目を剝いてるんです。気味が悪くて……」

「白目を……」

「町田さんって、そっち方面に精通している方ですか？」

「そっち方面とは……」

「だから悪魔祓い的な……。なんか、真野はとにかく町田さんが来ないと、どうにかなっちゃいそうなんです」

「悪魔祓いって、そんなことに精通なんかしてません」

佐枝子がうろたえた声を発したそのとき、目の前の扉が開いてのっそりとおかっぱ頭が出てきた。佐枝子の姿を目にすると、春日ミサキは目を見開き、何でおまえがここにいると言わんばかりに口をへの字に曲げた。

「あっ、ちょっと待って。後から掛け直していい？」

「いや、事態は一刻を争う状況で……」

「必ず電話する。五分待って、いや十分かな」

「そんな……町田さんだけが頼みの綱《つな》……」

さっと通話を切って、佐枝子は歩き去ろうとしていたミサキの前にまわった。

ミサキは白いヤギの線画がデカデカと描かれた黒のトレーナーにモスグリーンのカーゴパンツをまとい、ウェイトレスの制服姿とは随分、雰囲気を違《たが》わせていた。ヘビーメタル系のバンドのライブで最前列に陣取っている寡黙《かもく》なファンにこういう若い女いるよね、と佐枝子は内心密かに思った。ミサキは両手に何冊もの本を抱えていたが、どうやらそれがロッカーに置いておいた私物らしい。

「春日ミサキ」と佐枝子はびしっと言って立ちはだかった。「ちょっと訊きたいことがある」

ミサキはいかにも面倒臭そうな色を顔に浮かべた。

「訊きたいことって?」

「蛇行する暗い廊下で、会ったよね?」あの晩の出来事を単刀直入に尋ねる。「私の耳もとで『さあ、ここからどうやって戻ろうか?』と囁いたでしょ?」

ミサキはだるそうに首をかしげた。「夢でも見てたんじゃない?」

「じゃあ、あれだ。あなたが私の夢に入ってきたんだ」

虚をつかれたみたいに、ミサキは佐枝子をまじまじと見返した。

「町田さんがそういう夢を見たってだけの話でしょ」

ミサキが自分の名前を覚えていたことにひとまず満足を覚え、しかし、これ以上、追及したところで、ミサキははぐらかし続ける気がして佐枝子は話題を変えた。

「まあ、いいや。それは追々調べるとして、今は他に訊きたいことがある」佐枝子は改めて姿勢を正し、ひどく真剣な表情でミサキに問うた。「あなた、悪魔祓いってできる?」

その異様な問いが発せられても、おかっぱ頭の元ウェイトレスは眉一つ動かさず、無表情だった。うつむいたまま、しばらく黙っていたが、ミサキはやがてぼそりと言った。

「要件による」

「要件?」

「おかしくなったのは町田さんと一緒にいた連れでしょ」

「さすが」佐枝子はうなずいた。「そのとおり、真野君が悪魔に取り憑かれたらしい。私もさっき電話で聞いたらから詳細はよく分からないけど」

「だったら……」

ミサキがなかなか先を言わないので、佐枝子は焦れて急かした。

「だったら、できるの？　悪魔祓い」

ミサキはぼそりと答えた。「できるよ」

「マジか。あなた、エクソシストの類なの？」

その問いには答えずにミサキは素っ気なく言った。

「でも、お金かかるよ」

「え、お金とるの……。いくら？」

「三十万」

「はあ？」佐枝子は声が裏返り、そうしてこの眼前の元ウェイトレスがインチキ霊媒系の詐欺師とかいった悪い噂があるなかでファミレスをクビになってスゴスゴと私物を取りに来た、まさにその最中であることを思い出した。

「真野に、三十万は出せない……な」

「いくらなら出せる？」

佐枝子は真野のふざけた顔を思い浮かべながら言った。「三千円……かな」

「いいよ」

すんでのところで佐枝子はズッコケそうになるのを堪えて叫んだ。「いいのかよ！」

5

ＬＩＮＥ通話で確認した団子坂の笹原博物館の前に、佐枝子とミサキがタクシーで到着すると、車の停止音を聞きつけた薮崎が洋館から飛び出してきた。

手早く自己紹介を済ませ、佐枝子が「エクソシストの春日ミサキさん」と告げると、薮崎はあからさまに狼狽の色を滲ませた。

館内に入ったところで薮崎はそっと佐枝子に耳打ちしてきた。

「電話では悪魔祓いが必要なんてことを動転して口走ってしまいましたが、僕自身、そんな非科学的なことは信じてないのです」

「私も悪魔なんて信じてません」

「でも、エクソシストってつまり悪魔祓いの専門職でしょ」薮崎はミサキの耳に入らないように声を落として続けた。「町田さんと真野がドキュメンタリーの撮影で怪異スポットを訪れたという経緯は先ほど町田さんからのLINEで知ったのですが、体験を共にした町田さんの元気な姿を見せるだけでも、真野が落ち着くと改めて思いました。しかし、まいったな、ほんとにエクソシストなんて出てきちゃった……」

「大丈夫です。別に悪魔祓いなんてできなくても、要は真野君の心が落ち着けばいいわけでしょ。気晴らしですよ」と佐枝子は適当に答えた。

「そうは言っても、大丈夫なんですか？　彼女」薮崎は気味が悪いものでも見るようにミサキの方を一瞥した。「エクソシストって、普通はキリスト教の神父とかがなるもんでしょ？」

「クリスチャンではありません」とミサキが声を上げたので、会話が筒抜《つつぬ》けだった後ろめたさから薮崎は頬を引きつらせ、悪魔のような愛想笑いを浮かべた。

館内の応接室が即席の救護室になっているようで、タオルと水差しを持ったスタッフの女性が怯えた表情で室内から駆け出してきた。部屋からはおよそ人の声とは思えぬ奇声が漏れ伝わってくる。

ギュルギュルギュル……。

佐枝子は入口のところで思わず足を止め、変わり果てた真野の姿を見つめた。

ソファに寝かされた真野は蠟人形のごとく顔面蒼白で、泡を吹きながら全身を波立たせている。付き添っていた能坂館長が佐枝子をみとめ、「これでも落ち着いた方です」と言った。それから、ミサキに目をとめ、一瞬ギョッとしたように身を震わせた。

「エクソシストだそうですよ」薮崎の口調には揶揄《やゆ》の響きがこめられていた。「ええと、春日さんでしたっけ」

能坂はなおも落ち着かない様子で額の汗をハンカチで拭った。「そうですか、館長の能坂です」

「真野君はどうしてこんなことになったのですか？」と佐枝子は能坂に尋ねた。

「古代ギリシャの話をしていたときに……」

能坂が話し始めたとき、ミサキがつと室内に進み出て、話を遮った。

「すぐに処置を始めますから、皆さん、部屋を出て行ってください」

「待てよ」と薮崎は口を挟んだ。「密室で秘密の儀式とやらをやられるのは困る」

ミサキは淡々と答えた。「儀式なんてしませんよ」

「じゃあ何か、呪文でも唱えるのか」

ミサキは佐枝子をちらっと見て言った。「町田さんは私の雇い主なので、見届け人として部屋にいてもらってもいいです」

「僕も見学させてもらう」薮崎が部屋の端の椅子に陣取り、梃子でも動かないとでもいうように主張した。「エクソシストなんてものの仕事ぶりを見ることはそうないからね。それとも何か、見学者がいると悪魔祓いの効力が発揮できないとでも？　大方、隠れて鎮静剤の注射でも真野に打つのが関の山だろうけど、医者でもない者がそんな施術をしようとしているのなら、断固として阻止する義務がある」

「まあまあ、薮崎君、助けを呼んだのは我々の方じゃないか」能坂がたしなめた。「もちろん、悪魔祓いなんて信じてないが、真野君が落ち着くなら、この際、手段を選んではいられない」

薮崎は不満そうに頬を膨らませた。「能坂さんも見学しますよね？」

能坂はかぶりを振った。「いや、私はいい。年寄りには刺激が強そうだ。ただ、危険なことはよしてくれよ。そして終わったら、すみやかに病院に連れて行くこと」

能坂が出て行っても、薮崎は動かなかった。

佐枝子はミサキに近づき、「どうしよう、出て行ってもらう？」と尋ねた。

「出て行きたくないのなら別にいい」とミサキは無表情で答えた。「感染するかもしれないけど」

「感染？」佐枝子は思わず身構えた。「これは何かの病気なの？　私も感染する？」

「大丈夫」とミサキは言った。「町田さんはとっくに感染しているから」

「え……」

ミサキは抱えていた大量の本をどさりと隅のキャビネットの上に置き、背負っていたリュックサックを下ろして紐を解いた。十字架的なものでも取り出すのかと固唾《かたず》を飲んで見守っていると、意外にも出てきたのはノートパソコンだった。さらにイヤホン、マウス、そして心電図を取るときに胸に貼るような丸いパッチが先端に付いたコード類をじゃらりと取り出した。

それらのデジタル機器を抱え、ミサキは真野の横たわったソファの脇の床に無造作に腰を下ろしてあぐらをかいた。

「ギギ……」と真野が奇声を漏らし、口の端から白い液体を垂れ流した。その様子を見ていると、確かにここで怪しげな処置をする前に、病院に連れて行くのが正解であるとの思いに佐枝子はかられた。だが、ミサキがいったい何をしようとしているのか、それを見届けたいという好奇心に勝てなかった。

丸いパッチの付いたコード類をノートパソコンにつなげ、ミサキはパッチの方を真野の額に貼った。ミサキが接近するたびに真野は獣みたいにうなり、牙でもあるかのごとく歯を剝き出しにする。

「まったく、真野、どうしちゃったんだ」と佐枝子はうめいた。

ミサキは真野の威嚇《いかく》にもまったく動じることなく、その喉もとを手でおさえて、素早く残りのパッチも真野のこめかみ、耳の裏、首筋などに貼り付けていった。

「なんだなんだ、脳波でも計測する気か？」と薮崎が茶々を入れた。

パッチをセットし終えると、さらに真野の耳にイヤホンを指しこみ、それから床に座り直すや否や、ミサキは物凄い勢いでノートパソコンのキーボードに指を走らせ始めた。背後にまわってその画面を佐枝子は覗きこんでみたが、アルファベットや記号類が連綿と続き、何を打っているのか皆目見当がつかなかった。エクソシストというより、ハッカーの様相だ。

「パターン出た」とやがてミサキは言った。「クロだ」

某有名アニメのセリフに似ているぞ、と佐枝子は思ったが口には出さなかった。

さらにミサキがキーボードに指を走らせ続けていると、真野の全身が小刻みに震え出した。顔面も左右に振り続け、口からは絶え間なくギギギギギと人間らしからぬ音が漏れている。その音も動きもどんどん激しくなり、ソファごとガタガタと振動しだした。

「おい、大丈夫なのか」薮崎の声が上がる。「いったい何をやっているんだ」

「思考迷路を解除している」とミサキは淡々と答えた。「彼方《かなた》から流入するヴィジョンを切断中だ」

「意味不明だ」と薮崎は立ち上がって叫んだ。

「エレウシスの秘儀だ」とミサキはなおもパソコン画面に集中しながら言った。

「エレウシスだって？」薮崎が鼻を鳴らした。「古代の秘儀にどうしてパソコンが出てくるんだよ？」

「古代の秘儀が脳のどの箇所にどのような作用を及ぼしたかは推定できる。それをパソコンの電気信号と音で再現している」

「エレウシスの秘儀はそもそも現代には伝わっていない。秘儀というのは隠されたものであり、途絶えたものだから。それを何でおまえはパソコンなんぞで再現できるんだ？」

「企業秘密」

「ふざけるな！」薮崎は激高して吠えた。「パッチを通して電気パルスを真野の頭部に送っているんだろうが、その安全性はほんとに大丈夫なのか」

ミサキは平然と言った。「確証があってやっているわけではない」

「なんだと。今すぐその怪しげな操作を中止しろ」

「大丈夫だ。電気パルスも音も人体に害の出るレベルではない」

「エビデンスを求める！　そもそも、おまえは科学者でも何でもないだろう」

「うるさい、黙ってろ」

どちらかというとボソボソと話していたミサキが急に大きな声を出したので、気圧されて薮崎は口をつぐんだ。

入れ替わりに真野の奇声がどんどん大きくなり、体がソファから落ちそうになるほど波打ち始めた。

「町田さん、真野の体を抑えてて」

「あ、はい」

棒立ちになっていた佐枝子はあたふたとソファに近づき、真野の肩と腹のあたりを抑えた。しかし真野の体に少し触れるだけで激烈な振動が伝わってきて、佐枝子は身をよろめかせた。

「もっと強く抑えて」

「はいっ！」

真野の両目は完全な白目になっていて、この世の者ではない容貌に成り果てている。ガタガタと激しく全身をくねらせて上下に揺れ、振動でソファが床をにじり動いていく。

「まずい、パルスが逆流している」

ミサキが叫び、その声を覆い隠すように真野の奇声が空間を切り裂いた。

キーーーーーーーーン。

奇声は何かしら金属的な響きを孕んでおり、薮崎は思わず耳を覆った。佐枝子は耳を覆う余裕もなく、真野の体と格闘しながら鼓膜をやられて耳が遠くなった。

「もうちょっとだ。町田さん、もうちょっとガマンして、もっと強く抑えて！」

「もっと……」

咄嗟に佐枝子は真野に馬乗りになり、全身の力を使ってその体を抑えつけた。真野の口から泡が吹きこぼれ、その飛沫《ひまつ》がベトベトと佐枝子の顔面に飛び散った。ほとんど抱きつくようにして佐枝子は上体を倒し、そして真野の耳もとで叫んだ。

「真野、戻って来い！」

部屋全体が地震に見舞われたみたいに震え、戸棚から物が落下した。薮崎が両手で頭を抱えて悲鳴を上げている。なおもキーボードを走らせる指を休めずにミサキが言った。

「あと少しだ、もう少し」

ひときわ大きな振動が駆け抜け、そして、不意に静かになった。

気がつくと、傍らのミサキがパタンとノートパソコンの蓋を閉じる音が聞こえた。佐枝子が顔を上げたところで、ミサキの手が横合いから伸びてきて、次々に真野の頭部からパッチを外し、耳からイヤホンを抜いた。

「終わったよ」とミサキはコード類を束《たば》ねながら言った。

「悪魔は去ったの？」と佐枝子はぼんやりと尋ねた。

「悪魔じゃないけど」ミサキは微笑した。「当分は大丈夫」

「当分？」

「完治はしないからね、これは」

「え、そうなの」

さっさとミサキがリュックサックにノートパソコンや周辺機器を詰めこむのを目で追いつつ、佐枝子は言った。

「ねえ、あと二千円払うから、このカラクリを教えてもらうってことできる？」

「断る」

薮崎は放心した態で部屋の虚空を見つめるだけで、黙ったままだった。

「あれ、町田さん、なぜそこに」と声がしたので、佐枝子は見下ろした。

まだ顔色が悪いままだったが、人としての意思を宿らせた真野の目が佐枝子を見上げていた。そして、ひどく言いにくそうに付け加えた。

「悪いけど、オレの体の上に馬乗りになるの、やめてもらえる？」

6

笹原博物館の洗面所を借りて顔を洗い、鏡に映った姿を見て佐枝子はギョッとした。目は落ち窪み、頬もこけている。とても女優志望の人の顔ではなく、それどころか先刻まで見ていた真野のこの世の者ではない表情と大差ない気がした。

洗面所を出て、古風な階段を下って戻った一階の廊下では、薮崎が苦虫を嚙み潰したような顔で仁王立ちになっていた。

「何か問題でも？」

佐枝子の問いかけに、薮崎は押し殺した声音で答えた。

「あの女、何も説明せずに帰りやがった」

「え、帰したの？」

「本人が強引に帰ったんだよ。僕は一連の経緯の説明を求めたんだがね」

佐枝子は薮崎を置いて廊下を突っ走り、博物館の外に飛び出た。しかし、ミサキの姿はすでになかった。

目の前の公園へと降りる階段を駆け下り、池を見下ろす小さな広場に出る。ざざっと風が吹き、園内のそこかしこにそびえる高い木々の枝葉がいっせいにしなった。

木陰で影法師が蠢き、目を凝らすと、そこにおかっぱ頭が揺れるのが見えた。

「ちょっと、あんた！」と佐枝子は叫んだ。「黙って帰らないでよ」

リュックを背負い、本を小脇に抱えたミサキは微笑を浮かべ、ゆっくりと佐枝子に近づいてきた。

「だから、ここで待ってたんじゃない」

「待ってた？」

「そろそろ飛び出してくる頃だと思ってた」

佐枝子はしかめ面を浮かべた。「私の行動はお見通しってわけね」

ミサキは佐枝子の背後を窺い、誰もいないことを確かめてから言った。

「町田さんに忠告しておきたいことがある。今すぐ何も訊かず何も耳に入れず、ここを離れた方がいい」

「いったいどうして？」佐枝子は首を横に振った。「真野君の話を聞かなければいけないし、あんな風になった経緯も確認しないと。すぐに離れるなんて無理」

「まあ、そうだろうね」ミサキはあっさり引き下がり、別の忠告を口にした。「なら、今日だけでもいいから、埴江田団地には戻らないこと。この忠告は絶対」

「だから、どうして？　理由を説明してよ」佐枝子は焦れて言った。「思わせぶりばかりで、何も説明してくれない。説明も受けずにただ従えって言われても納得できないよ」

「説明を求める気持ちは分かる。でも、説明したら余計、危険なの」

「どうして説明されることが危険になるのよ？」

「説明を受けることで、メタ的視点を持つから。意識化が起こる」

「ん、メタ？って言った？　意味わかんないけど」

『外側から覗き見る者』は排除される」

「はあ？　ますます分からない」

「だろうね、だって説明してないもの」

意味ありげにミサキはほくそ笑み、次の瞬間にはくるりと背中を向けて歩きだしていた。

「だから、ちょっと待て」

佐枝子は強引にミサキの肩をつかんで押しとどめた。

「なんで、そんなに急いで帰ろうとするわけ」

ミサキは溜息まじりに答えた。

「次のアルバイトがあるからね」

「アルバイト？」

「ファミレス、クビになったから別のバイトをやる」

「アルバイトって、エクソシスト系の？」

呆れたようにミサキは頬を膨らませた。

「あれは仕事じゃない。この世界のものじゃないから」

「でも、リアルに真野君を治したじゃない」

「悪魔を祓ったわけじゃない」ミサキは前に向き直りながら言った。「とにかく次あるから、行くわ」

「いやいやいや、まだ帰すわけにいかない。あんたの連絡先」佐枝子はスマホを取り出して問うた。

「メルアドでもＬＩＮＥでも電話番号でもいいから教えて」

しばしミサキは固まっていたが、やがてスマホをカーゴパンツのポケットから出し、素直にＬＩＮＥのＱＲコードを提示した。素早く佐枝子はそれをスマホで読み取ってから念を押すように言った。

「私も真野君のようになったら、あんたを呼ぶから」

「高くつくよ。それに、今日、埴江田団地に戻ったら、治すのは無理」

「今日ってそんなにヤバイの？　なんで？」

「だから、町田さんが知恵をつけつつあるから」

「はい？」

「とにかく団地には近づかないで。できれば、このままずっと戻らない方がいいかも」

すでに遠ざかりつつあるミサキの背中を、佐枝子は恨めしげに眺めた。

「どこまでも手の内を明かさないヤッ」

腹いせに右手の人差し指を突き出して指鉄砲の形をつくり、ミサキのおかっぱ頭を狙い撃ったが、やがてその小さな丸い後頭部は木々の緑に完全に隠れて消えた。

悄然と博物館の応接室に戻ると、応接室では真野の悪魔祓い中に取り散らかった部屋の片付けが行われていた。佐枝子が一人で戻ってくるのは予想のうちとばかりに、薮崎はちらりと一瞥したきり何も訊かなかった。

能坂館長や薮崎にまじって佐枝子も床に落ちた本などを拾っているとき、一冊、見覚えのあるものに行き当たった。灰緑色のその本はミサキが抱えていたものの一つで、おそらく置き忘れていったのだろう。表紙をめくった先の扉には『旅する蝶《ちょう》はどこへ向かうのか』というタイトルと、有澤冬治《ありさわとうじ》なる著者名が記されていた。

旅する蝶？

生物学の本なのか？　あいつ、こんな本を読むのか。

内容が気になってページをめくれば、冒頭の文章がまた妙な具合だった。

『生命はどのように誕生したのか？

原初の海でどれだけアミノ酸が煮られようが、雷によって電気ショックを与えられようが、それっぽいタンパク質はできたとしても、「生存本能を持った物質」なんて生まれない。

生命は、この世界において他のどの物質とも違っていて、根本的に異質である。この異質さはどこから来ているかというと、その源が別の世界にあるから……』

「何、読みふけっているんですか？」

薮崎に急に声をかけられて、佐枝子は何だか分からないうちにウソをついていた。

「あ、これ、私の本でした」

「町田さんの本？」

これが春日ミサキの本であることをなぜ隠したのかは自分でもよく分からなかった。持ってきていたトートバッグに本を放りこみ、曖昧に笑う。薮崎は特に疑う素振りもなく、あっさり引き下がってソファの位置を直す作業に戻った。

部屋が片付いたところで別室で休んでいた真野が入ってきて、しおらしく頭を下げた。

「このたびはお騒がせしました」

「医者に行かなくていいのかい？」能坂館長が心配そうに尋ねる。

「大丈夫です。むしろ、今、なんだか気分がいいんです」

薮崎が渋面をつくって横槍を入れた。

「あのエセ悪魔祓いに催眠術でもかけられたんじゃないか」

「悪魔祓いなんかしたんですか。オレ、よく覚えてなくて」

「どこから覚えているんだよ？」

「ここで古代ギリシャの話をしていたのは覚えてます。でも、気分が悪くなって倒れて、そこからは記憶が曖昧です」

「古代ギリシャって何？」佐枝子が口を挟んだ。「埴江田団地の怪異と関係あるの？」

「関係は大アリだよ」真野は興奮した口調で答えた。「G棟で首を切られた老婆はメドゥーサだったんだよ」

「メドゥーサ？　何それ」

「ちょっと待て」薮崎が割って入った。「僕にも詳しく話してほしい。二人が何を見聞きしたのか。そうじゃないと何もかも納得できない」

「立って話すのも何だから座ろう」と能坂が冷静に提案した。

一同は応接室に散在する椅子を寄せて腰を下ろした。

真野と佐枝子は交互に口を挟みながら、埴江田団地の怪異についてかいつまんで語った。団地の各所で目撃される大蛇の這った跡と壁に貼り付いた夥《おびただ》しいウロコ、十年前に首を切られて殺された老婆について……。

「首を切られた老婆に、蛇か……」薮崎は眉間に皺を寄せて考えこんだ。「エッセンスとしてギリシャ神話のメドゥーサ退治に符合する。怪物メドゥーサは髪の毛が蛇になっている。そして、英雄ペルセウスに首を切られて殺される。ここにもギリシャ神話の反復が読み取れると言えなくもない」

「待ってよ、ギリシャ神話の反復って言われても」佐枝子は不服そうに語気を強めた。「だいたい、どっからギリシャ神話が出てきたのよ」

「十年前に老婆が殺された直後くらいに、団子坂の屋敷で妙な事件があったんだ。大学の図書館で調べたんだけど」と真野は佐枝子に向かって説明した。「その屋敷には放蕩息子がいて、あるときこの息子が出所不明の生首を振りかざして家の人たちを散々脅かした挙句、母親を連れて逃げるという奇妙な出来事が起こった」

「何それ、意味不明だわ」

「警察はその生首はオモチャのもので事件性はないと判断したみたいだけど、もしコレが同じ頃、埴江田団地のG棟で殺された老婆の生首だったら、とたんにこの妙な騒動は意味を持つ」

「それもギリシャ神話なの？」

一瞥した真野の視線に促《うなが》される形で、薮崎が説明を引き継いだ。

「老婆の首がメドゥーサの首だったとしたら、英雄ペルセウスが母親ダナエを幽閉されていた館から連れ出すシーンそっくりだ。ペルセウスはメドゥーサの首で館の者を石に変え、その隙に母ダナエを連れ出す。放蕩息子は老婆の首で屋敷の者の肝を潰し、その隙に母親を連れ出した」

「ていうか、その放蕩息子はギリシャ神話のエピソードをなぞるために老婆を殺して生首を振りかざしたっていうの？　だいたい放蕩息子はそれからどうなったの？」

「放蕩息子はそれきり行方をくらましたという話だ」

「なんだか現実感のない話ね」

「だから謎なんだよ。ギリシャ神話のエピソードが突然出現したような奇妙さがある」

「でも、単にギリシャ神話に似ているってだけの話かも……」

「ギリシャ神話との関連はそれだけじゃないんだよ。放蕩息子がこのとき屋敷から持ち出した剣があってね、骨董好きの御先祖様が大昔に譲り受けたものらしいけど、昭和のはじめ、一九三〇年代にその剣で、子どもが父親の性器を傷つけるという事件も起こってる」

佐枝子は渋面をつくった。「それもギリシャ神話っていうんじゃないでしょうね」

「そのとおり。クロノスが父であるウラノスの性器を切り取るというくだりだ。ギリシャ神話では続きがあって、性器はシテール島の沖合に捨てられて、その泡から美の女神アプロディーテが生まれた」

「ギリシャ神話がヤバいことはよく分かった」佐枝子はきっぱりと言った。「でも、これだけは言わないといけない。何でギリシャ神話なの？　どうしてこの東京でギリシャ神話のエピソードを反復する事件が起こる必要がある？」

それまで黙って聞いていた能坂が穏やかな笑みを浮かべて口を挟んだ。

「さっき我々も同じことを言ったよ。この現代の東京で、古代ギリシャ神話のエピソードが反復する意味が分からないとね」

「単にそう見えているってだけじゃないですかね？　偶然というか」

「偶然にしては共通項が多すぎる」

「当てはまらないものも多いのでは？」

「例えばどんな？」

能坂の問いかけに、佐枝子は考えこんだ。

「埴江田団地ではとにかく妙なことがいろいろ起こってます。管理人が子どもを焼却炉に放りこんだり、楽器で老人を殴りつけたりもしていますし……」

「待て、楽器で殴りつけた？」

能坂が驚いた声を上げたので、佐枝子はウンザリした声を出した。

「エラリイ・クイーンですか」

「エラリイ・クイーンはよく分からないけど、その管理人、もしかして蛇に関係ある？」

「まあ、団地で目撃されている大蛇のことを調べているうちに頭がおかしくなって、奇行が目立つようになったらしいですけど」

能坂がうなり声を上げた。「ヘラクレスだ」

「ですね、ヘラクレスだ」薮崎も追随《ついずい》した。

キョトンとして佐枝子は二人を見返した。「ヘラクレスってどういうこと？」

「ヘラクレスはギリシャ神話最大の英雄とされる。だけど、この英雄には不思議と不吉な影がつきまとう。あるとき狂気にかられて、自身の子どもを火に投げこんで殺したんだ」

「自分の子どもを？」

「まあ、ヘラという女神によって狂気を吹きこまれた結果だけどね。だが、とにかくその管理人の奇行とやらは、ヘラクレスのエピソードの反復だ。子どもを焼却炉に放りこむのは、まさにこれ。楽器で老人を殴るというエピソードもある。ヘラクレスは竪琴《たてごと》の先生であるリノスに叱責されたことに激高し、竪琴で殴ってリノスを殺した」

「楽器で殴ったってそういうことなの」佐枝子は叫んだ。「エラリイ・クイーンは関係ないじゃない」

「楽器が凶器となる『Yの悲劇』ね」藪崎もミステリに少しは通じているようで、クイーンに反応して言った。「だけど、さすがにクイーンは関係ないな」

「いや、エラリイ・クイーンの代表作ということなら、『ギリシャ棺の秘密』もあるな」真野は重々しい口調で言った。「町田さんが団地内で立ち話した外国人がいて、クイーンの作品と団地の怪異に関連があるかのようなことを言ってたらしいです。その外国人は何者かよく分からないけど。クイーンの代表作を想定して話していたのなら、『Yの悲劇』ではなく、『ギリシャ棺の秘密』が念頭にあったのかも。つまり、団地の怪異はギリシャに関係しているという意味で」

「確かに『ギリシャ棺の秘密』をエラリイ・クイーンの最高傑作とする向きもあるね。その外国人がクイーンの代表作としか言ってないのなら、この作品を指しての発言だったのかもしれない。無論、クイーンの最高傑作はファンの間でも意見が分かれるので、断言はできないけど」藪崎は続けた。

「だが、どうせミステリを引き合いに出すなら、むしろアガサ・クリスティーだろう。エルキュール・ポアロのエルキュールはヘラクレスのフランス語読みだ」

ヘラクレスに話題が戻ったところで、能坂が口を挟んだ。

「ヘラクレスの有名なエピソードといえば、レルネーの沼でヒュドラという大蛇を退治するものだ。その団地に出没する大蛇はヒュドラじゃないか」

能坂の発言を機に、一同はミステリ談義から離れ、再び、団地の怪異とギリシャ神話の奇妙な類似に思考を巡らした。

「でも、メドゥーサの頭に生えている蛇もいる」と藪崎が指摘した。

「同じものだよ」とあっさり能坂は応じた。「蛇は、太古において封じ込められたはずの異形の神々の痕跡を象徴している。メドゥーサもヒュドラも、太古の封印から漂い出てくる邪悪なものが形を変えたものだ。神話において、それらは絶えず封じられ続けねばならない」

「蛇といえば蛇男もいた」真野は思い出すのも嫌というように顔を曇らせた。「顔は蛇のウロコで覆われているけれど、人の形をした怪人を自分と町田さんは目撃したのです」

「断言はできないが、ヒュドラが擬人化した姿の可能性はある」

「大蛇がそのヒュドラだったとしてもですよ」佐枝子は言った。「ヘラクレスに憑依《ひょうい》された管理人は全然、大蛇を退治する素振りはないですけどね」

「ギリシャ神話の反復が見られるものの、決して時系列順に綺麗に並んでいるわけではなさそうだし、極めて断片的で、雑然と散らばった印象を受けるね」

「あと、ここまで話してきて、改めて思います」佐枝子は声を大にして主張した。

「どうしてギリシャ神話なんですか？　どうしてそれが現代の東京で反復されないといけないんですか？」

7

　ギリシャ神話の登場人物に憑依され、神話のエピソードを反復する……埴江田団地で起きている怪異はそのように説明されると言われてみても、いったい何が原因でそんな不可思議な現象が起きるか皆目見当がつかず、笹原博物館の応接室で雁首《がんくび》そろえた面々も首をひねるばかりだった。

　どれだけ沈思黙考したところで埒は明かず、十年前の事件については能坂と薮崎が引き続き調べてみることになり、結局、その日は散会になった。佐枝子には春日ミサキのことで分かっていることを

話してほしいと要望されたが、ミサキについて知っていることと言えばファミレスをクビになったく
らいで、どこに住んでいるかさえ把握していなかった。とにかくミサキとまた接触するようなことが
あればすぐに連絡してほしいと佐枝子は薮崎から頼まれ、それから埴江田団地にはしばらく近づかな
い方が良いと忠告を受けた。

その意見には真野も強く同意し、繰り返し見る悪夢を詳細に語ってみせた。

「思えば、妖女メドゥーサの首を切って帰路につく英雄ペルセウスのヴィジョンが意識下に流入し、憑依されかかっていたのではないか」と真野は強調し、そして佐枝子にもそのような幻視の体験はないかと尋ねた。佐枝子が首を横に振っても、真野は引き下がらずに念を押した。

「とにかく埴江田団地にはもう行かない方がいいよ。自分に起こったことが町田さんの身に振りかかることは大いに考えられるから」

その忠告は、つい先刻、春日ミサキから受けたものと同じだった。

真野自身は悪夢の残滓から逃れつつあるようだったが、引き続き療養に励むように一同から促され、能坂館長が車を出して家まで送ることになった。

笹原博物館の前で真野らと別れ、佐枝子は一人、公園へと下る階段をどこか夢心地のままで辿った。悪魔に取り憑かれたかのごとき様相を呈した真野、ノートパソコンのキーボードを叩いて真野を治癒したミサキ、十年前の老婆殺人も団地に出没する大蛇も管理人の奇行もすべてギリシャ神話の反復だというおよそ信じがたい説……。短時間のうちに見たもの聞いたもののいずれもが現実感を欠いていて、白昼夢でも見ていたかのようだ。

千駄木駅から地下鉄に乗ると、帰宅ラッシュにさしかかった車内は会社帰りの人々で混み合っていた。それら現実社会の生み出す渦の只中にいながら、佐枝子は自分だけ別世界からまぎれこんだ異物である気がした。

上の空で路線を乗り換えたら、あっさり別の方面の列車に乗り間違え、とはいえ自分はどこに向か

おうとしているのかもよく分からなくなった。結局、いくつかの路線を行ったり来たりしながら遠回りした末に佐枝子が下車したのは西早稲田駅……埴江田団地の最寄り駅だった。

結局、ここに戻って来てしまった。

だが、すぐさまミサキから受けた忠告が脳裏をよぎる。

今日だけでもいいから、埴江田団地には戻らないこと。この忠告は絶対……。

副都心線の長いエスカレーターを昇り、茜色に染まった夕暮れの明治通りをふらふらと歩き始めてみれば、いまだ行く先は定まらず、まあ兎にも角にも腹が減ったので、ならば久しぶりにシャバの飯にでもあやかろうと大久保方面に歩を向けた。

確かおいしいカレー屋があったはずだと思い出し、雑踏を縫って大久保通りを散策し始めたところで、背後から突然、声をかけられたので飛び上がった。

「佐枝子、佐枝子じゃないか」

振り返った視線の先には、髪をツーブロックにし、ライダーズジャケットを羽織《はお》った三十前後の男が立っていた。佐枝子がＡＶの現場から逃げ出して転がりこんだ昔の男たちの部屋では、基本的にあまり人間的な扱いをされなかった苦い記憶があるものの、この眼前に佇む結城《ゆうき》敬一郎《けいいちろう》だけは素っ気ない態度の裏にさりげない親愛の情を匂わせることもあった。今、このときも、まるで佐枝子の身を案じ、ずっと探していたかのような、安堵の笑みが彫りの深い相貌に滲んでいた。

それを見たとき、なぜか佐枝子は反射的にくるりと背を向け、気がつくと走りだしていた。

「おい、佐枝子、なんで逃げるんだよ」

そうだ、自分はなぜ逃げているんだろう、と思いながら、佐枝子はよりスピードを上げて角を曲がり、行き交う韓流ファンの脇をかすめて狭い路地を突き進んだ。路地は進むほどに入り組み、右に左にと適当に曲がりながら全力で走っているうちに、いつしか人けのない一角にさしかかり、目の前には白いゲートのある公園が現れた。

背後を窺うと追って来る者はなく、佐枝子は足を止めて息を整えつつ公園に入った。

どうして逃げたのだろう……。

一宿一飯の恩義がある彼には、せめて礼の一つや二つは口にすべきだった。それなのに、何かを考えるよりも先に反射的に体が動いた。自分にはそういうところが昔からあった。自分でも説明のつかない行動を発作的に起こしてしまう。

黄昏の残光が薄れ、夜の帳が下り始めた公園に、佐枝子は立ち尽くした。そして、痛烈に一人であることを思った。

意識が浮遊し、ゲート脇の金属プレートをぼんやりと眺めた。刻々と闇が濃くなり、プレートに書かれている文字は読み取りづらくなっていたが、そこには『小泉八雲記念公園』と記されていた。『明治時代の文人小泉八雲（ラフカディオ・ハーン）はギリシャ・レフカダ町に生まれ、現在の新宿区大久保１－１でこの世を去りました』

プレートにはそう刻まれている。この公園はどうやら小泉八雲（ラフカディオ・ハーン）の終焉の地にちなんで整備されたようだ。

そういえば、ラフカディオ・ハーンって最近どこかで聞いたような……。

佐枝子の脳裏に大柄の外国人のずんぐりとした姿が思い浮かんだ。アラン・スミシーだ。埴江田団地のショッピングセンターで出会ったあの妙な外国人は、ラフカディオ・ハーンがきっかけで日本の怪談に興味を持ったと話していた。

単なる偶然だと言えばそれまでだが、気にかかるのは、そのラフカディオ・ハーンの出身地がギリシャであることだ。さっきまで散々ギリシャ神話について話してきたばかりの身としては、どうしたってギリシャという国名には反応してしまう。

佐枝子はスマホを取り出して、ラフカディオ・ハーンを検索してみた。ネット上の百科事典には、ハーンがギリシャのレフカダ島で生まれ、父の故郷であるアイルランドで育ち、二十代からはアメリカでジャーナリストとして活動した経歴が詳しく記されている。その後、日本へやって来て小泉セツと結婚し、小泉八雲と名乗るようになる。ギリシャ生まれであるとはいえ、ハーンはほとんどギリシャでは暮らしていない。ハーンの母親はギリシャのキティラ島にある名家の出身で、アイルランドの生活に馴染まずにハーンが幼い頃にギリシャに戻った。以降、ハーンは生涯を通じて母親と再会することはなかった。

ハーンの母親の故郷であるキティラ島に引っかかるものを覚え、佐枝子はさらにその島を検索してみた。キティラ島はギリシャ・ペロポネソス半島の南に位置し、近くにはアンティキティラ島もある。フランス語ではシテール島と呼ばれる。

シテール島……笹原博物館でのやりとりでも、その島の名前は出てきた。クロノスの刃によって切り取られたウラノスの性器はシテール島の沖合に投げ入れられ、その泡から美の女神アプロディーテが生まれた……。

ハーンの母親がシテール島の出身であることに、何か意味があるのだろうか。

ふと、蛇行する廊下の部屋で拾った手紙のことを思い出した。

『首はどこに消えた？』と日本語で走り書きされたその手紙は、表の面が英語で綴《つづ》られていた。ラフカディオ・ハーンはアイルランドで育ち、アメリカで作家として活動を始めた英語圏の人だ。無論、その手紙が未だ夢か現実か分からない場所で手にしたものであることは自覚している。ただ、あの古びた紙の手触りにはリアルなものに触れているという確かな感触があった。

あの手紙が、もしかしてハーンに関係することはあるだろうか？

英語の文面は佐枝子には読めなかったが、その末尾に記された文句は覚えている。

My Ghostly Friend, EB

ゴーストリーという表現が、『怪談』の作者であるハーンを連想させるものだとは言える。

マイ・ゴーストリー・フレンド、EB。

EBって誰だ？

佐枝子はスマホの電話帳をさっと開いた。埴江田団地のショッピングセンター入口でアラン・スミシーと話したとき、彼の連絡先を聞いたのを思い出したのだ。思わせぶりにラフカディオ・ハーンの名前を口にしたアランなら何か知っているのかもしれない。

だが、電話を鳴らしてもアランは出なかった。仕方なく、電話番号が分かっていれば送信できるスマホのショートメールで鎌をかけてみた。

『EBって誰？』

挨拶も前置きもすっ飛ばして、単刀直入に送ってみる。まあ、どうせ返信はないだろうと思っていたら、即座にアランからのレスがついたので目をみはった。

『EBといえば、八十日間世界一周かな』

まるで意味が分からなかった。まあ、自分だってよく分からないメッセージを送ったのだから、おあいこかと思い直して嘆息しつつ、佐枝子は悪態をついた。

「つうか、電話出ろよ」

まるで佐枝子の独り言が聞こえたかのように、アランのレスが続いた。

『イマどうしてもたてこんでいるんでデンワ、ダメです』

『でもチカイうちにきっとあうでしょう』

結局、小泉八雲ことラフカディオ・ハーンが、東京で起こる怪異と、ギリシャを結ぶ糸口となるか分からずじまいだった。

辺りはすっかり暗くなり、夜間には閉鎖されると見える小泉八雲記念公園は係の人がゲートを閉めようとしている。佐枝子は慌てて公園の外に飛び出した。

そのとき横合いから腕をつかまれて、息が止まりそうになった。

「どうして逃げるんだよ」

男の低い声で耳もとで囁かれて、佐枝子は膝から崩れかけた。

佐枝子の腕をつかんだのは結城敬一郎だった。佐枝子が逃げる素振りを見せないのを見定めてから結城は腕を離し、緊張した面持ちで続けた。

「心配してずっと探してたんだぞ。家に帰ってないみたいだし、事務所に訊いても行方不明だと言うし、今までどこにいたんだ」

「まあ、適当に……」

「適当にってなんだよ。おまえ、ヤバイことになってるぞ」

佐枝子は思わず結城を見返した。

「ヤバイことって？」

「撮影で佐枝子が電気スタンドで殴ったスタッフ、顔にケガをしたそうだ。傷跡も残るかもしれないって話だ」

「自業自得だよ。騙されてAVに出させされそうになったって言ったでしょ」

「それは分かってる。でも、その現場、マジでヤバイ筋のものだったみたいで、佐枝子がケガさせたスタッフ、反グレのメンバーだったらしい」

佐枝子は眉を吊り上げた。結城はぐいっと間合いを詰めて、押し殺した声を出した。

「佐枝子の行方をその仲間たちが探している。この辺りはヤツらの根城じゃないけど、そうは言っても無防備に出歩いている場合じゃないぞ」

「そんなこと言われても……」

「かくまってやってもいいんだぞ」結城は真剣な眼差しで食い入るように佐枝子を見つめていた。

「オレの実家、北海道って知ってるよな。牧場やってるから、佐枝子を一人置いておけるスペースはいくらでもある」

「ちょっと待って、北海道に行こうって言ってるの？」

「東京は危険すぎる」結城は佐枝子の肩をつかんだ。「自分の置かれている立場をよく考えろ。選択肢は他にないはずだ」

佐枝子はやんわりと結城の手を肩からどかした。

「選択肢ならあるよ」

「なんだって？」

「私、帰るところあるから」

結城の目に動揺が走った。

「帰るところって……男の部屋か？」

どうしてそうなるんだよ、と思いながら佐枝子は敢えて否定しなかった。

同時に、この世界に自分の身をここまで案じてくれる人なんて他にいるだろうかとも思っていた。

それでも、佐枝子はくるりと踵を返してこう言った。

「ごめん、私、帰るね」

振り返らなかったのは、自己嫌悪で押し潰されそうになっていたからだ。手を差し伸べてくれた人を振り切ってまで、自分はどうしてあの呪われた場所に帰ろうとしているのか。

突然、G棟の片隅で真野と並んで座っていたときのことを思い出した。

この場所には向こう側がある……。

自分は確かそう言った。向こう側って何だろうか。それは身の毛のよだつ恐怖の先にある。この世界とは別の、ひどく遠い、ひどく孤独な場所にある。そこまでして行きたい場所だろうか。でも、ここにはないどこかに通じている手応え、そんな手応えを感じることなんて、人生においてそう多くない。

自分は取り憑かれているのだ、向こう側に……。

結城は追って来なかった。そのことに途轍《とてつ》もない寂しさを覚えながら、大通りに出て、埴江田団地の方に向かってひたすら歩いた。結局、夕食はコンビニで済ますことにして適当な弁当を買った。

辺りはすっかり暗くなり、黒々とした木々の合間に沈む団地群が見えてきた。E棟が視界いっぱいにそびえる場所まで来たとき、佐枝子はつと足を止めて、自室の七〇七号室を見上げた。

ぞくりと背中が冷えて、自分の選択を早々に後悔し始めた。

誰もいないはずの七〇七号室の窓辺に、長い髪の女が立っていた。部屋の電気は消えていて女の顔は白くぼやけ、よく見えなかった。ただ、じっと佐枝子を見つめていることだけは分かった。

8

真野を梅ヶ丘の自宅にまで送り届けた能坂館長は、笹原博物館の車庫に車を入れてから、徒歩で千駄木駅前の喫茶店に向かった。

アンティーク調の調度品でそろえた古風な店内には琥珀色の照明が灯り、隅のテーブル席では薮崎がエピピラフを頬張っていた。

「すみません、つい小腹がすいて……」

薮崎は弁解気味に頭を下げたが、能坂は気にせず食事を続けるように促し、向かいの席に腰を下ろしながら初老のマスターにコーヒーを頼んだ。

「それで、奥さんとは連絡がついたのかい？」

おしぼりで丁寧に手を拭いつつ問えば、薮崎はスプーンを持つ手をとめて得意そうに答えた。

「つきました。週刊誌編集部の情報網は侮れないです。十年前の事件もすぐに資料が出てきました。雑誌の締め切り前だから、さんざん文句を言われましたけどね」

「薮崎君の奥さんは有能なんだろうね」

「入社二年目だから、まだまだ駆け出しですよ」

そう言いつつも、妻のことを褒められて薮崎も満更でもない様子である。

薮崎は大学院生ではあったが、学生結婚をしており、妻は大手出版社の週刊誌を手がける編集部に属していた。断片化されたギリシャ神話を反復しているかのごとき一連の怪異を調べる上で、手持ちの情報が不足していると感じた薮崎はプロである妻の助けを借りたのだ。

「さっき笹原博物館内で話していて、どうにも腑に落ちなかったのが、十年前に埴江田団地で老婆が首を切られて殺されたという事件についてです」ピラフを食べ終えた薮崎はナプキンで口もとを拭ってから言った。「身元不明の老婆とはいえ、首を切られたとなると大事件です。それなのに、あまりにも関連の記事が少なすぎる」

「その点は私も気にかかっていた」と能坂も同意した。「団子坂の屋敷で放蕩息子が生首に見えるものを振りかざして家人を脅したという騒動について、警察が単なるイタズラだと断じたのは、生首の出所がよく分からなかったからだ。首が持ち去られた殺人事件が起きていない以上、団子坂の屋敷で振りかざされた生首はニセモノの可能性が高いということだ。だが、首が持ち去られた殺人事件は、実は起きていた。埴江田団地で……。警察はなぜこれを問題にしなかったのかという疑問がどうしても湧く」

「実際、能坂さんも十年前に団地の一室で首なしの殺人事件が起きたなんて、知らないですよね？」

「まったく知らなかったね。団子坂の騒動についてはS氏と懇意《こんい》にしていたからもちろん承知していたが、埴江田団地の事件は今日初めて聞いた」

「本当にそんな事件があったのか……菜津美《なつみ》がいうには、あ、私の妻ですが」薮崎はやや顔を赤らめて頭を掻きながら先を続けた。「編集部の古参記者で覚えている人がいたようで、十年前の埴江田団地の事件は誤報だったというんです」

「誤報？　つまり事件は起こっていなかったというのかね」

「団地に目撃者がいて警察に通報があったのは間違いないそうです。ただ、目撃者が警察を引き連れて部屋に戻ってきたときは、室内には跡形《あとかた》もなく死体はなかった」

「死体が消えた？」

「鑑識が入って現場検証も行われたようですが、血液の反応もなく、殺人事件はなかったとの結論に至っています」

能坂は濃い眉をひそめて腕を組んだ。

「目撃者が見間違えたのか？」

「いえ、目撃者は確かに首のない死体が血を流して室内に転がっていたと証言しています。一人暮らしをしていた老婆の姿が最近見えないので、近所の者が管理人に相談して二人で部屋の鍵を開けたところ、惨状が広がっていて腰をぬかしたと」

「つまり、目撃者は二人いたのか。二人とも見間違えるなんてことは、確かに考えにくいな……」

「二人のうち一人は電話を掛けに現場を離れた。二人とも携帯電話を持っていなかったそうです。もう一人は部屋の外で待っていた。ただ、気分が悪くなって吐き気をもよおし、一度、自室に戻ったとのことです。つまり、この間に現場から目を離してはいる」

「目撃者が通報したり自室に戻ったりしている間に、死体が盗まれた可能性もあると言いたげだな」

ウウンと一つうなって薮崎は首をかしげた。「まあ、そういう可能性もあるという話です。ただ、室内から血液の反応が出なかったことを考えると、やはり殺人事件はなかったとの結論に至らざるをえません」

「しかし、首なし死体を二人の人間が見間違えるなんてことは考えられないな」

「となると、これも怪異の一つですか。首なし死体のイリュージョンが現れたという……」

「それで、そこに住んでいた老婆は行方不明のままなのか？」

「これもまた妙な話でしてね。部屋の借り手となっている老婆の行方を調べたところ、数年前から認知症の症状が出て都内に住む妹夫婦の家に身を寄せていたというんです。ただ、団地の部屋は解約していなかった。そして、その数年の間に別の誰かが住み続けていた」

「誰なんだ、それは……」

「謎の老婆です。近所の者はてっきり前の人は引っ越してしまい、別の人が住み始めたと思いこんでいたようですが。もともと近所付き合いがマメな団地でもないので、交流もなかったみたいです」

「その謎の老婆は事件後、いなくなったんだね？」

「そうみたいです」

「神話の世界から浮上したメドゥーサが具現化して住んでいた、としか言いようがないね」

「ペルセウスに憑依された団子坂の放蕩息子に首を切られたのち、死体も消えてまた神話の世界に戻っていった、ですか」

ずずっとコーヒーを飲み、能坂は額に手を当てた。

「それにしても、どうして誤報が出たんだろう」

「紙の新聞でも、テレビでも報じられなかったみたいです。だけど、ネット版で用意されていた記事が誤って配信されたそうです。普通ならすぐに削除されるはずなんですが、どういうわけか、うちの大学の記事データベースにまで残ってしまった。図書館にもこの件は報告しておきますよ」

「なんだか、そういうことも含めて、見えざる力に翻弄《ほんろう》されている気持ちにもなるね」

能坂はやれやれと首を振ってから、ふっと顔を綻ばせた。

「でも、やはり薮崎君の奥さんは有能じゃないか。電話一本かけるだけで、十年前の事件についてここまで細かいことが分かるんだから」

「いやいや、たまたま居合わせた古参記者の記憶力が凄かっただけというか……。その記者も妙な事件だったので、ずっと気にかかっていたようです」

「この調子で、いろいろと分かるといいが」

藪崎は肩をすくめた。

「分からないことだらけですよ。団子坂の屋敷の騒動にしたって、放蕩息子はそもそもなぜペルセウスに憑依されたのでしょう？　能坂さんは当時の事情を少しはご存じだと思いますが」

「S氏から少しは聞いているよ。でも、今日の今日まで思い出しもしなかったから記憶が薄れている。だけど、どうだったかな……」能坂は顔をしかめて記憶を絞り出すように言った。「なんか屋敷の蔵から古い記録フィルムが出てきて、物珍しさから居合わせた家人たちでフィルムを鑑賞した……と言っていたな。騒動が持ち上がる少し前に……。S氏はもちろん、放蕩息子もフィルムは見たそうだ」

「フィルムですか……」

「団子坂の屋敷の当主は代々コレクターが多くて珍奇なものを集めていたらしく、そのなかに昔に撮影されたフィルムなんかもあって、屋敷内には映写機も備えていた」

「そのフィルムには何が映っていたんですか？」

「演劇だそうだ」

「演劇？」

「一九三〇年代に上演を予定されていた演劇のリハーサルを記録したものだとか」

「一九三〇年代といえば、子どもが親の性器を傷つけたという事件が起こった頃ですね。その演劇と関係があるのでしょうか」

その問いにすぐには答えず、能坂は黙りこんでいた。だが、やがて意を決したように大きくうなずいた。

「S氏に訊いてみるよ」

「生首騒動のあとS氏は心身を病み、病院で療養中と記事に書いてありましたが、ご健在なんでしょうか」

「屋敷で隠居生活を送っているよ。S氏宅は笹原博物館のすぐ近くだ」

「S氏宅を訪ねる折りは、私も同行したいです」

「分かった、一緒に行こう」能坂は苦笑した。「君も奥さんに負けず、ジャーナリスト魂に目覚めたか」

「いやいや、正直、何もかも納得いってないんです」薮崎はこぶしを作ってもう一方の手の平を軽く叩いた。「ギリシャ神話の反復については言わずもがな、能坂さんも見たでしょう、今日の悪魔祓い……」

「私は直接見なかったけどね」

「悪魔祓いに何を使うかと思ったらノートパソコンですよ。信じられない。まるで生身の脳にハッキングをかけるかのように、あの女エクソシストはひたすらキーボードを打ち続けていた」

「確かに、そんな悪魔祓いの手法は聞いたこともないな」

「何をやっているのかと尋ねたら、エレウシスの秘儀だなんてぬかしやがる」

「ほう、エレウシスの秘儀か。古代ギリシャの隠された儀式だな。現代には内容はまったく伝わっていないはずだ」

「百歩譲ってエレウシスの秘儀を記録した古文書が密かに伝わっていたとしても、それをパソコンで再現できるわけがない」

「あのエクソシストの彼女は大いに謎だ……」

ここで薮崎はハッと思い出したかのように能坂を仰ぎ見た。

「能坂さんに尋ねたいことがあるんです」

「急にあらたまって何かね……」

「今日、笹原博物館で、あの春日ミサキというエクソシストと最初に対面したとき、能坂さん、驚いた表情をしませんでしたか?」

黒縁メガネの奥の瞳が見開かれ、落ち着きなく揺らめいた。

「藪崎君、よく見ていたな」

「私には能坂さんが春日ミサキを知っているようにも見えました。こんなところにどうしているんだ、という表情にも思えて……」

メガネを外し、クロスを取り出して能坂はレンズをゆっくりと磨いた。それは動揺した気持ちを鎮める仕草にも見えた。

「そのとおりだよ、藪崎君。彼女を見た瞬間、どこかで見たことがあると思った。それも犯罪がらみの場面でだ」

腰を浮かせて藪崎はテーブルに上体をせりだし、能坂に迫った。

「どんな犯罪ですか」

しばらく黙々とレンズを拭き続けていたが、能坂はやがてメガネを装着し直し、気色ばんだ大学院生をいさめるように言葉を紡《つむ》いだ。

「それが、詳細を思い出せなくてね」

疑わしげに藪崎は目を細めた。「ほんとですか？」

「本当だよ。でも、思い出したら藪崎君に必ず伝える。これは約束する」

「お願いしますよ。あのエクソシスト、必ず化けの皮を剝いでやる」

前のめりになっていた上体を椅子に戻し、うつむいた大学院生の面立ちが思いのほか険のある屈折の澱を漂わせていて、能坂は言葉を失った。

9

E棟七階のまぎれもない自室の窓辺に浮かんだ、白い女の顔。闇に溶けるように佇むその存在は、不可思議に揺らめき、この世のものでない気配を滲ませている。

指先が震えるのをどうにか抑えながら、佐枝子はスマホを取り出し、窓辺に佇む亡霊にズームをかけて撮影した。手ブレのせいなのか、暗さのせいなのか、あるいは建物の外の地面に立って七階を見上げて撮影しているその距離のせいなのか、ひどく画像は映りが悪かったが、ぼんやりと白い人の顔が闇に滲んでいる様子はかろうじてとらえていた。

LINEを開き、春日ミサキのアカウントを開いて写真を送った。

いつもならブラインドで打てる文字入力も、指の震えでままならず、何度も書き損じた末になんとか短文を添えた。

『うちの部屋にヘンなのがいる。いますぐきてほしい』

予想はしていたものの、メッセージは一向に既読にならず、ミサキからは何の反応もなかった。

分かっていたことだ、いざというときにミサキは当てにならない。

どこか達観したような気配を漂わせているミサキの横顔を思い出しながら、佐枝子は恬淡《てんたん》と今置かれている状況を俯瞰した。

怪異をレポートするために、自分はこの団地に送りこまれた。撮影スタッフはおらず、誰も頼る者はいないが、これが決死のドキュメンタリーであるならば、間違いなく今がその山場である。

スマホの撮影モードを動画に切り替え、佐枝子は再び部屋に向けてズームアップしたが、すでに亡霊は窓辺から消えていた。

生い茂った木々の下を通ってE棟に入り、エレベーターで七階に向かう。誰とも会うことなく七階の廊下に降り立てば、靴底が液体を踏む感触を覚えた。

足もとには濁った粘液の跡が廊下に続いており、それは階段の方から伸びていた。

蛇がE棟にやって来たのだ……。

撮影中のスマホに向かってレポートめいたことを話そうとするものの、喉がカラカラに乾いていて言葉が出て来ない。佐枝子は黙ってカメラを廻しながら粘液の跡を辿り、それが自分の部屋に向かっていることを呆然と見届けた。

七〇七号室の前では一段と粘液が濁りを濃くして溜まっており、それは扉の隙間から内部へと浸潤していた。鍵を取り出して開錠し、取っ手をつかんでゴクリと唾を飲んだ。

亡霊と刺し違えてでも、その姿をとらえてやる……。

蛮勇としか言いようのない衝動が発作的に胸中をめぐり、佐枝子はスマホを片手に構えて、一挙に扉を開いた。

まとわりつくような闇が、佐枝子を迎え入れた。

台所とその向こうにある和室は玄関から一望のもとで見渡せ、その先の窓辺ではカーテンが半開きになっている。ただ、先ほどの亡霊の姿は見えなかった。

おそるおそる部屋に足を踏み入れ、急いで部屋のスイッチをオンにした。明かりが灯ると、恐怖心がやや遠のいた。ただ、粘液は玄関も浸しており、そして、それは這いずった跡から変化して、室内の奥に向かってポタポタと滴った跡が続いていた。

何かが部屋に来て、入りこんだことは間違いない……。

土足のまま佐枝子は室内へと上がりこんだ。背後で扉がバタリと閉まる。

台所を通り過ぎて和室の電気も速攻でつけた。その勢いで押し入れの戸もことさら大きな音を立てて引き開ける。動悸が跳ね上がったが、そこには何もおらず、ほの暗い虚空が広がっているばかりだった。

窓を開けてベランダも点検する。湿り気を帯びた微風が肌を伝った。しかし、見たところベランダにも異常はない。

張り詰めていた緊張が少しほどけて、フウーっと息を吐きかけたところで、スマホがグワンとバイブしたのでギャッと叫んだ。

取り落としたスマホの画面には、LINEのメッセージが躍っていた。

『不用意にゴーストの映った画像を送るな！　画像を介して感染することもあるんだから』

怒りのメッセージの主は春日ミサキで、続いて音声通話を促すアイコンが表示されている。アイコンを押すなり、興奮した口調が響き渡った。

「見ることは受信することであり、人間の網膜はおよそ四〇〇テラヘルツから七九〇テラヘルツの電磁波にチューニングされたアンテナなんだ！　つまり、この観測によって、時空の波であった光子は素粒子として実在化し、人間の意識とつながる。要するに、ゴーストを見るという行為は、ゴーストと意識がつながることを意味する！」

相変わらず、言っていることが意味不明だった。

「ミサキ！」と佐枝子は怒鳴り返した。「もっと分かることを言ってくれ」

それに対してのミサキの応答は明瞭だった。

「部屋に入るな！　絶対に」

ぼそりと佐枝子はつぶやいた。

「いや、もう入ってるし」

「ああ」と絶望の嘆きがスマホから漏れ響いた。「だと思ったわ！」

そのとき、部屋のすぐ外で慌ただしい足音がした。ミサキがもう駆けつけてくれたのかと安堵の念が胸中に広がったが、それにしては足音の数が尋常ではない。しかも、ざわざわと複数の話し声のようなノイズも漏れてきて、何を言っているか分からないざわめきのなかに、時折、明らかに悪意を含んだ笑い声も入り混じる。

「なんか部屋の外に声がする」と佐枝子は言った。「誰か来たのか」

「絶対にドアを開けてはダメ」

ミサキの声には切迫感が滲んでいた。

「じゃあ、何が来たの……」

「バッ……」

スマホの音声にノイズが混じり、ミサキの声は急に不鮮明になって途切れた。

部屋の外の話し声はどんどん大きくなり、それは耳障りな高音域の騒音となって鼓膜を聾した。思わず耳をふさぎかけると途端に音はやみ、静寂が戻った。

不安にかられて佐枝子は室内の周囲を慎重に窺った。

すぐ背後に、密やかな笑い声が聞こえた。女性の声のようでもあった。

ただ、その声は今までの声と大きく違っている点があった。扉の外ではなく、部屋のなかから聞こえたのだ。

すうっと、背中に冷たいものが走った。

すぐ背後にそれは、いる……。振り返らずとも、なぜか分かった。髪の長い女が自分の後ろに立っていることを。

金縛りにあったみたいに佐枝子は動けずにいた。動いた瞬間に、見てしまった瞬間に、何もかもが終わってしまう気がした。

ふっと、部屋の電気が消えた。スイッチに触れてもいないのに……。

そして四方八方から、クスクスとまたあの嫌な笑い声が響き、無数の手が闇のなかから伸びてきた。

「た、たすけて……」

身をくねらせて無数の手をかわしたはずみで、再びスマホを畳の上に落とした。

途絶えていた音声が急に復活し、息せき切ったミサキの声が流れてきた。

「今ほとんど違法改造している電動チャリで駆けつけている。バイクよりスピードが出てやばい」

ヒヤリとした無数の闇の手が四肢に触れ、佐枝子は金切り声を上げた。

「だったらバイクに乗れよ！」

スマホの向こうからミサキも言い返した。「免許ないんだよ！」

闇が渦巻き、佐枝子を包んだ。その瞬間、息が止まりかけた。湿った吐息が首筋を撫で、右の背中から女の長い髪が垂れた。同時に、畳の上を滑るようにして別の顔が足の間に現れ、真っ黒い奈落《ならく》を思わせる双眸で佐枝子を見上げた。

「いっぱいいる！」

部屋の闇は幽霊の女たちで埋め尽くされ、そして四方八方から佐枝子に絡みついた。その蛇みたいな感触に全身が総毛立つ。だが、幽霊たちの攻撃はそれだけで終わらなかった。

ぐらりと闇全体が波打ち、絡め取った佐枝子の首、手、足を別々の方向に引っ張り始めた。

このままでは八つ裂きになる……。

獣の匂いが強くたちこめ、気が遠くなった。

スマホから盛んに声が流れているが、うまく聞き取れない。

かすんだ目で畳の上に転がったスマホの明かりを追う。懸命に身を傾け、耳をそばだてると、声は盛んに何かを指示していた。

「窓へ、窓へ……」

窓？

「窓の方へ！」

もはや体中が無数の幽霊に絡み尽くされ、動くこともままならない。さっきから呼吸すらしていない。涙で覆われた視界はぼんやりとしている。それでも月明かりがあるのか、窓の方向はだいたいの見当がついた。

佐枝子は決死の力を振り絞って窓に近づいた。

先ほど窓を開けておいたおかげで、近くまで来ると外が見えた。

遥か遠く、G棟の屋上が見える。そこに、誰かがいた。

おかっぱ頭のエクソシストだ……。

ミサキはG棟の屋上の縁で、長い筒のようなものを掲げていた。

「もっと窓の近くに」とスマホから指示が飛んだ。「こっちから見えたら、ゴーストとシンクロできる」

ゴーストとシンクロ？

この期に及んでも、あいつの言っていることは分からない。でも、ここはあいつに賭けるしかない。

歯を食いしばり、うめき声を漏らしながら、佐枝子は窓に突進した。足がもつれ、体がよろめいて窓のサッシに激突する。

「見えた」ミサキの声が聞こえた。「今、像を結んだ。とらえた！」

次の刹那、苦悶《くもん》の声がスマホから漏れた。

そういえば、さっき『ゴーストを見るという行為は、ゴーストと意識がつながることを意味する』と言ってなかったか？

このとき、佐枝子は直感的に、ミサキが今まさに実行中であるゴーストとシンクロするという行為の禍々しさを感じ取った。自らの身をゴーストの支配下に敢えて置くように仕向けて、彼女は何をしようとしている……。

そう佐枝子が混濁する意識のなかで考えたと同時に、G棟の屋上でミサキの構えていた長い筒の先から閃光が走った。

何だ、あの武器は……ライフルか！

閃光はまっすぐにE棟七〇七号室の窓辺に飛んできて、佐枝子は撃たれると思って反射的に目をつぶった。

頰のすぐ横を熱線がよぎる気配があった。

背後で柔らかいものがグシャリと潰れる破裂音がして、部屋全体に波動が走った。

「外した！」とミサキの声がスマホから漏れた。

「なんだって……」

「佐枝子、もっと窓に寄れ！」

名前を呼ばれて不意に熱いものが走った。なぜだか体の底から力が湧いて、闇から伸びた手を振り切るように窓を完全に押し開いて夜気に身をさらした。

「撃ち抜け」懸命に声を絞って叫んだ。「ど真ん中を！」

閃光がG棟の屋上から迸り、まっすぐに佐枝子に飛んで来た。

このまま、あれをくらって死ぬのかと観念した。その瞬間だけは不思議と恐怖心はなかった。閃光は佐枝子の顎をかすめて背後に絡みついていた闇のモノの本体をえぐった。

闇がはじけ、飛び散った。つむじ風が舞い上がり、窓のカーテンが激しくはためく。

部屋の電気が点滅し、そして、唐突に静かになった。

気がつくと、佐枝子は部屋の畳の上に投げ出されていた。室内は異臭のする泥が渦を巻いたように散っており、それは、綿道に見せられた行方不明になった人の部屋の惨状に似ていた。

だが、闇のモノは去ったことが佐枝子は直感的に分かった。空間を支配していた鬱屈が嘘のように消えてなくなっている。

転がったスマホの通信は途切れていた。窓からG棟の屋上に目をやると、ミサキの姿はなかった。

嫌な胸騒ぎがして、佐枝子は乱れた髪もそのままに部屋の外に飛び出した。

E棟を出て、G棟へとひた走った。G棟のエレベーターで最上階に向かい、そこから屋上へ向かう階段を上がると、屋上に出る扉は開いていた。

ガランとした屋上に佐枝子は駆けこんだ。屋上のへりの辺りでミサキが倒れていた。

急いで駆け寄ってみれば、おかっぱ頭のエクソシストは口から泡を吹き、白目を剝いていた。

「えっ、ちょっと」と佐枝子が声を漏らしたところで、ミサキの目がぐるんと反転して黒目が表になった。

「大丈夫だ」とミサキは口から涎を垂らしながら言った。「心配ない」

「いや、大丈夫じゃないでしょう」

「ゴーストとシンクロして危うく全身がハックされかけた」

相変わらずよく分からないことを言いながら、ミサキは佐枝子の手を借りて上体を起こした。傍らには、ライフル銃のような武器が転がっている。

「幽霊って銃で撃てるの？」

「ゴーストとシンクロすればね。銃の照準がゴーストをとらえた瞬間、ゴーストの電磁波が人間の網膜に受信されてシンクロする」

「何なの、あんた、未来人なの？」

「違うよ」

「ちょっと、血が出てるじゃない」

ミサキは右手の指先から血を流していた。

「ゴーストにシンクロ、つまり憑依された状態で、その血を弾丸に仕込めば、ゴーストを倒すことができる。憑依された血液を介することで、ゴーストと同じレイヤーに弾丸が到達するプロトコルを獲得できるから。弾丸には、笹原博物館で採取したペルセウスの憑依波形がプログラムされている。ペルセウスはマイナスの天敵だから、この波形が一種のウイルスバスターの役割を果たす」

転がっていた銃をミサキは手繰り寄せて、佐枝子に見えるように持ち上げた。

「この銃は、ゴーストのシンクロから血液の採取、弾丸への注入、射撃までをワンアクションで実現できるように改造されている」

ミサキが手にした銃は筒の長い猟銃と似た形状であったが、よく見ると、引き金から小さな針が突き出ていた。それは注射針と同種のもので、引き金にかけた指先を針が射すと血が採取できるようになっているらしい。

携帯していたティッシュをミサキの手に当てて止血しつつ、佐枝子は溜息をついた。

「いったい、どこの世界の科学なのよ」

「ゴーストは向こう側の世界の存在だよ。でも、人間の意識も半分、向こう側の世界にある」

「はい？」

「つまり、人間の意識は、実は生命もだけど、この世界の科学だけでは解けないんだよ」

「だから、おまえは未来人かって話だよ」

ミサキはそれについては答えなかったが、佐枝子もそれ以上、追及することはやめにした。顔面蒼白で汗と血でベトベトになりながら、ゴーストに全身ハックされかけたのか、憑依されかけたのか分からないけれど、この奇妙な友人に自分は助けられたことだけは事実だった。

「あんたに借りができたね」

ミサキはティッシュでゴシゴシ顔を拭きながら言った。

「高いよ、五十万請求する」

ふっと口もとを綻ばせて、佐枝子は答えた。「いいよ、五十万払うよ。三十五年ローンでいいかな」

10

G棟の屋上からはE棟がよく見渡せた。居並ぶ部屋の窓には明かりが灯り、家族がテレビを見ながら食事をとっている団欒《だんらん》の場面も垣間見える。そんななか、佐枝子の自室である七〇七号室は窓が全開になったまま闇に閉ざされ、カーテンも端の方がレールから外れて垂れており、先刻までの異変が時空をえぐったような禍々しい余韻を残していた。

「闇のなかから、いくつもの女の幽霊が現れた」と佐枝子は気味悪げに述懐した。「あの者たちは何だったんだろう」

ミサキはゴーストを撃ち抜いた謎の銃を器用に分解してから、濃紺の布袋に次々に仕舞《しま》っていく。そして、素っ気なく佐枝子の質問に答えた。

「バッコスの信女《しんにょ》、つまりマイナス」

「バッコス？　マイナスって、さっきも言ってたような気がするけど」

佐枝子は屋上のへりにもたれ、あぐらをかいて銃の片づけに専念しているミサキのおかっぱ頭の後頭部を見下ろした。

「それって、もしかしてギリシャ神話？」

ミサキはうなずき、「女性が群れをなして儀式めいたことをしていたり、木々の間を走りまわったりする光景を見たことは？」と問うた。

そんなの見たことない……と言いかけて、佐枝子の脳裏にある光景が浮かんだ。

屋上でUFOでも呼んでいるかのような儀式めいた振る舞いをしていた女子高生たち……。別の日には野原の向こうの木々の間を猛スピードで駆け抜けていた。

「まさか、あの女子高生たちが……。でも、見たのは真っ昼間だよ？」

「ゴーストは昼にも現れるよ」

「でも、女子高生たちの幽霊に何で襲われないといけないわけ？」

「町田さんが『外側から覗き見る者』になったから」

「外側から覗き見るってどういう意味よ。屋上で変な儀式やっていたのも、木々の間を走りまわっていたのも、たまたま目にしただけで、別に覗き見たわけじゃないし」

見る間にミサキは分解した銃を布袋に仕舞い終えた。布袋の口を絞る紐は布袋の下部につながっており、その紐を肩から胸の間に斜めに渡してミサキは武器を背負った。傍から見たら、バドミントンのラケットでも背負っているような部活帰りの女子生徒の格好で、まさかその布袋のなかにゴーストを撃ち抜く銃が収まっているとは誰も想像しないだろう。

「だけど、ここで起こっていることがギリシャ神話の反復であることを町田さんは知ってしまっている」

ミサキは立ち上がり、どこか達観したような切れ長の目を佐枝子に向けた。ミサキの前髪を揺らした夜風が自らの頬を滑るように吹き抜けるのを感じながら、佐枝子はじっとミサキを見返して言った。

「それを知っていることが、外側から覗き見るってこと？」

「ギリシャ悲劇はディオニュソスという神に捧げられた祭儀。その悲劇を観客の一部として享受する分には、覗き見ることにはならない。でも、醒めた目で外側から見ようとするなら、儀式を『覗き見る』ことになる」

「ここで起こっていることは、ギリシャ悲劇なの？」

「団地の前の管理人さんがヘラクレスに憑依されたのは知ってる？」

「さっき真野君たちとその話をしていたけど、やっぱりそうなのか？」

「ヘラクレスだけど、英雄としての輝かしい道のりではなく、子どもを火に投げこんだり、楽器で師を殴ったり、その暗い側面の断片を敢えて取り出してみせるのは、まさにギリシャ悲劇的だと言える」

佐枝子はかぶりを振った。「よく分からないよ。ギリシャ神話の反復だかギリシャ悲劇だか分からないけど、それを意識して覗き見たら、どうして襲われないといけないのか」

「有名なギリシャ悲劇の『バッコスの信女』では、ディオニュソスの祭儀を覗き見た者は、マイナスという熱狂的な女性の信者たちによって八つ裂きにされる。つまり、さっきE棟の七〇七号室で起こったことは、このエピソードの再現」

深い溜息が佐枝子の口からついて出た。

「ギリシャ神話って、つくづくヤバイね。それでも、この問いを繰り返さざるをえない。どうしてギリシャ神話が東京の団地で反復されているわけ？」

つとミサキは佐枝子から目を離し、夜空を見上げて言った。

「その答えは、町田さんと出会った、あの暗い廊下にある」

何げなく発せられたその一言に、佐枝子は催眠術でもかけられたみたいに気が遠くなった。

あの暗い廊下……蛇行し、延々と続く闇の道……。

あの道を辿った記憶は夢なのか現実なのか、いまだ判然としない場所で、今目の前にいる奇妙な友人は「出会った」と言った。

虚をつかれて言葉に窮した佐枝子をよそに、ミサキは屋上の手すりに身を預けるように思い切り背を反らしてもたれかけ、目をつぶった。

「今夜も声が聞こえるね」

声？

耳をすますと、確かにそれは緩やかに屋上を瀰漫《びまん》する微風の裏側に流れていた。いつのまにか、すべてを浸すように密やかにたゆたっている。すすり泣きのような、悲鳴のような、押し殺した慟哭《どうこく》のような、あるいはそれらすべてが混ざり合った不可思議な歌声……いや、歌声かどうかすら定かではない、彼方から漂い来る冥界の音……。

「言ったよね」目をつぶったまま、夜空に顔を向けてミサキが囁いた。「この声を聞いたら、引き返せないって」

すでにあの夜の夢の続きが始まっているような心地に包まれながら、佐枝子はミサキの眠るようなその横顔を覗きこんだ。

「この声は、いったい……」

「あの場所から聞こえてくる」

「あの場所って、あの蛇行する廊下？」

「そう。そこにオルフェウスの竪琴がある」

「オルフェウスの竪琴って……」

「竪琴こそが、すべての怪異の中心地」

ミサキの頬がゆるやかに揺れて、そこにイタズラっぽい笑みが広がった。

「今から行ってみるか」

「今から行くって……」佐枝子は血相を変えた。「あの蛇行する廊下に行けるの？」

「行けるよ」

「そんな簡単に……」

「簡単でもないけど」

ミサキはパチリと目を開けて上体を起こした。そして、カーゴパンツのポケットを探って言った。

「鍵はある」

ミサキの掲げた右手に揺れる小さな鍵を、佐枝子は手品でも見せられたみたいな表情で凝視した。

11

G棟の屋上のドアから館内に戻っても、どこからか漂い来る不可思議な音色は闇に溶け入るように続いていた。佐枝子は真野とG棟に潜入した夜のことを思い出し、そして屋上のドアの脇に佇んでいた不気味な親子の表情が脳裏にフラッシュバックして身を震わせた。

「この不思議な音色に合わせて口を動かしていた親子が、そこにいた」と佐枝子は壁際を指して言った。「あれも何かに憑依されていたのかな。それともゴーストだったのか」

「たぶん憑依された団地の住民だ」とミサキは淡々と説明した。「歌っているように見えたのなら、それはコロスだ」

「コロス？」

「コーラスの語源となった合唱隊。ギリシャ悲劇にはそのような合唱隊が劇の進行に合わせて歌を歌う」

「そんなものにも憑依されるのか」

「コロスはオルフェウスの竪琴の音色を増幅させ、より広範に伝播《でんぱ》する役割も担う。接触したら感染する」

「感染ってよく分からないんだけど。私も感染してる？」

「言うまでもなく感染している」

「でも真野君みたいに悪魔に取り憑かれた感じにもなってないし、ここにいた親子みたいに変な歌も歌ってない」

「人によって症状はまちまちだから」ミサキは額に手を当てがって首をひねった。「ただ、確かに町田さんは妙だよね」

「妙って？」

「いきなり核心的な場所に行ってしまった。つまり、これから行く場所のことだけど、まるでそこに招き寄せられたかのように辿り着いた」

　ミサキは屋上のドアの右手にある扉を指差した。

「町田さんは知っていると思うけど、あの場所にはそこの扉から行く」

　ミサキの示した扉はまさに佐枝子があの晩、蛇行する廊下に行く前にくぐったものだ。しかし、屋上しかない階において、果てしなく続く廊下がその扉の向こうにあるとは到底思えない。

先ほどの鍵をミサキは手に持って、あっさりそのドアノブに差して開錠した。

「その鍵って、単にここのドアの鍵？」

拍子抜けして佐枝子は言った。

「そう、G棟まわりの部屋の鍵はだいたい持ってる」ミサキは得意そうに答えた。「管理人室に忍びこんで合鍵を作ったから」

ミサキが扉を開くと、真っ黒い深淵が口を開けた。スマホを懐中電灯モードにして、その細い明かりを頼りにミサキは先に立って室内に入っていった。慌てて佐枝子も後に続く。

「そういえば、あの晩、どうしてここの扉は開いていたんだろう」

「それも謎だよね。まるで町田さんを招き入れようとしていたみたいだ」

「つうか、ここ、ただの小部屋じゃん」

窓はなかったが、コンクリの壁が四方を覆い、さして広くない部屋だった。埃に覆われた棚が壁際に並び、ラベルの貼っていない空きビンやダンボールが置いてあるものの、無用なガラクタを突っこんだ物置の様相で、あの蛇行する廊下につながるものは何もない。

隅に置いてある立て看板めいた大きなベニヤ板に手をかけて、ミサキが佐枝子に声をかけた。「これ動かすから、手を貸して」

それぞれがベニヤ板の端を持って壁際からずらすと、思ってもみないものがその裏に現れた。鉄柵に仕切られた箱のような空間が……。

佐枝子が目を丸くして見守っているうちに、ミサキはその鉄柵を押し開いた。

「これ、エレベーターなんだ」とミサキは説明した。

「マジか、なんでこんなところに……」

「一階にも物置があって、このエレベーターはそことつながっている。備品を運搬するためのものだね。今はその用途で使われてないようだけど」

「しかし、こんなものに乗った記憶ないんだけど」佐枝子は釈然としないまま、つぶやいた。「あの夜は気づいたら、あの場所にいた」

「途中の記憶が消されているね。とにかく、このエレベーターであの場所に向かう」

「一階の物置に？」

「いや、もっと下」

佐枝子がエレベーターに乗りこむと、ミサキは鉄柵を閉めて隅のボタンを押した。

ひどい横揺れがしてエレベーターは階下へと動きだした。乗っているだけで不安になる揺れ具合だった。剥き出しのコンクリが太古の地層のごとく褐色の鈍い光沢を帯びてエレベーターのすぐ外を通過していく。ミサキが手に持ったスマホ以外に明かりを発するものはなく、闇に包まれた箱のなかで、佐枝子は深海にでも潜行している気分になった。

コンクリが途切れて空間が開けたと思いきや、それはミサキが言っていた一階の物置のようで、鉄柵の向こうには積み上げられた什器の山が見えた。エレベーターはそこで停止することなく、さらに下へ下へと潜っていく。

「あの廊下は地下だったんだ」佐枝子はぼそりとつぶやいた。「だけど、どうして団地の下に地下空間なんてあるわけ？」

「陸軍戸山学校の跡地だから」

「あれ、何だっけ、それ、どこかで聞いたことある」

「埴江田団地の近くにある都立戸山公園のなかに記念碑が立ってる」

その記念碑を見た覚えはなかったが、戸山公園を歩いていた折り、屋根のない東屋が六角形の土台の上に建っていた光景を佐枝子は思い出していた。近くにあった公園の地図では、そこは『陸軍戸山学校軍楽隊 野外演奏場跡』との説明書きが記されていた。

「昔の陸軍の地下施設が団地の下に……」

ゴトリと大きく揺れてエレベーターは停止した。ミサキが鉄柵を開けた先には物置のような小部屋があったが、その一角の壁が崩れて向こう側に抜けていた。

「昔、誰かがこの地下室の壁の向こうに隠された空間があることに気づいて、壁をぶち抜いたようだね」

「それって、あんたじゃないでしょうね」

ミサキはうつむいたまま薄く笑った。「まさか」

壁に生じた裂け目をくぐると、まさにそこは、あの晩さまよった蛇行する廊下だった。

改めて見渡せば、天井の緩やかなアーチ状の丸みも、くすんだ漆喰の壁も、いかにも戦前の建築物然とした古風な趣が感じられる。だが、視界が歪んでいるかのように曲がりくねる闇の道は、それが旧陸軍の残した地下施設だと聞いても、やはり夢のなかの景色であるとしか思えなかった。そして、うっすらと漂う瘴気に染み入る不可思議な音色が、有機的なうねりを伴った構造物のそこかしこに何重にも反響して絶えず意識を落ち着きなく惑乱させた。

「あの晩、ここに迷いこんだことは分かったけど」佐枝子は廊下の真ん中で立ち尽くして言った。「だけど、ここに来るまでの記憶もなければ、ここから戻った記憶もないから今イチ実感がない」

「竪琴は記憶に影響を与えるんだよ。前後の記憶がまるっと消されているんだろうね」

「不思議なのは、翌朝気づいたら、G棟の階段下に横たわっていたこと」

「町田さんがそこに戻ると言ったんだよ」

「マジか？　私がわざわざその場所を指定した？」

「意識は朦朧としてたけど、譫言《うわごと》みたいに真野が心配だとか言って。G棟の屋上へと向かう階段下に戻ると主張して聞かなかった」

佐枝子は信じられないという風にかぶりを振った。「私が譫言で真野の心配を？」

「町田さんって意外に優しいよね」

「意外にってのは余計よ」からかうような口調になったミサキをじろりと睨み、佐枝子は言い返した。「で、あの晩、あんたはここで何をしていたの？」

二人は横一列に並び、同じ方向を向いていてただぼんやりと蛇行する廊下の果てを眺めていた。あの夜もそうだったが、廊下にはどこからか薄ぼんやりとした青みがかった光が射しており、闇の道は不思議と遠くまで見渡せるのだった。

「探しものがあってね」

「探しものって、さっき言っていたオルフェウスの竪琴？」

「よく分かるね」

「まあ、オルフェウスの竪琴が何なのか知らんけど」

「今聞いているこの音」

佐枝子とミサキはしばし音の波に揺られて佇んだ。

「どれだけ聞いても、この地下空間のどこから聞こえてくるのかは分からない」

「でも、それがここにあるのは確かなのね」

「およそ百年前にオルフェウスの竪琴をここにセットした人がいた」

「百年前？　そんな前からその竪琴とやらは鳴っているわけ？」

「この忘れられた地下施設で人知れず稼働していたにすぎないけどね。ところが、最近になってその影響力は一挙に増大し、埴江田団地全体に異変が現れるようになった。誰かが竪琴の力を増幅した可能性がある」

「それは旧陸軍関係の人が？」

「いや、そういうわけじゃないよ」

説明の続きを待っていたが、ミサキはそれ以上語らなかった。

「相変わらず肝心なことは教えてくれないね」佐枝子は溜息をついた。「で、竪琴とやらの場所の見当はついているの?」

ミサキは首を横に振った。「あの音は物語世界を召喚《しょうかん》する。音源に近づくほどにその威力は増すから、この地下空間は確かに旧陸軍の遺構だけど、でも、半分は虚構の世界に入りこんでいる」

「どういう意味?」

「この廊下、来るたびに形状が違うんだよ」

その言葉に呼応するように廊下を満たす闇が揺らいだ気がして、佐枝子はぶるっと身を震わせた。

「まるで生き物みたいに」ミサキは低い声で続けた。「ここは永遠に解けない迷宮なの」

そのとき、背後で鳥の羽ばたくような音が聞こえた。佐枝子はハッとして振り返ったが、鳥はいなかった。ただ、姿の見えない鳥の気配が佐枝子にある記憶を呼び覚ました。

「こないだ来たとき、変わった部屋があった」

切れ長の瞳が揺らめき、ミサキの視線が佐枝子の横顔に注がれるのを感じた。部屋の話に興味を覚えたらしい。

「その部屋には手紙が置いてあった」

「手紙」ミサキが佐枝子の腕をつかんだ。「何か書いてあった?」

大久保の小泉八雲記念公園でもその手紙のことを思い返していたのを反芻しつつ、佐枝子は答えた。

「『首はどこに消えた?』って書いてあった」

「日本語で?」

「そりゃあ、私は日本語でないと読めないからね。でも、裏面は英語になっていた」

「英語だって!」

ミサキが頓狂な声を上げたので、佐枝子は面食らった。

「英語で何て書いてあった?」

「だから英語は読めないんだって。だけど末尾の文句だけはっきり覚えている」

話す前からミサキならその文句の意味を知っている気がした。

「マイ・ゴーストリー・フレンド。あと、アルファベットでＥＢ」

ミサキが息を飲むのが分かった。「ビスランド文書だ」

ミサキの反応の良さに気圧されながらも佐枝子は言った。「さすがミサキは知ってるね」

ミサキは当然とばかりに言葉を継いだ。「オルフェウスの竪琴の解除方法が記されているとも言われる手紙だ」

「そうなの？」

「失われた手紙と言われていたけど、ここにあったのか」ミサキは佐枝子の前にまわり、正面から両手で佐枝子の両肩をつかんだ。「その手紙、どうしたの？」

思わず視線をそらして佐枝子は答えた。「落とした」

ミサキは絶句して口をポカンと開けた。

「その部屋のすぐ近くに別の部屋があって、とにかくヤバかったんだから。不気味な女神の像があるし、首なしの死体が供えられているし、壁の裂け目の向こうには姿の見えない鳥がいて生肉をついばんでいる感じだし」佐枝子は弁解がましく言った。「だから、部屋から逃げるときに手紙は落とした」

両肩に置かれたミサキの手にぐっと力が入り、佐枝子は前後に激しく揺さぶられた。

「その不気味な女神の像ってどんな感じ？」

「どんな感じって言われても、暗くてよく見えなかったし」

「でも、何か見えたんでしょ。顔はどんなだった？　思い出して！」

「思い出すからちょっと揺さぶらないで……。ああ、そうだ、顔が三つだった」

「三つ？」

「仏像でもあるじゃん、顔がいろんな方向にあるヤツ。あんな感じの女神。でも仏像じゃなくて西洋風だけど」

ミサキは佐枝子から手を離し、深刻な表情で言った。「ヘカテか……」

「ヘカテ？　その女神の名前？」

ミサキはうなずいた。「ヘカテは魔女の親玉みたいな神様。でも、なぜヘカテの像がここにある……」

「ミサキもその部屋のことは知らないの？」

「町田さんはやはり何かに呼ばれているのかもしれない。私はそんな部屋に行ったことはない」ミサキは興奮して声を上ずらせた。「その部屋に行くしかない」

「行くっていっても無理だよ。ここで迷いに迷って、あんたに助けられたの忘れたの？」

「でも手がかりはあるはず……」

「手がかりと言ってもね……」

再び背後で鳥の羽ばたきが聞こえ、佐枝子は反射的に顧みた。だが、やはり鳥の姿は見えなかった。

「今、何か聞こえなかった？」

ミサキが囁くように言うので、佐枝子は驚いて見返した。空耳だと思っていたが、彼女にも聞こえていたのだ。

「鳥がいるね」とミサキは続けた。「さっき町田さんの話でも鳥が出てきたね」

「壁の裂け目の向こうで生肉をついばんでいる鳥ね……」

「きっとプロメテウスの肉をついばむ鳥だ」

「マジか。つうかプロメテウスって誰よ？」

「人類に火を教えた罪で、岩山に磔《はりつけ》の刑にされた神」

「ほほう」

「ただ磔にされただけでなく、毎日、鳥に肉をむさぼり食らわれるという辛い刑が二万七千年続いたんだ。神は死なないからね」

「マジかよ」

「そして、その岩山はコルキスという国にあり、そこではヘカテが崇められている。有名なアルゴ探検隊の話に出てくるんだけど」ミサキは熱っぽく語った。「肉をむさぼる鳥の跡を辿れば、きっとヘカテのいる場所、つまり町田さんが手紙を落とした部屋に辿り着く」

12

蛇行する廊下には、オルフェウスの竪琴の奏でるこの世のものでない音がエコーとなって鳴り続けていた。すべてを埋め尽くすような音の波の背後に、時折ノイズのごとく鳥の羽ばたきが一瞬よぎり、そのたびに佐枝子は音のする方に視線を走らせたが、鳥は一向に姿を現さなかった。ただ、それがすぐ近くにいることだけは分かる。

「今、あそこから羽ばたく音がした」

ミサキが少し離れた場所を指で示し、二人は急いで歩を進めた。

蛇行する空間に陽炎のごとき揺らめきが見え、そこから絞り出されるように黒い液体の粒《つぶ》が像を結んだかと思うと、次の刹那には霧散《むさん》して透明になった。それは姿の見えない鳥の散らした黒い羽根のようでもあった。

顔のすぐ横を何かが通過した気配がし、数メートル先の床に影がよぎった。

「影が見えた」と佐枝子は叫んだ。「だけど、すぐ消えてしまう」

「町田さんの方が見えている」とミサキは言った。「もしかして、自分の意識が不純物となって邪魔しているのか」

「どういうこと……」

「ヘカテの部屋に町田さんだけが行けたことを考えると、この鳥は本来、町田さんにしか見えないもの。自分がここにいるから、鳥は曖昧な形のまま像を結ばないでいる」

「ミサキが目をつぶれば像を結ぶ？」

「いや、目をつぶっても変わらない。自分の意識がここにある限り」

「じゃあ、どうすれば……」

だしぬけにミサキが佐枝子の横に並び立ち、肩を組んだので吃驚した。

「意識を透明にして、鳥の周波数にシンクロする」

言っていることが分からないのは相変わらずだった。

佐枝子が抗議しかけたのを、ミサキは自らの口に人差し指をたてて制した。

「まず呼吸をそろえよう。吸って吐く、吸って吐く……」

言われるがまま呼吸のリズムを合わせていると、ミサキは佐枝子の肩にまわした手にぐっと力を入れ、さらに身を引き寄せた。

「呼吸のタイミングを合わせたら、次は心臓の波打つタイミングも合わせよう」

佐枝子は呆れて言い返した。「できねえだろう、それは」

「ああ、もう呼吸が乱れた。とにかくゆっくり歩いてみよう。体の動きを完全にシンクロする」

二人はゆっくりと歩きだした。

「待って、鳥の居場所が追えてないのに動いていいの？」

「今はシンクロすることが先。ひたすら心を無にすること。鳥の羽ばたきだけに耳をすまして……」

肩を組んで二人は歩きだしたが、むしろ鳥の気配は消失し、いくら耳をすましたところで、羽ばたきはどこからも聞こえてこなかった。闇に横溢《おういつ》するオルフェウスの竪琴すら、その響きが遠ざかっているようにも感じられる。ただ、傍らで伴走する奇妙な友人の密やかな呼気の波動だけが微熱を帯びて伝わってきた。いつのまにか乱れていた鼓動が落ち着いている。その規則正しい胸のパルスと同じものを、服を隔てて共有される体温のなかにも感知し、そしてある一点で完全に重なった。ドクン、ドクン……まるで自分の心臓の音が、すぐ隣からも聞こえてくる心地にさせられる。だしぬけに、数歩先の床に影がさっとよぎった。二人は無言のまま、歩調も変えずに前に進み続けた。

また少し先の床に影がよぎった。今度は明らかにそれが鳥のものであると分かった。自然と歩くスピードが速くなったが、タイミングは乱れていなかった。むしろ歩くほどに一体化していく感があった。

真下の床が揺らめき、影が走る。影の出現頻度が一挙に高まっても、二人とも廊下の遥か遠くに視点を据えたまま姿勢を変えずに歩き続けた。

そのとき、頭のすぐ上に一陣の風がそよぎ、二人の髪が同じように揺れた。

佐枝子にはその風の道筋が見えた気がした。鳥の羽ばたきが聞こえ、そして、ずっと廊下の先にそれは二重にぶれた透明な像として現れたかと思うと、見る間にくっきりとした鳥の姿として具現化した。

「見えた！」

ミサキは叫び、その瞬間、佐枝子から体を離して猛スピードで鳥を追いかけ始めた。佐枝子は体をよろめかせて倒れかけたが、どうにか持ちこたえて慌てて鳥とミサキの後を追った。

走り始めた途端、これまで鳴りを潜めていたオルフェウスの竪琴の音響が堰を切ったかのごとく高まり、そしてそれに合わせるかのように蛇行する廊下はグニャリと曲がり、生き物みたいにしなった。

廊下の遠近が急に引き延ばされ、斜めにたわんだ長い長い闇の道を、二人は鳥を追いかけて走った。

ミサキはすでに佐枝子よりだいぶ前を走っており、だが、その先を行く鳥のシルエットは佐枝子にも見えていた。

廊下の壁には時折、打ち捨てられた様相の部屋が顔を覗かせていたものの、鳥はそれらの部屋には見向きもせずに突き進み、突き当たりのT字路を右に折れた。

息が上がり、T字路に辿り着いたところで、佐枝子は思わず膝に手を当てて立ち止まった。

曲がった先の廊下はこれまでの長い一本道から一転して、少し先で三方に分岐している。ミサキも鳥も遠くに行ってしまって姿はなく、佐枝子は途方に暮れた。

ふと鳥の羽ばたきが聞こえた気がして右の道を進んだが、すぐにまた分岐して迷宮はいよいよその本来の力を発揮し始めていた。あの夜に遭難した記憶が蘇ってきて、嫌な汗がこめかみに滲む。当てずっぽうで進んだ道はひときわ闇が濃く、湿り気を孕み、天井からは水滴が垂れている。

廊下はその先で二手に分かれており、その一方の道は完全に闇に覆われ、何一つ見えなかった。ただ、そこから黒い液体が染みだして床を浸しているのは分かった。

ここは、あの夜にも来たことがある……。

闇の深淵を覗いていると、その向こうから獣のような何かが飛び出して、佐枝子に噛みつこうとしたのだ。

すぐさま引き返そうとしたそのとき、水を踏む複数の足音がして、佐枝子は足を止めた。ぼそぼそと人間の話し声のような音も聞こえる。

誰かいる……。

直感的に、それは幽霊のような存在ではなく、生身の人間であると思った。

背後から肩に手を置かれて、佐枝子は飛び上がった。

叫び声を上げそうなところを、暗がりから伸びてきた手で口をふさがれた。驚いて振り返った先にはミサキの顔があった。ミサキは人差し指を唇に当て、佐枝子が怯えた表情でうなずくと、来た道を引き返すように促した。

元の分岐点に戻ったところで佐枝子は盛大に息を吐いて言った。

「誰かいるよ、私たち以外に」

さして驚いた風もなくミサキは「そうみたいね」と言った。

「この地下空間を調査している組織がいるからね」

「組織？」

「その話はあと。レルネーの沼に今は近づかない方がいい」

「レルネーの沼って……」

「団地に現れる蛇がやって来る場所。実際に団地で目撃される蛇は影みたいな存在で、本体の大蛇ヒュドラはレルネーの沼にいる。そして、この沼は冥界への入口でもある」

「前に迷いこんだとき、獣みたいなものがうなり声を上げて、私に嚙みつこうとした」

「冥界からケルベロスが上がってきていたのかも……」

「調査している人たちは平気なのか？」

「分からない。あとで様子を見に行こう。それより、ヘカテの部屋を見つけたよ」

ミサキが導いた別の廊下には部屋が二つ並んでおり、手前の一つは佐枝子が手紙を見つけたところで、もう一つがヘカテという三つの顔を持つ女神像を見た場所だった。

さっきの鳥はこの部屋の前まで来たところで姿を消してしまったとミサキは説明し、そっと室内を窺った。

古びた真鍮の取っ手が付いた黒ずんだ扉を抜けて部屋に踏みこむと、あの夜と同じように高さ二メートルほどの女神像が壁際にそびえているのが目に入った。ただ、その像の前にあったはずの水槽がどこにも見当たらない。

濁った水のなかに浮かんでいた首なし死体……その禍々しい光景をつくっていた水槽がない。

佐枝子がそれを言うと、ミサキは腕を組んで考えこんだ。

「首なし死体は、ペルセウスに首を切られたメドゥーサの体だ」

「ペルセウスに首を切られたメドゥーサって、十年前にG棟で殺された老婆だよね？　老婆の死体がここに保管されていたってこと？」

「いや、G棟で殺されたのはたぶん人間ではなく、ゴーストだ。G棟の四〇九号室に住んでいたのはメドゥーサのゴースト。つまり、オルフェウスの竪琴が物語世界から召喚した幻影」

「十年前にG棟で殺されたのはゴースト？　だいたいゴーストって殺せるの？」

「クロノスの刃ならゴーストを殺せる。首はペルセウスに憑依された人物が持ち去り、残された首なしの身体はしばらくG棟の四〇九号室に留まっていたが、やがて物語世界に戻って現実からは消えた」

　コンクリの床を慎重に踏みしめてミサキは部屋の中央でゆっくりと旋回した。耳に引っかけていた艶やかな黒髪がはらりと解けて上気した頰を撫で、その思案に暮れる横顔を佐枝子はぼんやりと見つめた。

「そうして、メドゥーサの首なし死体は、時を経て町田さんの前に現れた。まるでそのイメージを町田さんに見せたかったかのように。でも、その意図は何だ？」

「私に見せた意図？　私に見せるために首なし死体をここに置いたわけ？」

「さっきの鳥、明らかにこの部屋に私たちを導いた。何らかの存在がこの部屋に連れてきて、何かを伝えようとしている」

　佐枝子は渋面をつくった。「というか、伝えようとしているのは、そもそも誰？」

「分からない。向こう側にいる誰かとしか言いようが……」

「向こう側にいる誰か……」

　いきなりそんな誰かがいると言われても、途方に暮れるしかない。

　だが、これまでも誰かが自分にメッセージを送ってきていると感じたことはなかったか？

　行く先々で、なぜか出会う落書き……。

右に傾いた縦長の特徴的な筆跡で綴られたメッセージは、何を意味するのか？

あの晩拾った手紙に日本語で書かれていた文句を、佐枝子は改めて思い返した。

『首はどこに消えた？』

そのメッセージが首なし死体の入った水槽のヴィジョンとセットであるのなら、正体不明の落書きの主は、死体の首を探せと言っているようにもとれる。

「とにかく、手紙を探さねば」佐枝子は言った。「この部屋で落としたはずなんだけど」

ヘカテの像の裏手にまわったとき、折りたたまれた紙片をみとめて駆け寄った。

しかし、そこにはあの晩、書かれていたはずの『首はどこに消えた？』のメッセージは記されていなかった。

「おかしいな、この手紙のはずなんだけど」佐枝子はミサキの方にそれを掲げながら言った。「裏には確かに英語の文面が綴られている。でも、書き添えられていたはずの日本語のメッセージがない」

ミサキも身を寄せて手紙に目を落とした。

「消えた首なし死体の入った水槽と同じかもしれない。その文字は町田さんに見せるためだけに現れて、役割を果たしたので消えた」

佐枝子は首をかしげた。「いや、あの落書きと同じ筆跡のメッセージが、G棟の四〇九号室の押入れとか、一階の隅の壁とかにも残されていた。真野君も一緒に見てる」

「真野君は町田さんと一緒にいたから見えただけかも。それより、その筆跡のメッセージはそんなに頻繁に出現しているの？」

「ミサキは知らない？」

「私は見たことがない。落書きなんて初耳。G棟にそんな落書きがあったら見逃すわけない。なんて書いてあった？」

「『首はどこに消えた』」

「それはもう聞いた。他には？」

佐枝子の顔に苦悶の色が広がった。

「ううん、思い出せない……」

「はあ？」ミサキが目を剝いた。「せっかくのメッセージをどうして忘れる？　この迷宮の謎を解き明かす鍵となるかもしれないのに」

「なんか数字が書いてあったかもしれないな。でもダメだ」佐枝子はきっぱりと言い切った。「まったく思い出せない」

「なんですって……」

ミサキは呆れ果てて嘆息すると、佐枝子の手から手紙を奪い取った。裏返すと、やはりそこには筆記体の英語の文面が綴られている。

「やっぱり」曇っていた表情を一転させて、ミサキの瞳が怪しく揺らめいた。「ビスランド文書だ」

「ミサキって英語読めるの？」

「読めないよ」

「じゃあ、どうしてこれがその手紙だと分かる？」

「末尾にEBとある。エリザベス・ビスランドのイニシャルだ。結婚後の姓はウェットモアだけど、作家としては旧姓を名乗り続けたから、この手紙でもそのイニシャルを記したんだろうね」

「誰よ、それ」

「ラフカディオ・ハーンの伝記作家で、大富豪。若い頃は女性ジャーナリストの走りでもあり、一八八九年にはジュール・ヴェルヌの『八十日間世界一周』に挑戦する世界旅行にも出ている」

小泉八雲記念公園で、アラン・スミシーから『EBといえば、八十日間世界一周かな』という思わせぶりなメッセージが来たことを佐枝子は思い出した。アランもこの手紙のことを知っていたのだろうか。

「ギリシャ神話のエピソードが東京くんだりで反復されるのは、ラフカディオ・ハーンが関係している？」

「直接は関係していない。関係しているのはエリザベス・ビスランドだ。とにかくこの手紙を読まなければ……」

ミサキはスマホのカメラで手紙の文面を写し取った。どうやらミサキのスマホには、画像内の文字をテキスト化し、即座に翻訳してくれるアプリが入っているようだ。佐枝子が感心して見守っているうちにミサキはだいたいの意味が汲み取れたと見え、大きくうなずくと手紙の翻訳を音読し始めた。

『ミッチェル・マクドナルドさま

親愛なるミッチェル、私は今、ラフカディオの故郷の近くを旅しています。

そうです、バルカン半島です。


ラフカディオの母君がシテール島の出身であることはご存じでしょう？

先日、そこからやって来たという商人に奇妙なものを見せられました。

商人は私がラフカディオ・ハーンの伝記作家であることを知っていて、わざわざ訪ねてきたそうなのです。

奇妙なものとは、ラフカディオ・ハーンの母君の形見《かたみ》というものです。

私は最初からそれはウソだと思いました。

ただ、その見せられたものは本当に不思議で、ラフカディオが生きていればきっと面白がるだろうと思い、つい買い取ってしまいました。

商人が説明するには、それは『コルキスの糸でつくられたオルフェウスの竪琴』だそうです。


ギリシャ神話はご存じですか？

コルキスの糸とは、アルゴ探検隊がコルキスの地に求めた『黄金の羊の毛』だと思われます。そういえば、アルゴ探検隊にオルフェウスも加わっていましたね。そのときに戦利品の黄金の毛を一部失敬して糸を紡ぎ、それを弦にして竪琴をつくったというわけです。

そんなものが現存し、伝わっていることが眉唾ものですが、この『オルフェウスの竪琴』という現物そのものもまた奇妙なのです。

一見すると、青銅に覆われた機械のようです。コルキスの糸でつくられた竪琴の本体は、機械の箱のなかに収められていて外からは見えないのです。


機械なんて古代ギリシャにあるわけないと思われるかもしれません。しかし、現地で耳にしたのですが、シテール島、現地ではキティラ島といいますが、その近くにあるアンティキティラ島沖では最近、古代ギリシャの時代につくられたらしい機械が見つかったそうです。

私はこの『オルフェウスの竪琴』という機械に魅入られ、そして、これをラフカディオの日本の遺族の方にプレゼントしたいと考えました。こうして奇妙なものをミッチェルに送り付けたのは、そういう次第なのです。

前述したように、商人は商品を売り込もうとするあまりウソをついたのだと思います。ただ、ラフカディオの母君はシテール島の古い家柄の出身で、代々伝わる古代の珍しい遺物を所有していた可能性も全くないわけではないのです。

とはいえ、気になるのは、これに添えられた古代ギリシャ語の説明書きです。私は古代ギリシャ語が読めませんので、ミッチェル、方々にツテのあるあなたの方で翻訳してもらえませんか。

そういえば、ラフカディオの著作がきっかけで日本行きを決心し、アテネ・フランセという語学学校を開いた御仁もいらっしゃるとのお話を風の噂で聞きました。

もし、翻訳した結果、万が一これが怪しいものでしたら、ラフカディオのご遺族には一切知らせずに内密にしておいてください。

また、旅が終わりましたら、お便りします。

マイ・ゴーストリー・フレンドへ　EBより』

13

「そうか、オルフェウスの竪琴とは黄金の羊の毛と同種のものだったんだ」

読み終わるなり、ミサキは上気した顔で言った。

「黄金の羊の毛は世界の果てにある。つまり、この迷宮の、この物語世界の果てを意味する。世界の果ての宝物を手にするには、ヘカテの力がいる。アルゴ探検隊がそうしたように」

ちっとも理解できずに佐枝子は苦言を呈した。

「もう、勝手に納得しないでよ。オルフェウスの竪琴というよう分からんけど、ギリシャ神話のエピソードを反復させる謎の機械は、このビスランドという人が日本に送ったということ？」

「そう、二十世紀の初頭にね。この手紙が書かれたのは一九二三年の後半くらいと言われている」

「エリザベス・ビスランドがギリシャ旅行中に商人から売りつけられて、その謎機械を日本にいたラフカディオ・ハーンに送った？」

「ラフカディオ・ハーンはその頃にはもう亡くなっている。この手紙はラフカディオ・ハーンの友人で、横浜のホテルの支配人をしていたミッチェル・マクドナルドに宛てたものだ」

「手紙とともに、オルフェウスの竪琴は横浜のマクドナルドに送られたわけね」

「ところが、マクドナルドには届かなかったんだ」

「それはまた、どうして」

「一九二三年、東京も横浜も壊滅的な災害に見舞われた」

「関東大震災か……」

「ミッチェル・マクドナルドはラフカディオ・ハーンの死後、日本に残された彼の遺族を支えたと言われている。だけど、関東大震災で倒壊した横浜のホテルで命を落とした」

「亡くなっていたから、マクドナルドには届かなかった。じゃあ誰が受け取ったの？」

「当初、エリザベス・ビスランドはオルフェウスの竪琴をラフカディオ・ハーンの日本の遺族にプレゼントしたいと考えて、日本にいるマクドナルドに送った。だが、そのマクドナルドは亡くなっていたので受け取れず、ラフカディオ・ハーンの遺族にも届かなかった。そもそもオルフェウスの竪琴の存在すら、ハーンの遺族は知る機会がなかった。エリザベス・ビスランドも一九二九年に亡くなっていて、竪琴の行方は把握していなかったと思われる。たぶんマクドナルド宛ての異国からの届け物は、最初はホテルの関係者が手にして、そこから人づてにたらいまわしになって、そのうち、その謎の機械に興味を覚えた誰かが独自に調べ始めた。オルフェウスの竪琴に添えられていた説明書きは古代ギリシャ語で書かれていた。苦労して古代ギリシャ語を翻訳してみれば、そこにはある演劇が記されていた。劇のタイトルは『シテール島からの船出』」

そのタイトル、どこかで見たことがある……。

記憶の襞が激しく振動したが、どこで見たのか思い出せず、佐枝子は固まった。ミサキはそんな佐枝子の様子に気づいた風もなく矢継ぎ早に説明を続けた。

「オルフェウスの竪琴はこの『シテール島からの船出』という演劇の音楽を奏でるための楽器であると説明書きにはあった。古代ギリシャ語で記されていた劇と謎の楽器に興味を覚えた誰かは、当時オープンしたばかりの劇場ムーラン・ルージュ新宿座にそれらを使った催しを変わり種の企画として持ちこんだ。だけど、古代の劇は大衆受けするとは思われず、企画は通らなかった。ただ、劇場の関係者に陸軍戸山学校の卒業生がいた。その卒業生が興味を持った」

「なんで陸軍の学校の関係者が劇場にいるわけ？」

「戸山学校には軍楽隊の練習場があったから。つまり音楽学校。そもそもムーラン・ルージュ新宿座の支配人も戸山学校の卒業生だし。それで、『シテール島からの船出』の公演に興味を持ったその劇場関係者は、戸山学校の野外演奏場で上演してはどうかと思いついた」

戸山公園にあった屋根のない東屋……公園の地図に『陸軍戸山学校軍楽隊 野外演奏場跡』と説明されていたその場所を、佐枝子は思い浮かべた。

「あの野外演奏場で、百年前にオルフェウスの竪琴が鳴り始めた……」

「いや、それは実現しなかった。リハーサルのために、戸山学校の地下施設でオルフェウスの竪琴を動かした時点で、暴走が始まったから……」

「暴走って……」

ミサキはざっくばらんに両手を広げて周囲の風景を示した。

「見てのとおり、物語空間が現出した」

「もう、ちゃんと説明してよ。そこが肝心じゃない」

「戸山学校を管轄する当時の軍部も何が起こったか把握できていなかったので、そもそも正確な資料が残っていない。地下に貯蔵していた化学兵器の原料が漏れ出して、幻覚を伴う神経障害が起こったなどと推測されたけど、原因は特定できず、この地下施設は閉鎖された」

「軍部は、オルフェウスの竪琴が物語世界を現出させたことに気づいてなかった？」

「気づくはずがないと言うべきか。そんな超現実的な作用をもたらすものだとは普通は考えないからね。さて、説明はここまでよ」

「待って、もうちょっと訊きたいことが……」

「いつまでも、ここで油を売っているわけにいかないの」

ミサキは腕に巻いたスマートウォッチを示した。

「ここに、これまで歩いて来た道筋が記録されている。だけど時間がたったら、この迷宮は形を変えてしまう。のんびりしていると、元に戻れずに遭難する」

佐枝子は血相を変えた。「それを早く言ってよ。手紙も手に入れたし、すぐ出よう」

「その前に確かめておきたいことがある」

入口に向かおうとした佐枝子とは逆向きに、部屋の奥へとミサキは進んだ。

「どこに行く気？」

ヘカテの像の背後にミサキはまわり、大きく崩れた壁面を見上げた。

あの夜に見たのと同様に、女神像の後ろの壁は大きくひび割れ、天井近くで裂けていた。その裂け目の向こう側は漆黒の闇で満たされている。

崩れた壁の瓦礫《がれき》がうずたかく積もって勾配を形成していたが、ミサキは背負っていた銃の入った布袋を下ろして床に置き、見る間にその坂を昇り始めた。

「まさか、裂け目の向こうに行く気じゃないでしょうね」

不安にかられて佐枝子は声を上げた。

「行かないよ。覗くだけ」

「覗くといっても、真っ暗でしょ、そこ」

「何かいるかもしれない」

「いるって、いったい何が……」

ミサキは瓦礫の勾配を昇ったところで腹這いになり、壁の裂け目の闇を観察し始めた。

「ねえ、何か見える？」

「お、あれは……」

ミサキはカーゴパンツのポケットから小型の望遠鏡を取り出し、さらに熱心に闇を覗きこんだ。

「なんだ、あれは……」

「ちょっと……何なのよ」

ムクムクと湧き上がる好奇心に抗えず、業を煮やして佐枝子は瓦礫の勾配を昇り始めた。不安定な足場に何度か足を滑らせつつ裂け目にまで到達し、ミサキの横で腹這いになった。

「何にも見えないじゃない」

裂け目の向こうは完全な闇だった。

「そうでもないよ」望遠鏡から目を離して、ミサキは闇の向こうを指差した。「ずっと果ての方に見える」

「いや、真っ暗だけど」

「ずっと見ていれば分かる」

だしぬけに闇の奥で、まばたきが見えた。

その瞬間、全身がすっと冷えた。

「今の何？」

「闇の奥で、誰かがこっちを見ている」

「見てるって、誰が……」

「向こう側の誰かが……」

そのときにもう一度、闇の奥が瞬《またた》いた。

それは小さな一つの目だった。

闇の遥か向こう側に浮かぶ、虚空の目……。

「町田さんはあまり見ない方がいい」とミサキは冷静に言った。「目はアンテナだって言ったと思うけど、目が完全に合ったら、あの闇の向こうにいる誰かとつながってしまう」

「でも、ミサキは見ているじゃない」

「闇の奥の目は安定してないから危険性は低いかもしれない。見えたと思ったら、すぐ消えてしまう。ただ、正体を見極めないとね」

ミサキは再び小さな望遠鏡を瞳に当てがって、熱心に観察し始めた。

闇の奥がぐっと見開いたみたいに、まばたいた。二度、三度と……。

「目が合った……」望遠鏡を覗いていたミサキの声が裏返った。「こっちを認識した」

「大丈夫な……」

言い終わる前にミサキの身体に電気が通ったみたいに痙攣が走り、次の瞬間に彼女の体は背後に吹っ飛んだ。驚く間もなく周囲の瓦礫がガラガラと崩れだし、佐枝子自身の体も部屋の方に転がり落ちる。

床まで転がったところで礫《つぶて》にまみれた身体を起こし、急いで周囲を見まわすと、女神像の足もとあたりでミサキが伸びていた。

G棟の屋上で倒れていた光景の再現だった。口から泡を吹いて白目を剥いている。

「ちょっと、何なのよ、いったい」佐枝子はミサキの体をゆすぶった。

うめき声を上げ、黒目に戻ったミサキが顔を上げた。

顔色はこれ以上ないくらいに真っ青になり、びっしょりと汗をかいていた。ただ、その病人のような形相とは裏腹に、ミサキの双眸はランランと輝き、口もとには得意そうな微笑すら浮かんでいた。

「ヘカテの片鱗をとらえた」まるでハンターが獲物を捕まえたときの口調さながらに、ミサキは興奮してまくしたてた。「間違いない。この尋常じゃない魔力の波動はヘカテのものだ」

「あの闇の向こうからこっちを覗いていた目は、ヘカテ？　というより大丈夫なの？　凄い勢いで吹っ飛んだよ」

「高電圧の電流に全身を射抜かれた気分」ミサキは目をパチクリさせて、佐枝子の手を借りて体を起こした。「死ぬかと思ったけど、もう大丈夫。目が合ったのは一瞬だから」

「なんか焦げ臭いよ。あんた、どっか燃えてない？」

「燃えてはいないと思うけど、確かに焦げ臭いね」

焦げた匂いだけでなく、うっすらと煙《けむり》がたちこめている。二人は顔を見合わせ、キョロキョロと辺りを窺った。

すると、崩れた瓦礫の横に置かれていた布袋が燃えているのが目にとまった。ミサキの銃が入った布袋だ。

「なんで銃の入った袋が燃えている……」

「私の血が銃の内部に残っていたからだ。ヘカテの魔力と同期して血が燃えたんだ」

「よく分からないけど、早く火を消さないと。でも、ここには……」

水がない……と言いかけて、佐枝子は目をみはった。

いつのまにか部屋の入口から黒い液体が染みだしていた。近寄って確かめると、来たときは乾いていたはずの部屋の外の廊下が水浸しになっている。

「どこからか水が漏れている……」

黒い水は室内にも流れこみ始めていた。どんどん二人の足もとも水に浸かりだす。

ミサキは炎を上げている布袋の端を蹴って水に浸けて素早く消火すると、袋を開けて中をあらためた。だが、銃は見るも無残に溶解し、歪な塊《かたまり》と成り果てていた。

「これは使いものにならないな」

「それより、この水は……」

「きっとレルネーの沼から来ている。あっちで何か異変があったのかもしれない。とにかくここを出よう」

14

地下の迷宮に口を開けた冥界への入口……。

黒々とした水のたまったその空間は、この場を支配する物語のなかではレルネーの沼とされている。ギリシャ神話のなかでヘラクレスが戦った大蛇ヒュドラの生息する沼であり、ギリシャ・アルゴス地方に伝わる伝承ではディオニュソス神がこの沼から冥界へと降りていったといわれる。

ただ、それはあくまでも物語世界の波動に『感染』した者たちにそう見えているだけのことであり、『感染』していない者にとっては、ここは陸軍戸山学校の地下施設の一角にすぎない。地下施設内に床の低い広場のようなものがあって、きっとそこに雨水や地下水が流れこんで水たまりを形成したのだろう。

とはいえ、さながら地底湖のごとく黒い水をたたえたレルネーの沼のほとりに立つと、自分だけは感染を免れていると考えるのは単なる過信にすぎない……との不安のさざ波が、アラン・スミシーの巨体のあちこちを侵し始めていた。

蛇行する廊下が突如途切れて広がる黒い水の塊は、どう見ても、地下の一角を満たすちっぽけな水たまりではなかった。黒い水は果てがないように闇に溶け、漆黒の深淵と化していた。

アランは外国語教師との肩書を持って日本に潜入したが、その実、考古学的価値のある失われた秘宝を求めて世界中を探索するトレジャーハントの国際的な組織の一員でもあった。美術品等の闇取引にも関わるこの組織の活動は世間的には秘匿されている。

唯一、科学的に立証されたオーパーツ『アンティキティラ島の機械』を凌駕《りょうが》するほどの驚異をもたらす、キティラ島から二十世紀初頭に日本に送られた機械『オルフェウスの竪琴』。

その存在に懐疑的な見方をする組織のメンバーが大半であったにもかかわらず、アランは竪琴の行方を探り出すことに血道を上げていた。なぜなら、アランがトレジャーハンターの道を志すきっかけとなったのが、若い頃、ある研究を通じてオルフェウスの竪琴の噂を耳にしたことだったからだ。

ある研究とはラフカディオ・ハーン、つまり小泉八雲の著述と生涯に関する論考である。もともとは大学の文学部で越境をテーマに世界中の作品を読み漁っていたアランは、やがてラフカディオ・ハーンに行き当たり、その著作のなかで語られるゴーストの概念に心動かされた。ハーンの語るゴーストは単なる幽霊ではなく、『われわれの内部にひそむ、無限なるものにかかわる何か』であるとされていた。

孤立しているように見える一個の魂の内側に、無限につながる回廊のごとき何かが潜んでいるとのイメージは、若いアランを魅了し、彼はラフカディオ・ハーンの研究に打ちこんでいく。そして、ハーンがギリシャで生まれ、その母がキティラ島の出身であることを知ると、現地まで赴いてその足跡を辿った。このとき、キティラ島の近くにはアンティキティラ島があり、二十世紀初頭にアンティキティラ島の機械が海底から引き揚げられた折りは、多くのキティラ島の船主が協力したとの話も耳にした。ギリシャ神話のオデュッセウスが嵐に遭ったのがキティラ島沖であったことが物語るように、島の周囲は古来、船の事故が多く、海の底からは時折、古代の難破船由来のものと思われる珍奇な物が見つかることがあったという。

さらに、ハーンとは旧知の間柄で、ハーンの死後には伝記を著し、複数回にわたって来日してハーンとの遺族とも親しく交流していたエリザベス・ビスランドが一九二〇年代にキティラ島の近くを旅行した際、海底から引き揚げられた珍奇な物を買い取ったことを、アランは島の長老の口から知ることとなる。ビスランドは商人からハーンの母の形見だと聞かされて購入に至り、それをハーンの遺族に贈るべく日本にいる知人へと現地から船便で送った。その珍奇な物はオルフェウスの竪琴と言い伝えられ、昔の漁師が海の底から拾い上げたものがキティラ島の古い家に保管されていたそうだ。その家が本当にハーンの母に関係するところだったかどうかは不明だが、アランは日本に送られたというオルフェウスの竪琴に俄然《がぜん》興味を持った。

その後、トレジャーハントの道に足を踏み入れたアランは、その存在が疑われるものの想像を絶する力を持つ遺物としてオルフェウスの竪琴が仲間の口の端にのぼる機会にたびたび見舞われた。そのたびに竪琴に対する秘めた情熱は強まり、やがて日本に潜入して本格的に調査を開始するに至った。

そしてついに、ここ埴江田団地の地下にそれが隠されていることを突き止めたのだ。

迷宮のように入り組む地下施設のどこにオルフェウスの竪琴は隠されているのか？

アランは物語世界の震源地にもなっているレルネーの沼にこそ、それはあると確信した。

現実的には地下にたまった水の底に、オルフェウスの竪琴が沈んでいるのだと……。

それを探し出すためには、感染していないダイバーをレルネーの沼に潜らせたらどうかと閃いた。ただ、いきなりダイバーを潜水させるのはあまりに危険度が高い。まずは水中ロボットで沼の底をさらってみるべきだろう。

まさにアランの眼前では、ダイビングスーツに身を包んだ二人の忠実なスタッフがノートパソコンをいじって水中ロボットをセッティング中だった。アランを含めた三人の意思疎通は、強力なノイズキャンセリング機能を備えたイヤホンと、襟に付けた人の声のみを拾うピンマイクを通じて行われていた。辺りに鳴り響くオルフェウスの竪琴の音を耳に入れないという点については細心の注意が払われていた。耳に入れた途端、感染が始まってしまうからだ。

感染しない限り、沼から大蛇が現れて襲ってくるといった類の幻覚に苛《さいな》まれることもあるまい……

そう思いながらも、アランは黒い沼の表面が生き物のようにうねるのを不安とともに見つめていた。

風もないのに、なぜ地下の水面が揺れ動く……。

「セッティング完了。いつでも潜行できます」

イヤホン越しに聞こえてきたスタッフの声に反応し、アランは親指を突き立てた。

「水中ロボットを潜らせてくれ」

「了解。潜行開始します」

沼の淵《ふち》に運ばれていた水中ロボットは、長さがおよそ四〇センチ、幅二〇センチ、厚さ一〇センチほどの箱型の胴体を持ち、下部にはキャタピラが付いていた。胴体の前の部分には小型カメラとライト、それにソナーが備わっており、泳ぐ能力はなかったが水底を自由に動いて探索することが可能だった。水底の視界が良好であればカメラ、不良であればソナーによって物体を探知する。

スタッフの一人は水中ロボットとつながったワイヤーを確認し、そのワイヤーの巻き取り機の脇に陣取った。

「ワイヤーのロック解除」

「了解。ロボット前進開始」

水中ロボットのキャタピラが稼働し、沼へと入っていく。進むほどに水深が増し、すぐにロボットは水中に没した。

「ライト点灯」

ノートパソコンにロボットから送られてくる水中の映像が表示される。ただ、そこには真っ暗な闇が続いているだけで何も見えなかった。

スタッフの傍らでモニターを眺めながらアランはうなった。

「本当にライトはついているのか」

「ライトは最大出力で点灯中です」

「しかし、明かりの気配すら画面から見えないではないか」

「ソナーも稼働しています」

魚群探知機と同様の機能を持つソナーが水中を探査中であることを示す信号がモニター上に現れる。だが、特に何かをとらえた様子はない。

「水深は？」

「現在、二メートル」

そのとき、急にロボットとつながったワイヤーの巻き取り機が激しく回転し始めた。

「急に深くなりました。ロボットは水中を潜行中。現在、水深五メートル、十メートル、十五メートル……」

「このワイヤーはどれくらい長いのか？」

「百メートルまで行けます。しかし、この地下施設で水深百メートルはありえないと思われます」

「同感だ」

「水深二十メートル、二十五メートル、三十メートル突破……」

「ありえない」アランは叫んだ。「この地下の水たまりがこんなに深いわけがない」

「四十メートル、四十五メートル……」

「ふざけるな！」

「モニターに何か映っています」

「何！」

モニター上の映像は闇に包まれたままだったが、盛んにノイズが走り、その向こうで何かが蠢いていた。闇に生息するモノが……。

一瞬、黒光りするウロコがよぎった気がした。

「ソナーは反応していません」とスタッフのうろたえた声が漏れ聞こえた。「でも、これは何だ」

「まずい……」

目をそらせ……と言いかけたが間に合わなかった。モニター上に猛スピードで横切るウロコがハッキリと視認されたと同時に、六角形の模様が漆黒の闇に揺らめいた。

バチッと閃光がノートパソコンの筐体そのものから発せられ、モニターはぷっつりと切れた。アランはじめ三人のスタッフが耳に差したイヤホンもブルートゥースでパソコンとつながっており、その異変は聴覚にまで伝播した。

キーーーーンとひどい高周波の音域が鼓膜を突き刺し、三人とも思わずイヤホンを耳からむしり取った。その直後に、辺りに横溢するオルフェウスの竪琴の音色、まるで誰かがすすり泣いているような不可思議な調べが耳を通して体内に大量に流れこんできた。

水中ロボットとつながったワイヤーの巻き取り機は回転し続け、ついに深さ百メートルを示す目盛りの箇所ですべてのワイヤーを吐き出して停止した。

水柱が上がったのは、そのときだった。

レルネーの沼の中央が盛り上がり、そのまま水面が竜巻状に巻き上がったかと思うと、沼そのものが大蛇そのものの動きとなってぐるりと身をくねらせて三人の方に迫ってきた。

「退避、退避だ……」

アランはカラカラになった喉を震わせ、二人のスタッフを追い立ててレルネーの沼を後にした。転がるように廊下に這い出し、必死に来た道を辿ると、ちょうど道が分岐する辺りに人影が二つ立っているのが見えた。

町田佐枝子と春日ミサキだった。二人の女性コンビは慌てふためいて走ってくるアラン一行を驚愕の眼差しで見つめていた。

「レルネーの沼で何があった？」とミサキが叫んだ。

ミサキとアランは面と向かって顔を合わせるのは初めてだったが、アランは前々からミサキをマークしていた。オルフェウスの竪琴の秘密を知るキーパーソンの一人として……。

佐枝子とミサキの前に来るとアランは急に落ち着きを取り戻し、不敵な笑みを浮かべた。これまでスタッフとやりとりしていた英語から日本語に切り替え、馴れ馴れしく二人に話しかける。

「これはこれはお二人さん、おそろいで。地下の胎内めぐりを楽しんでおられるのかな」

「何を悠長なことを言ってる」ミサキは厳しい口調で言い返した。「レルネーの沼をいたずらに刺激したな。このままでは地下施設全域が沼に没する」

「ちょっと調査しただけですよ」そこでアランはじろりとミサキを睨んだ。「竪琴は誰にも渡しませんよ」

アランのスタッフたちが英語で何やらまくしたて始めた。英語が分からない佐枝子でも、早く逃げろと言っているのが分かった。

足もとを浸す水の高さはくるぶしを超えるまでに達していた。その水がどっと揺れたので、思わず沼の方を見やると、信じられない光景が目に飛びこんできた。

廊下に大蛇の頭部がぬっと現れ、それは大口を開けて一行がいる方に向いた。大口の向こうには大蛇の喉から体内へと連なる食道が垣間見え、それは空間が裂けて露わになった奈落への入口に見えた。

「何なの、あれ……」

佐枝子は唇を震わせ、一刻も早く逃げるべきだと思いながら、膝が固まって動けなかった。

ドンとミサキに背中を押され、よろめくように足が出た。

「逃げろ！」

ミサキが叫ぶ前から、アランとスタッフたちは走りだしていた。

大蛇の巨大な口は廊下を完全にふさぎながら猛スピードで迫ってくる。嵩が増す一方の水を踏みしだき、佐枝子は懸命に駆けた。走るほどに血が通い、スムーズに足が前に出るようになった。

巨体を揺らすアランはいかにも運動不足で、あっさりミサキと佐枝子に追い抜かれた。

来るときに鳥を追って馳せた長い長い廊下は、さらに距離が伸びたみたいに果てしなく間延びして、しかも心持ち登り坂になっていた。

ただ、その高低差が幸いして水が道の途中までしか来ていなかった。水のたまった箇所を抜けると、格段に走りやすくなった。

まっすぐ走り切った先に壁の裂けた箇所があり、その向こうには埴江田団地G棟のエレベーターが見えた。先にそこに達したアランのスタッフ二人がエレベーターに乗りこみ、あろうことか鉄柵を閉めて上昇しようとしている。

「エレベーター待て！」

ミサキが絶叫し、今にも動き出そうとしたエレベーターの鉄柵に身を滑りこませた。間一髪、ミサキの手が停止ボタンに届き、エレベーターはガクンと音をたてて止まった。

「仲間を見捨てる気か！」

日本語で言っても通じてないのか、それとも通じてないふりをしているだけなのか、外国人のスタッフ二人は無表情のままダイビングスーツの隙間から覗かせた金髪を揺らしてそっぽを向いただけだった。

遅れて佐枝子もエレベーターに飛びこみ、背後を顧みると、アランはまだ廊下の途中を必死で駆けているところだった。そのすぐ後ろに大蛇の大口が見えている。大蛇は大量の黒い水とともに地下施設すべてを埋め尽くす勢いで迫ってきた。

「速く！　速く！」

佐枝子とミサキが懸命に手を振ってアランに声をかける。先ほど見捨てて先に行こうとしたスタッフ二人も態度を改めたのか、カモンカモンと声を出し始めた。

廊下から地下室に入るところでアランがつまずいたので、佐枝子はエレベーターを飛び出た。アランを引っ張り上げてこちらに手繰り寄せる。

廊下全部を真っ黒く塗り潰す獰猛な口は、もう目と鼻の先にあった。

「佐枝子！」とミサキが声を絞った。「振り返るな」

アランと佐枝子がエレベーターに飛び乗ったと同時に、ミサキは鉄柵を閉めて上昇ボタンを押した。

ざばんと黒い水がエレベーターのなかにまで流れこみ、あの世まで通じているような大蛇の巨大な口腔《こうこう》は、壁を破壊してエレベーターの方へと突き進んできた。

ぐらりと揺れて上昇したエレベーターの動きに合わせて地下の景色は足もとへと消えていき、その直後に真下で破裂音が響いた。あと少し遅れていたら、破裂していたのは自分たちだったとエレベーターのなかにいるすべての者が思ったが、誰も口を利かなかった。

地下空間と地上の間に挟まれた分厚いコンクリの層を通過して一階の物置に到達し、エレベーターを転がり降りるなり、佐枝子は力がぬけて、その場にしゃがみこんだ。什器が並んだ埃っぽい小部屋は、これまで見ていた光景が嘘のように静寂に包まれている。地下からも物音一つ響いてくることもなく、急に夢の世界からログアウトした心地を覚えた。

アランは二人のスタッフと英語で何事か話しこみ、先に行ってろというようなジェスチャーをした。そうして、佐枝子の前まで来てしおらしく頭を下げた。

「佐枝子さん、さっきは助けてもらってお礼を言います。どうも、ありがとうございました」

「いや、別にいいですよ」佐枝子は頭がまわらずに適当に答えた。

「お礼がてらに忠告しておきます」アランは心持ち声を落とし、佐枝子の耳もとで囁いた。「その女性に関わらない方がいいです」

驚いて顔を上げれば、アランはミサキを顎で示した。

「あの人はここで起こっている怪異を引き起こした、そもそもの張本人です」

「え……」

「張本人だから怪異のカラクリが分かっているのは当たり前で、佐枝子さんは勘違いしているかもしれないですが、救世主でも何でもないですよ」

「何を言っているのか……」

ミサキの背中を目で追ったが、ミサキはふらりと物置のドアから外に出ていってしまった。こちらの会話が聞こえていたかどうかはよく分からなかった。

「ちょっと……」

うろたえて立ち上がった佐枝子に、アランが念を押すように言い足した。

「あなたが味方だと思っている春日ミサキは、あなたの敵なのです」

きっとアランを睨んで、佐枝子は急いで部屋を出た。

だが、そこにはミサキの姿はもうなかった。

「ほら、御覧なさい。都合が悪くなって雲隠れしたようですな」

のっそりと佐枝子に続いて外に出たアランが、したり顔でうなずいた。

「あなたの言っていることなんて、信じるわけないでしょう」と佐枝子は釘《くぎ》を刺した。

ニヤリとアランは意味ありげに笑い、「まあ、いずれ分かることです。また会いましょう」と言い置いて、ヨタヨタと歩き去っていった。

途方に暮れて佐枝子はミサキを探して右往左往《うおうさおう》したが、まるで煙のように彼女の姿は消えていた。サヨナラも言わずに去っていくのは彼女らしい気がしたものの、アランが言うように、いかにも都合が悪くなって雲隠れしたと思えなくもない。このとき、一瞬にして姿を消したのは、ミサキだけでなく、アランの部下であるスタッフ二人もそうだったのだが、そのことの意味まで深く考える余裕は佐枝子になかった。

地下で体験した何もかもが強烈すぎて、いまだその余韻が冷めやらず、佐枝子は半ば思考停止に陥っていた。しかも、地上に帰還した途端、何事もなかったかのような平穏無事な日常が広がっている現実にもついていけなかったし、唐突に一人残された放置プレイにも言い知れぬ孤独を覚えた。

とにかく、この常軌を逸した体験を吐き尽くしたい、でも、どこに？　と思ったとき、ようやく思い出したのが自分は怪異を調査するドキュメンタリー映画のレポーターであるという事実だった。

本来なら雇い主の綿道に報告を入れるべきだが、芳しい反応を返さないシナリオライターに伝えたところで埒が明かなそうで、仕方なく元相棒の学生アルバイトにＬＩＮＥを送ってみることにした。

『真野君、体調はその後どう？　こっちはヤバイことになってるよ』

期待していなかったが、真野のレスは瞬時に返ってきた。

『こっちって、まさか団地にいるの？』

『まあね。スゲエモノ見たよ。ヤバイとかスゲエとか語彙力なくて悪いけど』

『つうか、どういうことよ。団地には戻るなって言ったよね』

『まあ、そうなんだけど』

『意味わかんないよ。それで、何を見たの？』

それは……と打ちかけて指が止まった。

なぜか、地下で体験したことは教えてはいけない気がした。

あれは大事な秘密の場所だから……。

でも、誰にとって……？

佐枝子のレスが途絶えたので、真野の不安そうなメッセージが送られてきた。

『町田さん、大丈夫？　取り憑かれたりしていない？』

『憑依関連は問題なし。今のところだけど。ごめん、うまく説明できないからまた連絡する』

それに対する真野の返答は、警告のアイコンが添えられた仰々しいものだった。

『今すぐ！　そこを出ろ！　話はそれからだ！』

スマホをポケットに仕舞ってから、しばし放心した。そうして、今いるＧ棟一階の物置前は、最初の日に管理人に追いかけられて真野と身を潜めた場所であったことをうっすらと思い出した。

あのとき、物置のドアの脇に落書きがあった……そう思って視線を走らせるも、落書きなんてどこにもなかった。

団地の外はすでに早朝の青い光で満たされている。考えるべきことがたくさんあるはずなのに、今はひたすら横になって眠りたかった。

よろめくように歩きだしたとき、廊下の隅からカサ、カサッと紙のはためく音が聞こえたので振り返った。

薄明の淡い陽光を反射させて揺れる紙切れは、演劇のチラシだった。その演劇のタイトルを知っていることに佐枝子は思い至った。

『シテール島からの船出』……それを言うなら、テオ・アンゲロプロス監督の『シテール島への船出』だろうと佐枝子が突っ込みを入れたのに対し、マウントをとる映画オタクは嫌いだと真野が主張したあの日のやりとりを反芻しながら、ゆっくりと掲示板の前まで歩いた。

チラシはよく見るとカラーコピーの類の簡易なもので、中央には船に乗りこもうとしている古代の装いをした人々の一団が描かれていた。演劇の開催日は、およそ二か月前。公演場所は団地内の児童公園。チラシ下部には出演者の顔写真も添えられている。

その『シテール島からの船出』の出演者の一人に見覚えがあった。

ウェーブのかかった長く豊かな髪をなびかせた若い女性……それは昼夜違わず悩ましい声を壁越しに響かせてくる、E棟の隣室に住む住民だった。

第三部

1

団子坂上の表通りから脇道にそれ、さらに入り組んだ路地の先に、S氏の広大な屋敷はあった。

「この辺りは一九二〇年前後に江戸川乱歩が三人書房という古本屋を営んでいた場所で、乱歩のデビュー作『D坂の殺人事件』のD坂も団子坂から来ている」とのミステリ豆知識を道中、能坂館長に吹きこまれつつ、薮崎はS氏に献上すべく菓子折りを携えていそいそと後に続いた。

壮麗な門構えをくぐって手入れの行き届いた庭園に目移りしながら、小間使いの女性に先導されて二人は玄関に上がり、応接室に通された。日本家屋のなかにあってその部屋は洋風に設えてあり、いかにも値が張りそうな風景画や陶磁器が飾られている。

クッションの利いたソファに尻をめりこませ、緊張の面持ちで当主を待っていると、まもなく車椅子に乗った老人が介護人に押されて室内に入ってきた。さっと立ち上がった二人に手を振って座るように促し、テーブルを挟んだ正面に座を占めたその人こそ、S氏であった。

十年前、放蕩息子が生首を振りかざして家人の肝を潰したのが、まさにこのS氏の屋敷であり、そのときの経緯を聞くために能坂と薮崎は足を運んだのだった。当家にとっては口を閉ざすべき醜聞の聞き取りにS氏が応じたのは、言うまでもなく長年懇意にしている能坂からの要望であったからこそで、二人は骨董品という共通の趣味で結びついた同好の士でもあった。実のところ、笹原博物館の運営資金もS氏がいくらか出資していた。

年齢的には六十代後半とのことだったが、薄くなった髪も仙人のように伸ばした髭も真っ白で、骸骨のように痩せ細った皺深い面立ちと相まって実年齢よりずっと上に見えた。

深みのある鳶《とび》色の着物の袖をまくり、介護人の手を借りずに湯飲みを取ってズズッと啜ったS氏は、能坂と薮崎が恐縮の態で面会の礼を述べるのを無表情で聞き流し、つと腕組みをしたかと思うと、突然語り始めた。

「直哉《なおや》は靖子《やすこ》の連れ子でね。えらい無口な子どもで、ワシには全然なつかなかった」

直哉というのは、ペルセウスに憑依されて生首を振りかざした放蕩息子の名前のようである。靖子はS氏の愛人で、屋敷に住まわせていたその母親だろう。

「十年前には深く聞けませんでしたが、直哉君はどうしてあのような奇行に走ったのでしょう」と、すかさず能坂が問いかける。

白く垂れた眉毛をくねらせ、S氏の容貌が苦しげに歪む。

「屋敷の蔵からフィルムが出てきた。あのフィルムが元凶だ」

「フィルムについては十年前にもちょっと話を聞きました。一九三〇年代に撮影された記録フィルムだとの話でしたよね」

S氏はうなずき、「パテ社の九・五ミリフィルムで撮られたモノクロームで、時間にして十五分ほどの短いものだ。うちにはこのフィルムを投影する映写機もある」と好事家らしい返答をした。

「いつ頃から、そのフィルムは屋敷にあったのですか？」

「先代が親戚筋から譲り受けたと聞いている。戦前にはもう屋敷にあったと思う」

「そのフィルムを実際に見たのは、十年前が初めてですか？」

「先代がそのようなフィルムを所有しているというのは、うっすら聞いておった。一九三〇年代の演劇が映っているフィルムがあるとな。だが、先代に見ない方がいいと言われていた」

「それはまた、どうして？」

S氏は首を胴体にめりこませた。亀《かめ》が首を仕舞う動作そっくりで薮崎は度肝《どぎも》をぬかれたが、それはS氏が肩をすくめた所作であることを、少し間を置いてから察した。

「能坂さんに話したことがあるだろう、一九三〇年代にウチの親戚で刃傷沙汰《にんじょうざた》があったって」

能坂のこめかみがピクリと脈動する。

「子どもが親を刃物で切りつけたという話ですね。それも性器を……」

クロノスの刃のくだりだと、薮崎は緊張して耳をそばだてた。

ギリシャ神話の神クロノスは父ウラノスの性器をハルパーという刃物で切り取った……世界の覇権を奪い取るために。

「その子ども、フィルムに記録されている演劇に出ているんだ」

「というと、役者だったんですか？」

「まあ、そんなところだろうね。ところが、その演劇に出てから頭がおかしくなって、そのような凶行に及んだらしい」

「当時、大きな事件になったんでしょうか？」

「裏から手をまわして事件は隠蔽《いんぺい》されたよ。あと、誤解のないように言っておくけど未遂《みすい》だから」

「未遂？」

仙人然とした怪老人はこともなげに言った。「実際に性器がちょん切られたわけでないから。まあ、ちょん切られる寸前だったのを、異変を察知した家の者が止めたんだ」

「それは良かったというか……」

「良くないわ！」

S氏の一喝に、能坂も薮崎も縮み上がった。

「そもそも、子どもが親の性器を切り取ろうとする行為が意味不明じゃないか。子どもといっても成人していて分別《ふんべつ》もある歳なんだから」

「それは、まったくそのとおりで……」

「親戚の家は上を下への大騒ぎだ。当の子どもに尋ねても、どうしてそんなことをしたのか分からないという。ただ、少し前に出演した演劇に出てから父を殺さねばならないという気持ちに取り憑かれたというんだ。それで、親戚筋では方々に手をまわして、その演劇の記録フィルムを取り寄せて検証した」

「どんな演劇だったんでしょう？」

力なくS氏はかぶりを振った。「演劇も何も、途中でハプニングがあって劇は途中で終わっている。そもそもその演劇は公演されたものではなく、リハーサル風景を撮影したものだった。演劇の記録フィルムといったが、どちらかというとリハーサル時のハプニングをとらえたものだ。だが……」

じりっと前のめりになって薮崎は怪老人を窺った。「だが……？」

「フィルムを見た者はことごとく気分が悪くなって、十五分ほどの短いものであるにもかかわらず、通して見た者はいなかったという」

ここでS氏はぬっと手を伸ばして茶請《ちゃう》けの最中《もなか》を鷲掴みにして口に放りこんだ。喉をつまらせて死ぬんじゃないかと薮崎が固唾を飲んで見守るなか、S氏は難なく菓子を丸飲みにし、仕上げとばかりに茶を流しこんだ。骸骨さながらに痩せ細っていても、食欲は旺盛《おうせい》と見える。

「親戚筋ではフィルムを封印し、そして、もう一つ、子どもが親の性器をちょん切ろうとした刃物と一緒に処分しようとした。この刃物が妙だった」

「妙といいますと？」

「その刃物、演劇の小道具だというんだ。演劇で使っていた刃物を家に持ち帰り、それで凶行に及んだというわけだ。その刃は三日月のような弧を描いた形状で、年代物の趣がある。しかも、演劇の小道具のくせに、刃物としてはモノホンだった。つまり、ちゃんと切れる」

まさしくハルパー、クロノスの刃だと薮崎は再度思った。神話の世界から出てきたような代物が、もとは演劇の小道具だったとは……。

「当然、親戚の家の者は演劇の関係者に抗議した。演劇の小道具にどうして本物の刃物が使われているのかってね。ところが、演劇の関係者も首をひねるばかりだった。演劇用に別の竹光、つまり切れないニセモノの刃物がちゃんと用意されていたというのだ。ところが、リハーサルが始まってから、いつのまにかすり替わっていた」

「誰がすり替えたのですか?」

「分からない。その妙な刃物は突然、演劇のリハーサル中に出現した。そしてそれを手にしてから、その役者はおかしくなった。つまり、凶行に及んだ子どものことだがね」

「聞けば聞くほど、その演劇の内容が気になりますね」能坂はうなった。「ところで、親戚のおうちではフィルムと刃物を処分しようとしていたとおっしゃいましたが、それがどうしてこちらのお宅にあるのですか?」

「うちの親父、つまり先代が物好きで、処分するなら欲しいと申し出たわけだ。そうしてフィルムとその妙な刃物がうちに来ることになった。だが、親父もフィルムを見始めてすぐに気分が悪くなり、最後まで見なかったそうだ。ワシにもフィルムの存在を教えてはくれていたが、見ない方がよいと釘を刺していた」

「それがまた、どうして十年前に蔵から出して見ようと思ったのです?」

ふっとS氏は遠い目になり、眉間の皺をいっそう深くした。

「ある男がワシのところに訪ねてきたんだ」

「ある男?」

「こちらのお宅にとても重要なものが映っているフィルムが保管されているはずだ、とその男は言った」

「いったい誰が?」

「有澤という学者だった」

「有澤？」

能坂と薮崎は顔を見合わせた。

「思い当たるふしはないな。何の学者なんですか」

「名刺があったな」

S氏は脇に控えていた介護人の若い男に何事かを耳打ちしてから向き直った。

「今、取って来させる。だが、どこに名刺を入れたか正確な場所を忘れたので、ちょっと時間がかかるかもしれんが」

「その有澤という学者、こちらの屋敷にフィルムがあることをどこで嗅ぎつけたんでしょう」

「分からんね。そもそもワシ自体が話を聞くまでフィルムの存在を忘れていたくらいだから。だが、とても熱心に言ってくるものだから、ワシも興味を持って蔵からフィルムを出して来たんだ。なんせ、その有澤という男、重要なものが映っているというだけで、具体的に何が映っているのか、はなから教えてくれないもんだから、どうしたって見てみたくなるじゃないか」

「そりゃそうですね」

「蔵の奥にあったフィルムの横には、例の刃物も埃をかぶって保管されていた。フィルムとともにその刃物も出してきて映写機の横に置いたのを覚えている。そうして、家の者を呼んで即席の上映会としゃれこんだわけだ。靖子は映画が好きだから興味を持つと思ってね。いつもは不愛想な直哉も、なぜか上映会に顔を出した。それが十年前のある晩、まさにこの応接室での出来事だ」

そう言われて薮崎は改めて応接室を見渡した。なるほど、ソファやテーブルを隅に寄せれば、ちょっとした上映会ができるくらいの広さを有している。

「スクリーンはそこに張ってあった」とS氏が手振りで示す。「ワシもこの古いフィルムにいったい何が映っているのだろうといつになく気持ちが浮き立っていた。上映の準備をしているうちに、同居していた親戚の者だけではなく小間使いや料理人といった家人たちもどんどん詰めかけてきた。どうせ見るなら多い方がいいと思って、屋敷の者をみんな呼んだんだ。ところが、いざ上映を始めてみると、そこに映っているものがとにかく奇妙の一言だった」

藪崎は身を固くして尋ねた。「何が映っていたんです？」

「地下室の一室のようなところで、演劇の衣装に身を包んだ役者が立っていた。仮面をかぶっているので顔は分からない。映像も不鮮明で黒っぽい服を着ていることもあり、背景の闇と同化して、仮面だけ宙に浮いているような気味の悪い光景だった。その仮面の前に、男が一人現れた。こいつは仮面をかぶっていない。そしてこの男こそ、一九三〇年代の親戚の子どもだ。といっても年の頃は二十五、六だったかな。この男がその仮面から刃物を授かるんだ。まさに例の刃物だよ。その刃物、おそらく懐から取り出したんだろうが、衣装が黒いせいで、まるで闇のなかから出てきたように映像には映っていた」

クロノスが母ガイアからハルパーを授かる場面だ、と藪崎は思った。母ガイアはその剣で父ウラノスを倒すことをクロノスにそそのかす……。

「映像には演劇の場面だけでなく、その横に置かれた黒い箱も映っていた。長方形の箱で地面に置かれていて、膝の高さくらいあったかな。その箱の横に黒子《くろこ》が座っていて、いったいその黒子は何をしているのか分からなかったが、先代がフィルムを見ていたときの説明を、傍らにいた小間使いの婆さんが覚えていた」

「そんな古くから屋敷に仕えている小間使いがいるんですか？」

「代々ここで働いてもらっている婆さんだ。ワシより家のことは詳しい。その婆さんが先代から聞いた話を覚えていた。その箱は楽器だそうだ」

「楽器……ですか？」

「この黒い箱のどこが楽器だとワシも思ったよ。そもそもこの演劇は、この不思議な楽器のために作られたものだと先代は説明したそうだ。演劇関係者からそういう話が伝わっていたのかもしれない。ただ、フィルムはサイレントでね、音はないから楽器の音は聞こえない。だけど、フィルムを見ていると、しきりに耳鳴りがするんだ。まるで誰かが耳もとですすり泣いているような声がね」

「それは妙ですね」

「この時点ですでにワシは気分が悪くなっていた。すでに部屋から退出する者も出始めていた。しかも役者の動きがやけにゆっくりとしていて、一向に話は進まない。仮面から刃物を授かった役者は一歩ずつゆっくりと画面の外に出て行くのに五分は要していた。そのうち、ハプニングが起こった」

S氏が急須《きゅうす》に手を伸ばしたので、薮崎は慌ててそれを手にとって湯飲みに茶を注いだ。うまそうにその茶で喉を潤《うるお》すと、怪老人は話を続けた。

「突然、黒い箱の横に陣取っていた黒子が発火したのだ」

「発火？」

「人間発火現象だよ」

「そんなバカな」

「ワシもそう思ったさ。だが、燃えるというより爆発した感じだった。人間がそんな風になるなんて到底考えられんだろう。まあ演劇の仕掛けかと思いかけたが、その途端に舞台上にいた役者たちは慌てて退避するし、袖からスタッフが飛び出て来て右往左往するから、ハプニングであることは明白だった。ところが異変はそれだけでなかった。にわかに、その地下の一室が丸ごと揺れたんだ。地震でも起きたかのようにな。そして次の瞬間、どかんと部屋の床がぬけた」

「ぬけたって……どういうことですか」

「ワシに訊くな。ワシはフィルムに映っていたものを見たまま言っている。床がぬけたのが見えたのも一瞬だ。巻きこまれた人間がいたのかどうかも分からない。人間発火した黒子は間違いなく底がぬけた床の奈落に落ちただろうが、とにかくモウモウと黒煙が上がって一瞬で画面は真っ暗になった」

「大惨事じゃないですか。当時、ニュースにならなかったんでしょうか」

「なんでも撮影場所が旧陸軍の敷地内だったという話だ。詳しくは知らないがね。それで表沙汰にはならなかったのだろう。あと、演劇に出演していた親戚の子どもに問いただしても、フィルムに映っているリハーサル時のことはまったく思い出せなかったそうだ。かくして、実際にそこで何が起こったのかは謎のままとなった」

「フィルムは画面が真っ暗になったところで終わっているのでしょうか?」

「いや、映写機のリールを見ると、まだ上映時間の半分くらいだった。だが、ワシはもう先を見る気が起きなかった。床がぬけた映像を見た瞬間、キーンと音がしてそれが脳髄を突き刺したような心地に見舞われた。サイレントだから音はないはずなのに、その音を聞いた者は大勢いた。上映会にいた者もうめき声を上げて、我先にと出口に急いだ。ところが、ずっとその先まで見続けていた者が二人だけいた」

能坂の低い声が漏れた。「靖子さんと直哉君ですか?」

「そうだ。特に直哉は何かに取り憑かれたみたいに見ていた。あとで靖子に聞いたんだ。途中から真っ暗な画面になったフィルムをどうして見続けていたんだとね。そうしたら靖子は言ったよ。闇の向こう側に、六角形の封印が見えましたってね」

「え、六角形の封印? 何です、それ?」

「だからワシに訊くな。靖子も直哉もフィルムを見た直後こそいつもと変わらない様子だったが、あれを機におかしくなったんだ」

フィルムを通して、靖子と直哉はペルセウスとその母ダナエに憑依された……そんなことがあるだろうかと薮崎は考えこんだ。

「直哉君が生首騒動を起こすのは、そのフィルムを見てどれくらい後ですか?」

「一週間くらいたってからかな。あの上映会以来、ワシは気分が悪くなっていたこともあり、映写機の傍らに置いた例の刃物が消えているのにしばらく気づかなかった」

その刃物、つまりクロノスの刃を持ち出して、ペルセウスと化した放蕩息子の直哉は埴江田団地の一室に巣くうメドゥーサの首を切った……。神話世界とリアルが混濁する惑乱を覚え、薮崎はこめかみをおさえた。

「今日は、十年前の生首騒動の顚末《てんまつ》をワシに聞きにきたんだろう?」S氏は続けた。「だが、詳細を語ろうにも、うまく思い出せないんだよ。玄関先に立った直哉が高々と生首のごとき何かを掲げたのはよく覚えている。ただ、それを見た瞬間、すべての思考が停止し、身体も動かなくなった。その後のことは記憶にない。気づいたら病院のベッドの上だった。あのとき、屋敷にいた者すべてが同じ状態に陥った。なんというか、まるで石にでもなった気分だった」

目が合った者を石に変えてしまう……それはまさにメドゥーサの首のなせる業だ。

「直哉君と靖子さんの行方は分かってないのですか?」

「騒動の直後は思考が停止して、そもそも二人の行方を調べる気力すら湧かなかった。無論、警察には失踪届を出した。しかし……」

そこでS氏は言い淀み、目を泳がせた。

「しかし……?」と薮崎は焦れて先を促した。

「二、三年前に、ある精神病院の閉鎖病棟で直哉に似た人を見たという者が現れた」

「それは、どこの病院です?」

S氏はかぶりを振った。「これ以上は話せない。ワシも確かめたわけでないし、たとえ直哉だとしても、会いに行く気力は今のワシにはない」

饒舌に語り続けてきたS氏が口をつぐみ、沈黙が一同を支配した。

やがて能坂が絞り出すように問いを発した。

「ところで、その元凶となったフィルムは今どこにあるんです?」

即座にS氏はきっぱりと答えた。

「処分した。正確にいうと、有澤という学者に渡した」

「譲り渡したんですか？」

「ワシはフィルムを手元に置いておきたくなかった。だから、それを買い取りたいという有澤の申し出に飛びついた。フィルムをここで上映して三日とたっていない頃だ。つまり、まだ直哉があの騒動を起こす前だ。厄介払いだと思ったし、今もその思いは変わらない。例の刃物を能坂さんの笹原博物館に鑑定に出したのも、半分は厄介払いだ。その後、博物館で刃物が盗難にあったと聞いたときも、むしろワシはほっとしたよ」

「だから盗難届けも出さず、公にするなと言ったんですね」と能坂は得心した面持ちでうなずいた。

すっと応接室の扉が開いて、介護人が入ってきた。S氏に命じられた有澤という学者の名刺を持ってきたと見える。介護人は名刺だけでなく一枚の写真も携えていた。S氏はざっとそれらをあらため、それから名刺の方をテーブルに滑らせた。

能坂と藪崎の視線がいっせいにそこに注がれたのは言うまでもない。

名刺にはこう記載されていた。

『有澤生命科学研究室 室長
有澤冬治』

名前の横には電話番号も記されている。

「この名刺、預かっていてもよろしいですか」と能坂が問えば、S氏はぞんざいに首肯した。

「この番号に電話してみましょうか」と藪崎が能坂に耳打ちしたところ、S氏の横槍が入った。

「無駄だよ。有澤は七年前くらいだったかな、病気で死んだと聞いた」

「その情報は誰から？」

「ワシが雇った興信所の探偵だよ。ワシだって直哉があんなことになって、元凶となったフィルムの行方は気になった。フィルムを取り戻したかったんじゃないぞ。有澤なら、直哉がおかしくなった理由を知っているという気がしたんだ」

S氏は弱々しく溜息をついた。

「ところが当の有澤は亡くなり、その助手も行方をくらましていた」

助手という言葉に、能坂も薮崎もそろってピクリと身を揺らして反応した。

「有澤に助手がいたんですか?」

「屋敷にフィルムを受け取りに来たとき、有澤と一緒に助手もいた。その頃、同居していたワシの歳の離れた弟がカメラ狂いで、玄関に現れたこの有澤と助手を無遠慮に撮影したんだ。有澤は戸惑っていたが、ネガを寄越せとまでは言わなかった。大切な商取引の日だったから揉め事を避けたのだろう。ただ、そのおかげでこの写真が残った」

2

S氏がテーブルの上に放り出した写真を見て、薮崎は息を飲んだ。

そこには、S氏宅の玄関に立つ二人の人物が写っていた。

一人は長身で灰緑色のコートを来た男。すらりとした体軀で、色白で、やわらかそうな髪をなびかせた風貌は青年のような雰囲気を醸していたが、目尻に寄った皺が中年の域にさしかかっていることを示していた。この男が有澤冬治だろう。

その背後にひっそりと付き従う助手は、黒のパンツスーツに無地の白シャツといった出で立ちだったが、まだあどけなさが残り、年の頃は十代後半くらいと推測される。しかも、その助手は女性だった。切れ長の瞳に、今と変わらないおかっぱ頭……。

有澤の後ろに控えた謎の助手は、十年前の春日ミサキだった。

地下の冒険行から戻って来た佐枝子は疲れきっていて、とにかく自室で横になってひと眠りしたいとの一念から、E棟の七〇七号室にふらつく足取りで帰宅した。だが、前夜、ディオニュソスの熱狂的信者マイナスのゴースト集団に襲撃された部屋は汚泥が渦を巻き、おまけに沼地から発する有毒ガスのごとき悪臭が漂っていた。とてもではないが安眠が確保できる環境ではない。

半泣きになりながら洗面所の戸棚を探ると、バケツとタワシが見つかったので、仕方なくバケツに水を汲んでタワシで壁をこすり始めた。

綿道に見せられた行方不明になった人の部屋の写真が、まさに今の七〇七号室の状態と同じ光景だった。ギリシャ神話が反復される怪異を目撃した者は、ディオニュソスの祭儀を覗き見た異端者として、熱狂的信者マイナスによって排除される……。団地の行方不明者とはつまるところマイナスのゴーストに排除された者たちではないか、と佐枝子は朦朧となりながらも思考を働かせた。

だとすると、行方不明になった人たちは、どこへ消えたのだろう？

考えたところで分かるはずもなく、ただ、以前に七〇七号室にいた人も行方不明になったと聞かされたことを思い出し、佐枝子は背筋を寒くした。

壁の泥はタワシでこすって雑巾で拭くとあっさり落ちた。けれども、泥の下から現れた壁面には茶色っぽい微細な汚れが無数に付いており、それらはいくらこすっても消えなかった。これはいったい何の汚れなのかと気になって、スマホで接写してから画面内で拡大してみた。

その瞬間、ぞくりと全身が総毛立ち、眩暈を覚えた。

拡大された壁の汚れは、あの蛇のウロコと同じく六角形の輪郭を持ち、その内部には歪な渦巻きがひしめきあっていた。よく見ると、一つの汚れだけでなく、壁面に生じた無数の汚れがすべて同じ形状を呈している。

まるで部屋ごと大蛇に蹂躙《じゅうりん》され、その痕跡を刷りこまれたかのごとき嫌悪感がこみあげて吐きそうになったとき、突然、横合いから嫣然《えんぜん》とした声が流れてきたので飛び上がった。

「それ、ハニカム構造。自然界に現れる六角形」

部屋に溜まった悪臭を逃がし、空気を入れ替えるために開け放したドアの脇には、花柄のワンピースをまとい、豊かな髪を垂らしたモデル然とした女性が優雅に佇んでいる。その彼女はとりもなおさず昼も晩も違《たが》わず悩ましい秘め事の声を壁伝いに漏らしてくる隣人であり、さらには、G棟の掲示板に貼られていた演劇『シテール島からの船出』の出演者であった。

いっぺんに交錯する想念に脳の処理量が追いつかず、フリーズして棒立ちになった佐枝子に、物憂げな眼差しを向けた隣人はなおも六角形について講釈《こうしゃく》をたれた。

「ハニカム構造ってあれよ、平面を効率的に分割するための構造ね。正六角形って隙間なく平面に敷き詰められるじゃん。正方形や正三角形でも敷き詰められるけれど、図形の周の長さが一定である場合、個々の図形の面積が最大化できるのが正六角形。だから自然界ではたびたび現れる、六角形が。ハチの巣がそうなんだけど」

性の秘め事に明け暮れている人とは思えぬ博識を披露し、圧倒されるばかりだが、さりとて何を言おうとしているのか今イチ核心がつかめない。

「でも、この六角形は別に隙間なく敷き詰められているわけじゃないですよね」と、佐枝子は相手の絡め取るような雰囲気に飲まれるまま呆然と言った。「壁面に無数に付いているけれど、バラバラになっています」

「それはあれよ」と隣人はほろ酔いしたバーの売れっ子ママみたいな口調で答えた。「分割されたものがバラバラになったからよ」

「はあ……」

「境界も何もなく、ひとつながりに連なっていたノッペリとした平面が、あるとき分割された。分割直後はハニカム構造を形成していたけれど、やがてそれがバラバラになって六角形の断片となって漂った」

「あのう、ハニカム構造は分かりましたが、何を言わんとしているのでしょう……」

「ひとつながりだったものが分割されて、個が生まれたって話よ」

「個？」

「つまり個人。人間の意識」

佐枝子は目を丸くして、壁の汚れと玄関先の麗人を見比べた。

「この壁を汚している無数の六角形が……人間の意識？」

「まあ、それを象徴しているっていうか」隣人はイタズラっぽく頬を膨らませて続けた。「この六角形はね、封印なの」

「封印……」

その言葉、どこかで聞いたぞと佐枝子は眉間に皺を寄せるも、すぐには思い出せなかった。

「全体から個を切り離すための封印。封印は六角形の形をしている。それはなぜかというと……」

答えを待つ気配を察して、佐枝子は焦って言葉の穂を継いだ。

「ハニカム構造だから……？」

隣人は嬉しそうに人差し指を立てた手を振りかざした。

「そうそう、分かってきたじゃん」

まったく理解していなかったし、そもそもマイナスのゴーストたちに襲撃を受けた部屋の壁に六角形の汚れが生じる理由の答えにはなってない気がしたが、これ以上、この雲をつかむような話題に絡め取られているわけにはいかない。

「あのう……」と、眼差しで問いかけるようにして佐枝子が間を置くと、行間を汲み取って隣人は微笑を浮かべた。

「ああ、ごめんごめん、私が誰かって？　もう知っていると思ったから。私ねえ、アプロディーテ」

アプロディーテ……だと……。

付け焼き刃的にギリシャ神話の知識を短時間で増やした佐枝子だったが、アプロディーテの名前については以前から耳にしたことがあった。美の女神であり、ギリシャ神話を引き継いだローマ神話ではヴィーナスと呼ばれている。

また、この埴江田団地で起こる怪異がギリシャ神話の反復であり、神話の神やら英雄やら怪物やらに憑依された人々が跋扈《ばっこ》している状況も分かってきた。その怪異を引き起こしているのが地下に設置されたオルフェウスの竪琴という装置であることも、昨夜の冒険行を経て少しずつ理解が深まってきた。

だが、まさか自分からギリシャ神話の神を名乗る憑依者が現れるとは、予想だにしなかった。

「アプロディーテさんですか……」

なるほど、それで昼も夜もモテモテなんですね……との言葉は喉もとで食い止めた。とはいえ、神話の美の女神を前に、何の話題を持ち出してよいのか即座には思い至らない。言葉に詰まった佐枝子を尻目に、アプロディーテは涼しげな口調で会話の糸口を差し出した。

「あなたは町田佐枝子さんでしょう」

「どうして自分の名前を……」

それには答えずにアプロディーテは不穏なことを口にする。

「この部屋で前にいた人がこんな風に部屋を汚して姿を消したから、ああ、佐枝子さんもいなくなったのか……と思った」

「その人はどうなったんでしょう？」

「大丈夫よ」アプロディーテはこともなげに言った。「前後不覚で団地内の野原を彷徨しているところを研究所が保護して、そこで治療を受けていると聞いている」

「研究所？」

「あら、知らないの。佐枝子さんも研究所の被験者でしょ？」

当惑して佐枝子は固まった。

「研究所なんて初耳です」

「だって、埴江田団地の怪異の只中に、送りこまれてきたんでしょう」

「それはそうなんですが、被験者ではなく、ドキュメンタリー映画の撮影のためです。まあ、まったく撮影してないですが……」

「またまた、はぐらかしちゃって」

「はぐらかしているわけでは……」

唐突にアプロディーテは少しはにかんだように頰を赤らめ、重大なことを打ち明けるように囁き声になった。

「私もあなたと一緒よ」

「一緒……とは」

「だから、被験者なの」

「被験者？」

ここで佐枝子は妙な気がした。いや、最初から妙といえば妙だった。目の前の女性はアプロディーテだと名乗っているわりには、憑依されている者特有の夢遊病的な気配が微塵もない。しかも、自分は被験者だという。

まるで佐枝子の心の内を見透かしたように、アプロディーテは言った。

「私ねえ、アプロディーテに憑依されているけれど、正気も失っていない」

「え……」

「本当の名前も忘れてはいない。言わないけど」

「あの、憑依されているって、どういう気持ちなんですか？」

しばし考えてからアプロディーテは白い歯を見せた。

「楽しいよ」

「楽しい？」

「この状況を好きで楽しんでいるの。あなたも同じでしょ？」

藪から棒に、自分も同じだと言われて佐枝子は瞠目した。

「別に楽しんでいるわけでは……」

「なら、この異様な状況を前にしてどうして通報しないの？　警察とかマスコミとか。むしろ、外の世界の人をもはやここに呼びこみたくないからでしょ」

言葉に窮して固まった佐枝子に、アプロディーテはさらに畳みかけた。

「だって、佐枝子さん、あなたも私と同じ匂いがするもの。結婚して家庭をつくって、そういう世間一般でいうところの普通の幸せのなかに自分を見出せない」

アプロディーテの瞳が不可思議な光を発して揺らめき、佐枝子は魔法をかけられたみたいに瞳の奥の狂的な炎に見入った。

「世界から逃げてきて、ここに辿り着いた。ここは、あなたにとっての世界の果てになりうるかもしれない」

3

アプロディーテの部屋は２ＬＤＫで、広さはもとより間取りも佐枝子の部屋とは異なっていた。この団地は同じフロアでも部屋のフォーマットは統一されているわけではないらしい。

立ち話もなんだからお茶でもいかが、と誘われるままにアプロディーテ宅にお邪魔した佐枝子は優美な色合いでそろえられた家具類や清潔に整えられたリビングを物珍しげに眺めた。アロマテラピーの精油でも置かれているのか、室内には陶然《とうぜん》とさせる香りがうっすらと漂っている。寝室に通じる扉は閉まっていたが、壁伝いに漏れ聞こえる淫靡な声が蘇ってきて、慌てて扉から目をそらした。

洒落たカップに注がれたハーブティーに恐縮しながら口を付けつつ、憑依されているわりには自分よりずっと人間的な生活を営んでいるかのように見える隣人を、佐枝子はこっそりと上目遣いに観察した。

「お仕事、何やってるんですか?」

尋ねたいことは山ほどあったものの、まずは無難な質問から始めてみる。

どこぞの高級ホテルでアフタヌーンティーでも楽しんでいるかの様相で優雅にカップをソーサーに戻すと、アプロディーテは軽い口調で答えた。

「主婦よ、主婦」

つい先刻、普通の幸せのなかに自分を見出せないなんて言っていたわりには、きっちり結婚してやることはやっている感があり、まあ、そういうことを言う人に限ってそうなんだよな、と佐枝子は心のなかで嘆息した。

「だから、世間的な幸せを手にしてもなお、その内側には満たせぬ空白があるって話よ」

佐枝子の心情を察したのか、アプロディーテは言い訳めいたことを口にし、それから素っ気なく付け足した。

「うちの夫も憑依されているしね」

「夫さんもですか……」

「夫はヘーパイストス。なんでも創りだす鍛冶《かじ》の神様。有名なパンドラの箱を創ったのもこの人ね。まあ、実際の夫は町工場の主任で、ナットとかボルトとか作っているけど」

「憑依されていても、仕事に支障はないのですか?」

「まったく問題なし。外では普通の人。私と違って自覚もないようだし」

きっと夜に気配のあるアプロディーテのお相手はこのヘーパイストスなんだろうと推測し、では昼間の相手は？　との疑問が湧いたが、敢えてそこには触れないことにした。

「それにしても、なんで夫婦そろって憑依されちゃったんですか？」

憑依者に対して、この質問は不躾《ぶしつけ》すぎるだろうかとの懸念がよぎるも、妙に割り切った言動に終始するアプロディーテなら答えてくれる期待もあった。

アプロディーテは肩に垂らした栗色の髪を撫で、思案するように瞳を巡らした。

「きっかけは演劇ね」

すぐさま『シテール島からの船出』のチラシに載っていたアプロディーテの写真を思い浮かべたが、いきなりそれに言及することは控えて、佐枝子はまずは向かいに座った麗人の紡ぎ出す言葉に耳を傾けた。

「演劇といっても、演劇の講座ね。演技のワークショップというか習い事というか、とにかく、そういう講座を埴江田団地の集会場でやっていると聞いたから興味を持って参加したわけ」

「この団地って、そういう習い事のカルチャースクールみたいなものもあるんですか？」

「ないわよ、そんな御大層なものは」アプロディーテはにべもなく言った。「ショッピングセンターに入っている電器屋さんで空気清浄機のセールをやっててね、四、五か月くらい前かな。その空気清浄機のメーカーがキャンペーンで演劇の講座を開催するとのことでチラシを配ったの」

「空気清浄機のメーカーが、なんでまた演劇のキャンペーンを？」

「劇場の空調設備も手掛けている関係から、演劇界にパイプがあるって言ってたかな。電器屋さんの店員が」

「もしかして、そこに置かれている空気清浄機がそれだったりして」

佐枝子は窓際に置かれている銀色の筐体を指差した。この部屋に漂っている甘い香りは、ひょっとしてあそこから漂っているのではないかと思いながら。

「そうそう、あれよ」アプロディーテはうなずいて続けた。「あれを入れてから調子いいの。もともと住民の間で評判になっていたから電器屋に買いに行ったわけだし」

「そんなに評判に……」

「一部の住民にはモニターとして無料で配っていたみたいね。埴江田団地はモデルケースとしてメーカーが力を入れていたって聞いたかな。おかげで口コミに火がついたとのことで、感謝セールを行い、さらには演劇のキャンペーンも開催するって運びになったらしいわ」

なんだか裏のありそうな話だなと、佐枝子の脳裏に疑念がよぎった。同時に、G棟の裏にまわったとき、窓際に空気清浄機が置かれていた部屋がやけに目についたことも思い出した。

ひょっとして、あの空気清浄機から散布される香料に、憑依を促す成分でも入っているのではないか……。

「そのメーカーの名前は？」

「メーカー名はブージャム社、製品名はモノリスシリーズだったかな」

メーカー名も製品名も聞いたこともないなと思いつつ、佐枝子は素早くスマホのメモ帳に記載した。このメーカーについては調べてみる必要がある。

アプロディーテはちらりと佐枝子のスマホに目を走らせたが、特に気にする素振りもなく、演劇講座の話に戻った。

「団地の集会場で演劇講座に参加したのは、十数人くらいかな。年齢はまちまち。私のような主婦も多かったけど、この団地は高齢者も多いからリタイアした男性も何人かいた。演技のレッスンで寸劇でもやらされるのかとドキドキしながら行ったけど、最初の講座は古いフィルムを見せられただけだった」

「古いフィルム？」

「一九三〇年代くらいに撮影された演劇のリハーサルの映像。ただ、その演劇は公演できずに終わったらしく、フィルムにも劇の冒頭しか映っていない。この講座では、未発表のまま終わったその演劇を再現することが目的だと、講師から説明があった」

「そのフィルムには何が映っていたんです？」

「それがね、よく覚えてないの」アプロディーテはちょこっと舌を出した。「私、寝ちゃったのかもしれない」

「寝ちゃったんですか……」

「いや、それも含めてよく覚えてない。ただ、週イチくらいで開かれる講座にはその後も参加した。講師の人が早々に参加者に役を割り振って、公演日まで決めちゃってね。まだ充分に稽古《けいこ》ができてないうちからチラシも作っちゃって。ただ、そこまで強引に進められると参加者も妙にやる気になって、稽古には熱が入った」

「参加者って団地の住民だから素人ですよね？」

「素人だけど、みんな役になりきっていた」アプロディーテの目にあの狂的な光の揺らめきが宿り、佐枝子は身を固くした。「思えば、あのときすでに憑依は始まっていたのね」

「ということは、つまり……」佐枝子は語気を強めて言った。「その演劇講座を主宰していた人たちこそ、憑依を促したことになりますね」

「そうね」あっさりとアプロディーテは認める。「ただ、それは今だからこそ分かることで、講座に参加したときは思いもしなかった。純粋に演技の稽古をしていただけ」

「その劇は公演したんですよね？」

向かいの麗人の頬に含みのある笑みが広がった。

「公演したとも言えるし、していないとも言える」

「どういうこと……」

「あるとき気づいたのよ。公演するまでもなく、劇はもう始まっているって」

「始まっているとは……」

「二か月ほど前かな。団地内で大蛇が這っているような跡があちこちに出現した。そのときに分かったの。ああ、劇のシナリオにあるとおりのことが起こっているって」

「その劇にも蛇が出てくるのですね」

「蛇こそが世界の中心よ。ディオニュソスの化身」アプロディーテは続けた。「演劇講座は気がついたら途絶えていた。その頃のことはよく覚えていない。憑依の度合いがきつくて、我を失っていたのかもしれない。ただ、私の場合は特殊だったのか、その後、少しずつ正気を取り戻し、自分が誰だったかも思い出した。ビックリしたのは、夫も憑依されていたことかな。夫は演劇講座に参加していたわけではなかったから。そのときにはもう、講座に参加するしないにかかわらず、憑依された人は団地中に広まっていた」

「どれくらいの人が憑依されているのでしょう」

「さあ、全貌は分からないわ」

いくつもの疑問がさらに浮かび、佐枝子は額に手を当てた。頭のなかが整理できない。

「その演劇のあらすじと結末は……」

「覚えてない」とアプロディーテは即答した。「今や演技しているって感覚なんて無いから。心と体が勝手に動くのよ」

「でも、アプロディーテさんはまったく憑依されているように見えない。自分を客観視できているし」

「時間帯による。夜だとこんな風に冷静に話せない」

「それでも正気は保っているんでしょう?」

「例えていうなら、夢を見ている気分かな。憑依の度合いが強いときって」

「不安じゃないんですか」

「さっきも言ったでしょう。楽しいって。私はこの世界を捨ててレギオンになった」

「レギオン？」

「大勢という意味。孤立した一人ではない、ひと続きの大きな物語のなかにいるという感覚」

佐枝子が眉間に皺を寄せて目をシロクロさせたので、アプロディーテは顔の前で軽く手を振った。

「ごめん、混乱させたね。レギオンは忘れて。私の勝手な言いまわしだから。ただ、ゾンビ映画とか見てて思わない？　登場人物は必死でゾンビから逃げているけれど、ひとたびゾンビに感染して仲間になっちゃえば、あらゆる恐怖や悩みからも解放される。案外、天国かもね」

佐枝子がさらに渋面をつくってうめいたので、アプロディーテは破顔した。

「ごめんごめん、さらに混乱させちゃったね。ただ、憑依されている自覚のある自分が特殊なのもまた事実。さっき研究所のこと、ちらっと言ったでしょ。私が研究所のことをなんで知っているかというと、この特殊な事例によるの」

ハッと佐枝子は顔を上げて、アプロディーテを凝視した。

「そこのところをもっと詳しく」

「といっても、そんなに詳しく知っているわけではないのよ。佐枝子さんの部屋、前にいた住民がいなくなったって言ったでしょう。さすがにあのときは不安になった。部屋はめちゃくちゃに荒らされているし。そうしたら、演劇講座の講師だった人にバッタリ会ったの」

「え、どこで？」

「あそこのショッピングセンターで。その人に話しかけたら、私が憑依の自覚のあることに驚いていた。そして、隣の人がいなくなったことを告げると、心配いらないって。研究所がこの怪異を科学的に解明するために送りこんできた被験者だって。だから、研究所が責任を持ってケアしているって」

思わず佐枝子は声を荒らげた。「つうか、研究所って何？」

「そこまでは知らない。でも、そのとき私も分かったの。私も被験者なんだって。演劇講座に集められた人たちは、言ってみれば最初の被験者だった」

「アプロディーテさんはそれでいいんですか！」

困ったようにアプロディーテは頰を僅かに歪めた。

「私、楽しんじゃっているし。別にこの状態が続くことに何の不満もないの」

正気のようでいて、やはりこの人も普通ではないと佐枝子は胸の奥が冷える心地を覚えながら、さらに問いを重ねた。

「そのショッピングセンターで会った講師の人、名前とか顔とか教えてほしいです」

「残念ながら名前は覚えていない。ただ、会ったのはファミレス。ビックリしたけど、その人、なんとファミレスで働いていたのよ」

4

オルフェウスの竪琴が埴江田団地の地下にある旧陸軍の施設で鳴り始めたのは、今からおよそ百年前。ラフカディオ・ハーンやエリザベス・ビスランド、ムーラン・ルージュ新宿座の戸山学校出身者らが絡んで、竪琴がこの地にもたらされた経緯を、昨晩、佐枝子はミサキから聞いたばかりだった。

竪琴は百年前から今に至るまで絶え間なく鳴り続けていたが、戦前の軍部は地下の異変を貯蔵していた化学兵器の原料の漏洩《ろうえい》と判断し、地下施設を閉鎖した。そのため、竪琴の効力は地下の閉ざされた空間で半ば封じられていた状態となり、十年前にG棟のメドゥーサのゴーストが出現した一件があったものの、地上への影響は限定的だった。

ところが、ここ数か月のうちに埴江田団地の怪異は飛躍的に脅威を増した。大蛇が目撃され、奇行に走る者が現れ、行方不明となった者もいた。誰かが地下の竪琴の影響力を高めるように、なんらかの策を弄《ろう》したことは間違いない。

その策の一つとして疑われるのが、ブージャム社という企業による空気清浄機のバラ撒き。この機器が地下の竪琴の影響力を促進する働きをしていたことは考えられる。

もう一つは、アプロディーテが通っていた謎めいた演劇の講習会。そこでは『シテール島からの船出』という劇の稽古が行われ、それを通して、ギリシャ神話を源とする霊的現象や憑依が埴江田団地に広まっていったと推測される。

その演劇塾の講師がファミレスで働いていたと聞けば、すぐさま思い至るおかっぱ頭の人物がいる……。

まさにその核心部分について佐枝子が問いを重ねようとしたそのとき、突然アプロディーテの玄関の扉が開き、恰幅《かっぷく》のよい若い男性が入ってきた。カーキ色のデニム地のジャケットとスラックスをまとった男は短く刈り上げた髪型とあいまって、どこかしら自衛官めいた印象を受ける。ただ、決して正規の制服を着ているわけではなく、あくまでもそのような印象があるというだけだ。

「ごきげんよう、アレス」

ノックもせずに入りこんできた男性をアプロディーテはさも当然のように迎え入れ、ゆらりと椅子から立ち上がった。呆然と見守っていた佐枝子のことはまるで眼中に入ってないようで、アレスと呼ばれた男は靴も脱がずに部屋に上がりこみ、無言のままアプロディーテと抱擁《ほうよう》した。

「あの、アプロディーテさん……」と佐枝子は言いかけて、口をつぐんだ。

先刻までの様子から一変して、男の腕に強く抱かれたアプロディーテの瞳は熱に浮かされたかのごとく潤《うる》み、すでに佐枝子を見ていなかった。

まるで二対の人形さながらに抱き合ったまま動かない二人から尋常でない空気を読み取り、佐枝子は椅子から腰を浮かし、後ずさった。

ただ、立ち上がったはずみに普段と感覚が違うことに気づいた。まるで酔っぱらっているみたいに自分の体がゆらゆらと揺れている。床が傾いている心地を覚え、バランスを崩しかけてたたらを踏んだ。足音は思いのほか大きな音を響かせ、その刹那、アレスの口から人間のものとは思えない声が漏れた。

「ゴゴ、ゴゴゴ……」

アプロディーテは陶然と優美な喉もとを反らして中空を見上げ、トロンとした眼差しには薄い泡でできたような光沢を宿らせている。

「ゴゴゴ、ゴゴ……」

地の底から響く獣の咆哮のごとき音を吐き出しながら、ゆっくりとアレスは顔を佐枝子の方に向けていく。ようやく佐枝子という異物がこの部屋に上がりこんでいることに気づいたのだろうか。

見つかってはいけない……。

足をもつれさせながらも佐枝子は急いで玄関に向かい、靴を手に取って部屋の外に走り出た。扉を閉めると一目散に隣の自室に戻る。

室内には前夜の鬱屈した臭気がまだ残っていたが、開け放たれた窓辺ではカーテンが微風を孕んで緩慢《かんまん》に舞っていた。外はよく晴れていて、溶けた飴《あめ》のように間延びした淡い陽光の揺らめきを見ていると、意識は白濁し、気が遠くなった。

強度に憑依した二人の人物の邂逅を目の当たりにしたせいかもしれない。二人の放つ波動が自分の内側にも波紋《はもん》を広げ、ひと続きの長い夢のなかをたゆたっている思いにかられる。

ふと、ハーブティーに一服盛られた可能性も頭をよぎった。あるいは、アプロディーテの部屋の窓際に置かれた空気清浄機から、向精神剤的な作用を及ぼす成分が分泌されていた可能性も……。

だが、思考はすぐにほどけて希釈《きしやく》し、部屋の中央で突っ立ったまま、佐枝子は窓の外をぼんやりと眺め続けた。

浮遊するカーテンの向こうには、雲ひとつない空のもと、G棟の屋上に集った幾人もの女子高生たちが見えていた。彼女たちは虚空を仰ぎ見て両手を掲げ、まるで彼方から舞い落ちる永遠のカケラを拾い集めるかのごとく、屋上のそこここで揺れ動いていた。

女子高生たちは白昼に現れたマイナスのゴーストたちで、つまりそれらは前夜、佐枝子を襲った魔物たちの別の姿でもあった。しかし、今、G棟の屋上で舞い揺れる彼女たちは不思議に美しく、儚《はかな》げで、前夜の悪夢とはどうしても結びつかなかった。

今ならあの輪のなかに入っていける。ひと続きの、のっぺりとした平面のなかに自分も溶けていける……。

突然、なぜそのようなことを思ったかは分からない。

ただ、あてどなく頭上に広がる紺碧《こんぺき》の向こう側に隠された秘密……その秘密が今にも分かりそうな焦燥《しょうそう》にかられた。

気がついたときは、佐枝子はすでに部屋の外に出ていた。E棟を出てG棟へと向かい、夢心地のままG棟の階段を昇って屋上へと至った。佐枝子が現れても、そこに集う女子高生たちは誰も気にかけず、セーラー服姿のなかにただ一人、私服を来た大人の女が混じっても、白昼の揺曳《ようえい》にいささかも乱れは生じなかった。

空は透明な光に包まれ、その遥か上空の果てに六角形の刻印が見えた。

あの六角形、やはり、この団地以外のどこかで見たことがあるとの思いが頭をかすめたが、瞬時に女子高生たちが口々に唱える呪文に思考は霧散した。

「ディオニュソス、テュルソス、ザグレウス」

意味も分からずにひたすらその言葉を唱和し、どんどん上空から降下し、近づいてくる巨大な六角形に、全身が痙攣するかのごとき感激を覚えた。いつしか滂沱の涙が佐枝子の頬を伝い、ひときわ強くその言葉を唱えた。

「ディオニュソス、テュルソス、ザグレウス」

六角形は今や視界いっぱいに広がり、屋上にいるすべての女たちと同化しつつあった。その瞬間、歓喜とも苦痛ともとれぬ一閃に刺し貫かれ、意識が飛んだ。

5

空はどんよりとした雲に覆われ、暗い紫色に染まっていたが、水平線の辺りで裂けるように口を開き、真っ赤に爛れた黄昏の陽光を横溢させていた。

海沿いには連綿と砂丘が続き、白い砂の果てには風力発電の巨大なプロペラが時の流れを攪拌するかのごとくゆっくりと回転している。砂丘の頂《いただき》の中腹で足を止め、薮崎はまるで地の果てにまで来た心地を覚えていたが、実際のところ、ここは茨城で東京から二、三時間で来られる場所ではあった。

薮崎がなぜ茨城まで足を伸ばし、暮れなずむ海岸で一人たそがれているかというと、謎の学者・有澤冬治の足跡を追ってきたからだった。

団子坂の屋敷でS氏から預かった有澤冬治の名刺を、薮崎は写真に撮り、それを妻の菜津美にメールで送ってみた。暇なときにでも、この学者のことで分かることがないか探ってほしいと書き添えて。

S氏の放蕩息子・直哉をペルセウスに憑依させた古いフィルム……それをS氏から譲り受けて有澤はいずこかへ消えた。だが、その有澤の助手である春日ミサキが今、薮崎らの前に姿を現し、奇妙な悪魔祓いをやってのけた。有澤と春日、二人はいったい何者なのか。この謎を解くまでは、薮崎はどうにも落ち着かないのだった。

週刊誌編集部に勤務する妻はかねてより有能だとは思っていたものの、その迅速《じんそく》な調査能力は期待を遥かに上回るものだった。団子坂で能坂と別れて薮崎が大学に向かっている途中、キャンパスに着く前に妻から回答が来た。そこには簡潔に有澤冬治のプロフィールが記されていた。

有澤は地方の公立大学で生命科学を教える准教授だったが、提唱する学説があまりにも現代科学の本流から外れすぎて学会から追われ、やがて大学も解雇された。有澤の主張する異端な学説の一つは、心霊現象を科学的観点から解明するというものだったらしい。アカデミックな場からは追われたものの、その特異な考察はオカルト雑誌の一部編集者の目にとまり、メディアに登場したこともあったそうだ。妻の所属する出版社でも過去に寄稿を依頼したことがあるらしく、そのときに整理されたプロフィールが編集部のデータベースに残っていたというわけだ。とはいえ、世間的にはまったくの無名で、とてもオカルト系の怪しい原稿から得られる収入だけでは生活は成り立たず、フリースクールで理科の授業を受け持つことで生計の足しにしていたという。

そのフリースクールは不登校の生徒を対象にした学校だったが、特になんらかの問題を抱えた曰くつきの子どもたちを受け入れることを目的としていたようで、教育方針や経営状況は表立って公表されていない。有澤は七年前に病死するまでの五年間、そのフリースクールで教えていた。

妻の寄越した情報に俄然焚《た》きつけられ、薮崎はすぐさまそのフリースクールから有澤に関する情報を聞きだそうと思い立った。電話で問い合わせたところ、個人情報の照会につながる質問にはお答えできませんとあっさり跳ね返された。ただ、仕事中の妻に多少とも時間をさいて調べてもらった成果を無駄にはできない。こんなとき菜津美ならどうすると想像すると、一も二もなくそのフリースクールに行くだろうとの結論を得た。

フリースクールの場所は茨城の海岸沿いの某所である。今から東京を出ても夕方までには辿り着く算段だ。

妻の調査報告には有澤のプロフィールだけでなく、有澤の著書まで書き添えられていた。『旅する蝶はどこへ向かうのか』というその本は聞いたこともない出版社から出ていたが、なんと高田馬場の芳林堂書店に置いてあるとのメモ書きが付記されている。妻の勤める編集部には稀少な専門書を扱う書店のリストがあり、そこで当たりをつけて在庫の有無を確認したと見える。妻の有能さに改めて感《かん》銘《めい》を受けた薮崎は、急遽、高田馬場に向かった。

芳林堂書店に赴いてみると、専門書コーナーには学術書だけでなく、魔導書なども売られており、なるほどここなら有澤冬治の本を扱っていてもおかしくないと得心する。ただ、『旅する蝶はどこへ向かうのか』はそうした魔術系書籍の並びではなく、生物学の棚の隅におさまっていた。その本を書棚から引っ張り出したとき、謎に包まれた学者の残した足跡に初めてじかに触れたような微かな慄《おのの》きを薮崎は覚えた。すぐにも読み始めたい衝動を堪え、急いでレジで会計をすませて駅へと急ぐ。茨城のフリースクールまでの鉄道経路はすでに確認済みで、道中の供となる本も手に入れた。こうして薮崎は、勇躍、有澤冬治の秘密を探る小旅行へと踏み出したのだ。

茨城に向かう列車の座席に身を沈め、さっそく『旅する蝶はどこへ向かうのか』のページをめくってみる。本のタイトルどおり、そこではある蝶について語られていた。

北米大陸にオオカバマダラという蝶がいるらしい。この蝶は不思議な習性を持っていて、春になるとメキシコの山地から北に向けて飛行する。目的地はカナダ南東部。ただし、この旅は一世代では終わらず、寿命のつきた蝶はその子、さらにその孫へと世代交代しながら夏頃にカナダ南東部に辿り着く。夏がすぎて秋になると、今度はカナダ南東部から南へと向けて蝶たちは飛び立つ。そうして冬になる頃に、元いたメキシコの山地に戻ってくるのだ。ある研究によると、そのメキシコ中央部にある『約束の地』は十峰ほどの高山の頂だそうだ。

目的地に正確に戻る探索力といい、小さな体で長距離を移動する飛行力といい、驚くべき能力であるが、それ以上に不思議なのは、どうしてこのオオカバマダラという蝶は世代交代を繰り返しながらも、そのメキシコの『約束の地』の場所を知っているのかということだ。

生まれた場所に戻るのならまだ分かる。しかし、この蝶は飛び立った個体と戻ってきた個体は別である。

この謎に対する答えを、有澤冬治はとんでもない仮説に見出していた。

『オオカバマダラの不思議な習性は本能として片づけられる類のものだろうか。そもそも本能は生物のどこに収納されているのか？　DNAに書かれているのか？　書かれているものもあるだろう。だが、この蝶のように、メキシコのその限られたエリアの正確な場所までDNAに記されているものだろうか』

有澤はこのような前置きをした上で、思い切ってこう言い切るのだ。

『生命には、いわば、外部記憶装置のようなものがあると考えられる。要するに、インターネット上に置かれたサーバのようなものであり、一種のクラウドコンピューティングである。クラウドに置かれたプログラムなり記憶装置なりが、ネットワーク上の個々のデバイスにとって共有の資産であるのと同様に、生命の外部記憶装置は、その種にとっての共有の知識であり、記憶となる』

個体がその身体に有している脳だけでなく、外部の記憶装置にも接続され、種としての共有の記憶を持っているというのだ。

なるほど、これなら学会を追われるわけだと薮崎は嘆息した。

だいたい、そのような外部記憶装置が仮にあったとして、それはどこに置かれているというのだ？

さらにページをめくると、有澤は生命の外部記憶装置が置かれている場所についても言及していた。

それは、思ってもみない場所にあった……。

6

有澤が勤めていたフリースクールは海沿いの防砂林に囲まれた一角にあった。林の合間に灰色の建物が二棟並んでいるが、看板の類は出ておらず、一見して何の建物であるかは窺い知れない。

日も落ちて辺りはすっかり暗くなり、各階に並ぶいくつかの窓からは明かりが漏れていた。ただ、その向こうに人の気配は察知できなかった。薮崎は一階のエントランスをくぐり、受付の前に立った。しかし、受付の小窓は固く閉ざされ、シェードが降りている。

実のところ、受付にはここに到着するなりすぐに一度、赴いてはいたのだが、そのときは年配の女性ににべもなく門前払いをくらわされた。ここまで足を運んでおきながら、無駄足になることは是が非でも避けたい。いったんは撤退して海沿いの砂丘を歩いて頭を冷やし、再度、受付の女性をどう言いくるめたものか方策を練り直した。

有澤冬治の書物にいたく感銘を受け、有澤先生の埋もれた功績を掘り起こすべく、その足跡を辿っているのです、ここでの先生の様子を知る関係者にお話を伺い、少しでもその人となりに触れたい一念で足を運びました……。薮崎はそのようなストーリーを急場で捏造《ねつぞう》し、相手の情に訴える作戦で押し切るしかないと腹を決めた。

だが、いざ再戦を試みようと勇んで出戻ってきたのに、肝心の受付が閉まっていては埒が明かない。往生際悪く受付の窓ガラスをトントンと叩き、辛抱強く待ってみたが、何の反応も返ってこず、薮崎は困惑した。

すると、リノリウムの廊下の向こうからコツコツと足音が聞こえ、振り向くと、ヨレヨレのスーツを来た額の広い中年男性が歩いて来る。フリースクールの教師だと推察した薮崎は、渡りに船とばかりに声をかけようと一歩進み出たところ、あっさりと向こうから話しかけてきた。

「君が有澤さんのことを聞きたいと言って訪ねてきた学生さん？」

前頭部は髪が薄くなっているものの、側頭部や後頭部ではふさふさとした髪が野放図に乱れ、まるで落ち武者みたいな中年男性の風貌にやや気後れしつつ、薮崎は慌てて自己紹介をして言葉を継いだ。

「はい、有澤先生の御本を拝読して、ぜひお話を伺いたいと思いまして」

「本って何を読んだの？」

『旅する蝶はどこへ向かうのか』です」

「あの本か。むちゃくちゃなことが書かれているよね」

男性はここでニヤリと笑い、再び歩き始めた。置いて行かれまいと薮崎も急いでその背中を追う。

「だからこそ、面白いんだけどね。ただ、面白いからといって真実とは限らない」

「失礼ですが、こちらのフリースクールで教えていらっしゃる方ですか？」

「そう、理科の教師。理科といっても物理も化学も生物もごちゃまぜにした理系全般だけど。有澤さんの後釜がオレ」

中年男性はそう言って、時田《ときた》という苗字を名乗った。

二人はすでに建物の外に出ており、どんどんフリースクールから離れていく。しかし、ようやく有澤を知る人物に行き着いたのだから、薮崎としては必死に食らいついて追随するしかない。

「あ、オレ、歩いて自宅に帰るところ。ここから徒歩で三十分くらいかかるけど」時田は歩くスピードを緩めることなく言った。「歩きながらで構わないのなら、話してもいいよ。有澤先生のこと。といっても、あまり話せることはないけどね」

「いや、ちょっとでも話を聞けるだけでありがたいです」

「だって君、ここに来るだけでも大変だったでしょ。駅からは離れているし、バス停は近くにないし。だいたいフリースクールのこと、どこで聞いたの？　ここの存在は世間には隠されているはずなんだが」

「それは……出版関係に知り合いがいまして」薮崎は言葉を濁して答えた。「有澤先生の経歴がそこの出版社に残っていたみたいです」

「なるほど、出版社か……」

それ以上追及されないように、薮崎は質問をかぶせた。

「有澤先生とは懇意にされていたんですか？」

「全然懇意じゃないよ。あの人、私生活は謎だったから。有澤さんが研究で授業を休みがちになったので、ピンチヒッターで自分が呼ばれるようになったの。何度かスクール内で話したことはあるし、参考のために授業の様子も見させてもらうことはあったよ。あの人、とんでもない授業をやっていたね」

「とんでもない授業とは……」

「生命の起源について信じがたい仮説を展開していた」時田は面白そうにククっと笑った。「それを大真面目に授業で教えているんだ。まあ、ここの生徒はまともに授業なんて聞いちゃいないから、何を教えても結局は同じなんだが」

「それは『旅する蝶はどこへ向かうのか』に書かれていた内容ですか？」

「そうそう、まさに」

急に時田が立ち止まったので、薮崎は慌てて停止してつんのめりそうになった。

「DNAに関する授業だったかな」ずり落ちた肩掛けカバンをかけなおし、時田は記憶の底を探るように瞳を巡らした。「最初はDNAの翻訳とかセントラル・ドグマとか、わりとまともなことを教えていたんだけど、突然、生命の起源に飛躍して、自説を披瀝《ひれき》した。生命は類まれな偶然が起こって誕生したことを述べた上で、有澤さんは生徒に対してこう問いかけた」

まるで教壇に立っているみたいに、時田は夜の帳が下りた交通量ゼロの車道を見渡し、朗々と声を響かせた。

「生命が誕生するという、その宇宙史的にも極めて稀有な『偶然』を、『誰』が最初に『記録』したのか？　生まれたばかりの生命が刻みつけたのでしょうか？　それとも、別の何かが手を貸したのでしょうか？」

薮崎は呆気にとられて落ち武者然とした教師の一人芝居を見つめた。等間隔に歩道に立った外灯をスポットライトのごとく浴びながら、時田はしばし余韻を持たせて虚空を仰ぎ見て、それから急に正気に返ったのか歩行を再開させた。歩道の端から足を踏み外さないように注意しつつ、薮崎も後に続く。

「オレが言ったわけでないよ。有澤さんがそんなトチ狂った問いかけを生徒にしていたって話」

「生命はこの宇宙の長い歴史においても確率的に一度しか現れないような、すさまじい偶然のなかで発生した。そして、生命はDNAを手にすることで、その偶然を記録することができ、再現可能となった、という話ですよね」

「さすが、有澤さんの本を読んでいるだけあって分かっているね。問題は、誕生したばかりの生命が、記録装置を持っていたとは思えないことだ。生命以外の別の何かが記録したのではないか、というのが有澤さんの説だね」

「DNAという記録装置はその別の何かから、生命はもらったと言っているのですね。でも、別の何かとはいったい……」

「『旅する蝶はどこへ向かうのか』にも書いてあったでしょ」時田は薮崎の理解度を確かめるように一瞥して言った。「生命の外部記憶装置とからめて」

先刻、読み流したばかりのことを気取られないように、薮崎は何食わぬ顔で答えた。

「生命には、いわば、外部記憶装置のようなものがあると考えられる。要するに、インターネット上に置かれたサーバのように……と本には書かれていますね」

「その外部記憶装置に当たるものが、生命の誕生時に、宇宙史的にも極めて稀有なその偶然を記録することにも関わっているわけだ」

「そんな外部記憶装置がいったいどこにあるのか、ということですが、有澤先生は驚くべき答えを用意していました」

「トンデモ学説だけどね」時田は肩をすくめた。「外部記憶装置はディラックの海のような場所にある、と有澤さんは言っている」

ディラックの海なんて言葉は本に出てきただろうかと藪崎が首をひねっていると、補足するように時田は続けた。

「ディラックの海は今日ではひと昔前の理論とされ、場の量子論にその場を譲っている。だが、ディラックの海だろうが、場の量子論だろうが、そこで語られていることは真空だ」

「真空……」

「真空はカラッポなのか、というと、そうではないというのが最先端の物理学の見解だ。まあ、直感的に考えても、確かに真空は無ではない。無であれば、時間も空間もないことになる。でも真空には時間も空間もある。さらには電磁波がそこを伝わっていくこともできるし、磁場も発生して力が伝わる。つまり、何かないと、そもそも伝わらない」

「真空には何があるのです……?」

「場の量子論では、その名のとおり場があると言っている。だが、場とは何かというと、今イチよく分からない。質量という物質の動きにくさを説明するヒッグス場は例外的に具体的とはいえるが……。その点、ディラックの海はもう少し具体的だ」

物理はまるっきり門外漢だったので、藪崎は口をつぐんで時田の説明に耳を傾けた。

「二十世紀初頭、ポール・ディラックという物理学者が真空を検証して、おかしなことに気づいた。電子にエネルギーを加えると、電子のエネルギー量は増加する。しかし、やがて加えられた分だけのエネルギーを放出して、もとのエネルギー量に戻る。そして、ある固有のエネルギー量まで戻ると、電子はそれ以上のエネルギーを手放さない。

なぜ電子はある箇所まで来たら、それ以上のエネルギー量を手放さないのか？

これを位置エネルギーで例えると、地面に落ちていたボールを空中高く放り投げるようなものだ。放り投げられたボールは一時的に位置エネルギーが上昇するが、必ずそのエネルギーを手放して地面に落下する。しかし、地面より下には落ちない。当たり前だが、地面という底があるからだ。

ディラックは、電子がエネルギー量をそれ以上手放さない地点があるのは、そこに真空の底があるからだと考えた」

「真空に底なんてあるのですか……」

「ディラックはそう考えた。では、真空の底を形成しているのは何かというと、負のエネルギーを持つ反粒子の海だとディラックは仮説を立てた。つまり、真空の底というか裏側には、負のエネルギーを持つ反粒子がぎっしり詰まっているというのだ。これがディラックの海だ」

「負のエネルギーを持つ反粒子って何です……」

「この世界を構成しているのは正のエネルギーを持った粒子。しかし、負のエネルギーを持つ反粒子もごくまれに生成され、実際に観測されている。すぐに消えてしまうがね」

「負のエネルギーとは何なのです？」

「簡単に言ってしまえば、時間が逆向きのエネルギーだ」

「逆向き？　時間は逆行するのですか？」

「時間について語るとき、気をつけないといけないことがある。ここでいう時間は時刻ではない。宇宙に時刻は存在しない。なぜなら時刻は人間の生み出した概念だから」

藪崎はうめいた。「申し訳ないですが、何を言われているのかさっぱりです」

時田は軽い口調で言った。「簡単なことだよ。SFでもあるじゃないか。光速に近い距離で宇宙旅行した人たちが地球に帰ってきたら、その人にとっては一年しかたっていないのに、地球では十年たっていた、みたいな設定。宇宙は状況や場所によって時間の流れ方は違う。だが、時刻がずれようが、同時に存在することが可能なのを、このSFの設定は示している。つまり、一年しか時刻が経過していない旅行者と、十年たった地球の人は共存しうる。この点で、日付がずれただけで齟齬《そご》が生まれるコンピュータの二〇〇〇年問題のような事象とは根本的に性質を違《たが》わしている」

「何を言わんとしているのかは今ひとつ……」

「ここで言いたいのはひとつだけ。逆向きに時間が流れていても共存できるということだ。時刻なんてものを想定すれば、どんどん時刻がずれて同時でなくなってしまうようにイメージしてしまうが、実際には時刻なんて存在しない。単なるベクトルの話だ」時田はこともなげに言った。「真空の底に話を戻すが、底という膜を隔てて、それより上では右から左に時間が流れているとすると、それより下では左から右に時間が流れているということだ」

「本当にそんな真空の底というか、真空の裏側があるのですか?」

「仮説だよ。証明はされていない。ただ、あったとしてもおかしくはない。なぜなら、真空とか時空とか、それが何なのかは、まだ人類は解き明かしていないのだから」

なんだか話がどんどん壮大でとりとめのない宇宙の深淵へと横滑りしていきそうで、薮崎は有澤の説に戻る潮時だと思った。

「とにかく有澤先生は、生命の外部記憶装置は真空の裏側に置かれていると言っているのですね」

時田はうなずいた。

「真空の裏側にひしめく反粒子が、いわば天然の量子コンピュータ化して、そこに生命活動が書きこまれていると言っている」

「自然に量子コンピュータができるとは思えないですが……」

「それが有澤さんの説のトンデモな部分だ。まあ、真空の裏側が絶対零度に近い温度なら可能性のひとつとしてはありえる。とはいえ、量子コンピュータなら、計算能力はあるだろうが、プログラムやデータを保存する能力があるのかどうかは疑問だ。だが、有澤さんはその説を強く信じているようだった」

「だいたい、生命がどのようにして真空の裏側にあるものと連絡を取り合うのです?」

「重力子を通して、と書いてなかったかな?」

即座に質問を返されて、薮崎はうろたえた。その部分は読み飛ばしてしまったかもしれない。なんせ、それなりに分厚い本をここに来るまでの短時間で斜め読みしただけなのだから。

「重力は実は物理学でもよく分かっていない力のひとつだ。ただ、自然界の四つの力、すなわち電磁力、二つの核力、重力のなかで、重力だけが次元の壁をすり抜けることができるとされている」

「次元の壁とは？」

「ここでは真空の底がそれに当たるだろう。ただ、重力子は未発見の素粒子であり、仮説の上に仮説を重ねた印象をぬぐえない。でも、有澤さんには、生命はこの宇宙において根本的に異質で、見えているものだけの事象ではその謎に迫れないという信念があった。地続きの出来事ばかりを重ねても、生命のような飛躍は生まれないでしょう、と言っているわけだ」

「本の序文にもある『原初の海でどれだけアミノ酸が煮られようが、雷によって電気ショックを与えられようが、それっぽいタンパク質はできたとしても、「生存本能を持った物質」なんて生まれない』というくだりですね」

「宇宙で、酸素と水素が結合して水ができたとしても、水をつくるために酸素と水素は出会ったわけではない。たまたまそこで酸素と水素が出会った結果、水ができたにすぎない。

だが、生命においては、こうした原理のなかにはいない。我々がご飯を食べるのは、エネルギーを取り出すためだ。ご飯を食べた結果、たまたまエネルギーが得られたわけではない。先にエネルギーを取り出すという未来があって、現在のご飯を食べる、あるいはご飯を探すという行動となる。生命の行動原理は、時間を逆算しているのだ」

「普通の物質の地続きな変化では、そのような逆算した存在は生まれないと？」

「真空の裏側にある逆向きのベクトルを持った反粒子が手を貸したのなら、それは可能かもしれないということだ」

「真空の裏側にある反粒子の海が天然の量子コンピュータと化して、最初の生命活動を記録した。生命はその記録を利用して何度でも再現可能な存在となった」藪崎は頭を整理しながら言った。「さらには、生物の種ごとの共通の記憶なり習性なりも、その真空の裏側に外部記憶装置として保存するようになった」

「外部記憶装置については、もっと押し進めて、有澤さんは『生物物語論』を唱えている」

「それは『旅する蝶はどこへ向かうのか』にも書かれていました」読んでいることをアピールするべく、薮崎は語気を強めた。「あらゆる生物はそれぞれ固有の物語を持っている、と」

「動物を観察していて、単なる本能としてだけでは片づけられない、強度な文化的な事象が確認される。そこには生物固有の物語があるというわけだ。本に書かれていた蝶なら、メキシコ山地からカナダ南東部まで旅し、またメキシコ山地に戻ってくるという物語だ」

「人類にもそれはある……と言っていますね」

「そのようだね。ただ、物語といっても意識できるものではなく、無意識に共有されているもので、我々人類がどのような物語のなかにいるのかは不明だとも有澤さんは言っている。それに、人類は真空の表側で脳を発達させ、自らの手で記録媒体《ばいたい》も生み出したがゆえに、真空の裏側にある外部記憶装置からは切り離される途上にあるそうだ」

二人は長らく車も通らない夜道を歩き続けていたが、前方に町の明かりが見えてきた。これまで林か畑が広がっていた周囲の光景のなかにもポツポツと人家が目につき始めている。

「そうはいっても、生命である以上、真空の裏側にはつながっており、その気配は我々の精神活動の背後にひそやかな波動として気配を滲ませている。特にその気配は、人間の紡ぎ出すありとあらゆる物語、つまり小説やら漫画やら映画やら、そういったものの背後にまことしやかに漂っている。作り手も読み手も、無意識のうちにそのような物語の波動を共有しているのだ」

いつのまにか有澤がのりうつったかのような断定口調になった時田は、ようやく現れた信号の赤を堂々と無視して肩をそびやかせた。

「真空の裏側にある存在は、ことに古い神話の類に色濃くその気配を滲ませている」

「真空の裏側にある存在が、神話に書かれていると？　例えばギリシャ神話なんかに？」

「生物物語論の立場をとるなら、考えられないこともない」

「神話こそ、外部記憶装置に保存されている人類共有の物語だと考えられませんか？」

「神話は世界各地に多種多様な形態が存在するので、人類共有と言ってしまうと語弊《ごへい》があるけどね。ただ、太古において、ある特定の地域で共有されていた外部記憶の一端が、神話に入りこんで伝わった可能性はある」時田はニヤリと笑った。「だけど、真空の裏側を調べる手段がない以上、証明のしようがないね」

「すべては仮説の域を出ないということですか……」

「そもそも神話はどこからやって来たのか、もっと言えば、人間の意識はどこから生まれたのかという問題でもあるよ」

　根源への問いに向かって会話は茫漠たる宇宙へと漂流し始めていたが、突然、時田は藪崎を地上に引き戻すかのようにハタと立ち止まった。そうして、前方を指して、これまでと打ってかわってひどく現実的な事柄をくだけた調子で語った。

「私のうちはそこの角を曲がった先にある。晩ゴハンでもどうかと誘いたいところだが、一人息子が難しい年頃でね。急に知らない人を連れてきたら挙動不審に陥るから、招待はできないかな」

　藪崎はかしこまって頭を下げた。

「とんでもないです。お気持ちだけで充分です。たくさんお話を聞かせてもらいましたし」

「結局、有澤さんの唱えるトンデモ仮説については話せたけど、有澤さん本人のことはあまり話せなかったね。まあ、さっきも言ったように謎の人で、私もよく知らないんだよ」時田はここで片目をすがめ、意味ありげに微笑を浮かべた。「ところで君は本当に有澤さんの本に感銘を受けたの？」

　核心をつくようなことを言われ、藪崎は目をシロクロさせた。

「本当はもっと違うことを私から聞き出したかったんじゃないのかい？」

「いやいや」狼狽して薮崎は首を横に振った。「有澤先生の唱える説については、とても興味深く拝聴しました。それは間違いなく目的のひとつだったのですが、実はもうひとつお訊きしたいことがありまして」

「ほう、何かね」

薮崎はずいっと時田に近づき、春日ミサキという女性がいたのはご存じですか？」

「有澤先生の助手で、春日ミサキという女性がいたのはご存じですか？」

「有澤さんに助手？」時田は眉をひそめた。「助手なんて知らないな」

「自分は最近、その女性に会ったのです。ただ、その女性についてはまだよく分かっておらず、有澤先生との接点も不明なんです」

「でも、助手なんだ？」

「そのようです」

「待てよ」時田は額に皺をつくって考えこんだ。「有澤さんの授業をやけに熱心に聞いていた女子生徒がいたな」

「その女子生徒の名前は？」

「名前は分からない」時田は厳めしい表情になって答えた。「なぜなら、ここのフリースクールは生徒の個人情報が洩れることに神経を使っていて、そもそも、スクール内で呼ばれる名前は仮の名称なんだ。本名は普通、口にしない」

「そうなんですか……」

「曰くつきの生徒が多いからね。ただ、有澤さんの助手となると気になるな。あと、有澤さんが学校を休みがちになったのに合わせて、その授業を熱心に聞いていた女子生徒もスクールから姿を消したのを覚えている」

「その女子生徒、おかっぱ頭でしたか……」

「おかっぱ？　どうだかな。ただ、有澤さんがその女子生徒をそそのかして家に住まわせているなんて噂もあったな。まあ、有澤さんは女子生徒と変な関係になるような人ではないと思うけど。そもそもあの人、女性に興味ない雰囲気だったし」

だしぬけに時田の手がパンとはたかれ、薮崎はびっくりして身を揺らした。

「思い出した、写真があるかもしれない」

「写真ですか！」

「さっきも言ったように秘匿性の高いフリースクールだから校内では写真禁止なんだけど、面談に来た保護者に授業風景を見せるために特例で撮影した写真があってね、その写真係を自分が担当したとき、誤って持ち帰ったものがあるかもしれない」

「それ、見せていただくわけには……」

「本当は見せてはいけないけどね。でも、有澤さんの助手は気になるな。その子のこと、なんか分かったら、オレにも教えてくれる？」

「それはもちろんです」

「七年前に有澤さんが病死したときも、知るのが遅くて葬式にも行けなかったし。懇意にしていたわけではないけど、気になる人だったのよ」

時田は交差点で薮崎に待っておくように言い置いて、家のある方向に足早に去っていった。その間に薮崎はスマホの地図で現在位置を確認し、このまま道をまっすぐ進むと駅があることが分かって胸を撫でおろした。歩いているうちに、交通網から外れた僻地《へきち》に迷いこんでいるわけではなさそうだ。

十分ほどたって小走りに時田は戻ってきた。時田が取り出した写真を、さっそく外灯のもとであらためる。

教室の後方から授業の様子を写した一枚だった。教壇に立ち、うつむいて本を掲げる細身の男はS氏から預かった写真にも写っていた有澤冬治だった。だが、ポツポツと教室の席を埋める生徒たちは後ろ姿で顔がハッキリしない。一人だけカメラの方をじっと見ている暗い表情の男子生徒がおり、時田はその子を示して言った。

「この子なんてカルト教団の施設にいたところを保護されたんだったかな」

「曰くつきってそういう子たちですか……。ところで、授業を熱心に聞いていた女子生徒というのは？」

「あ、このときは窓際に座っているね。最前列で授業を聞いている印象もあったけど」

「どこですか？」

「ほら、ここ」

薮崎の指先が置かれた箇所の女子生徒を、薮崎は凝視した。

写っているのは斜め後ろからの角度で、やはり顔は見えない。だが、髪型はおかっぱで、その華奢《きゃしゃ》な雰囲気は春日ミサキに通じるものがあった。

「これきっと春日ミサキです」

「そうか、彼女、有澤さんの助手になったのか」

「この女子生徒について、何か他にご存じですか？」

「あまり知らないな」時田は頬に刻まれた皺を深めて考えこんだ。「ただ、このカルト教団から保護された男の子と一緒にいるところをたまに見た記憶はあるな」

「彼女も曰くつきなんでしょうか」

「彼女の場合はどうだったかな。家庭にいられない事情があってフリースクールで預かっているとかだったと思うけど、よく覚えてないな」

「そうですか。この写真、お借りしても？」

「いいけど、大っぴらにしないでね。フリースクールに知られたらことだから」

「それはもう」

改めて薮崎は時田に礼を言い、落ち武者然としたそのシルエットが夜道に消えていくのを見送った。そうして、電車の時間を気にしながら駅に向かって走りだした。妻にこの収穫をどのように報告しようかと、いささか胸を躍らせながら。

7

G棟の八〇六号室は室内の明かりが消されていたが、モニターから発せられる青白い光でうっすらと満たされていた。防音処理を施して室外の音をシャットアウトした部屋は静寂が支配している。だが、さっきから耳もとで誰かがすすり泣くような音が響いている気がしてならず、アラン・スミシーは落ち着きなく体を揺らした。

地下から戻って以来、ずっとその耳鳴りにアランは苛まれていた。どうやらこの音は耳で聞いているわけではないようだ。一度聞いてしまえば、人間の精神と竪琴がつながってしまい、耳をふさいでも流れ続ける。要するに感染したということだ。実際、四六時中、熱に浮かされたかのごとく悪寒が走り、うっすらと吐き気も覚えていた。

自分の正気が保たれるまで、どれくらいの猶予《ゆうよ》があるのだろうか……。

そんな不安に苛まれつつ、アランは壁際に転がった春日ミサキを見つめた。

ミサキは後ろ手に縛られ、両足は強力なガムテープでグルグル巻きに固定され、口にも真一文字にテープが貼られている。地下から戻ったとき、アランが佐枝子の注意を引いている隙に、部屋を出たミサキを待ち構えていたスタッフ二人が取り押さえたのだ。素早く鎮静剤の注射器を打って静かにさせるとそのままG棟の上階へと連れ去り、かねてより潜伏先として確保していた八〇六号室に監禁した。

鎮静剤の効果はとっくに切れているはずだが、ミサキはボロ切れみたいに床にうずくまったまま、ぴくりとも動かない。

手荒なマネをするのはアランの本意ではなかった。水中ロボットを使った竪琴へのアプローチが失敗した段階で、非常手段として強硬策に出たのだ。

埴江田団地の怪異は百年前に設置されたオルフェウスの竪琴に端を発している一方で、竪琴の効力を活性化し、その影響力を密かに観察し続けている謎の組織がここには巣くっている……。

その組織は有澤冬治という異端の学者の研究を引き継ぎ、オルフェウスの竪琴を使って団地住民を使った人体実験のようなことを密かに執り行っている。組織の全貌は定かではないが、表に見えているのはブージャム社という空気清浄機を扱っているメーカーだ。ただ、ブージャム社自体は空調設備で実績もあり、表向きには中堅企業の顔を保っている。オルフェウスの竪琴に関連する組織は、その背後に身を潜めているのだ。

アランたちが埴江田団地で竪琴の探索を開始すれば、いずれその組織がなんらかの形で接触なり妨害なりしてくるだろうと予想していたものの、不思議なほどにこれまで組織は気配を消し続け、一向に姿を現さなかった。

唯一、目につくのが春日ミサキという有澤冬治の助手だった女性。彼女も当然、組織の重要な一員であろうとアランは睨んでいた。

オルフェウスの竪琴を奪取する手段として、アランはひたすら現実的な路線、つまり竪琴の繰り出す物語に没入するのではなく、その影響を免れてあくまでもリアルな物体として地下の設置場所にアプローチすることを模索していた。ところが、昨夜の水中ロボット投入が失敗に終わり、地下はレルネーの沼に埋没し、アランとそのスタッフたちも残らず感染した。もはや地下に降り立つことすらままならない状況となった今、竪琴の紡ぐ物語を無視するわけにはいかなくなった。

オルフェウスの竪琴には古代ギリシャ語で記された取扱説明書とともに『シテール島からの船出』

というタイトルの演劇のシナリオが付随しており、説明書には、その劇がエンディングを迎えると堅琴は一定の活動を停止するとされている。エンディングとは、ギリシャ神話に仕掛けられた封印が解かれること。それがどのような封印かは取扱説明書には明記されていないが、その劇がクロノスという神を巡るものである以上、クロノスの刃が重要な鍵となるはずだとアランは睨んでいた。

クロノスの刃は、百年前、陸軍戸山学校の地下施設で『シテール島からの船出』のリハーサルが行われている最中に出現した。思えばそのとき、真空の裏にある向こう側と、我々が現実と認識しているこちら側がつながったのだ。

向こう側からやって来た物質であり、いわば物質のゴーストのようなものだ。クロノスの刃は十年前にも再び現れ、ペルセウスに憑依された若者がG棟に巣くったメドゥーサのゴーストの首をそれで切った。その後、団子坂の笹原博物館に鑑定に出され、保管中に盗難にあった。

考古学的見地からは贋作だと鑑定されていた代物をわざわざ盗み出す輩は、クロノスの刃の真の価値を知っている者でしかありえなく、つまり、埴江田団地の怪異を陰で観察し続けている謎の組織の犯行に違いない……アランはそう確信していた。

春日ミサキを拘束《こうそく》した様子を撮影し、その画像をアランはブージャム社のアドレスに送り付けた。

メール末尾にこう記載して……。

『写真にあるとおり、そちらの組織の一員である春日ミサキを人質として拘束した。

人質と引き換えに、クロノスの刃を要求する。

十二時間以内に回答がない場合、人質をレルネーの沼に投げこむ。　以上』

アランの狙いは、クロノスの刃を手に入れてこの劇を終わらせること。組織がクロノスの刃を使って劇を終わらせないのは、単にこの怪異を引き延ばして実験のデータを取りたいだけだろうと推測していた。

怪異さえ終われば、埴江田団地の地下はリアルな旧陸軍の遺構としての姿を取り戻し、難なくオルフェウスの竪琴には近づけるはずだった。

無論、クロノスの刃をどのように使って、ギリシャ神話に仕掛けられた封印を解くのかという問題は残っていたが、アランはその点については深く考えていなかった。クロノスの刃をレルネーの沼に投げこむか、地下の大蛇をそれで刺し貫くか、おそらくそうしたことで封印は解かれ、『シテール島からの船出』という劇はエンディングを迎えるのではないかと、うっすらと想像していたにすぎない。とにかく、重要なのは、まずクロノスの刃という最重要アイテムを手中に収めることだった。

メールを送ったのは今朝の九時きっかり。約束の十二時間はとっくに過ぎて、時刻は午後十時になろうとしている。そもそもメールは届いたのだろうかと心配になりかけた頃、返信を告げる電子音がようやく鳴り響いた。即座にマウスをつかみ、開封ボタンをクリックする。

モニターに表示された返信内容は、信じがたいものだった。

『ニルナリヤクナリ　ドウゾ　ゴジユウニ』

アランは絶句し、テーブルの端をドンと殴った。

この人を食ったメッセージはなんだ……。

部屋に待機していたスタッフが驚いてアランを振り返る。歯ぎしりしながら、アランは壁際に転がったミサキに目を向けた。

この女は有澤冬治の片腕となって働いた助手だったはず。その有澤の亡き後、研究を引き継いだ組織と関係していないわけがない。組織の要職にいると考えるのが自然だ。

ところが、煮るなり焼くなり、どうぞご自由にだと……。こんな意味のないメッセージを返すほどなら、ここまで気配を消してきた組織としては沈黙し続けてもいいはずだった。だが、こちらを焚きつける文句をわざわざ返信してきたことに、底知れない悪意のようなものをアランは感じ取った。

相変わらず、ミサキは息をしているのか心配になるほど身じろぎ一つしない。乱れた前髪が顔半分を覆い、彼女が目を開けているのか、つむっているのかすら定かではなく、その姿は魂のぬかれた人形のように見えた。

8

目が覚めると、そこは白いカーテンに仕切られた一角で、消毒液の匂いが鼻腔をついた。固いベッドの上で佐枝子は上体を起こし、ぼんやりする頭を振った。

そうだ、自分はG棟の屋上で気を失ったのだ……。

記憶が鮮明に蘇り、何か巨大なものに全身を刺し貫かれた衝撃を思い出した。それと同時に、屋上いっぱいに揺れ動いていた女子高生たち、響き渡る謎の文句、空から降下してくる巨大な六角形が矢継ぎ早にフラッシュバックし、再び意識が遠のきかけた。

そのとき、さっとカーテンが引き開けられ、スーツを着た若い男が顔を覗かせた。佐枝子はベッドの上で驚いて身構え、男の整った顔立ちとそのマッシュルームカットを見返した。

どこかで見た顔だと思ったが、すぐには誰か分からなかった。

「よく眠ってましたね」

ベッドに近づいた男がアイドル張りの笑くぼを作って微笑みかけたとき、佐枝子はようやく思い至った。

ファミレスのイケメンウェイターだ……春日ミサキがインチキ霊媒師まがいのトラブルを起こしてファミレスをクビになったことを佐枝子に教えた彼……たしか名前は栗川だった。その彼が仕立ての良いスーツを着こなし、澄ました顔で見下ろしている。

「見てましたよ」佐枝子の戸惑いをよそに、栗川は親しげに言葉を投げかけてくる。「あなたがマイナスたちと踊っているのを」

困惑して佐枝子は言った。「踊る?」

「踊っていたじゃないですか、G棟の屋上で」

「ああ……」と佐枝子はうめいた。「あれを見ていたのね」

「素晴らしい光景でした」栗川の目に陶然とした色が浮かんだ。「あなたがディオニュソスの儀式を受けられたことを喜ばしく思います」

「私が、儀式を?」

「あなたは選ばれたのです。神聖なるディオニュソス神に」

佐枝子は眉をひそめた。「栗川さんっていったい……」

栗川は得意そうに口角を上げて答えた。

「私もディオニュソス神に仕える一人です」

その返答が何を意味するか佐枝子は分からなかったが、このとき閃くものがあった。

アプロディーテが言っていた、ファミレスで働いていた演劇塾の講師とは栗川のことではないのか……と。

「栗川さんがここに私を連れてきた?」

「そうです」栗川はうなずいた。「儀式を受けて恍惚《こうこつ》状態にあったあなたをここに運びました」

「恍惚状態って……」佐枝子はきっと唇を噛み、尋ねた。「そもそも、ここは」

「ショッピングセンターの五階にある私どもの事務所です」

「事務所って……何の?」

「オルフェウスの竪琴をめぐる壮大な実験を遂行し、見守るための事務所です」

「壮大な実験……」

「佐枝子さんは神聖なるディオニュソス神の儀式を受けられたのだから、もう少し順序だてて説明しましょう」

栗川はベッドの脇の丸椅子に腰を下ろし、膝を組んだ。

「佐枝子さんはすでにこの団地で起こっている怪異の源が、地下に設置されたオルフェウスの竪琴であることはご存じでしょう」

まるで、ここでの佐枝子の行動をすべて把握しているような口ぶりだった。

「オルフェウスの竪琴は百年前にこの地で稼働し始めました。『シテール島からの船出』という古代ギリシャ劇を上演するために、リハーサルとしてその調べを奏で始めた。この竪琴は単なる楽器ではありません。真空の裏側に保存された物語と、人間の意識を結びつける驚くべき装置です」

「真空の裏側に保存された物語って……」

「太古、人間の心はひとつながりだった。大きな物語を人類という種として共有していたのです。そこから自我が目覚め、人の心はやがてバラバラになっていった。だが、古い神話には、人間の心がひとつながりだった頃の痕跡が残っているのです」

「ひとつながりって、テレパシーみたいな?」

「テレパシーといっても無意識につながっているので、個体では自覚はありません。ただ、無意識は意識の土台ですから、当然、考え方すべてに影響を与える。そうして、これはにわかに信じられないと思いますが、人間の精神の半分は、真空の裏側にあるのです」

佐枝子は渋面をつくった。「何を言っているのかさっぱり……」

栗川は面白そうに笑った。「でしょうね。誰でも自分の脳のなかで自分は完結していると思っていますから。でも、実際はそうではない。我々は真空の裏側を通して、無意識のうちにネットワークを形成している」

佐枝子はベッドの上で三角座りして身を固くした。「証拠はあるの?」

「真空の裏側にあるものが無意識だとすると、意識しようがないので、証拠と言われるとちょっと困ります。だけど、例外的に、その真空の裏側がこちら側の世界に溢れ出ていたら別です」栗川は手を広げた。「まさに、ここ、埴江田団地のように」

「オルフェウスの竪琴の影響で、向こう側にあるものが、こちら側に現れたと？」

「真空の裏側にあるものは、太古に保存された人類の記憶です。人間の心がひとつながりだった頃の痕跡が、神話という物語形態を通して保存されている。オルフェウスの竪琴はその古いファイルにアクセスし、こちら側に引き出すデバイスなのです」

「ギリシャ神話が真空の裏側に保存されているっていうの？」

「それが太古の人類において無意識のうちに共有されていた物語だからです。無論、神話自体は意識下の産物ですが、その源となるイメージは無意識の泉から発している。これは人間の精神の、ひいては生命という存在そのものの、画期的な発見です。科学は、人の心も、生命という存在も、その謎を解き明かしていません。だけど、オルフェウスの竪琴があれば、この永遠の謎が解けるかもしれません」

「竪琴がすごいものであることは分かったけど」佐枝子は人差し指をこめかみに添えて言葉を継いだ。

「古代において、誰がどのようにしてそんなモノをつくれたわけ？」

「誰がつくったかといえば、もちろん、その名のとおりオルフェウスです」

「オルフェウスって、神話のなかの人でしょう？」

マッシュルームヘアをさらりと掻き上げ、栗川は爽やかに答えた。

「オルフェウスは実在の人物です。調べてみれば分かると思いますが」

「実在していた？　本当に？」

「古代に広く信仰を集めたオルフェウス教の開祖です。まあ、オルフェウスがゴーストだったという可能性もなきにしもあらずですが」

「ゴーストだった？」

「古代社会において、オルフェウスという存在が姿を現したことは間違いない。生身の人間だったのか、ゴーストだったのかはさておき。ところで、オルフェウスのエピソードでよく知られているのは、冥界に行って戻ってきたというものです。つまり、向こう側とこちら側を行き来できる存在だったと言えます。もしくはこうも言えるでしょう、オルフェウスは真空の裏側にある物語を取り出す方法を知っていたと」

「竪琴がよく分からない謎機械であることだけは、よく分かった」

煙に巻かれたような思いにかられ、佐枝子はかぶりを振って深い溜息をついた。そして、じろりと栗川を睨んだ。

「それで、その謎機械を使って、ここで人体実験をやっているわけ？」

栗川の表情にわずかな翳りが差し、不安定に揺らいだ。

「驚いたな、ディオニュソスの儀式を受けていながら、佐枝子さんは自我を失っていないようだ」

「自我？」

「いえいえ、独り言です。とにかく、人体実験とは人聞きが悪い」

栗川は急いで取り繕うように笑みを浮かべ、穏やかな口調に戻った。

「説明を続けましょう。

百年前にこの地で稼働し始めたオルフェウスの竪琴は、しばらくその存在が忘れられ、鳴りを潜めたが、十年前にその眠りを覚ました者がいます。その者は有澤冬治という学者です。この有澤先生がオルフェウスの竪琴の存在に気づき、閉ざされた地下の空間の壁を崩し、その音色を地上に漏らした。それによって十年前、G棟の四〇九号室でメドゥーサのゴーストが出現したことはご存じでしょう。

しかし、その後、有澤先生は病死したために、一時的に竪琴の活動は低下した。どうやら、オルフェウスの竪琴は興味を持って近づく者がいると、それに呼応して活性化するようだ」

有澤という苗字には覚えがあった。ミサキが持っていた本の著者だ。

「栗川さんはその有澤先生の意志を継いだってことね」

佐枝子の問いに、栗川はうなずいた。

「察しがいいですね。画期的な研究でした。画期的すぎて既存の学会でははなから相手にされませんでしたが、誰かは継ぐべき研究でした」

佐枝子はズボンの後ろのポケットに手を伸ばし、そこを探った。幸いにしてスマホが無事に収まっている。栗川が訝しげに見守るなか、佐枝子はスマホの画面を素早く表示させて、メモ帳に目を走らせた。

「ブージャム社のモノリスシリーズという空気清浄機を団地内にバラ撒き、また、それに呼応して演劇の講習会を行った。これによってオルフェウスの竪琴が再び活性化し、団地内で怪異も起こり始めた。栗川さんはそのときの演劇の講師だよね？」

「アプロディーテから聞きましたか。彼女はおしゃべりなのが玉に瑕ですね。とても魅力的な女性ではありますが」

「空気清浄機には、憑依を促すような仕掛けが施されていたとか？」

「聴覚を鋭敏にする成分が分泌されます」栗川は臆面もなく答えた。「地下から漏れ聞こえるオルフェウスの竪琴の音色に、脳が反応しやすくなります」

思わず佐枝子は叫んだ。「やはり人体実験じゃないの」

「人体に害はありませんよ。耳が聞こえやすくなって、いいことずくめです」

呆れてすぐには二の句を継げなかったが、気を取り直して佐枝子は言った。

「ブージャム社という企業が絡んでいるところから見て、相当の資金力のあるバックがいるということね」

「その点はノーコメントです」

「組織ぐるみであることは間違いないようね」佐枝子はずいっと身を乗り出して、栗川の顔を覗きこんだ。「そもそも、私がディオニュソスの儀式を受けるように仕向けたのは、あなたたちの計らいね。

アプロディーテが出したハーブティーに怪しい薬でも入れたんでしょ」

栗川は答えずに肩をすくめただけだった。

だしぬけに佐枝子は栗川のネクタイを引っつかんで締め上げた。

「何をするんです……」

「一つ確認したいことがある。春日ミサキはあなたたちの組織の一員なの？」

ネクタイで首が締まって顔を真っ赤にしながら、栗川は思いきり佐枝子を突き飛ばした。

勢いよく後頭部がベッドの支柱に当たり、佐枝子の視界に火花が散った。そうして、あっさりと今日二度目の失神に陥った。

「春日は組織の裏切りものです」栗川は吐き捨てた。「有澤先生の助手だったので、一応はリスペクトを持って接してはいますがね。ただ、組織を抜けたくせにファミレスのウェイトレスを装ってこの地に潜入していたので、私もウェイターとなって彼女の悪い噂をバラ撒き、店を追い出したのです。にもかかわらず、団地内を相変わらずウロチョロしているようですがね」

ベッドを囲むカーテンが揺れ、栗川の傍らに丸縁メガネをかけた細身の中年男性が顔を覗かせた。

「言っても無駄だ」男は栗川をたしなめるように言った。「町田佐枝子は気を失っている。扱いには気をつけてくれよ、大切な贄《にえ》なんだから」

栗川は我に返って乱れたネクタイとスーツを整え、平静を装いつつ答えた。

「綿道さん、いらしてたんですか」

「そりゃそうだよ」綿道はメガネの位置を調整しながらほくそ笑んだ。「僕がこの埴江田団地に送りこんだ被験者がディオニュソス神の祝福を受けたというのだから」

「三人目にして、ようやく成功ですか」と、栗川は皮肉めいた口ぶりで返した。

「何を言っている。前任の二人もマイナスたちの贄となり、ディオニュソス神の信託を伝える通信デバイスとして役立っている」綿道は不満そうに声を荒らげた。「君も僕も感染せずに神事を見守ることができているのは、前任者がもたらしたゴーストワクチンの効果であることをお忘れなく」

「そんなことは分かってますよ。ただ、三人目も成功したかどうかはまだ分からない」

栗川はベッドの上で気を失っている佐枝子を顎で示した。

「彼女はとても反抗的な態度をとりました。ディオニュソス神の聖なる贄にふさわしい存在とは言えない」

芝居がかった仕草で綿道は片目をつむって見せた。

「彼女にザグレウスの血を飲ませるんだな。それこそが聖性を獲得する手段だ」

「もう飲ませてますよ。アプロディーテがハーブティーに入れて」

「効果は明瞭に出ている。彼女はそれを飲んだからこそ、団地の屋上で神秘を体験した」

「体験したけど、中身は元のまんまのようだ」

「さらに飲ませるのだ。これは壮大な実験だよ」

綿道は栗川の肩をポンと叩いた。

「血は私が取って来よう。その間に君はやることがあるから」

栗川は怪訝な色を浮かべた。「やること？」

「アラン・スミシーがまたメールを送って来ている。君がふざけた返事をしたがゆえに、春日ミサキに電気ショックを与えて、我々の組織の秘密を洗いざらい聞き出すなぞとほざいているようだ」

ふんと栗川は鼻を鳴らした。「春日は裏切り者で、我々の組織の一員ではない。あいつがどうなろうが知ったことではない」

値踏みする目つきで綿道は栗川を見た。「春日ミサキのこととなると冷静でなくなる君が心配だよ。それにしても、あのトレジャーハントの一味を野放しにしておいてよいのか？　昨晩も地下でやりたい放題していたようじゃないか」

「バカなヤツらだ。アラン何某《なにがし》どもが竪琴に近づけば近づくほど、竪琴の活性化に一役買っていることとに気づいていない。我々にとっては好都合だ。ほどなくしてマイナスの襲撃にあって、我々の新たな実験データになることは時間の問題だ。それに、連中も表立って存在を知られたくない後ろ暗い連中だから、マスコミや警察にたれこむことはまずない」

「野放しも計算ずくというわけか。ところで、そのアラン何某たちは、クロノスの刃を要求しているらしいな。春日ミサキの身柄と引き換えに」

「はっ！」栗川は侮蔑の色を滲ませて破顔した。「マヌケなヤツらだ。クロノスの刃は笹原博物館で保管中に消えた。盗難にあったという説もあるが、おそらく時が来て物語の世界に帰ったために現世から消えただけだ。物とはいえ、ゴーストの一種だからな。我々が隠し持っているとは勘違いもいいところだ」

「だが、連中はそれこそが封印を解く鍵と考えているらしい」

「バカらしい。まあ、封印のことを知っているのは意外だったがね」

そこで栗川は急に思い出したように上辺だけ慇懃《いんぎん》な言葉遣いに戻って言った。

「バカな連中のことはいいから、早くザグレウスの血を取ってきてくださいよ、綿道先生」

綿道は生意気な若造にひとこと言ってやりたくなったものの、ぐっと我慢した。栗川がここのボスであることを一応思い出したのだ。

有澤冬治の研究を引き継いだ春日ミサキと栗川圭司。二人とも有澤が教えていたフリースクールの教え子だった。もとは春日ミサキが有澤の唯一の助手だったが、フリースクール時代に春日を慕っていた栗川が後から追随したと、綿道は聞いている。

有澤の研究の先進性に気づいたブージャム社という企業が、彼の死後にこの若い二人の助手に近づいた。栗川圭司は春日ミサキの反対を押し切ってブージャム社と組むことを決め、オルフェウスの竪琴を使った密かな実験に手を染めるようになる。このとき以来、栗川と春日は袂を分かち、犬猿の仲となった。

しかし、綿道の観察では二人の確執は単なるブージャム社をめぐる方向性の違いだけには収まらない何かを感じていた。栗川の言葉の端々に滲む一方的な春日への淫靡な愛情……それが表向きには捻じ曲がった憎悪として表れているのではないかと。

9

ショッピングセンターの五階は数年前まで眼科などのクリニックが営業していたが、経営難からそれらが撤退してからは五階の全テナントはブージャム社の系列企業によっておさえられていた。佐枝子のいる部屋から出た綿道は人けのない廊下を歩き、IDカードをかざして少し離れた別の部屋に入った。そこは小部屋になっており、常駐の警備スタッフが陣取っている。警備スタッフは綿道を確認すると、さらに奥の扉を開いた。

その先にはパーテーションで視界を遮った迷路のごとき区画が設けられており、綿道は慣れた足取りでそこを抜け、目的の被験者ルームに足を踏み入れた。

「ザグレウスの血を原液で用意してくれ」

白衣を着たスタッフに声をかけ、綿道は部屋の壁面に嵌《は》めこまれたマジックミラーに近づいた。マジックミラーの向こう側には町田佐枝子の前任者が閉じこめられている。要するに、行方不明になったE棟七〇七号室の前の住民である。団地の行方不明者は、ここに被験者として幽閉されていたのだ。綿道と栗川が共謀して取り組んできたプロジェクトは、埴江田団地で起こる一連の怪異を『観察する者』をこの地に送りこむことだった。

それはオルフェウスの最期を伝えるある神話にもとづいている。

オルフェウスはディオニュソス神の儀式を盗み見(観察し)たことで、熱狂的な信者マイナスたちによって八つ裂きにされて死んだという伝説がある。そのエピソードだけなら、ギリシャ悲劇『バッコスの信女』でも描かれた不信者に下される神罰と同じ内容となるが、オルフェウスが特異なのは、死後も首だけは活動をやめず、オルフェウスがあの世で口ずさむ歌が残された首の口から漏れ続けたという奇妙な後日談がある点だ。

そもそもオルフェウスは死んだ妻を取り戻すために冥界に赴いた神話で有名であり、彼の奏でる竪琴は冥界の閉ざされた扉すら開く力が備わっていた。要するに、冥界、つまりこの世界とは別の『向こう側』に通じた存在であったのだ。

その彼が『観察する者』となり、マイナスたちに八つ裂きにされた場合、それはもはや不信心者の粛清ではなく、聖なる贄として、向こう側への道を開く儀式となるのではないか……それこそがギリシャ神話に隠された封印を解くことに通じる。

キティラ島から日本へと送られたオルフェウスの竪琴には古代ギリシャ語の説明書きが添えられていた。そこには『シテール島からの船出』という劇のシナリオとともに、この装置と劇はギリシャ神話の封印を解くためにつくられたとも書き記されている。その封印と解除方法は明記されていなかったが、綿道と栗川はオルフェウスの最期を再現することこそが、封印を解く行為ではないかと考えた。

すなわち、団地の怪異として現れる『シテール島からの船出』という一連の神事を『観察する者』は、やがてマイナスたちによって神事を覗き見た者として襲撃される。ただ、このときオルフェウスのように聖性を獲得していれば、それは聖なる贄となって封印を解く鍵となるだろう。

この推測に従って、これまで三度にわたり、綿道は埴江田団地に『観察する者』を送りこんできた。いずれもドキュメンタリー映画の撮影というカモフラージュを施して……。ホラー映画のシナリオライターという綿道の肩書が効力を発揮し、声をかけられた売れないカメラマンや佐枝子のような女優の卵はあっさりとその話に乗った。もともと世間からはじき出された身寄りのない人たちを選んだので、行方をくらましたところで大きな騒ぎにもならなかった。

一人目も二人目もマイナスのゴーストたちに襲撃され、廃人となった。オルフェウスの再現とはいかず、それは単なるマイナスたちによる不信心者の粛清にすぎなかった。

ただし、廃人となった一回目と二回目の被験者は密かにショッピングセンターの五階に運ばれ、重要な実験データをもたらした。日の目を見なかった有澤冬治の膨大な研究を実証するサンプルとして貴重な成果を生んだのだ。

人間はおよそ六十兆個の細胞からできている。これらすべての細胞は『生存本能』を持って半ば自律的に活動している。驚異的なのはこの夥しい数の細胞が秩序を保ち、おそろしく細分化された役割を分担しあって、同時に並走して一つの個体を形成していることである。分子生物学の分野ではそれらが化学反応によって連携していくことが説明できるものの、まるで最終的な完成品をあらかじめ知っているかのように、これだけ複雑なメカニズムがいかなる経緯で生まれ、奇跡的ともいえる統制を獲得しえたのか、現代科学は完全に解明しきれてはいない。

その生命の神髄ともいえるメカニズムの制御に、真空の裏側にある天然の量子コンピュータが一役買っているというのが有澤の唱える説である。真空の裏側はあらゆる生命活動に関与しているが、特にその影響が顕著なのが人間の精神活動、そしてもう一つは血液だと有澤はある研究論文に書き記した。

血液中には免疫《めんえき》システムが内包されており、白血球の一種のマクロファージはアメーバさながらに体内を自在に動いて異物を捕食し、取り除く。独立した存在のように体内を動きまわりながら、あくまでも全体の秩序に忠実で、まるで別の生命体と共存しているかのごとき活動を見せる。このマクロファージの活動は、真空の裏側からの波動が強くなると活性化し、捕食活動は旺盛になる。しかし、いくら詳細に観察してもマクロファージが何を食べているかは分からない。マクロファージは幽霊みたいな何かを食べているのである。

憑依者の一部にこの事例が見つかり、そして、今回、マイナスに襲撃されて忘我《ぼうが》の境をさまよう一人目、二人目の被験者たちにも同じ事象が確認された。

真空の向こう側からやって来たゴーストという名のプログラムは、別のゴーストプログラムの侵入を阻《はば》む……マクロファージが捕食している目に見えない何かは、ウイルス化したゴーストではないか……。

マイナスに襲撃された被験者の血液を希釈して、別の者が接種すると、その者にも憑依的な兆候は現れるが、希釈してコントロールされている分、症状は緩やかで自我を失うような重度の憑依には至らない。そして、別のゴーストからの憑依を阻止する免疫システムを獲得している……これがゴーストワクチンの考え方であり、その治験に綿道も栗川も進んで参加していた。効果は今のところ有効で、埴江田団地の怪異を観察し続けながら、綿道も栗川も感染を免がれているのは、このおかげである。

ゴーストワクチンを獲得する以前、感染した場合の唯一の対処方法は、有澤冬治が古代のエレウシスの秘儀を研究して得た特殊な技法のみで、完全に会得《えとく》しているのは春日ミサキしかいなかった。そもそもこの対処方法は肉体の負荷が高く、栗川は当初から毛嫌いしていた。それゆえ、マイナスの襲撃者の血液内に発見された免疫システムに飛びついたのだ。

こうした試みの経緯を胸中で反芻しつつ、スタッフが何重にも施錠された保存庫から冷蔵された血液のパックを取り出すのを、綿道はじっと眺めていた。

だしぬけに、チューニングの合ってないラジオから漏れるような金属的な音が背後から聞こえ、綿道は振り返った。音はマジックミラーの向こう側から流れてくる。

窓のないその部屋には中央にベッドが置かれ、灰色の患者着をまとった小太りの男性が横たわっていた。佐枝子の前に団地にやって来たドキュメンタリー映像作家の成れの果てだ。男性は眠るか、夢遊病者として徘徊するかのいずれかで、そして絶えずその口からはこの世のものではない音が漏れ続けていた。

ギ・ギギ・ギ・ギュル・ゴゴ・ド・ドドド……。

その音は向こう側から伝わってくるメッセージとして記録され続けているが、まだ解読されてはいない。ただ、オルフェウスの竪琴が活性化すると音は大きくなることは分かっており、昨夜、アラン・スミシーたちが起こした地下の騒動でレルネーの沼が拡張したときは、轟音となって部屋を振動させた。そして昨夜以来、音は出力が高いまま推移している。さながら団地の怪異レベルを計測するバロメーターだ。

「この音、周辺には漏れてないんだろうな」と綿道は傍らのスタッフに念を押した。

「それはもうここの防音設備は高性能ですから」スタッフは太鼓判を押した。そうして、ガラス瓶に入れたザグレウスの血を綿道に差し出した。

「一〇ミリリットル入っています。原液です」

ザグレウスの血は、マジックミラーの向こう側にいる元映像作家から採取された血液のことをそう呼んでいる。この血を希釈するとワクチンがつくられるわけだが、原液のまま飲むと、飲んだ者は強度の憑依状態に陥る。

少量でも体内に原液を入れると、その者はディオニュソスの支配下に置かれるのではないか……その仮説をもとに、町田佐枝子に原液をたらしたハーブティーを飲ませ、結果、佐枝子はディオニュソスの儀式に召喚された。その実験の推移はショッピングセンターの五階に詰めていた研究スタッフによってつぶさに観察されていた。

「G棟の屋上に巨大な六角形が現れるのが、ここで見守っていた私たちにも見えました」スタッフは興奮した口調でまくしたてた。「神秘的な光景で見ているだけで体が打ち震えました。あの六角形こそが、解かれるべき封印なのですね？」

綿道はザグレウスの血が入った小瓶を目の前にかざしながら、ぞんざいに答えた。

「それは分からない」

スタッフは不満そうに口を曲げた。「ついに奇跡が顕現《けんげん》したこのときに、どうして水を差すことを

「ギリシャ神話に隠された封印……我々はそれをオルフェウスの最期のエピソードに求めた。上空に六角形が現れたのなら、被験者たる町田佐枝子が封印に近づいていることは間違いない。彼女は聖なる贄として神に捧げられるだろう、このザグレウスの血を飲みさえすれば」綿道はここで溜息をついた。「だが、本当に我々が正しいかどうかは分からない」

「もしかして」とスタッフは口を挟んだ。「アラン・スミシーとかいったお宝目当ての守銭奴《しゅせんど》が、クロノスの刃が封印を解くには必要と言ってきたことが気になっているのですか」

綿道はかぶりを振った。「分からん。どっちみちクロノスの刃は我々の手元にはないし、誰もその行方を把握してないだろう。我々はオルフェウスの最期を再現するこの方法に尽力するしかあるまい」

「きっと今夜にも」スタッフは声を潜めた。「予兆はあります」

「予兆?」

スタッフはマジックミラー越しの部屋を手振りで示した。「あの者が発する音は解読されていませんが、大きな怪異が起こるときはパターンが見られます。ほら、炸裂し、底が抜けたみたいな音が混じるでしょう」

スタッフに促されるまま、綿道は耳をすました。

ギ・ギ・ド・ドド・ドドド・ンン……。

それは確かに何かが陥没したような音で、突如、足もとの地面に穴が開く不安にかられ、綿道の全身を悪寒のさざ波が巡った。

……」

10

G棟の八〇六号室では、パソコンの前でアラン・スミシーが苦虫を嚙み潰していた。『ニルナリヤクナリドウヅゴジユウニ』の返信に業を煮やし、それならば春日ミサキに拷問《ごうもん》をかけてそちらの組織の秘密を一切合切吐かせるとメールに書き殴って送信したものの、ブージャム社からは何の音沙汰もない。

アランは床に転がった春日ミサキの華奢な肢体を眺め、溜息をついた。

レルネーの沼に投げこむだの、電気ショックの拷問をかけるだの勢いにまかせて啖呵《たんか》を切ったが、実際にそうするつもりはなかった。ミサキが組織の重要な一員であるならば、拘束しただけで血相を変えて向こうから交渉を申し出てくると踏んでいたのだ。ところが目論見《もくろみ》が狂って、闇に身を潜めた組織は姿をさらす兆候すらない。

残された道はミサキを懐柔して話を聞き出すしかない……ピクリとも動かない小娘を見つめ、アランが思案にふけっている折り、窓際で団地内を監視していたスタッフが声を張り上げた。

「E棟七〇七号室に何かいます」

G棟八〇六号室ではスタッフの一人が窓辺に張りつき、望遠レンズを装着したカメラで厚手のカーテンの隙間から周囲を監視し続けていた。カメラは傍らのモニターにつながれており、望遠レンズがとらえたE棟七〇七号室の映像が映し出されている。そこは佐枝子の部屋で、カーテンが開け放たれていたため、室内は丸見えだった。

「町田佐枝子が帰宅したのか」

「違います。異様なモノが部屋のなかに立っています」

「なんだと！」

アランは巨体を傾けてモニターを覗きこんだ。

明かりの灯っていないE棟七〇七号室は闇が粒子化したようなノイズに覆われていたが、それでも和室の中央に黒い人影が立っているのが見えた。そして、その顔には黒くヌメリを帯びた仮面が装着されていた。

「あの仮面にズームだ」とアランは怒鳴った。

スタッフがすかさずカメラを操作し、モニターに映る仮面が大写しになっていく。仮面は漆黒のウロコで覆われていて、鼻と口の箇所は僅かな窪みがあるものの全体的にノッペリしていて、二つの丸い目は深淵を覗き見る節穴のごとく穿《うが》たれていた。

仮面は微動だにせず、ただ部屋の中央に佇立《ちょりつ》している。ぞくりと背中が冷えるのをアランは覚えた。その存在が放つ気配がとても生きた人間のものとは思えなかったのだ。

「ゴーストか、あれは……」

「分かりません。ただ、あのウロコで覆われた仮面、ひょっとして……」

「ひょっとして何だ？」

「蛇の化身、ディオニュソスでは……」

「ディオニュソスだと？　神が顕現したというのか」

スタッフを押しのけてカメラの前に座を占め、アランは望遠レンズを操作して舐めるように仮面をかぶった人影を上から下へとモニターに大写しにしていった。顔の仮面以外にはウロコはなく、まるで真っ黒いラバー製のタイツでもまとったみたいに身体は優美な曲線で縁どられている。

「女性のようだ……」とスタッフがつぶやいた。

「ディオニュソスは男性の神だが、女性のように描かれることも多い」とアランは言った。「明治期に日本の美術学校で教材として使用されていたディオニュソスの石膏像が、女性のアリアドネと間違えられて認識されていたという事例もあるくらいだ」

「ディオニュソスだとしたら、まずくないですか？」

「どうまずいのだ？」

「こっちを見ている気がしてならないのですが……」

「ディオニュソスを覗き見た不信人者はマイナスに襲われるとでもいうのか」

「分かりません。でも、私はさっきから震えがとまらない……」

だしぬけにスタッフは立ち上がり、台所の流し台に走っていって嘔吐した。

「弱気になるな」

アランは叫びながら、自らも胃酸が逆流する気持ち悪さを感じていた。その間も七〇七号室の仮面はピクリとも動かず、彫像のごとく部屋の闇に溶けこんでいる。そして、こちらから観察しているのに、むしろ向こうから観察され続けている気がしてならないのだ。

そのとき、ゆらりと七〇七号室の玄関付近に影が揺らめいた。後ろに髪を束ねたそのシルエットは間違いなく町田佐枝子のものであり、つまり佐枝子は異形のモノが鎮座《ちんざ》する自室に戻ってきたのだった。

このままでは佐枝子と仮面が鉢合わせするとアランが固唾を飲んだとき、パチッと部屋の電気がつき、それとともに仮面のモノの姿は掻き消えた。

11

カーテンが仕切られ、消毒液の匂いが漂う小部屋にいたことを佐枝子は覚えていた。だが、それがどこであるか、どうしても思い出せなかった。気を失い、意識が朦朧とするなか、スーツを着た若い男に揺り動かされたことはうっすらと記憶に残っている。そうして、ドロッとした触感の生臭い飲み物を口に流しこまれたことも……。

あれを飲んでから、いろんなことを忘れてしまった気がする。

気がつくと、真夜中のショッピングセンターの前を一人でふらふらと歩いており、そのまま佐枝子はE棟の自室へと夢遊病者のごとく戻ってきた。

部屋はドアも窓も開けっ放しで、それでも室内に巣くった異臭は一掃されておらず、佐枝子は顔をしかめた。ドアを閉めて部屋の明かりを灯し、窓は開けっぱなしにしておいて和室の中央に佇む。

何かがそこにいた気配を感じた……。

初夏の夜は暑気を孕んだ大気が漂っていたが、和室だけは異質の冷気が滞っている。

気になって押し入れの戸を開いてみるも、薄っぺらい布団が収納されているだけで、目を引くものは何もなかった。ぴしゃりと押し入れの戸を閉め、ぼんやりとした心地のまま漫然と部屋のなかに視線を這わせた。

壁を覆った汚れは掃除した成果が一応あって、幾分か綺麗にはなっている。とはいえ、ところどころに染みは残っており、ミミズがのたくったような新たな汚れも発見して、佐枝子はげんなりした。

その瞬間、拡散していた意識が急に像を結び、佐枝子は脳内に巣くった霧が晴れる心地を覚えた。

この汚れ、前からあったものではない……。

壁に近寄って目を凝らすと、そこには文字が浮かび上がっていた。

『見るものには首を
見ないものにはコルキスの草を』

右に傾いた縦長の筆跡には見覚えがあった。

やはり、何かがこの部屋にいたのだ。何かがこのメッセージを伝えるために佐枝子の部屋を訪れ、文字を残していった……。

見るものには首を……そうだ、『首』だ。首についてのメッセージなら、以前にも地下で受け取ったことがある。

『首はどこに消えた?』

目にしたメッセージは、それだけではない。

真野とG棟を探索した折りにも、壁の落書きとして二度にわたってそれらは出現した。

星が瞬くみたいに記憶の襞が揺れ、するすると文字の並びが託宣《たくせん》のごとく脳内に蘇ってきた。妙な飲み物を誰かに飲まされて以来、夢心地のままぼんやりとしていたのに、壁に残されたメッセージを目にした途端、佐枝子の頭は不思議に冴えわたり始めた。

佐枝子はスマホでメモ帳を開き、次々に思い出すメッセージを書きつけていった。

『666 封印は入口でもある』

『最初の子どもたち
六番目の子ども
生まれなかった子ども』

『首はどこに消えた?』

『見るものには首を
見ないものにはコルキスの草を』

これは何かの暗号なのか……。

そもそも誰がこれを伝えてきているのか?

改めて眺めてみると、前の二つと後の二つでは別のことを言っている気がする。前の二つは『六』について語っており、後の二つは『首』について語っている。

ふと、ある言葉を思い出した。

「この六角形はね、封印なの」

隣に住むアプロディーテが言っていたことだ。

「全体から個を切り離すための封印。封印は六角形の形をしている。それはなぜかというと……ハニカム構造だから……」

六角形……それはこの団地に来て以来、あちこちで目にした。蛇のウロコ、G棟四〇九号室の浴室の壁、マイナスに襲われた自室の微細な汚れ、上空から降下してくる巨大な六角形……。

さらに、別の言葉が脳裏をよぎる。

「太古、人間の心はひとつながりだった。大きな物語を人類という種として共有していたのです。そこから自我が目覚め、人の心はやがてバラバラになっていった。だが、古い神話には、人間の心がひとつながりだった頃の痕跡が残っているのです」

誰に聞いたのだろう……。

たぶん薬品の匂いのするあの小部屋で、スーツを着た若い男が言っていた。

ひとつながりだったものが、バラバラになった。それが封印。

古い神話には、その痕跡が残っている。

つまり、ギリシャ神話には、封印が隠されている……。そして、その形は六角形。

次々に紡ぎ合わされていく想念のおもむくまま、佐枝子はスマホでギリシャ神話をネットで検索し、その概略を読み始めた。そして意外にもあっさりと封印らしきものに行き当たった。

いくつもの『六』がそこには現れるのだ。

インターネット上の百科事典では、ギリシャ神話の神々の系譜《けいふ》が、次のように始まったことが記されている。

最初に世界を支配した神ウラノス（天空）は、ガイア（大地）を妻として迎え入れ、ガイアはブリアレオース、ギュエース、オットスというヘカトンケイル（百手巨人）を生んだ。さらにその後にガイアはアルゲース、ステロペース、ブロンテースというキュクロプス（一眼巨人）も生んだ。この子どもたちはいずれも異形で、巨大だった。

つまりこれがメッセージに記された『最初の子どもたち』だ。『最初の子どもたち』の数は六。

父であるウラノスは子どもたちがいずれも異形であることを嫌い、タルタロス（奈落）に封じ込めた。

六で形成される、最初の封印……。

ウラノスとガイアは、続いてティターン族もしくはタイタンと呼ばれる子どもたちを次々にもうけた。オケアノス、コイオス、ハイペリオン、クレイオス、イーアペトス、そしてその六番目に生まれた子どもがクロノス。

母ガイアは父ウラノスが『最初の子どもたち』を奈落に封じ込めたことが気に入らず、『六番目の子ども』クロノスに剣を与え、これでウラノスを襲うようにそそのかす。この剣こそがクロノスの刃だ。

クロノスはその剣で父を襲撃し、性器を切り取って海に投げこむ。投げこまれた場所はシテール島の沖合と伝えられている。去勢された父ウラノスはクロノスによって奈落に幽閉される。

こうして世界の支配権はウラノスからクロノスへと移行する。だが、このときクロノスは父ウラノスと母ガイアから予言される。父がそうであったように、その子クロノスもまた、自らの子によって世界の支配権が奪われるだろうと。

クロノスはこの予言を怖れ、自らの子どもが生まれると、その赤子を次々に丸飲みした。自分の子どもたちを食べたのだ……。そうして、またしても『六番目の子ども』が現れる。クロノスの妻レアーが六番目に生んだゼウスは、レアーの計らいによってクレタ島に隠され、クロノスの丸飲みから逃れる。密かに成長したゼウスは父クロノスに戦いを挑み、勝利する。

世界の支配権は、クロノスからゼウスへと移った。

『六番目の子ども』によって敢行された世界の支配権の移行。これによって前の神は奈落へと封じ込められた。つまり、二番目の封印……。

この考えで間違ってないだろうか……。

あまりにもあっさりと封印を見つけたことに、佐枝子は戸惑いを覚えた。しかし、同時に正解の道を進んでいる確信の手応えも感じていた。

まるで誰かに答えを教えてもらっているかのごとく……。

『666 封印は入口でもある』

『最初の子どもたち
六番目の子ども
生まれなかった子ども』

これらのメッセージの『六番目の子ども』までは読み解けたように思える。だが、最後の行の『生まれなかった子ども』が何を示しているのかは分からない。

佐枝子はスマホに表示されたギリシャ神話概略のページをさらにめくった。

ゼウスはその後、自らを含む十二の神々とともにオリュンポス十二神を形成し、世界の支配を強化する。十二ということは六と六。これも封印の一つだとは考えられる。だが『生まれなかった子ども』というメッセージが指している事柄ではないように思われる。

オリュンポス十二神の顔ぶれは、ゼウス、ヘラ、アテナ、アプロディーテ、アポロン、アルテミス、ヘルメス、ポセイドン、アレス、ヘーパイストス、デーメーテール、ヘスティア。ただし、これには異説があってディオニュソスを入れる場合もある。

ディオニュソスは個性豊かなギリシャの神々のなかにあっても抜きん出て異色で、その信仰はギリシャ悲劇でも描かれるように既存の信仰との対立を経て爆発的に広がり、最終的には民衆に熱狂的に受け入れられた。不死であるはずの神の身でありながら死を体験し、酒の神であることから狂乱と酩酊をもたらし、演劇の神として祝祭的な高揚を伝播する。

遅れてきた神であると同時に、十三番目の神。

封印というより、むしろ封印を揺るがす存在……。

ディオニュソスに思いを馳せた途端、それまで冴えわたっていた思考が急速に鈍り、頭が重たくなった。ムカムカと胃がもたれる気持ちがせり上がり、今にも何かを吐き出しそうになった。

自分の口から思ってもみない金属的な音が漏れ、慌てて口をおさえる。音を無理におさえこむと、
ゴゴ・ゴゴゴ・ゴ……。

顔面がみるみる鬱血《うっけつ》するのが分かった。

全身がぶるっと震え、堪えきれずに吐き出した。

ゴゴゴ・ゴゴゴゴ・ギ・ギュ・キーン……。

自分から出たものとは信じられない音が口から横溢し、両の目から滝のように涙がこぼれ出た。轟音は辺り一面を揺るがし、部屋全体が揺動した。単に佐枝子の視界が揺れたというわけではなく、実際、室内の天井や壁や床が生き物みたいに蠢き、そして壁面に残った微細な六角形の汚れの群れがいっせいにぐるりと回転した。

眩暈に襲われ、スマホを放り投げて畳の上に倒れこんだ。

整理され、積み上げられてきた思考は消し飛び、意識が漂白されていく。

自分がなくなっていく……佐枝子はぼんやりとそう感じた。意識だけではなく、肉体すらも輪郭を失っていく。そうして、全身が空間に爛れて溶け出す……。

閉めたはずの押し入れの戸が薄く開いていて、その向こうの闇に巣くったマイナスたちの霊気が室内へと漏れ伝わってきた。青白い手が押し入れの隙間から何本も現れ、それらは蛇のごとく細長く伸び、畳の上を滑るように進んできて佐枝子の四肢に絡みついた。

幾本ものマイナスたちの艶めかしい手は衣服を物ともせずに通過して佐枝子の身体に接触し、何重も足に巻きついた果てに股の間から体内へと侵入する。

刺し貫かれる痛みとともに、自己を消失する快感を覚えた。

個がひとつづきの全体に溶けていく感覚……エロいってこういうことなのか、つまりそれは個が溶けて無くなる陶酔なのか、束の間、自分という存在から自由になって深淵に同化する、生まれたとき

から無意識裡《り》にセットされたプログラムが作動して脳が完全に乗っ取られる。

ひとつながりに溶け合うことは、恐ろしいほどの快楽を伴う。抗いがたいほどに……。

虚空に六角形が浮かび、ドクンと脈打った。

12

E棟七〇七号室の様子を、G棟八〇六号室から望遠レンズで観察していたアランたちは、驚愕とともに佐枝子がマイナスのゴーストたちと同化していく様を見つめていた。

モニターに流れる映像では、畳の上で肢体をくねらせる佐枝子に、手足を蛇みたいに伸ばした髪の長い女のゴーストたちが群がっている。女たちの絡みついた手足は佐枝子の肉体と溶け合い、それは一つの生き物のように蠕動《ぜんどう》していた。

ゴゴ・ゴゴゴゴ・ゴゴ……。

重低音の金属的な響きが轟き、空間全体が揺れた。住民が起きて騒ぎだしてもおかしくない轟音であるにもかかわらず、真夜中の団地群に人影はない。

モニターを見ていたスタッフが突然うつむいたと思うと、その場に大量に吐瀉《としゃ》した。

こんなところで吐くなと一喝しようとして、アランは口をつぐんだ。

G棟八〇六号室の天井が水面のごとく波打ち、そこから黒いドロリとした液体が垂れてきた。液体の先端は長い髪となり、別の枝分かれした粘液の先には何本もの指らしきものが生えてきて、それは手を形成しつつあった。

「ゴーストが飛び火した……」もう一人のスタッフが悲鳴を上げる。「ディオニュソスとマイナスを覗き見したから……」

「慌てるな！」とアランは叫んだが、うろたえたスタッフは立ち上がった。その拍子に天井から垂れた手が猛スピードに伸びてきてスタッフの頭をつかみ、粘液のなかに取りこんだ。途端にどっと天井から粘液の塊が降ってきて、部屋全体が黒いゴーストに覆われた。

無我夢中でアランはもがいたが、粘り気を帯びた液体が体の節々を締め上げ、息ができなくなった。もはや最初に吐瀉したスタッフも、立ち上がったスタッフも、二人とも頭から粘液に飲まれて身体をゴムみたいに弛緩させている。

必死で首を振ってアランは黒い粘液から自らの頭部を守ろうとした。しかし見る間に液体の触手が頬や側頭部に貼り付いてくる。血走った目でアランは部屋の隅を見つめた。

視線の先には、両手両足を拘束されて床に転がる春日ミサキがいた。ミサキの周辺はまだ粘液の浸食を受けてはいない。乱れた前髪が揺れ、その髪の隙間から覗いた切れ長の目が突き刺すようにアランをとらえた。その視線の強さに一瞬たじろぎ、反射的にアランの口から出たのは謝罪の言葉だった。

「すまん、巻きこんで。おまえだけでも逃げろ」

逃げろと言っても両手両足が自由にならず、そのようにミサキを拘束したのはとりもなおさず自分たちなのだから、随分勝手なことを言っている自覚はあった。だが、同時にアランは気づいた。後ろ手に固定されたガムテープを、ミサキが器用に手首を曲げて今まさに切断中であることを。

手首に装着したスマートウォッチに折りたたみ式のナイフが仕込まれていたと見える。とはいえ黒い粘液は触手を伸ばし、今にもミサキの首に巻きつこうとしていた。間一髪で両手の自由を確保すると、ミサキは両足を封じるガムテームも切り刻み、立ち上がった。そして、そのまま部屋の外に走り出るかと思ったが、彼女の行動は違っていた。

黒い粘液で埋まる部屋の奥へと、身を屈《かが》めて突っこんできたのだ。

ボタボタと降り注ぐ粘液を頭や肩に垂らしながら、ミサキはそのままアランが使っていたノートパソコンの前に座ると、カーゴパンツのポケットからパッチの付いたコード類をじゃらりと取り出した。

そうして粘液に埋まったスタッフの頭部を素早く探り当て、ズボリと粘液に手を突っこんで、コードの先端のパッチをスタッフの首筋に接着させた。コードのもう一方の端はノートパソコンのポートにつながっている。

「何をしている……」

アランは半分くらい顔を触手に埋めながらも、呆気にとられて尋ねた。

ミサキは答えることなく猛スピードでパソコンのキーボードを叩き始めた。彼女の体もすでに半分ほどは粘液に埋まっている。ゴーストの浸食を受け始めたのか、乱れた髪のかかる唇が苦悶で歪むのがアランにも分かった。

「スタッフの脳を借りる！」とミサキが叫んだ。

意味が分からず、アランは目をパチクリさせた。

「スタッフの脳をハッキングして計算に使う」

「どういう意味だ……」

「ゴーストの本体はここにはいない。本体は佐枝子の部屋だ。ここにいるのはゴーストのコピーだ」

「だから何なんだ」

「ゴーストはこの部屋の空間を書き換えてコピーを現出させている。ゴーストより計算能力を上回れば、こちらが空間を書き直せる」

「意味が……」アランは息も絶え絶え言った。「分からん……」

今にも気を失いそうになっていたが、ミサキのやることに興味が湧きすぎて両目を見開いた。

ミサキは人間業《わざ》とは思えないほどのスピードでキーボードを叩きながら、「このパターンならパッケージを使える」と独りごちた。粘液はミサキの肩にまで達し、首筋にも貼り付き始めている。

「パッケージって何だ……」

「竪琴の支配下に置かれる者は、個の意識の防壁に穴が開いてしまっている。いわば、外部からの干渉を受けるバイパスが通っている状態だが、そのバイパスを逆用して、意識下にアクセスするためのパッケージだ。竪琴がもたらす憑依は、人体に寄生した共通のプロトコルを介して行われるため、汎用的なパッケージが使える」

「共通のプロトコル……」アランはうめき声を上げた。もはや自分が何を言っているのか把握してなかった。

ミサキはカーゴパンツの別ポケットから取り出したUSBをパソコンに刺した。途端にモニター上に猛烈な勢いで謎の文字列が吐き出され、それに呼応してコードで接続されたスタッフの身体が電気ショックを受けたみたいに痙攣した。

オレのスタッフに何を……とアランは思ったが、それは声にならなかった。

「脳につながった！　全フルでぶっこむ」

ミサキの宣言とともに粘液で埋もれたスタッフがとても人間とは思えない勢いで振動し始めた。まるでターボチャージャーのかかったエンジンみたいだ。

「人間の脳は半分、真空の裏側にある。だから、真空の裏側にアクセスする通信デバイスとして使えるのだ」

これならゴーストに憑依された方が良かったのではないかとアランが心配になるなか、ミサキはトランス状態に陥ったかのごとく一心にキーボードを叩き続けた。

部屋の空間全体が小刻みに振動し、壊れたテレビみたいに盛んにノイズが走った。パチパチとあちこちに閃光が上がり、さながら断層が生じるように視界に幾筋もの亀裂《きれつ》が入った。

このとき、すべてを飲みこむ勢いで広がっていた粘液の浸食が止まった。

一段とミサキの指のスピードが上がり、もはやどのキーを叩いているかは判別できなかった。すでに彼女はモニターなど見ておらず、虚空を仰いで口からはダラダラと涎を垂らしている。

こいつ、大丈夫か……もうゴーストにやられているのではないかとアランは気が気ではなかったが、人間離れした指の動きだけは整然と続いていた。指先は裂け、キーボードには血が滲んでいる。

エレウシスの秘儀か……とアランは呆然と思った。

十数年前、バルカン半島の吸血鬼伝承を科学的に研究しているという奇特な科学者がいた。その科学者こそ有澤冬治だ。彼はそこでエレウシスの秘儀の古文書を見つけ、さらにその秘儀がもたらす脳の動きを電気信号化したという。とはいえ、謎に包まれた有澤の研究は眉唾ものの噂が多く、アランはそれを聞いたときは本気にしなかった。

だが、ここにその継承者がいる……。

ぶるっと犬が水をふるい落とすみたいにミサキは首を振り、頭に貼り付いた粘液を振り落とした。その瞬間、天井から空間に垂れて漂っていたゴーストの塊がバチンと弾けた。それは汚水となって激しく降り注ぎ、それとともにアランの体を覆っていた粘液が溶解して消失した。

「計算能力が上回った。空間を書き換える！」

ミサキはキーボードに屈みこんだ。うつむいた拍子にボタボタと鼻から血が垂れた。

「おい、大丈夫か……」

上体が動かせるようになって身を起こしつつ、アランはモニターに目を細めた。

よくこんな意味不明の文字列を覚えていられるものだ。だいたい、これは何のプログラムなのだ……。

頭のなかがコンピュータそのものになっているようなミサキに畏怖を覚え、ミサキの脳が焼き切れるのではないかと不安にかられた。

部屋に巣くっていた黒い塊が次々に弾け飛ぶ。汚水は飛び散るものの、埋まっていたスタッフの体も見えてきて、部屋のなかは少しずつ現状を回復しつつあった。

そのとき、部屋の中央につむじ風が起こり、空間そのものが蠢動《しゅんどう》した。

グワーンと轟音が響き、透明な風のなかから白い手足が伸びてきてミサキに取り憑いた。

「くそ、悪あがきか」

胴体も首もなく手と足だけの白いものがミサキにまとわりつき、さらにそれらは手の数を増やして四方に散る。一つの手が弾丸の勢いで伸びてきてアランの喉もとをえぐった。

「うおう、これは何だ……」

「トロイの木馬だ」ミサキが怒鳴った。「ゴーストが仕込んでやがった」

「おまえ……」アランは半分白目になりながらミサキを見て言った。「妖怪みたいになってるぞ」

ミサキの四肢は白い手や足が巻きつき、顔半分は自身の流した鼻血で染まっている。左右の目は奇妙な具合に別々の方向に向き、頬をブルブルと震わせながらもミサキはまくしたてた。

「これは我々に寄生した魂のないプログラムだ。強制終了すれば消える」

「何を強制終了するのだ……」

「我々全員だ」

「はあ?」アランは霞む目をしばたたかせてうめいた。「人をパソコンみたいに……」

ミサキが手を伸ばしてパッチの付いたコードをアランの首筋に接着させる。そして、横たわる別のスタッフの首にも同様にパッチを接続し、さらに自らのおでこにも別のパッチを乱暴に貼ると、ゼーゼーと肩で息をしながらパソコンに這い進んだ。

「バックアップと再インストールは自走式のプログラムを走らせる」

「ちょっと待て、バックアップってオレたちのか?」

それには答えずにミサキはキーボードを叩いた。

「強制終了!」

「待て!」とアランが言ったときは、全員、意識を消し飛ばし、活動を停止した。

時が止まったみたいに部屋はフリーズし、その間は寄生式のゴーストプログラムも動きを止めた。

そして突如、部屋にいる全員がシンクロして体を揺らし、両目をパチリと開けた。その瞬間にゴーストも激しく蠢く。

「ダメだ、もう一度！　再起動」

「やめろ」とアランは叫んだ。「オレはおまえのノートパソコンじゃねえ！」

再びパタリと全員が停止し、部屋は静まり返った。

ぐいんと空間が揺れ、また各々の体が波打った。目をつぶったままのミサキの口から寝言のような言葉が漏れる。

「元型の再インストール」

ミサキもアランもスタッフも一様にゆらゆらと身体を漂わせ、真空の裏側にバックアップされていた自己の元型をリカバリーする。寄生していたゴーストプログラムは除去され、部屋は平静を取り戻した。

パチリとアランは目を開けた。パソコンの前では白目を剝いたミサキが転がっていて、スタッフ二人はすやすやと眠っている。部屋は散らかっていたが、黒い粘液も白い手足も跡形もなく消え去っていた。

夢でも見ていた心地だった。あるいは一度死んで、生き返った気持ちだった。そして、古代のエレウシスの秘儀とは死と再生を体験する技であることをぼんやりと思い出した。

13

よく見ると、ミサキが使っていたノートパソコンは焼け爛れ、血で染まったキーボードは割れた隙間から湯気を上げている。アランは動く気力も失って、しばらくその湯気の立ち昇る様をただ眺めていた。

そういえば、E棟七〇七号室の佐枝子はどうなったのだ……。

うかつに見てしまうと、再びゴーストがこちらに飛び火して惨状の繰り返しになることを懸念して躊躇したが、さすがに放っておくわけにもいかない。

厚手のカーテンをめくり、おそるおそる窓の外に目をやる。

遠目に見るE棟は闇に覆われ、ただ、開けっ放しにされた佐枝子の部屋だけは明かりが灯っている。

だが、そこには佐枝子も、彼女に取り憑いていたマイナスのゴーストたちもいなかった。

ふと、E棟とG棟の間に広がる草地を、ゆらゆらと歩く人影があることに気づいた。体中に細長い靄を巻きつかせ、夢遊病者のごとく歩行するその後ろ姿は佐枝子のものだった。顔をおかしな具合に傾けて、ヨタヨタと進む様はすでに生者のものではなく、映画で見るゾンビの彷徨を彷彿とさせる。

完全にゴーストに取りこまれたか……。

マイナスと同化した佐枝子はいったいどこに向かっているのかと、アランはその行く先に目を凝らした。

想像を超える光景が飛びこんできて、アランは身を震わせた。

G棟とE棟の間にある草地の先には、鬱蒼とした森が広がっている。緑道に沿って背が高い樹木が生い茂る団地の地理は把握していたが、今見えている森は記憶にあるものより遥かに深く、広大だった。

こんな深い森が団地内にあるはずがなかった……しかも、その森の木々には血まみれの女たちが方々の枝にぶら下がっており、蛇みたいに身をくねらせている。

マイナスのゴーストの大群が森のなかにびっしりとはびこっている……。佐枝子はそこに向かっているのだ。

耳もとで、あのすすり泣くような音が響いていることを不意に知覚して、アランは耳をふさいだ。

だが、いっそう音は勢いを増し、しかも、その音はこれまでにない近さから発せられていた。

音の源を探して周囲を窺うと、闇に包まれてよく見えていなかったE棟のあちこちのベランダに人が立っているのに気づいた。団地の住民たちだ。音はベランダに佇むその彼ら彼女らの口から漏れていた。

「おそらくE棟とG棟の住民全員に感染が広がっている」

突然、横合いから声がしてアランは飛び上がった。いつのまにかミサキが横に来て、窓の外を観察している。

「全員、夢遊状態にある。無意識に歌っているのだ」

「ヤバイんじゃないか」アランは声を震わせた。「オレたちも取りこまれて、今にもあいつらと同様に、合唱隊の一員になってしまうのでは」

「エレウシスの秘儀を受けた直後は、一時的に免疫ができているからコロスに取りこまれることはない」ミサキは頬に付いた血を拭いもせずに、平然とした口調で答えた。「ただ、あの森にいるマイナスは別だ。近づいたら一巻の終わりだ」

「佐枝子さんはどうなる……」

「ディオニュソスの宴が始まる」

「宴って何だ？　封印が解かれるのか？」

「栗川や綿道は勘違いしているが、封印は解かれない。これを機に、単に爆発的に感染が広がるだけだ」

「栗川や綿道？　それは組織のメンバーの名前か？」アランは首をかしげた。「おまえは組織の一員ではないのか」

ミサキは僅かに顔をしかめて苦笑めいたものを浮かべた。「私はとっくに組織からほされている。ここにいるのは単なる趣味の一環だ」

「趣味……だと」

「時間がない」ミサキは淡々と言った。「佐枝子を止めに行ってくる。このままだと贄にされてしまう」

「またエレウシスの秘儀を使うのか？」

「マイナスと佐枝子が完全に一体化していて不可能だ。それに、パソコンはもう使い物にならない」

「なら、どうする？」

ミサキは腕に巻いたスマートウォッチを示した。

「ここに爆弾が入っている」

「爆弾？」

「地下でヘカテの信号を受信したときのパルスが記録されている。このパルスはいわばヘカテの強力な魔力の記録だ。これを増幅させてマイナスと同化した佐枝子にぶっこむ」

「どうやって……」

「私も同化する」

「はあ？」

さっとミサキは立ち上がり、玄関へと向かった。

「ちょっと待て、オレも手伝う。あんたにも佐枝子さんにも借りがある」

アランはミサキの後に続こうとして足をもつれさせ、その場に倒れた。身体が思うように動かなかった。

「ここにいろ」とミサキが忠告した。「いくら免疫があるからといって外に出るのは危険すぎる。佐枝子に近づくだけでマイナスの大群に襲撃される」

「おまえは大丈夫なのか？」

その答えは返ってこなかった。ミサキはすでにG棟八〇六号室の外に駆けだし、扉が閉まる音だけが聞こえてきた。

室外に出た途端、団地の廊下に充溢《じゅういつ》するオルフェウスの竪琴の音が押し寄せてきた。音でできた水槽さながらに空間は揺らめき、その青白い闇のなかをミサキは疾駆《しっく》した。

階段の踊り場には寝間着姿の老婆がいて、ミサキを見るなり目を血走らせ、威嚇の声を上げてつかみかかってきた。ミサキは老婆の脇をすり抜け、転げ落ちるように猛スピードで階段を駆け下りた。

G棟から飛び出し、茂みを掻き分けて草地に出た。

月明かりに照らされたG棟とE棟の間に広がる草地は、夢のなかの風景のように遠近感が歪み、神話の森へと続いている。その草地の中腹をふらふらと歩いていく佐枝子の後ろ姿が見えた。

地面から次々に青白い手が伸びてきて、草地を走るミサキの足首をつかもうとした。飛び跳ねて手の攻撃をかいくぐったが、空中を浮遊するゴーストの塊に体当たりされて転がった。いっせいに餌に群がる魚の群れのごとく、地面から大量の手が生えてミサキを取り囲む。

片時も止まってはいけない。止まった拍子に取り憑かれる……。

ミサキはグルグルと地面の上を回転してその場を逃れ、体をよろめかせながら立ち上がって、さらにスピードを上げて走った。

こうしている間にも佐枝子はどんどん森に近づいている。あの森に入ったら終わりだ。

先に進むほどに脳内に冥界の音がわんわんと鳴り響き、頭が割れそうなほど痛んだ。全身が強張り、妙な具合に痙攣が随所に走る。マイナスの同化はすでに始まっている。だが、ここで取りこまれるわけにはいかなかった。

風が尖り、かまいたちとなって脇腹を切り裂いた。空間に巣くうゴーストが凶器と化し、まるで大量のカミソリの刃が飛び交うなかを走っている気分になる。肩が裂け、頬にも赤い筋が走り、髪が散った。

鈍器で殴られたみたいな暴風に背中を押され、ミサキは地面にもんどり打った。

意識が遠ざかり、マイナスに足をつかまれた。間髪入れずに首筋にも白い帯が絡む。すでに体の半分は自分のものではない……。

血が出るほどに唇を噛みしめた。痛みが自分の身体感覚を呼び戻す。

ミサキは足と首に絡みついたマイナスを引きずりながら立ち上がり、歩を進めた。取り憑くマイナスの量はどんどん増え、泥のなかを行軍しているみたいに体は重かったが、それでも前進をやめなかった。視界はすでにぼやけ始め、霞に覆われている。だが、その先に目指す後ろ姿は見えていた。

「佐枝子！」とミサキは叫んだ。「そっちに行くな」

心なしか佐枝子の体が揺れたように思えた。

全身をマイナスに覆われ、最後に残っていた視界もどんどん狭まり、やがて闇に包まれて何も見えなくなった。それでも、気配を感じた。彼女がすぐそこに立っている気配を。

ままならぬ手を伸ばして、ミサキは後ろから佐枝子に抱きついた。

その瞬間、猛烈な勢いで佐枝子が抵抗し、身をよじった。ミサキの腕に爪をたて、皮膚を引き裂いた。その痛みで遠のく意識を保つことができた。ぼやけた視界が少し回復し、すぐ眼前に赤い目を滾《たぎ》らせた吸血鬼のような佐枝子の顔を覗き見た。佐枝子は牙を剝き、ミサキの肩に噛みついた。歯が食いこみ、肉に侵入する感触を覚えた。それでも、彼女の体を離すことはなかった。

佐枝子と一体化したマイナスのゴーストが猛然とミサキの体内に流れこみ、全身が硬直する。すでに自分が誰であるかも忘れた。だが、指先だけは為すべきことを覚えていた。

きつく佐枝子の背中にまわした右手を左手の手首に添え、スマートウォッチのボタンを押した。

ヘカテのパルスが作動した。

14

　ドンと炸裂音がして、爆心地さながらにすべてのものが波動に包まれた。

　ミサキも佐枝子も身体が宙に浮き、それから地面に叩きつけられた。辺りを覆っていたゴーストの靄が吹っ飛び、森が揺動する。木々から垂れていたマイナスたちは悲鳴を上げ、ぼとぼとと地面に落下して泥と化した。

　ゴーッと風が吹き、団地のベランダに立つ人々はいっせいに歌いやめ、その場に倒れ伏した。

　口のなかが鉄の味がする……。

　それが回復した意識によってもたらされた最初のリアルだった。佐枝子はうっすらと目を開けた。漆黒の夜空に星の瞬きが見えた。自分はここで何をしているのだとの思いにかられ、体を起こした。そこはG棟とE棟の間にある草地で、こんなところに自分がなぜ横たわっているのかよく分からなかったが、すぐ近くに体中に傷をつくってボロ雑巾みたいに転がっている人を見つけてギョッとした。白目を剝いて、口から泡を吹いて倒れているその姿は、前にも見た覚えがあり、ああ、自分はまたこの人に助けられたのかと思った。

　ただ、ピクリとも動かないことに嫌な胸騒ぎを覚えた。まさか死んでるんじゃないでしょうね……佐枝子はミサキににじり寄ったそのとき、近づいてくる足音に気づいて動きを止めた。

　草地を伝って猛然と走ってきたスーツ姿の若い男はマッシュルームカットを振り乱し、近くに来るなり顔を真っ赤にして悪態をついた。

「このバカ女、すべてを台無しにしやがって」

　こいつ、栗川だ……佐枝子は思い出した。そうだ、自分はこの栗川に妙な飲み物を飲まされてから夢遊状態に陥ったのだ。

栗川が悪態をついている相手は佐枝子ではなく、いまだ白目を剝いて転がっているミサキに対してだった。栗川はスーツのポケットから銀色のケースを取り出し、それを開けた。ケース内に収まった注射器には赤い液体がなみなみと入っている。

「ザグレウスの血を飲ませてやる。無論、原液で」栗川はじろりと佐枝子を睨んだ。「町田佐枝子を経由してマイナスに同化されることを願っていたが、この方が手っ取り早い」

興奮した様子でまくしたてると、地面に膝をついて栗川はミサキの顔を持ち上げ、強引に口を開いた。今にもその口に注射器の針先から赤い液体が注ぎこまれようとした瞬間、考えるよりも先に体が動いて、佐枝子は栗川を思いきり突き飛ばした。

「この野郎、何しやがる」

栗川は注射器を持ったまま態勢を立て直し、すかさず佐枝子の脇に蹴りを入れた。息が止まり、佐枝子はその場にくずおれた。

再び栗川はミサキの顔を持ち上げ、注射器の針を近づける。

さすがに間に合わないと思ったが、なぜかそこで栗川は動きを止めた。彼の視線が森の方に注がれているのに気づき、何事かと思って佐枝子も振り返った。

暗い森のなかを、誰かが一人歩いていた。その者はウロコに覆われた仮面をかぶっている。

「ディオニュソスが、顕現した……」

栗川が放心したようにつぶやき、ミサキの体を放し、立ち上がった。

鬱蒼と茂る森の木々をものともせず、仮面の者は滑るように歩行していた。

音もなく、この世のものではない一糸乱れぬ足取りで、その者は眼前の闇のなかをただ通過していく。

「これは奇跡だ……」

栗川は吸い寄せられるように森に近づいた。

張り出した木々の枝さえ頭を垂れ、仮面の者が通る道をつくった。佐枝子は呆然とその姿を見つめながら、同時に、G棟で垣間見た怪人・蛇男がまさにこの仮面の者であったことを思い知った。

「あれが、ディオニュソス」

「違うよ」

足もとで声がして、おかっぱ頭のエクソシストがのっそりと起き上がった。驚いて佐枝子は身を屈め、ミサキの背中を支えた。

「よかった、生きてたみたいで」

ミサキは頬を歪め、切れ長の目でじろりと佐枝子を見上げた。何か言いたそうにしていたが、すぐには何も言わず、佐枝子の肩を借りて立ち上がった。

栗川はこちらの様子には気づかず、その視線は仮面の者の歩行から片時も離れない。

「あれはディオニュソスじゃないよ」ミサキは佐枝子の耳もとで囁いた。「だって、森を覆っていたマイナスのゴーストが仮面の者の通過に合わせてどんどん消えていくから」

「じゃあ、何なの?」

「たぶん……」

仮面の者が森から逸れて草地に出てきたので、ミサキは口をつぐんだ。

歓喜に身を震わした栗川が、一定の距離を置いてふらふらとその跡に付き従う。

森の闇から現れた仮面の者は影法師のごとく草地を整然と歩み、まっすぐにE棟の側面へと進んでいった。そのまま行くと、E棟の側壁にぶつかるのではないかと佐枝子が危惧《きぐ》したとき、優美な曲線を描くその細く黒い足はコンクリの壁面を踏みしめた。そうして、そのまま団地の側面の壁を垂直に歩きだしたのだ。

全身が黒いラバーで覆われたようなヌメリを帯びた肢体は艶めかしく、栗川のみならず、ミサキも佐枝子も魅入られたみたいに見つめていた。三人は気づいてなかったが、すぐ近くには綿道はじめブージャム社のスタッフたちも物陰に身を潜めて、仮面の者が垂直の壁を上方に向かって歩行する異様な光景を、息を殺して見守っていた。

仮面の者はE棟の半分くらいの高さに来たところで足を止め、両手を仮面にかけた。

まさか仮面を脱ぐのかと思う間もなく、あっさりと仮面を脱ぎ去ると、その下からは豊かな黒髪がこぼれ出た。

「女性だったのか……」佐枝子が声を上げたとき、仮面を脱いだその者はゆっくりと地上にいる一同を振り返ろうとした。

「見るな！」

ミサキが佐枝子に飛びつき、顔を伏せさせた。

「どうして……」

「神の顔を直接見ると、正気ではいられない」

「でも隣に住んでいるアプロディーテとは顔を合わせているけど」

「憑依者とはワケが違う。あれはオリジナルだ」

そのとき、うめき声が聞こえたので、二人はその声のする方に視線を走らせた。

栗川が目をおさえてうずくまっている。

「バカなヤツだ。神の素顔を見てしまうとは」

持っていた注射器を取り落とし、栗川は苦悶の表情を浮かべて地面に頭を打ちつけている。森の地表を漂う黒い靄が波打ち、ぞろりと栗川に近づいた。それはマイナスのゴーストたちが溶解した残滓だった。残滓でありながら、栗川に近づくほどに黒々とトグロを巻き、やがて彼の足もとに取り憑いたと思うと、一挙に背中にかぶさった。

断末魔のうめきを上げて栗川はのた打ちまわった。ゴーストの塊はすでに彼の体の大半を飲みこもうとしている。

「ミイラ取りがミイラになったか」ミサキが冷たく言い放った。

「助けなくていいの」と佐枝子が心配そうに言った。

「死にはしないよ」ミサキは素っ気なく答えた。「自分たちがさんざん弄《もてあそ》んできた被験者のようになるだけだ」

少し離れた茂みからも悲鳴が聞こえた。物陰に隠れて見守っていた綿道とブージャム社のスタッフたちだったが、佐枝子はそこに綿道がいることは気づかなかった。ただ、栗川と同様に顔を覆った人々が身をくねらせて喘いでいる姿が垣間見えただけだった。

「ブージャム社の連中がこぞって神の素顔を見て、正気を失ったか」ミサキは佐枝子の背中を押した。

「この隙にずらかろう」

E棟の壁面に佇んだ神は、地上での苦悶を気にもかけず、ただ、整然と首を前に戻し、ゆっくりと仮面を装着し直した。そうして再び、上へと向かって垂直歩行を再開させた。

「ちょっと待って。結局、あの仮面は誰なの？」

ミサキはE棟に背を向けて走りだしながら答えた。

「ディオニュソスの妻であるアリアドネだ」

遅れまいと、佐枝子もミサキの背中を追った。「アリアドネって、アリアドネの糸の？」

「そう。クレタ島の迷宮ラビリンスから英雄テセウスが無事に脱出できるように導いたのが、王女アリアドネ。アリアドネは国を裏切り、糸を使って迷宮で迷わない方法をテセウスに教えた。そしてテセウスが迷宮の怪物を倒したあとはその妻となって国を出た。ところが、ナクソス島でテセウスに捨てられて置き去りにされ、島の崖から身を投げたとも言われている」

「そんな悲しい後日談が……」

「そのアリアドネを不憫に思って冥界から蘇らせ、女神として妻に迎えたのがディオニュソスだ」

ミサキはG棟の横を抜け、F棟の方へと走っていく。佐枝子は息を切らしてその背中に声をかける。

「あの仮面が、アリアドネであることにどういう意味があるんだろう」

「意味は大アリだよ。だって、アリアドネは迷宮を解く鍵を与えてくれる存在だから」

ミサキはF棟脇の集会所の前で走りやめ、佐枝子を振り返った。

「町田さん、アリアドネの糸を受け取っているでしょう」

佐枝子は膝に手をついて息を整え、ミサキを見上げた。

そして、縦長で右に傾いた、あの特徴あるメッセージ群が脳裏に浮かび上がった。G棟四〇九号室の押し入れで、初めてその文字を見たとき、糸くずのようだと感じたことを思い出しながら。

15

ミサキは集会所の建物の陰に自転車を隠していた。例の、改造してバイクより速いという電動自転車だ。無論、道交法違反の危険な代物だが、佐枝子は促されるままその後部座席にまたがった。なぜなら、サイレンを響かせたパトカーの音が埴江田団地の入口付近で止まるのが聞こえてきたからだった。

「さすがに今夜の騒ぎは付近の住民から通報があったみたいだね。G棟やE棟は感染率が高いけど、他の棟ではシラフの住民が異変に気づいても不思議ではない」

ミサキは全体重をかけて自転車のペダルを踏みだし、ゆらりと発進させる。

「今はいったん団地から撤退する。でも、すぐに戻ってアリアドネの糸を辿る」

団地の入口とは別の方角に進路をとり、明かりを消してミサキは自転車のスピードを上げた。草が繁茂した道なき道を爆走する違法自転車から振り落とされまいと、佐枝子は後部座席にしがみついた。

ふと、木々の合間に人影が立っているのが見え、背筋が凍った。長い棒を持った女性のシルエットが闇のなかに浮かび上がっている。憑依者なのか、それともゴーストか、そのような存在が放つ妖気を漂わせている。

そういえば、如意棒のような長い棒を持った女性を以前にも見たことがあるのを佐枝子は思い出した。この団地に来て初めて迎えた朝、ヘラクレスに憑依された元管理人を叩いていた女性を……。

林間に佇む女性のシルエットはただそこにいるだけで静止しており、瞬く間に後方の風景とともに流れ去った。自転車の運転に集中するミサキは気づいた様子もない。

「森をイッキに突っ切って裏手から団地を出る」ミサキは宣言し、ちらりと後ろを振り返った。「町田さん、私にしがみついてて」

「しがみつく？」

「でないと、振り落とされるよ！」

言ったそばから自転車は大きくバウンドし、佐枝子は慌てて後ろから両手をまわしてミサキに抱きついた。背中に頬を密着させるとミサキの体温が伝わってくる。

自転車は木々の隙間を縫うように進み、丈の短い茂みを突き進んだ。ムチのようにしなって枝々が襲いかかり、木の葉が舞い上がる。すぐ頭上を太い幹《みき》が横断し、ミサキは頭をめいっぱい下げて間一髪かわした。驚いた鳥が夜にもかかわらず飛び出て、体当たりしてくる。車体は大きく傾き、転倒すると思った矢先、ミサキが叫んだ。

「こっから下り坂だから！」

自転車はいちだんと加速して灌木の連なる斜面を暴走した。

「ねえ！」と佐枝子が絶叫した。「やべえんじゃないの」

次々に通過する枝や葉を切り裂くように自転車は突き進み、下るほどに制御不能のスピードへと陥っていく。目前に生垣の壁が見えた。さすがにアレを突き抜けるのは無理だと佐枝子は観念したが、すでに自転車は停止する手段を失っていた。

「頭を下げて目をつぶれ！」とミサキが怒鳴った。「枝が眼球をえぐるかも」

「マジかよ……」

自転車は生垣に正面からぶつかり、枝々が織りなす暴風圏に突入した。目をつぶってその衝撃に耐えた。そして、すっと静寂に包まれるのを覚えた。

団地の敷地外に出た自転車は、気がつくと、舗装された夜の道を快適に走行していた。

頭や頬に木の葉を付けたミサキが後ろを振り返り、微笑した。佐枝子はしがみ付いていた背中から少し身を離し、得意げに違法改造車を走らせるその華奢な後ろ姿を見つめた。

真夜中の道は交通量が少なく、道沿いに連なる外灯の明かりの輪が二人だけのスポットライトのごとく次々に通過していった。よく見ると、ミサキはあちこちにケガをしていた。着古したトレーナーは肩口や脇にいくつもの亀裂が走り、血が滲んでいる。

「ねえ」と佐枝子は言った。少し声が震えたが、悟られないように落ち着いて言葉を発した。「どうして、いつも助けてくれるの」

しばらく答えはなかったが、やがてぼそりとミサキがつぶやいた。

「町田さんって変わっているよね、すごく」

「なんだよ、それ。それが理由？」

「褒めてるんだよ、他の誰とも似ていない。アリアドネが町田さんを選んだのも、なんか分かる」

「私はさっぱり分からないけど」佐枝子はかぶりを振った。「およそ誰かに選ばれることにかけては、私ほど縁がない人はいないよ」

「だけど、アリアドネも、そして私も、町田佐枝子を選んだ」

意想外のまっすぐな言葉に、呼気が乱れた。「ミサキが……私を選んだ？」

「ねえ」とミサキは前を向いたまま言った。「この物語の最後まで一緒に行ってくれる？」

「この物語って？」

「オルフェウスの竪琴が紡ぐ物語の果てのことだよ。つまり、迷宮の謎を解き、竪琴を停止させるってことだけど」

佐枝子は大きく息を吐き、おでこでミサキの背中を軽く小突いた。

「何を今さら。そんなの最初からそのつもりだよ」

ふっとミサキが顔を綻ばす気配が伝わってきた。

「良かった。先生がいなくなってから、ずっと一人でやって来たから」

「先生？」

その問いには返答がなく、だが、彼女のいう先生とはきっと有澤冬治のことであろうとは見当がついた。

ミサキは周辺の地理を熟知しているようで、二人を乗せた自転車は複雑に曲がりくねった道をいくつも抜け、江戸川橋付近で目白通りに出て、また脇道に入った。幸い、警官に違法改造車の二人乗りを咎《とが》められることもなく、上り坂は強力な電動を発揮して乗り切り、細い路地の交錯する路地の一角で停止した。

知らないと通り過ぎてしまいそうな古い石段が塀の隙間に顔を覗かせており、ミサキは自転車を担いでそこを昇った。どこに連れて来られたのか分からないまま、佐枝子はその後に付き従い、暗い路地の奥まった果てにある古ぼけた一軒家に辿り着いた。

錆びついた門を開け、猫の額ほどの庭を横切って玄関のドアをミサキが開ける。

「ミサキってここに住んでるの？」

「ここは先生が研究の資料を保管するのに使っていた家」ミサキは部屋の電気をつけながら言った。

「私が引き継いだの。栗川たちはここの存在を知らない」

案内された居間には書棚がひしめき、ぎっしりと本やファイルが埋まっている。

「とにかく食事にしよう」ミサキは台所に足を向けた。「カップラーメンかレトルトのカレーしかないけど」

「その前にケガの治療」

佐枝子はミサキを引き留めて、無理やりトレーナーを脱がせた。案の定、ミサキは擦り傷だらけだった。ただ、縫わなければいけないほどの深手の傷はなく安堵する。救急箱を出させて消毒液を振りかけ、軟膏《なんこう》を塗りたくる。

「ミサキってあれほどの凄い技と知識を持っているのに、どうして世間に公表しないの？」と佐枝子はミサキの肩に包帯を巻きながら尋ねた。

ミサキはきっと口を結び、部屋に並ぶ本に目を走らせた。

「先生がそう言っていたから」

「先生がね……」

「先生もあるとき気づいたんだ。この技は隠されてなければいけないと。もし知られれば、人間が人間を操り、支配することに悪用されてしまう。だから、先生の本に書いていることは前置きのようなものだけで、その真髄《しんずい》には言及していない」

「でも、オルフェウスの竪琴の研究は進めたんでしょ？」

「先生は竪琴の眠りを覚ましてしまったことを悔いていた。あそこまでの威力があることは予想外だった」ミサキはじっと佐枝子を見た。「だから、終わらせることを望んでいた」

まるで終わらせるのはあなただと言わんばかりの視線の強さに戸惑いつつ、佐枝子は言った。

「アリアドネの糸を辿れば、終わらせられる？」

「アリアドネは町田さんを選んだ。さっき現れたのも、きっと私たちを助けるため」

佐枝子はスマホを取り出し、メモ帳を表示させた。マイナスたちに同化される前、この埴江田団地の各所で受け取ったメッセージを書きだしたことは覚えていた。

『666 封印は入口でもある』
『最初の子どもたち
六番目の子ども
生まれなかった子ども
『首はどこに消えた？』
『見るものには首を
見ないものにはコルキスの草を』
これらはきっとアリアドネが送ってきたもの。迷宮の謎を解くアリアドネの糸……。
ただ素朴《そぼく》な疑問が浮かんだので、佐枝子はそれを素直に口にした。
「それにしても、これがアリアドネから送られたメッセージであるなら、なんで日本語なんだろう。アリアドネなら古代ギリシャ語で書きそうなものだけど」
「神にとって人間の言語のどれを使うかなんて、さして重要なことではないよ。町田さんに読ませるためのメッセージなら、日本語で表示されるのは当然」
ミサキはこともなげにそう言い置いてから、メッセージを示して指摘した。
「最初の二つのメッセージは、『六』について語っている。つまり、封印について。あとの二つのメッセージは『首』のことを語っている」
「それは私も思った」
「竪琴の紡ぐ物語を終わらせるには、二つの方法がある」
ミサキはケガの治療を終え、クローゼットからイリノイ州立大学のロゴの入ったトレーナーを取り出し、それを羽織りながら言った。有澤冬治の残していった古着だろうかと思いつつ、佐枝子はミサキの説明に耳を傾けた。
「一つは、ギリシャ神話に隠された封印を解くこと。もう一つは、裏技を使って竪琴を緊急停止すること」

「前の二つのメッセージは封印を解く方法を語っていて、あとの二つのメッセージは裏技について語っている？」

ミサキはうなずいた。「私たちはどちらかの方法を選ばなければならない」

「封印を解くとどうなるの？」

「真空の裏側で、六角形で区切られた『個』の存在が破られる。その結果、ひとつづきになる」

「私もミサキもいなくなるってこと？」

「全部一緒になる」

「それって何かいいことある？」

ミサキはニヤリと笑った。「寂しくはないだろうね。常に大勢で一緒だから」

不服そうに佐枝子はミサキの両頬を指でつかみ、揺らした。「その代わり、あんたみたいな変な人もいなくなるってことね」

すかさずミサキは同じことを佐枝子にやり返しながら言った。「それはこっちのセリフでもある」

「封印を解く方法はナシだな」佐枝子はミサキの頬から手を離して言った。

「とはいえ、メッセージの言わんとするところは気にかかる。

『最初の子どもたち』はウラノスとガイアが生んだ六人の子どもたち。この子どもたちは奈落に幽閉された。

『六番目の子ども』はクロノスもしくはゼウス。いずれも六番目の子どもで、自分より前に支配する神を倒し、やはり奈落に幽閉した。

分からないのは『生まれなかった子ども』。これは何を指すんだろう？」

「町田さん、やるね」ミサキは感心したように目を細めた。「その読みは当たっていると思う。そして『生まれなかった子ども』は、ゼウスにとっての『生まれなかった子ども』だと思う」

「ゼウスにとって？」

「クロノスはウラノスの性器を切り取って世界の支配権を奪ったとき、そのウラノスとガイアから予言される。父がそうであったように、その子クロノスもまた、自らの子によって世界の支配権が奪われるだろうと。実際、そのとおりに自らの子ゼウスによって、クロノスは世界の支配権を奪われた。だが、これと同じ予言をゼウスも受けることになる。つまり、ゼウスもまた、自分の子どもによって、やがて支配権を奪われるだろうと」

「でもゼウスが支配権を奪われる話なんて、ギリシャ神話に出てくる？」

「出て来ない。なぜなら、『生まれなかった子ども』だから。ゼウスはクロノスのときよりも具体的な予言を受けていた。ゼウスの最初の妻となるメーティスが生む息子によって、支配権を奪われるという予言だ。ゼウスはこの予言を怖れ、メーティスが妊娠したとき、奸計《かんけい》を施してメーティスを丸ごと飲みこんだ」

「丸飲み……ゼウスといいクロノスといい、丸飲みが好きだな」

「ところが、メーティスのおなかにいた子どもはそれでも死なず、やがてゼウスの頭をかち割って誕生した。それが女神アテナだ」

「じゃあ生まれたんだ」

「でも、息子ではなく、娘だった。要するに、女神アテナこそが『生まれなかった子ども』の項目に当たる封印だよ」

「なるほど」佐枝子は腕組みした。「封印の指し示す項目は分かった。だけど、やっぱりそれが具体的にどこにあるのかなんて分からない」

「封印は三つある。６６６の数字の並びもそれを示している。

『最初の子どもたち』が指し示すのは神話に登場する怪物。埴江田団地の怪異でそれに当たるものといえば、大蛇だ。大蛇のウロコは六角形の形をしている。

『六番目の子ども』はクロノス。これについてはもう破られている可能性が高い。なぜなら、百年前に『シテール島からの船出』のリハーサル中にクロノスの刃が出現したから。竪琴が稼働することで、この封印は自動的に破られた。

そして、『生まれなかった子ども』が示すアテナについては、私たちは埴江田団地でそのアテナをもう目撃している」

佐枝子は目を丸くした。「いつ、どこで?」

「私たちが最初に顔を見合わせた日。お互い双眼鏡を持って覗いていた」

どこか楽しそうな表情でそう語るミサキを見ているうちに、佐枝子も思い出していた。

朝の公園で、ヘラクレスに憑依された元管理人を如意棒のようなもので叩いていた女性……。その姿は先刻、団地の集会場近くの林間でも目撃した。

「ヘラクレスを叩いていたあの女性……あれがアテナ?」

「アテナに憑依された団地の住民だよ。ヘラクレスは狂気にかられて自らの子どもを火に投げ入れて殺してしまう。このとき、陰ながらヘラクレスを見守っていたアテナが出現し、ヘラクレスを叩いて正気に返らせる。あの朝、私たちが見たのはその光景」

「じゃあ、アテナに憑依された住民のいるところに封印はある?」

「あの日、私はあのあとアテナの跡をつけたんだけど、彼女は集会所のなかに入っていった」

「集会所!」佐枝子は叫んだ。「さっきもアテナらしき人影を集会所の近くで見た」

「だとすると、集会所にアテナにまつわる何かがありそうね」

「まあ、それが分かったところで、封印を解くわけではないんだけど」

「いや」と思慮深げにミサキは言った。「実はアテナについては、裏技の方法を取る場合も関係がある」

「さすがミサキ」佐枝子は感嘆の表情を浮かべた。「裏技の方法も分かってるのか」

「その前にご飯にしよう。おなかが減りすぎてもう限界」

ミサキは台所に向かい、レトルトのカレーを温め始めた。考えたら佐枝子もロクに食事をとっていなかったので、カレーの香りが漂ってきたときは涙が出そうなほど感激した。

二人して極上の高級料理でも味わうかのようにトロンと瞳を潤ませながら、忘我の色を滲ませてカレーライスを頬張った。食事を終えると、佐枝子は風呂を借りてシャワーを浴びた。生き返った心地でギシギシと軋む古い廊下を歩いていると、書斎めいた小部屋が垣間見えた。机の上には筆記用具やノート類がきちんと並べられ、壁には古風な時計がかかっている。ミサキが先生と呼ぶ人が仕事に使っていた部屋であろうことは容易に想像がついた。そこは真空パックしたみたいに過ぎ去った時が保存されていた。それでいて放置されているわけではなく、埃は取り払われ、隅々まで掃除が行き届いていることが見てとれる。ミサキの内面を覗き見た思いにかられ、佐枝子は慌てて目をそらし、部屋を後にした。

居間に戻ると、待ちかねたようにミサキは裏技について説明し始めた。

「『首はどこに消えた？』のメッセージだけど、これはメドゥーサの首のこと。ペルセウスがクロノスの刃を使って切った老婆の首だ。この首がどうなったかというと、それはギリシャ神話に書いてある。ペルセウスはメドゥーサの首を女神アテナに献上したんだ。アテナはその首を自らのアイギスに嵌めこんだ。アイギスは盾として描かれることもあるし、胸当てとしてアテナ像の胸に彫りこまれることもある」

「じゃあ、首はアテナが持っている？」

「そうなるね。埴江田団地の怪異にペルセウスやヘラクレスが登場する理由は、その背後にアテナがいるからと考えられる。アテナこそ要《かなめ》なんだ」

「その首を手に入れることが、裏技の第一歩？」

「間違いない。これに続く『見るものには首を』だけど、『見るもの』とはヘカテのことだと思う」

地下の壁が崩れた向こう側の闇に見えた、まばたき……。思い出すだけで佐枝子はぞくりと心胆が冷えた。

「ということは、ヘカテに向かってメドゥーサの首を掲げる？」

ミサキは勢いこんでうなずいた。「あの虚空の目は安定せずに明滅しているけれど、メドゥーサの首は見るものを石に変える。といっても不死であるヘカテは石にならない。ただ、明滅していたヘカテの目はこれによって空間の一点で固定されるはず」

「固定したら、どうなる？」

「あの目の持つ魔力は一瞬でもすさまじいエネルギーになる。それが固定されると、莫大なエネルギーになる」

不安の虫が胸中で騒ぎだす気配を覚えながら、佐枝子はミサキの赤みがさした顔色を窺った。

「『見ないものはコルキスの草を』については、どうなの？」

「『見ないもの』とは、大蛇のことだよ。私たちが地下で追いかけられたあの蛇、目がなかったよね。目があれば、大蛇にこそメドゥーサの首が利くかと思ったけど」

「コルキスの草というのは……」

「エリザベス・ビスランドの手紙を覚えている？　アルゴ探検隊の話が出てきたでしょう」

ミサキはスマホ画面に手紙の訳文を表示させた。

「ビスランドは『コルキスの糸でつくられたオルフェウスの竪琴』だと商人から説明を受けて、その竪琴を買い取ったと手紙のなかで言っている。そして、続いてこう記している。

『ギリシャ神話はご存じですか？　コルキスの糸とは、アルゴ探検隊がコルキスの地に求めた『黄金の羊の毛』だと思われます。そういえば、アルゴ探検隊にオルフェウスも加わっていましたね。そのときに戦利品の黄金の毛を一部失敬して糸を紡ぎ、それを弦にして竪琴をつくったというわけです』

この手紙が示唆しているのは、『オルフェウスの竪琴』は、アルゴ探検隊がコルキスの地に求めた

『黄金の羊の毛』でもあるということ。『黄金の羊の毛』は世界の果てにある木の枝にかけられており、この木を守っているのが大蛇。アルゴ探検隊のイアソンは王女メディアを通じてヘカテの魔力を借り、この大蛇を眠らせる。そして『黄金の羊の毛』に近づくことに成功する。

コルキスの草とは魔女が使う薬草のこと。要するに、ヘカテの魔力を意味する言葉ね。

まとめると、ヘカテの魔力を借りれば、大蛇を眠らせることができ、『黄金の羊の毛』と同義の『オルフェウスの竪琴』に近づけるというわけ」

「『見ないものにはコルキスの草を』というのは、大蛇にヘカテの魔力を使えということね」

「そのとおりよ。大蛇が停止すれば、竪琴の紡ぐ物語世界もフリーズし、その間に竪琴に接近できるはず」

「ヘカテの魔力は、メドゥーサの首で虚空の目を固定して最大出力で取り出すということね。でも、その魔力をどうやって大蛇に伝えるの？」

「それについては考えがあるけど、今は言えない」

もったいぶって口をつぐんだミサキを、佐枝子は恨めしげに見た。

「また無茶を考えている顔だ」

「大丈夫。この方法の要は町田さんだから、実行前にはちゃんと説明する。あと、これをやる前に、クロノスの刃を隠していた場所から取り出さないと」

佐枝子は目をみはった。

「クロノスの刃って言った？　あんた持ってるの？」

ミサキは澄まして答えた。「うん、だって私が笹原博物館から盗んだから」

佐枝子は引っ繰り返りそうになった。「窃盗かよ！」

「笹原博物館の館長に会ったとき、私を見てビックリしていた」飄々とミサキは振り返った。「あの表情を見て、たぶん監視カメラに盗むところが写っていたんだなと思った。ただ、なぜかクロノスの刃は盗難届が出されなかったから、私も捕まらずに済んだんだけど」

「どうして盗むわけ……」

「だって、クロノスの刃は危険だから。クロノスの刃こそが封印の一部だと言ったでしょ。あの刃は向こう側から来たものだから、向こう側の物質も切れる。大蛇のウロコの六角形も突き抜ける。あれが野放しになっていたら、いつ封印が解かれてもおかしくない状態だった。だから、先生に言われて私が盗んだ」

「先生の指示か……」

こいつは先生の指示なら何だってするんだろうなと思いながら、佐枝子は溜息をついた。

「クロノスの刃は向こう側から来たものだから、向こう側に返す必要がある」とミサキは続けた。

「竪琴が紡ぐ物語を本当に終わらせるには、最後にクロノスの刃を返すという行為が必要なの」

肩をすくめて佐枝子は尋ねた。「で、クロノスの刃はどこにあるの？」

「東京の西にあるヘルメスの館に隠してある」

煙に巻かれて表情を強張らせた佐枝子をよそに、ミサキは力強く宣言した。

「そんな顔しない。明日、その館に行くから、そのつもりでね」

16

走行する列車の窓の向こうには、晴れ上がった初夏の空が広がっている。

佐枝子はドア脇の手すりをつかみ、傍らに佇むミサキの横顔を眺めた。ミサキはドアの窓ガラスにもたれ、車窓の風景をじっと見ている。

昨夜は話しているうちに空が白み始め、二人はそれから二時間ほど仮眠をとってから家を出た。ミサキの家から歩いて十数分の距離に地下鉄の春日駅があった。まさか、春日という名前はここから取った偽名ではないかとの疑念が胸中をよぎったが、佐枝子は敢えて問いただださなかった。

地下鉄に乗って新宿駅に出て、そこからJR中央線で西に向かう。朝の通勤ラッシュの時間帯だったものの、下りの車内はさほど混んでいなかった。

列車は杉並区の平板な住宅地を見下ろすように高架上を走り、その茫洋とした街の連なりは地平線まで続いていた。吉祥寺駅が近づくあたりで、その地平線の向こうから、さながら隊列を組んで行進する巨大構造物の連なりが見えてきた。遠方の発電所から連綿と続いて都市に至る高圧送電網の鉄塔だ。鉄塔の隊列はどんどん近づき、やがて線路と交錯する。

ぼそりとミサキがつぶやいた。

「ウロボロスの帯が見える」

言っている意味が分からなかったが、佐枝子はミサキの視線を辿って窓の外の遥か果てを見つめた。

「地平線のあたりの空」とミサキは言った。「細くて薄い、黒い線が横に走っているでしょう」

朝の陽光はまるで冬の光みたいに透き通っていて、車窓の風景すべてが古いアルバムに埋もれたずっと昔の写真のなかのように清冽な光輝《こうき》をまとっていた。

佐枝子は、ミサキの示す住宅街の連なる果てである地平の上空に目をすがめた。

確かに言われてみれば、青い空の果てにうっすらと黒い帯のような横線が地平線と平行に走っている気がしなくもない。ただ、単なる目の錯覚と言われても納得しそうなほど覚束《おぼつか》ない。

「何なの、あれ」と佐枝子は尋ねた。「ウロボロスの帯っていうの?」

白い歯がこぼれ、ミサキの頬が綻んだ。

「私もなんだかよく分からないんだけど、たまに地平線の上空に黒い帯が見えることがあると、先生がその名前を口にしていた」

「自然現象なの?　それともゴースト的な現象?」

ミサキは首をかしげたが、その表情は佐枝子が見たこともないほど柔和なものだった。

「さあ、先生も適当に言ったんだと思うけど」

その不思議な黒い線を、列車のドアの窓ガラスにへばりついて一心に眺めるミサキの後ろ姿に、なぜか惹きつけられた。

「ねえ、先生ってどんな人だったの？」

ほんの僅かに華奢な背中が揺れ、長い睫毛《まつげ》が列車の走行音に呼応するように揺れるのが分かった。

「遠くのものばかり見ている人だった」

「遠くのもの？」

その問いに対する答えは返って来ることなく、停車駅が近づいて列車は減速を始めた。やがて高い建物が視界を遮り、空の果てもウロボロスの帯も見えなくなった。

吉祥寺駅で車内が空いたので、佐枝子は座席に腰を下ろした。座を占めると急に眠気を覚えて舟を漕《こ》ぎ始めた頃、ミサキに揺り動かされて慌てて降車した駅は、国立だった。佐枝子にとっては初めて降りる駅だ。

駅前から街路樹の生い茂る広い目抜き通りが続き、道沿いには洒落た店が軒を連ねている。少し歩くと古い洋館の建ち並ぶ一角が見えてきて、それは一橋大学のキャンパスだった。

ミサキはその正門のところまで来ると、石の塀に掲げられた校章を指差した。

「これはマーキュリー。ギリシャ神話の神ヘルメスのシンボル」

「ヘルメスのシンボルがどうして大学の校章に？」

「ヘルメスは商業の神様でもあるからね。この大学が商科大学としてスタートしたからだよ」

「ミサキって、もしかしてこの大学に関係ある人？」

ミサキは正門を抜けて校内に入ろうとしていた。「まったく関係なし。ついでに言えば先生も無関係」

「ちょっと待って、勝手に入って大丈夫なの」

「大丈夫だよ。ここは市民の散歩コースになっているから。ほら、守衛さんも黙って通してくれている」

ミサキはずんずん校内の先へと進み、佐枝子も辺りを憚りながら後に続いた。やがて右手に見えてきたレンガ造りの大きな講堂の前でミサキは足を止めた。

「これが兼松《かねまつ》講堂。一九二七年に創建された歴史的建造物でもある」

佐枝子は荘厳な洋館を見上げた。「まさか、これがヘルメスの館？」

「まあ、そう言っているのは先生だけだけど、ヘルメスのシンボルが正面の壁の中央に嵌めこまれているでしょう。クロノスの刃はペルセウスに貸し与えられたけど、基本的にはヘルメスの持ち物だから、隠すにはここしかないと先生は思ったんだよ」

「でも、大学の人に見つからない？」

「さすがに館のなかに隠すのは危険だったから、裏手の林に埋めた」

「ということは、今からそれを掘るわけね……」

「ご名答」

講堂の側面にまわると、鬱蒼とした林が広がっている。周囲に人けはなく、ミサキは迷うことなく林の奥へと分け入り、講堂の裏手へと歩を進めた。大学の構内とは思えないほど木々が生い茂っており、確かに人目を忍んで何かを埋める場所としては案外うってつけかもしれないと佐枝子は思った。緑が乱雑に繁茂したある地点まで来ると、ミサキは背負っていたナップサックからスコップを出して土に突き立てた。どうやらそこがお宝の隠し場所らしい。

佐枝子のスコップも用意されており、二人は汗を拭いながら土を掘る作業に専念した。枝葉を伸ばした木々が目隠しとなり、周囲から目撃される心配はない。しかし、よほど地中深くに埋められたのかクロノスの刃はすぐには姿を現さなかった。

太い幹によりかかって、佐枝子は作業の手を休めた。

「ねえ、前から気にかかっているんだけど、封印って六角形じゃない？　そして内部には渦巻きがあって……。その形、埴江田団地に来る前にも、どこかで見たことあるんだよね」

ミサキは黙々とスコップで土を掘り起こしながら答えた。

「それはきっとあれだよ。スマホで土星の六角形と検索してみて」

「土星の六角形？」

佐枝子はポケットからスマホを取り出し、そのとおりに検索した。

「げ、六角形が土星にある……」

「土星の北極には巨大な六角形が鎮座している」

「なんなの、これ」

「土星のジェット気流をシミュレーションしたらそうなるという仮説もあるけど、科学的に完全に解明されているわけではない。町田さんはこの土星の六角形をどこかで見たんじゃない？　特に中心に目のような黒点があるのは、大蛇のウロコの模様に似ている」

「そういえば……」

さまざまなSF映画の名場面をゴチャ混ぜにちりばめたパロディ映画に端役《はやく》で出たとき、土星のシーンもあった気がする。自分はあのとき、この六角形を見ていた……。

だが、埴江田団地に現れる模様の特徴は、六角形だけではない。六角形の内側を埋める、無数の歪な円もどこかで見た気がするのだ。土星の六角形のなかにも円はあったが、歪で内側が黒い、渦を巻いた円とは形が違っている。

佐枝子がそれを言うと、ミサキはさらに突飛なことを口にした。

「それはブラックホールだよ」

「ブラックホール……だって？」

「重力子が次元の壁を通り抜けたとき、中央が黒く塗り潰された歪な渦巻きの軌跡を残す。埴江田団地の六角形は、真空の裏側、つまり別次元から重力子が作用を及ぼした痕跡なんだ。だから、その内側にはそのような歪な円の焦げ跡が無数に付いてる」

「遥か遠い宇宙のブラックホールと同じ現象が起きているってこと？」

「そういうこと。ブラックホールの撮影に成功した天体ニュースは大々的に報じられていたから、そのときの画像を見てたんじゃない？」

言われてみれば、そのニュースを見た記憶はある。とはいえ、壮大な宇宙の出来事と、団地内の怪異がにわかには結びつかなくて佐枝子はうなった。

「六角形に話を戻すけど、そもそも、どうして土星にあるわけ？」

「先生は、土星の六角形を向こう側からの徴だと言っていた」

「向こう側からの徴がなんでまた土星に？」

ミサキは額の汗を袖で拭った。「ここに封印があるという合図かな」

「土星に封印があるってこと？」

「土星って、英語でなんていうか知ってる？　サターンだよ。ローマ神話の神サトゥルヌスから来ている。ローマ神話はギリシャ神話を受け継いでいるから、サトゥルヌスの前身となる神がギリシャ神話にいる。その神はクロノスだ」ミサキは強く土にスコップを突き刺して言った。「つまり、封印はクロノスにありだ」

「いやいや、古代ギリシャ人は土星に六角形があることを知らないでしょ？」

「人間が知っているかどうかの問題じゃないよ。だって向こう側からの徴だもの」

狐《きつね》につままれた心地で佐枝子が固まっているうちに、ミサキはしゃがみこんで穴のなかから細長い木の箱を引っ張り上げた。

ついにクロノスの刃を掘り出したと見える。

佐枝子は慌てて駆け寄り、ミサキとともに箱を支え、地面に置いた。土をはらい、ミサキは慎重に箱の蓋を開けた。そこには、布に巻かれた長さ五、六十センチの棒状のものが収められていた。ゆっくりとミサキの手が布を取り去ると、黒光りする刃物が現れた。

刃は三日月のように反った弧を描き、柄の部分は二重螺旋の意匠が施されている。

ミサキに促されて、佐枝子はおそるおそる柄を握った。ずっしりと重く、向こう側から来たゴースト的な物質とは到底思えない。ただ、触れるだけで意識がぐにゃりと溶解する感覚に見舞われ、急いでミサキに返した。

ミサキは布を巻き直し、ナップサックにクロノスの刃を収納すると、口もとをきっと引き締めた。

「これで、終わらせられる」

17

埴江田団地の入口からE棟、G棟にかけての周辺は、ふだんと違う人々の往来でごった返していた。警察や救急の車両が横づけされ、住民に聞きこみを行っている警官たちの姿が確認できるほか、テレビ局のレポーターがマイクを持ってカメラに向かって話す光景も見えた。それを取り巻くように、野次馬たちも集まっている。

E棟のベランダでは多くの住民が意識を失って倒れている姿で発見され、G棟付近でも何人かの住民が屋外で夢遊病的な状態で歩行しているところを保護された。団地でなんらかの異変があったことは明らかだった。だが、何があったのかを具体的に説明できる住民は皆無だった。警察への通報は他の棟にいた住民によってもたらされたが、その通報の内容はE棟の方で大勢の人々の叫び声が聞こえたといったもので、異変そのものを目撃したわけではない。

ショッピングセンター五階の一室から、綿道は憂鬱な表情で団地内の様子を見下ろしていた。

感染し、憑依された住民たちが竪琴の音色に合わせて合唱していた行為は、無意識裡によるもので、一種の夢遊的状態にあったので、当人たちにはその当時の記憶がなく、警察に訊かれても何があったか説明できないはずだった。だから、すぐにはオルフェウスの竪琴を巡るブージャム社の人体実験的な試みが明るみに出る心配はないと、綿道は高をくくっていた。しかし、騒ぎが大きくなれば、やがて警察なりマスコミなりが嗅ぎつける危険は大いにある。

昨夜は、仮面の者の素顔を直視しなかったため、綿道は難を逃れた。単に身を乗り出した他のスタッフの背中が邪魔してその一瞬を見逃しただけだが、それが九死に一生を得る僥倖となった。栗川をはじめ、直視した者は気がふれて奇態を繰り返し、綿道ら直視を免れたスタッフたちが手を貸して、なんとかショッピングセンター五階の部屋に退避することができた。

幸い、警察もマスコミもその矛先をもっぱら団地内に向けており、ショッピングセンターにまではまだ注意がまわっていない。しばらくはここで息を潜めて事態が鎮静化するまで待つしかないと綿道が思案にふけっていたそのとき、野次馬が散在する公園の脇を通って、F棟方面に向かう二人組の姿があることに気づいた。

作業着姿のその二人組は無地の黒いキャップを目深にかぶり、大きなカバンを下げて人ゴミを抜けていく。なんらかの機器を点検する整備員っぽい雰囲気だが、二人とも女性であることが気にかかった。

あの二人は、町田佐枝子と春日ミサキの変装した姿ではないか……。

ハッと身を震わせ、綿道はそう確信した。

この混乱に乗じて再び団地内に舞い戻り、何を企んでいるのだ……。

周囲に知らせようにも、他のスタッフたちは収容した栗川らに付きっきりだ。栗川らは被験者と同様の症状に見舞われ、奇声を発し続けている。そもそも動ける人間が自分以外残っていないことを、綿道は改めて自覚した。

陰鬱な笑みをひっそりと滲ませ、綿道は窓から二人組の姿を目で追った。そして、二人がF棟の集会所方面へと移動していることを確認すると、さっと身を翻して部屋の出入口へと向かった。部屋を出る前、戸棚の上に置いてあったスタンガンをつかみ、握りしめる。それは町田佐枝子を五階の部屋に連れてきたとき、彼女のポケットから没収したものだった。

F棟脇にある集会所は平屋建ての小ぢんまりとしたもので、周りを囲む木々に埋もれるように建っていた。その地味な建物に近づいていく二人組の作業着姿の女性は、綿道の見立てどおり、ミサキと佐枝子だった。

辺りに人けがないことを確かめ、ミサキと佐枝子は集会所の入口へと歩を進めた。今のところ、人々の関心はE棟とG棟方面に集中しており、F棟の周辺は閑散としている。

集会場は施錠され、屋内にも人の気配はない。ここにアテナにつながる何らかのモノが隠されていると二人は睨んでいたものの、今のところアテナに憑依された住民がいる様子もなかった。

「集会所には地下室がある」とミサキが佐枝子に耳打ちした。

振り返ったミサキの顔半分は目深にかぶった黒いキャップに隠れており、男の子のようなその格好はミサキによく似合っていると佐枝子は内心思った。二人が身にまとう作業着もキャップも、ミサキが非常勤で入る測量士のバイトで使っているものらしい。バイトの備品を家に持ち帰っていることがいいのか悪いのか佐枝子には判断がつかなかったが、とにかくミサキの家にあったその制服が団地内に潜入する際の変装に役立った。

集会所の裏手にまわると、電源関連の灰色の筐体が鎮座しており、その陰に地下へと続く階段が口を開けている。以前にも来たことがあるのか、ミサキは躊躇なく階段を駆け下り、グレーの作業ズボンのポケットからじゃらりと鍵を取り出した。そして、周囲を警戒しながら階段の上で様子を窺っている佐枝子に向かって、降りてくるように手振りで示した。

「ここの合鍵もつくっておいてよかった」

ミサキは微笑を浮かべて地下室の扉を開錠する。暗い廊下へと身を滑りこませたミサキのあとを、佐枝子も慌てて追った。

廊下は思った以上に長かったが、数歩も行かないうちに右手に板張りの部屋が口を開けていた。そこはガランとした、用途不明の空間だった。奥の壁には天窓が備わっており、そこから外の光がうっすらと漏れている。部屋の中央には白い布を被せた細長いものが立っていて、布の途切れた下部には、人の足らしきものが垣間見えている。

一瞬、佐枝子は身を固くしたが、よく見るとその足は木製で、どうやら木でできた像に布を被せて安置しているようだ。木像の高さは人の背丈と変わらない。

「ひょっとして」じっと像を見つめていたミサキがつぶやいた。「これはパラディオンか」

初めて聞く言葉を耳にし、佐枝子は尋ねた。「パラディオンって何?」

すぐには答えずに、ミサキは背負っていた布袋や黒い筒を部屋の入口脇に下ろした。どうやら、この像をじっくり調べる気だなと佐枝子も察して、その横に持っていた重いカバンを置く。

ミサキは変装用のキャップも脱いで、髪を掻き上げた。帽子の鍔下から現れたミサキの顔色はいつになく蒼白で、それは家を出るときからそうだったと佐枝子は思った。団地に乗りこむ準備のためにミサキは部屋にこもって一人で何かしていたが、あのとき何か良からぬ処置を自らの体に施していたのではないかと佐枝子は密かに案じていた。

「女神アテナはパラスという別名がある」とミサキは説明を始めた。「パラスの由来は諸説あるけど、アテナの幼馴染《おさななじみ》である少女の名前がパラスだったという説が有力。

アテナとパラスは姉妹同然に育ったけど、あるとき剣術の稽古をしていたとき、アテナは誤ってパラスを殺してしまった。アテナはそれを悔いて、パラスそっくりの木像をつくった。それがパラディオン。さらには、アテナは自らパラスとも名乗り、亡くなった幼馴染の分身になろうとした」

「そこにある木像が、そのパラディオンっていうの？」

「おそらく」

ミサキはカバンから麻袋を取り出した。麻袋は回収したメドゥーサの首を入れるために用意したものだ。

「つまり、パラディオンはアテナの分身。となると、この像こそが、メドゥーサの首を付けた胸当てをまとっている可能性がある」

佐枝子は白い布で覆われた像を見つめた。「首はそこにある？」

「気をつけないと」

まるで像に耳があるとでもいうかのように、ミサキは忍び足になってその側方へとまわった。正面から近づこうとする佐枝子を見て慌てて制する。

「メドゥーサの首を正面から見たら石になるよ！」

「まさか……」

そう言いつつも、G棟四〇九号室のベランダにあった石の塊を今さらながら佐枝子は思い出していた。メドゥーサのゴーストはG棟四〇九号室に出現した。まさか、あのベランダにあった石がメドゥーサと目が合った者の成れの果てとでも……。

ミサキが像にかかった布をめくろうとしていたので、佐枝子は血相を変えた。

「大丈夫なの」

「胸当てをしているか確かめるだけ」

慎重にミサキはパラディオンの側方から布をめくり上げ、身を屈めて像の胸のあたりに視線を巡らした。

「当たりだ」ミサキがほっと息を吐くように言った。「胸当てをしている。首のようなものも胸当てに付いている」

「気をつけてよ……」

「分かってる。ちょっとこの布持ってて」

パラディオンにかかった白い布の端を佐枝子に手渡し、ミサキは脇に抱えていた麻袋の口を広げる。

「この麻袋でまず胸当てを包む。これによってメドゥーサの首を見ないようにしてから、像から引きはがす」

佐枝子が持ち上げた布の端からミサキは慎重に麻袋を差しこみ、手探りで胸当てを布袋のなかに入れこんでいく。

「町田さん、白い布を像から取り払っちゃって。メドゥーサの首は麻袋に入れたから」

おそるおそる佐枝子はパラディオンを覆っていた白い布を取り去った。

優美な曲線にかたどられた木目の像が全貌を現した。木でつくられたとは思えないほどの艶めかしい女性の裸体に目を奪われる。見たところ木は新しく、出来たばかりのような瑞々《みずみず》しさを誇っていた。ただし、その顔はノッペラボウで髪の毛も彫られておらず、目や鼻のあたりに僅かな窪みが確認できる程度で、どことなく、ぴっちりとした布で顔面を覆われた人のようにも見える。

豊満な胸の前には胸当てがかかっていたが、それは今、ミサキが被せたばかりの布袋に収められている。布袋の中央の盛り上がった箇所が少し蠢いた気がして、佐枝子はぞっとした。胸当ての中央にはメドゥーサの首が付いており、それはまだ生きているのだ。今にもその首が麻袋を食いちぎって、獰猛な両の目をこちらに向けるのではないかと思うと、全身から冷や汗が滲み出た。

ミサキは麻袋の口の紐をきつく締めてから像の首の後ろに手をまわし、胸当ての掛け紐を慎重に外した。はらりとメドゥーサの首入りの麻袋が像から離れ、ミサキの胸におさまる。

満面の笑みを浮かべてミサキは言った。「首を手に入れた」

だが、その笑顔は長続きしなかった。

だしぬけに木像の腕が物凄い勢いで動き、ミサキを横殴りにはらったのだ。木像の強烈な殴打は麻袋がクッションになったとはいえ、ミサキの身体は棒きれみたいに壁際まで飛んだ。

佐枝子の口から悲鳴が迸る間にも、パラディオンは前傾姿勢になってミサキに突進した。床に伸びたミサキに覆いかぶさり、木でできた両の手が首を絞め上げる。見る見るミサキの顔面が紫色に鬱血した。

このままではミサキが死んでしまう……。

佐枝子は駆け寄ってパラディオンをミサキから引き剝がそうとしたが、押しても引いても木像はビクともしなかった。ミサキがつかんでいた麻袋を取り上げ、叫んだ。

「首は返すから、ミサキから離れろ」

パラディオンに向かって麻袋を叩きつける。勢いをつけて渾身《こんしん》の蹴りを木像の脇腹にかましたものの、次の瞬間、足の甲が割れんばかりの痛みに貫かれ、佐枝子は悶絶した。床の上で七転八倒していると、ミサキの瀕死の形相が視界に入って我に返る。

生気を失ったミサキは、もう息をしていないように見えた。

さっと上体を起こした佐枝子は目を見開き、そして気づいた。

パラディオンの背中には六角形の巨大なウロコが一つだけ付いており、そこだけ生き物みたいにうねっている。

これは、アテナの封印……。

痛みを堪えて立ち上がると、佐枝子は部屋の入口付近に置いていた荷物へとダッシュした。布袋の口を開け、そこに収納されていたクロノスの刃を取り出す。迷っている場合ではなかった。

パラディオンとミサキのもとに駆け戻り、その脇で仁王立ちになる。

そして両手に持ったクロノスの刃を、パラディオンの背中で脈打つ六角形に向けて、渾身の力で突き刺した。

ズブリと六角形のウロコを刺し貫き、黒光りする刃先はいとも簡単に木像の内部に達した。刃が木像を貫通してミサキまで傷つけないように、佐枝子は慌てて引き戻した。

六角形のウロコがめくれ上がり、その裂け目からドロリとしたタールのような粘液が迸り出た。それとともに、封印が破れ去ったことを示すように、部屋全体が地震のごとく振動した。

見る間にパラディオンは溶解して泥炭と化し、黒い液体が床に広がっていく。

クロノスの刃を握りしめ、佐枝子は放心してその光景を見守った。

優美な曲線でかたどられていた木像は見る影もなくなり、やがてブクブクと黒い泡を噴く土くれとなって崩れ去った。有毒な瘴気を発する沼の土さながらの泥でミサキの体は埋め尽くされている。佐枝子は黒い水たまりを這い進み、急いで泥を取り除いた。

泥のなかからミサキの顔と胸を掘り出すと、その心臓のあたりに耳を付ける。

着実に波打つ鼓動が聞こえてきたとき、全身の力がぬけてその場にへたりこんだ。

残りの泥も取り除き終えた頃、ようやくミサキの目が開いた。佐枝子はその頬に手を伸ばした。

「大丈夫？　生きてる？」

充血した目で尋ねる佐枝子に、ミサキは小さくうなずき返した。

「佐枝子、封印を解いちゃったね」

「うん……」

傍らに放り出したクロノスの刃は、黒液に浸されて妖しく光っている。

その禍々しい鈍い光に胸騒ぎを覚え、佐枝子は言った。

「やばいかな」

「大丈夫だよ」ミサキはやけに力をこめて言った。「まだ封印は一つ残っている。そのクロノスの刃で、地下の大蛇のウロコを刺し貫かない限り、封印は完全に破れない。そして私たちはそんなことをするつもりは毛頭ない」

部屋の入口にゆらりと人影が現れたのは、そのときだった。

「お二人さん、いいこと聞かせてもらった」

低音のよく通る声を発したその中年男性を目にした刹那、佐枝子は時空が歪む感覚に見舞われた。それくらい、その人物がここにいることを理解できなかった。

佐枝子は声を絞り出した。「綿道さん、どうしてここに……」

綿道は勝ち誇ったように狡猾な色を顔に浮かべ、室内に踏みこんできた。

「決まってるだろうが、封印を解くためだ」

泥を蹴散らして、ミサキが身を起こした。「そいつはブージャム社の一員だ。佐枝子を埴江田団地に送りこんだのも、ディオニュソス神の生贄にするためだ。それが封印を解くための儀式だと信じていたから」

「え、そうなの……」佐枝子は動転して綿道を見上げた。

綿道はさっと身を屈めて、クロノスの刃を拾い上げた。

あっと声を上げて佐枝子は手を伸ばしたが、綿道はひょいと身をかわす。

「クロノスの刃を隠し持っていたとはな」綿道はその黒光りする刃先に目を細めた。「これが封印を解く鍵となるのか」

佐枝子はきっと綿道を睨んだ。「封印を解いたら、どうなるか分かっているの」

「当たり前だ」綿道は吐き捨てた。「すべてはディオニュソス神の栄光に包まれる」

「綿道さんの存在も無くなるんだよ」

「こんなクソみたいな世の中が消えてしまうのなら、喜んでオレの身はくれてやる」

「狂ってる……」

立ち上がったミサキが身を低くして綿道に飛びかかった。だが、その瞬間に火花が散ってミサキの体が膝から崩れた。綿道は右手にクロノスの刃、そして左手にはスタンガンを持っていた。

「くそ、安物のスタンガンで気絶させるほどの威力はないようだな」

朦朧と身をくねらせるミサキに毒づく綿道を見ていると、腹の底からドス黒い憤怒の炎が湧き上がり、佐枝子は雇い主であった脚本家に突進した。

だが、綿道はいとも簡単に身をかわし、佐枝子のこめかみにスタンガンを突きつけた。電気ショックで気が遠くなり、佐枝子の体は床に叩きつけられた。

綿道はスタンガンをポケットに入れると、満足そうにクロノスの刃を掲げた。

「今から地下に潜って、こいつで大蛇のウロコを貫く。封印を解く英雄はこのオレだ」

さっと踵を返し、綿道は部屋から姿を消した。その足音が廊下の奥へと遠ざかっていくのを、覚束ない意識のなかで佐枝子は聞き取っていた。

18

体の節々が軋みを発するなか、歯を食いしばって佐枝子が起き上がると、ミサキも体に鞭《むち》打って態勢を立て直しているところだった。

「綿道の野郎」佐枝子は歯ぎしりして言った。「まるっきり狂信者だ」

「大蛇のウロコにクロノスの刃を突き立てることは容易ではないと思うけど」ミサキもうめいた。

「あの調子なら、やりかねない」

「私たちが先を越して、ヘカテの魔力で大蛇を停止させる必要があるってこと？」

「そういうこと」

ミサキは黒いカバンを開けて、太い口径の銃を取り出した。何が入っているのかと思いきや、銃器が出て来て佐枝子は慄然《りつぜん》とする。

「刑法で禁止されているような武器じゃないよ」

ミサキは弁解がましく口にしたが、佐枝子はかぶりを振った。

「いや、どう見ても違法だよ……」

「弾薬を撃つものじゃないから。これを撃つものだから」

ミサキの手はガラス瓶を掲げている。瓶の中身は赤い液体で、それは血だった。

「その血ってもしかして……」

「そう、私の血。二百ミリリットル入ってる」

「自分の血を抜いたんだ……」

「地下で見たでしょ。私がヘカテに感電したとき、血が同期して燃えたのを」

「まさか」血の気の失せたミサキの蒼白な顔を、佐枝子はあらためて見つめた。「ヘカテの魔力を大蛇に伝える方法って、血を使うつもりなのね」

「手順を説明する」ミサキは佐枝子に銃器を渡しながら言った。「これはランチャー。この筒にこのガラス瓶を入れると撃てる仕組み。ランチャーを撃つのは佐枝子の役割だから。佐枝子が大蛇の口のなかに、この血の入ったガラス瓶をお見舞いする」

「私、こんなの撃つ自信ないよ」

「大丈夫。このランチャーはどうせ至近距離でしか撃てないから、射撃の腕は関係ない」

「ということは、大蛇の口に近づいて撃つのね……」

ミサキは佐枝子の目を覗きこんで言った。「撃てる？」

佐枝子は切れ長の瞳を覗き返し、うなずいた。「やるしかない」

ミサキもうなずき返し、ポケットからワイヤレスのイヤホンを二つ取り出して、そのうちの一つを佐枝子に差し出した。

「このイヤホンで連絡を取り合う。佐枝子が血の入ったガラス瓶を大蛇の口のなかに撃ちこんだら、すぐにイヤホンを通して連絡して。これは骨伝導方式のマイク機能も備えているから、普通に話すだけで伝わる」

ミサキはイヤホンを耳に差し、佐枝子が同じように耳に装着するのを見守った。

「佐枝子から連絡を受けたら、私はヘカテに向けて構えていた望遠鏡のピントを一挙に合わせて、ヘカテの魔力を入電する。血が同期して、ヘカテの魔力は大蛇に伝わる」

「そう、うまくいくかな」

「大蛇がガラス瓶を吐き出してしまわないように、佐枝子が撃ちこんだ直後が勝負よ」

ランチャーには吊り紐が備わっており、佐枝子はその紐を肩にかけた。ミサキはメドゥーサの首が入った麻袋と、首を掲げるときに使うイーゼルを収めた筒を担ぐ。

準備が整うと、二人はこぶしとこぶしを突き合わせて健闘を誓い、部屋を出た。綿道の足音は廊下の奥へと消えたことを佐枝子は思い出し、その方角を指差してミサキに伝える。ミサキも分かっているというように親指を立て、廊下の奥へと小走りに駆けた。

廊下はしばらく行くと、左に直角に曲がっていた。角の先は行き止まりだったが、その手前には床に上げ蓋が付いており、その蓋を引き上げると、階下へと降りる梯子《はしご》が現れた。辺りには綿道のものと思える足跡も残っており、ここから下に向かったのは間違いないようだ。

「こんなところから、さらなる地下へと降りられる構造になっているのか」

「この集会場、もしかしたら昔の旧陸軍の施設を利用してつくられたものかもしれない」

その梯子を伝って階下へと至ると、そこは古い漆喰の壁に囲まれた小部屋で、床には瓦礫やガラス片が積もっていた。壁の一部は崩れており、その先はもうオルフェウスの竪琴が支配する地下空間が始まっている。ただ、地下の様相は先日来たときと大きく変わっていた。蛇行する廊下ではなく、洞穴《ほらあな》が続いていたのだ。

崩れた壁の隙間をくぐって洞穴に身を滑りこませると、生ぬるい風に包まれた。

人工的な壁も床も天井も消え、ゴツゴツとした岩場からなる穴が地下を貫いている。しかも、その洞穴の下半分は真っ黒い濁流によって満たされていた。濁流は深く、激しい波が穴の壁にぶつかって水しぶきを上げている。

「地下がステュクス化したか」とミサキはつぶやいた。

「この流れ、ステュクスっていうの？」と佐枝子は尋ねた。

「ステュクスは冥界を流れる川だよ。レルネーの沼が溢れ、今や地下のすべてが物語世界に埋没したんだ」

穴の側壁にはどうにか伝っていける足場があり、二人は濁流を横に見ながら、ゆっくりと進んでいった。

「綿道もここを通ったのかな」

「どっちに行ったのかは分からない」

「そもそも、どこを目指せばいいのかも……」

綿道の跡を追うのも、大蛇を探すのも、ヘカテの部屋に行き着くのも、そもそも方向が分からないのだった。闇雲に進んでいいのかと躊躇していると、どこからかエンジン音が聞こえてきて、二人は顔を見合わせた。

音はどんどん近づき、身を固くして佐枝子は濁流の先を見つめた。そして、洞穴のカーブの向こうに黄色い物体が滑りこんできたと思いきや、いっそう唸《うな》りを上げて水上を爆走してきた。

「え、ボート……」

それは黄色いゴムボートで、船尾にはモーターが備え付けられており、その駆動力でそれなりのスピードが出る代物のようだった。ボート自体は小さなもので、その船体の半分以上は巨体によって占められている。

「あれは……」とミサキがくぐもった声で言った。「アラン・スミシーじゃないか」

佐枝子は岩場で立ち上がって仰ぎ見た。「あいつ、ボートなんて持ってたんだ」

アランは意気揚々とボートを飛ばし、二人の近くでエンジンを切って停船した。

「お二人さん、こんにちは」

「いったい、どこからボートを持ちこんだのよ」と佐枝子は呆れて言った。

何でもないというようにアランは手を振って答えた。

「これは見てのとおりゴムボートですから、空気を抜けば折りたたんで持ち運べるのです。G棟のエレベーターは壊れて動かなくなってますが、エレベーターシャフト内に入りこんで地下に潜入しました」

「あんたの竪琴への執念も凄いな」とミサキが心底感心したように口を挟んだ。

「違いますよ」アランは首を横に振った。「私はお二人を待っていたのです」

「私たちを？」

「昨晩、竪琴の威力を見て、私、考えを変えました。スタッフ二人もミサキさんに助けてもらいましたが、恐怖心、消えません。もう国に帰ると言っている。私、それで思ったんです。あの竪琴は世に出してはいけないと」

「本当かな……」

佐枝子は疑わしそうにアランを見た。

「ノーノー、ここでそんな疑問を差し挟んで無駄な時間を過ごしていいのですか？　早くボートに乗ってください」

ずいっと身を乗り出して、ミサキは尋ねた。

「綿道を見かけた？」

「綿道……誰ですか？」

「中年のおじさんよ。クロノスの刃を持っていて、大蛇を探している。封印を解くために」

アランは顔をしかめた。「それは大変じゃないですか。早く探しに行きましょう」

「仕方ない、行くか」

ミサキがそう言ったときには、佐枝子はもう黄色いゴムボートに飛び乗っていた。ミサキも後に続く。しかし、ボート内は狭く、かなり窮屈だった。

「では、行きますよ」

アランはエンジンをかけ、ボートは軽快に滑走を開始した。濁流の波にバウンドし、舟の周縁に沿って結わえられたロープを握っていないと振り落とされそうなほど横揺れが激しい。

洞穴の水面をボートが走り始めた直後、頭上を黒い鳥が通過した。

「あ、あの鳥!」佐枝子は叫んだ。「プロメテウスをついばむ鳥」

「案内に現れたんだ」ミサキが声をかぶせる。「アラン、ボートをUターンできる？　あの鳥を追うの」

「やってみましょう」

アランは洞穴の幅が広くなったところで思いきり舵《かじ》を切り、ボートを旋回させる。今にも岩場に乗り上げそうになったところで、ぎりぎりボートは方向転換を終え、濁流を遡上し始めた。

「もっと速く!」とミサキが怒鳴った。「鳥を見失ってしまう」

「つかまってください。振り落とされても知りませんよ」

アランはエンジンの回転音を上げ、ボートは弾むように水面を疾駆した。蛇行する冥界の川はやがて二手に別れ、コンパクトな双眼鏡で鳥を追跡していたミサキが右の支流に入るように指示する。分岐点付近は水中から尖った岩が突き出ていて、その狭い隙間をアランは右に左にと巧みに舵を切って駆け抜けた。

「次の三叉路《さんさろ》は真ん中」

「ラジャー」

その瞬間、横殴りの波に襲われ、ボートの進路が狂った。それでも変則的に舵を小刻みに変化させ、三つに分岐した流れの真ん中にアランは船体をねじこんだ。ゴリゴリとボートの側面が岩場をこする。

ゴムが破けないか冷や汗を垂らしながらも、佐枝子はミサキの体を必死につかんでいた。ミサキはミサキで、激しい揺れをものともせず、鳥の行方を追ってボートから大きく身を乗り出して双眼鏡を構えている。濁流のしぶきが上がって頭から水をかぶっても、ミサキは鳥を双眼鏡のスコープ内にとらえ続けていた。

「停止！」

ミサキの絶叫を受けてアランが慌ててエンジンを切る。減速したボートの行く手には洞穴の一角が崩れた場所があり、その空洞に、あの顔が三つある女神像が立っていた。ヘカテの像だ。

「鳥はここに入っていった」

ヘカテ像のある部屋も、地下がステュクス化したあおりで様変わりしていた。人工的な壁は消え去り、今は岩場に囲まれた空洞となっている。ただ、ヘカテ像は変わらずに屹立していた。

その像の背後には、うずたかく瓦礫が溜まっており、その勾配を昇り切った先には、別の洞窟《どうくつ》が口を開けていた。その洞窟は完全な闇に包まれており、ここからでは何も見えない。空間が途切れて、無が垣間見えているような様相だ。

あの闇の向こうに、虚空の目が浮かび、まばたきした魔術的な光景を、佐枝子は思い出していた。

「私はここで降りて、ヘカテの魔力を入電する準備に入る」メドゥーサの首が入った麻袋を確認しながらミサキは言った。「佐枝子とアランは大蛇を探して」

「一人で大丈夫？」と心配そうに佐枝子は言った。

「心配ない。それより時間がないから。綿道が先に大蛇を見つけて封印を解いたら、もうそこでゲームオーバーよ」

「分かった」佐枝子は首から下げたランチャーを確認して答えた。すでにミサキの血が入ったガラス瓶はランチャーにセットしてある。いつ大蛇に遭遇してもいいように。

「このまま川を遡行して探索しよう」アランはエンジンをかけ直した。そしてミサキに向かって声を張り上げた。「健闘を祈りますよ、ミサキさん」

ミサキはニヤリと笑って答えた。「そっちこそ」

二人を乗せたボートが轟音を上げて去っていくと、ミサキは踵を返してヘカテ像の背後にまわった。礫の積もった勾配を昇り、別の洞窟が口を開ける箇所にまで到達する。

そこから先は完全な闇が支配する、無の空間だった。

だが、遥か闇の向こうで、闇そのものが微小に揺らめいている。

虚空の目だ……。

ミサキはポケットに入れていた携帯式の望遠鏡を取り出し、その筒を伸ばして虚空の目を観察した。まばたきが視界に入った瞬間、ドクンと全身に電気が走った。さっと望遠鏡から目を離して気持ちを落ち着かせる。ヘカテとつながるにはまだ早い。

筒に入っていたイーゼルを取り出し、そこに麻袋をセットする。闇の奥に相対するようにイーゼルの角度を調整し、目をそらしながら麻袋を取り去った。入っていたメドゥーサの首が露わになる。

イーゼルの上で、首が蠢く気配が伝わってきた。だが、見てはいけない。首と目が合ったら一瞬にして石になる……。

さっと顔をそむけてミサキはイーゼルの真後ろにまわり、望遠鏡の筒をメドゥーサの首に添えるように設置した。遠くから見れば、望遠鏡とメドゥーサの首がほぼ一体化して認識されるのがポイントだった。こうすることで、メドゥーサと目が合ってフリーズしたヘカテの瞳は、同時に望遠鏡のレンズと相対することになる。

実際に望遠鏡に右目を添えて確認すると、明滅していたまばたきが虚空で静止しているのをとらえた。虚空の目はハッキリとその輪郭が分かるほどに見開かれた状態で固定されており、その視線は望遠鏡を覗くミサキの瞳にまっすぐに注がれている。

完全に視認する寸前で望遠鏡のピントをずらして、視界をぼかした。それでも全身にジーンとヘカテの波動が伝わるのを覚えた。

「ミサキ、そっちの様子は?」

耳に装着したイヤホンから佐枝子の声が流れてくる。

「準備は整った。あとは佐枝子の合図を待つだけ」

「了解! こっちは波の様子が変わってきた。大蛇が近いかもしれない」

佐枝子はそう言うと、地下水路の水面に目を凝らした。

アランの操縦するボートは快調に走り続けている。ただ、遡行していたはずの川はいつしか流れの向きを変えていて、そして不規則に波打っていた。近くに何かいると佐枝子は思った。

ザバッと波の飛沫が上がり、黒い水面の裏を六角形のウロコが滑っていくのが見えた。

「大蛇がいる……」

佐枝子がそう口にしたと同時に、眼前の水がうねり、大蛇の尾の先端が水中から飛び出してきた。それはアランと佐枝子のすぐ鼻先をかすめ、激しく水面を打った。ボートに濁流が流れこみ、船体が傾く。

一瞬、ボートは真横になるほど傾斜し、洞穴の側面と平行になって宙を舞ったかと思うと、ぐるりと元の態勢に揺り戻されて水面に叩きつけられた。アランが巨体を傾けてバランスを取り、どうにか船体を立て直したとき、前方に見えているすべての川の表面が大蛇の体で埋まった。

水中から大蛇が全身を浮上させたのだ。大蛇は信じられないほど長大で、ボートはその尾を追いかける位置にいたが、頭部はあまりにも遥か先にありすぎて視界にとらえきれない。

水面を埋めた大蛇の背中には、いくつもの六角形のウロコがヌメリを帯びた光を放って、一つ一つが生きているように蠕動していた。そのウロコの一つに目がけて、横合いの岩場から身を躍らせて飛び乗った人影があった。綿道だった。

洞穴の岩場に身を潜め、大蛇が現れるのを待っていたようだ。恐るべき執念に貫かれた狂信者は、長大な大蛇に怯むこともなく、足もとが覚束ないはずのその背中に取り付いている。

綿道は大蛇の背中で態勢を整えると、巨大な六角形のウロコの一つを愛おしそうに撫でた。そして、狙いを定め、クロノスの刃を振り上げた。

「まずい、封印が解ける」佐枝子は悲鳴を上げた。「ボートのスピードを上げて」

綿道とボートとはまだ距離が遠い。綿道がいるのは長大な大蛇の背中の半ばあたりだ。

「くそっ、フルスロットルだ」

アランが宣言し、のた打つ大蛇の尾が水中に潜るその瞬間を狙って、ボートを大蛇の背中に乗り上げた。途端にボートは制御を失って、ツルツルの大蛇の背中を滑走していく。

佐枝子は興奮した口調で声を張り上げた。「水面を走るより速い」

氷上を走るみたいにボートは大蛇の背中の上で加速する。大きくクロノスの刃を振り上げた綿道の姿が見る見る迫ってきた。

「オレを支えてくれ」

アランが佐枝子にそう吠えたかと思うと、その巨体をボートから懸命に綿道のいる方へと伸ばした。佐枝子はアランの下半身に両手をまわし、全体重をかけてボートにおさえつけた。

大蛇の背中を爆走する黄色いボートと、そこから体を乗り出して迫って来る巨体に気づき、綿道の顔に驚愕の色が広がる。

両手をいっぱいに広げたアランの逞しい胸板が、棒立ちになった綿道の横っ腹をとらえた。二人はそのまま揉みつかみ合って、ボートに転がりこんできた。船上で激しくもつれ合い、今にも二人とも落ちそうになる。それでも綿道はクロノスの刃を離さず、それをアランに突き立てようと腕を振りかざした。佐枝子はその腕に嚙みついた。

「ギャッ」綿道の声が裏返り、クロノスの刃を落とした。

ボートの外に飛び出ようとしたそれを佐枝子は必死でキャッチする。アランと綿道はさらに激しくつかみ合い、船体は大きく傾いて、次の瞬間、二人の体は大蛇の背中の上に落下し、それから濁流へと飲まれた。

「アラン！」と佐枝子は絶叫した。

「そのまま行け！」という叫びが洞穴にこだました。すでにアランも綿道もその姿は水中に没して見えなくなっていた。

止まりたくても、そもそもボートを止める術を佐枝子は知らなかった。猛スピードでボートは大蛇の背中を滑走し続け、やがてその前方に巨大な鎌首が見えてきた。ついに大蛇の端から端まで滑りきって、頭に到達したようだ。

ボートは大蛇の頭部も走り抜けると、空中に放り出された。途端に、視界すべてが大きく開かれた大蛇の口に占められ、次の刹那、佐枝子の顔のすぐ先で大口がガシッと閉じられた。

もう少しで大蛇にかじられるところだったが胸を撫でおろす暇もなく、再び水面に戻ったボートは大きくバウンドし、衝撃が走る。振り落とされまいと両手を広げてバランスを保ち、片足を伸ばして左右に迷走する舵をおさえつけた。

大蛇は鼻先に現れた獲物に猛然と突進し、その大口はまた開かれようとしていた。テラテラと怪しく光る牙の並びが上下に割れ、見る見る視界は大蛇の口中の暗黒だけで埋め尽くされる。

このままでは丸飲みされると思ったが、今こそが絶好のチャンスであることも分かっていた。

「ミサキ」と佐枝子は言った。自分でも驚くほど落ち着いた声だった。「用意はいい？」

イヤホンの向こうからミサキの力強い声が返ってきた。「いつでも」

ボートすべてを飲みこむべく大蛇の大口が完全に開かれたとき、奈落へと続くかのような喉の奥の食道まで見渡せた。佐枝子はランチャーを構え、そして引き金を引いた。

「今だ！」

叫んだと同時に大蛇の大口が閉じられ、真っ暗になった。

虚空の目を望遠鏡のスコープ内にとらえていたミサキは、その声にシンクロしてピントを合わせた。闇の奥でフリーズしたヘカテと完全に目が合った。全身が感電し、ミサキの体は吹っ飛んだ。

それとともに、大蛇の食道を通過するガラス瓶が砕け散り、光速でヘカテの魔力が波動した。地下の空間すべてが振動し、やがて停止した。

19

闇のなかで、佐枝子は身じろぎした。

何も見えなかったが、手は何かを握りしめている。それが綿道から奪い取ったクロノスの刃であることを知覚したとき、まだ為すべきことがあるのを思い出した。

うめき声を漏らしながら頭を動かすと、僅かに光が射している箇所があるのが分かった。ボートのエンジンが大蛇の牙に引っかかり、そこだけ隙間ができている。大蛇に飲まれたと思ったが、まだ体は口のなかに留まっているようだ。佐枝子は光の方に進み、牙で体を傷つけないように、慎重に大蛇の口の隙間から外へと這い出した。

洞穴も濁流も消えて、辺りの光景は旧陸軍が残した地下施設の廊下に戻っていた。ただ、その廊下は普通ではありえないくらい長く、何より、その廊下に長々と横たわっているフリーズした大蛇の存在が、神話の世界はまだ終わっていないことを告げていた。

大蛇の表面からは六角形のウロコも消えて、連綿と続く単なる泥の塊に見えなくもなかったが、いつ息を吹き返すか知れたものではなく、佐枝子は早くオルフェウスの竪琴を探さねばと気ばかり焦った。

だが、肝心の竪琴の場所は見当もつかず、その音を辿ろうにも、地下空間は静寂に包まれている。どうやら竪琴は活動を停止しているらしい。

ひとまず、もと来た道を引き返すしかないと、佐枝子は横たわる大蛇の体軀に沿って、地下通路を歩き始めた。

「アラン！　ミサキ！」と大声で叫んでみるものの返事はない。

耳に装着したイヤホンは音信不通になっていた。

大蛇の体軀の半ばまで来たとき、廊下の左側に部屋の入口が見えた。扉はなく、その入口から中を覗くと、意想外に広い空間が視界に飛びこんできた。

地下施設に設けられた広場のような場所で、床は石造りだったが、ひどく荒れ果てていてあちこちが陥没して水たまりもできていた。闇に包まれているものの、うっすらと事物が識別できるくらいの青白い光に満たされており、壁面は節くれだった植物の幹に覆われ、その根は床にまで続いている。

竪琴らしきものは見当たらず、佐枝子はもとの廊下に戻ろうとしたとき、思いがけず声が聞こえた。

「そっちじゃないよ」

驚いて振り返ると、トレーナーとカーゴパンツをまとった女性のシルエットが見えた。トレーナーにはイリノイ州立大学のロゴが記されており、佐枝子は胸が熱くなった。

「ミサキなの？」

ゆらりと人影は揺れて、陰になっていた顔が現れた。艶のあるおかっぱ頭が見えて、佐枝子は駆け寄った。

「ミサキ、怪我はない？」

「そっちこそ」

ミサキは切れ長の目を細め、微笑を浮かべた。

「私は大丈夫」

佐枝子は手を伸ばしてミサキに触れようとしたが、ミサキはふっと体をかわして地下広場の奥へと足を向けた。

「急がないと。蛇は眠っているだけだから」

「つうか、ミサキはどっから出てきたの？」

「竪琴の場所は分かっているから」ミサキは歩きながら振り返り、得意そうに言った。「先まわりしてここにいた」

「そう」

縦横に走る植物の根を踏み越え、佐枝子はミサキの後を追った。広場の床はデコボコしており、植物や水たまりや何かの破片が散在していて歩きにくかったが、ミサキはそんな障害物を物ともせずに滑るように歩いていく。

「ちょっと、歩くの速い」

「速く速く、急がないと」

奥に進むほどに瓦礫が目立つようになり、やがてそれは山となって前方にそびえた。その山の頂上に、黒い箱のようなものが置かれている。

瓦礫の山のふもとまで来たところでミサキは足を止め、その箱を指差した。

「あれが、オルフェウスの竪琴」

佐枝子は目をみはった。「全然、竪琴の形をしてないじゃない」

「竪琴の本体は箱のなかに入っていると言われている。ただ、どのような原理で動いているかは謎だよ」

ミサキが瓦礫の山を昇り始めたので、佐枝子も急いで続いた。

「そもそも、あの竪琴は誰がつくったの？　古代ギリシャにこんな装置をつくる技術なんてあったの？」

「誰がつくったのかも、どのようにつくられたのかも謎。ただし、いくつかの説はある。一つは、その名のとおり、オルフェウスがつくったという説」

「その説明、どこかで聞いた記憶があるな……」

「オルフェウスは神話の登場人物だけど、古代に実際に広く信仰を集めたオルフェウス教の開祖でもある。ただし、現実のオルフェウスがどういう人だったかは分かっていない。二つ目はアナクシマンドロスがつくったという説」

「誰だ、それ……」

「紀元前の哲学者だけど、なぜかアナクシマンドロスは今日の科学に通じるような宇宙の原理を知っていたという説がある。その時代にはなかったはずの知識を有していたという点では、一種のオーパーツだけど、もちろんこれも怪しい説の一つにすぎない。

三つ目は、失われたアトランティス文明に起源を求めるもの。科学が発達した超古代文明があったってやつ。アトランティスの候補地の一つは、ギリシャのエーゲ海にあるサントリーニ島で、ここには火山がある。火山がそこにあった大きな島を吹っ飛ばして、高度な文明も滅んだというわけ。だけど、これも眉唾ものの説にすぎない」

「結局、よく分かってないのね」

「四つ目は、古代オリエントの周辺に落下した隕石の衝撃で、時空に裂け目ができて、時空の裏側の物質がもたらされたというもの。それを材料に、時空の裏側とつながることができる装置がつくられた」

「いったい、いくつ説があるんだ……」

「まあ、最後の説が一番可能性はあるような気がするけど」

瓦礫の山を昇りきり、二人は頂上の箱の前で立ち止まった。

箱は長方形で、高さは六〇～七〇センチほど、幅は三〇センチくらいの大きさで、黒い金属によってできている。色は黒く、角は丸みを帯びており、表面には光沢があって、どこかしら生き物めいた艶があった。

「佐枝子が手に持っているクロノスの刃と同じだよ。この装置そのものが、向こう側からやって来たものだ」

握りしめたハルパーを掲げて、佐枝子は尋ねた。「これを、どうすればいい？」

「簡単だよ。竪琴にクロノスの刃を返すんだ。クロノスの刃で箱を上から刺すだけでいい」

「ねえ、ミサキがやってよ」

「ダメだよ、私は」

「なんでだよ、ミサキの方がやり方知っているなら、やってよ」

「ダメなんだって、だって私は……」

困ったように笑って口ごもったミサキを見て、唐突に気づいた。

イリノイ州立大学のロゴが入ったトレーナー……確かに彼女が着ていた服だ。だけど、それは今日ではなく昨日だった。今日は作業着姿で団地に潜入したのだ。

「ミサキ、もしかして……」

唇が震えて、うまく言葉を紡げなかった。

そのとき、ガタッとオルフェウスの竪琴が震えた。

「まずい」とミサキは言った。「竪琴が動き出そうとしている。この竪琴は生きているから、いつ眠りを覚ましてもおかしくはない。ヘカテの魔力も永遠ではないし」

ミサキはジェスチャーで、クロノスの刃で箱を刺すように佐枝子を促した。

ぶるっと竪琴が振動する。今にもその音色が再開しようとしていることを察知し、佐枝子は意を決して、クロノスの刃を振り上げた。

思いきり振り下ろした刃は、箱の上部をずぶりと刺した。金属を切る感触ではなかった。生き物のそれだった。実際、生き物が粘膜の内にエサを取りこむかのごとく、箱はスルリとクロノスの刃を飲みこんだ。

波紋が箱全体の表面を包み、それから、ゆっくりと透明になっていった。

向こう側から来た物質が、向こう側に帰ろうとしている。

だが、透明になりつつあるのは、オルフェウスの竪琴だけではなかった。

傍らで見守っていたミサキの全身も薄くなっていた。

「ミサキ」と佐枝子は叫んだ。「もしかして、ヘカテの魔力で……」

「大丈夫」とミサキは言った。「死んじゃいないよ。幽体離脱して、生霊みたいになっている感じ？」

「ほんとかよ……」

ミサキはヘラッと笑って答えた。「たぶんね」

「たぶんじゃないよ」

「たぶんじゃないかもしれないから、これだけは言わせて」

急に真顔になってミサキは言った。

「ラフカディオ・ハーンは……」

「こんなときに蘊蓄はいいよ」

佐枝子はミサキに駆け寄って、その体に触れようとしたが、手は透明になったミサキを通り過ぎた。

「いいから聞いて」

ミサキは佐枝子をじっと見て話し始めた。

「ラフカディオ・ハーンはアメリカから日本に向けて旅立つときに、旧知の友人エリザベス・ビスランドに宛てて惜別の手紙を送った。ハーンはその手紙のなかで、彼女のことをマイ・ゴーストリー・シスターと呼んだ。ハーンにとってゴーストリーとは最上級の敬愛の念を示す形容詞だったんだ」

すでにミサキの体は掻き消えそうになっていた。だが、その声は熱を孕んで胸の奥に響いた。

「だから言うよ、マイ・ゴーストリー・フレンド、佐枝子。誰にも会えないはずの夜の底で、君に会えてよかった」

竪琴の箱はすっと蒸発して、まばゆい光に満たされた。

そうして何もかもが真っ白になり、すべて見えなくなった。

20

埴江田団地の敷地内を彷徨していた長村重利はふと足を止めて、周囲を見まわした。自分がどうしてそこにいるのかも、今の今まで何をしていたのかも思い出せなかった。ただ、この団地の管理人であったことは覚えていた。

長い夢から醒めた心地がした。夢の内容はまったく記憶になかったが、もし思い出すことができたなら、それはヘラクレスが大蛇を退治すべくレルネーの沼の周辺をさまようシーン、もしくは狂気にかられて我が子を火に投げこむ悪夢であっただろう。健康状態は意外に良好で、それは自身がヘラクレスであった期間、アテナに憑依された別の住民から食べ物の施しを受けていたからだが、その記憶も無論なかった。

同じ頃、ショッピングセンターの五階に収容されていた被験者も意識を取り戻した。だが、自分がなぜそこにいるのか説明することはできなかった。埴江田団地で経験したすべての出来事が頭から消え去っていた。

捜査令状を携えて警官たちが踏みこんできたのは、そのときだった。

ブージャム社という空調設備を手掛ける企業が、有害な物質を散布する危険な空気清浄機を製造し、団地内で無料配布もしくは販売したことに関する容疑で、その拠点《きょてん》となっている五階の部屋に捜査の手が入ったのだ。ブージャム社と関係すると思われる人々の出入りは、ショッピングセンター内の従業員の目撃情報から警察は把握しており、五階のテナントを関連企業が借りている事実もつかんでいた。

栗川をはじめ、その場にいたスタッフたちは全員逮捕された。

ただし、警察の見立ては、あくまでも安全基準を満たさない空気清浄機を団地内の住民に配布し、その結果、多くの住民に神経疾患的症状が現れたというものだった。ショッピングセンター五階に幽閉された人々は、ブージャム社が事実を隠蔽するために監禁した被害者だと解釈された。

オルフェウスの竪琴の存在はもとより、旧陸軍の地下施設自体、世間に気づかれることはなかった。憑依されていた住民たちは竪琴の活動が停止した今、異変が起こっていた頃の記憶を軒並み失っており、そもそも憑依されていた自覚もなかった。

綿道はブージャム社の正式なスタッフではなく、彼が行方不明になっていることは誰にも感知されなかった。綿道は手掛けていたホラー映画の企画が暗礁《あんしょう》に乗り上げて多額の借金を抱えており、妻と娘からも離縁されて、最近では映画界からも姿を消していた。彼の姿を見かけないことを、気にとめる者は皆無だった。

団地内で、怪しい欧米系の外国人がうろついていたという目撃情報は多数の住民から寄せられた。しかし、その人物の行方も杳《よう》として知れなかった。

ただし、こうした事態の成り行きに納得できない者が一人いた。警察の一斉検挙があってから数日たっても団地内をうろつく薮崎である。

警察が押収した書類からは有澤冬治につながる記述は見つからなかったという事実は、妻の菜津美から聞いていた。さらに、S氏から預かった有澤と春日ミサキが写る写真をもとに、ミサキの行方も追ったが、彼女の姿もどこにもなかった。ファミレスの店員からバイトしていた女性であるとの返答は得られたが、それ以上のことは分からず、住所を聞き出そうにも個人情報の観点から突っぱねられた。

茨城のフリースクールから在籍していた生徒の情報を引き出せないかも考えたものの、それは菜津美にやんわりと制された。よくできた妻は、曰くつきの生徒たちが集うフリースクールに土足で踏みこむような真似はやめた方がよいと諭したのだ。

フリースクールの教師から借りた写真に、実は栗川も写っていたことに薮崎が気づいていれば事態は違っていたかもしれない。その写真のなかで、一人だけカメラの方をじっと見ている暗い表情の男子生徒……時田という落ち武者めいた教師が「カルト教団から保護された子」と伝えたその生徒こそ栗川だったのだ。だが、この頃はまだ髪が短く刈られており、今のような洒落た外見とはほど遠く、マスコミが流した逮捕時の画像を見ても、薮崎はそれが同一人物であることにまでは思い至らなかった。

妻の在籍する週刊誌編集部も薮崎の調査結果に飛びつくことはなく、真空の裏側にあるという生物の外部記憶装置に関する説も編集者たちに一笑に付された。

何か悪い夢でも見ていた気持ちになり、そろそろ大学に戻る潮時だと薮崎は思ったが、とにかく腹が減ったのでファミレスで定食でも食べようと、団地内のショッピングセンターに足を向けた。

お昼どきを過ぎた店内は閑散としている。その窓際に薄汚れた作業着姿の女性がぽつんと座っていて、薮崎は目をみはった。

正面にまわって顔を覗きこんだ。痩せ細ったその顔は遭難者と見まがうほど汚れている。

「町田さん……」

薮崎が声をかけると、彼女はゆっくりと顔を上げた。

「ええっと……」

「僕ですよ、真野と大学が一緒の、薮崎です」

「真野？　薮崎？」

首をかしげながら不思議そうに薮崎を見つめる佐枝子の前に、薮崎は腰を下ろした。

「町田さん、記憶を失っているんですね」

佐枝子は眉間に皺を寄せて言った。「見覚えあるよ、薮崎さん？　でも、どこで、いつ会ったのかが……まったく」

力なく首を横に振った佐枝子の前には水の入ったコップが置かれたきりだ。注文さえしていないようだ。

「今までどこにいたんですか？」と薮崎は尋ねた。

「ううん」佐枝子はやけになったように、自らのこめかみをぐりぐりとこぶしで押した。「全部、分からない……」

すっと、薮崎はポケットに入れていた写真をテーブルに置いた。有澤冬治と春日ミサキの写っている写真だった。

「この後ろに立っている女性、春日ミサキというのですが、彼女のことは分かりますか？」

佐枝子は身を乗り出して写真を覗きこんだ。

「誰だろう……」

「エクソシストですよ」薮崎は勢いこんで言った。「町田さんが真野の悪魔祓いのために連れてきた春日ミサキですよ」

「エクソシスト？」佐枝子は目を細めた。「ウィリアム・フリードキンの？」

「それは映画です。現実の話ですよ。この女性はエクソシストまがいのことを、僕と町田さんの目の前でやったんです。ノートパソコンを使って」

「ノートパソコン？」おかしそうに佐枝子は笑った。「それで、どうやって悪魔祓いを？」

薮崎は肩を落とし、溜息をついた。「何も、覚えてないんですね」

「ドキュメンタリー映画の企画かなんかで、この団地に来たことはうっすら覚えているんだよね。真野君ってそのときのスタッフでしょう。でも、それ以外のことはさっぱり」

写真をポケットにしまい、薮崎はメニューを広げた。

「とにかく何か食べましょう。町田さん、まだ注文もしてないでしょう」

薮崎はハンバーグ定食を、佐枝子はカレーを頼んだ。

結局、食べ終わるまで佐枝子の記憶は戻ることもなく、ショッピングセンターの前で二人は別れた。佐枝子は久しぶりに家に戻るのだと言った。送っていこうかとの申し出はあっさり断られた。団地に来る以前の記憶は佐枝子もしっかりしていて、家の場所を忘れたわけではないようだった。

埴江田団地を巡る怪異を調べるには、彼女の証言が不可欠であることは分かっていた。

だが、そのほっそりとした寄る辺のない後ろ姿を見ていると、これ以上、彼女を煩わせるべきではないとの思いも湧いた。

非現実的な夢はもう終わったのだ。そろそろ現実に帰らねば……。何より自分には帰るべき場所がある。

薮崎は回れ右し、埴江田団地の敷地外へと続く道を辿り始めた。

エピローグ

吉祥寺駅を出たJR中央線の上り列車の車窓には、茜色に染まる師走の夕暮れが広がっている。佐枝子はドア脇の手すりにもたれ、かじかんだ手をこすった。秋から始めた清掃業の仕事は慣れてきたとはいえ、水を扱うので手足が冷えた。

ブルンとスマホが震え、ポケットから取り出すとLINEのメッセージが届いていた。

『仕事終わった？　オレももうすぐ終わりそう』

メッセージの主は結城敬一郎で、彼は女優の道を諦めて心の取っ掛かりをなくした時期に支えになってくれた。AV現場での一件で半グレの一員に追われているとの情報はガセだったようで事なきを得たが、結城は一緒に住まないかと提案してきた。そこまで世話になるのはさすがに気が引けたので今のところ断っているものの、結城は真面目に佐枝子と付き合っていくことを考えているようで、クリスマスが近づいてきたこの頃は頻繁に連絡を寄越す。

『今日って渋谷で映画見るんだよね？　その前に本屋行っていい？』

『もちろんOK。イタリアンに予約入れているから、その時間だけ厳守でよろしく』

速攻で返ってくるレスを見ていると、自然に頬が緩んだ。夏前には妙なことに巻きこまれて、その間の記憶を無くすという奇特な事態にも陥ったけど、なんやかんやいって今の自分は幸せではないかと思った。

列車の窓の向こうを巨大な構造物が通り過ぎ、その影につられて佐枝子は顔を上げた。線路の少し先でそびえる鉄塔は高圧送電網を支え、連綿と地平線に向けて列をなしている。暮れなずむ陽光は地平に近づくにつれて純度を増し、空の果てで向こう側が透けるくらいに澄みきって溢れた。

その横溢する光を超えて、うっすらと黒い線が地平線の上空を横切っているのが見えた。

唐突に、その不思議な線の名前を知っているという強い思いにとらわれたが、思い出せなかった。もどかしくなって車内に視線を戻すと、少し先のドア脇にも自分と同じように壁にもたれて車窓を眺めている女性の後ろ姿が見えた。

列車は減速し、滑りこんだ駅でその女性は降りていったが、その顔をよく見ようと佐枝子は閉まるドアの窓に頬をつけて一心に視線を送った。ふと足を止めた彼女は、こちらを窺っている佐枝子に気づいたのか、一瞬、不思議そうに顔を向けたが、前髪の揺れるその表情はあっという間に後方に流れ去った。

不意に「遠くのものばかり見ている人だった」との声がよぎり、それとともに、なぜか胸を焦がすほどの懐かしさがこみあげてきて、視界がぼやけた。

第十二回ハヤカワSFコンテスト選評

ハヤカワSFコンテストは、今後のSF界を担う新たな才能を発掘するための新人賞です。中篇から長篇までを対象とし、長さにかかわらずもっともすぐれた作品に大賞を与えます。

二〇二四年八月三十日、最終選考会が、東浩紀氏、小川一水氏、神林長平氏、菅浩江氏、小社編集部・塩澤快浩の五名により行なわれ、討議の結果、カスガ氏の『コミケへの聖歌』、犬怪寅日子（いぬかい・とらひこ）氏の『羊式型人間模擬機』の二作が大賞に、カリベユウキ氏の『マイ・ゴーストリー・フレンド』が優秀賞に、それぞれ決定いたしました。

大賞受賞作にはそれぞれ賞牌、副賞五十万円が贈られ、受賞作は日本国内では小社より単行本及び電子書籍で刊行いたします。

大賞受賞作　『コミケへの聖歌』カスガ
『羊式型人間模擬機』犬怪寅日子

優秀賞受賞作　『マイ・ゴーストリー・フレンド』カリベユウキ

最終候補作　『あなたの音楽を聞かせて』藤田祥平
『クラップ、クラッパー、クラップ』やまだのぼる
『バトルシュライナー・ジョーゴ　崩壊編／黎明編／飛翔編』水町綜

選評

東　浩紀

今回の最終候補作は過去十二回のなかでもっとも粒が揃っていた。それ自体は歓迎すべきで選考は楽しかった。

しかし同時に問題も感じた。じつはその最終候補作は六作のうち五作が商業媒体の経験がある応募者によるもの。規約違反ではないが、新人賞としてあるべき姿ではない。いまは本が売れない一方、デビューの道だけは多様化している。そんな時代に文学賞は作家の再出発の場として有効だろう。しかしそれがハヤカワSFコンテストの進むべき道だろうか。

講評に移る。大賞は二作。ひとつはカスガ「コミケへの聖歌」。筆者は本作に最高点をつけた。大破局が起きた近未来の日本。失われた消費社会と漫画文化に憧れる四人の少女が、存在するかしないかもわからない伝説のコミケを目指す物語。タイトルの印象と導入部分、そして「女子高生」の「部活」という設定から、オタクオタクしたSFで終始するかと思って最初は警戒した。しかしその予想はよい意味で裏切られた。文明崩壊後の厳しい環境、そのなかで四人の少女に割り当てられた残酷な身分格差やジェンダー搾取などが繊細に描かれ、四人四様の成長物語になっている。途中に入る作中作、最後の最後で描かれる主人公の母についての一種の種明かしも効果的。難を言えば、描かれている少女たちの悩みが漫画・アニメ的な類型でしかないようには見える（たとえば昨年の特別賞の『ここはすべての夜明けまえ』などと比較して）。しかしその類型を利用して感動的な物語を破綻なく構築できているのであれば、それも致命的な欠陥にはならない。よいエンタメを読んだ。今後の活躍に期待したい。

もうひとつの大賞受賞作は犬怪寅日子「羊式型人間模擬機」。じつは筆者は当初本作に最低点を入れた。死ぬ前に羊に変身する一族。その一族に奉仕するアンドロイドの視点から家族間の葛藤やジェンダーの問題が描かれる。全篇を通して独特の文体が貫かれ、それはまたアンドロイドの不完全な知性の表現にもなっている。力作であるのはまちがいない。しかし筆者には読むのが辛く自己満足にも思われ、最低点となった。ところが選考会では神林長平選考委員から強く推す意見が出て、筆者はむしろそちらに心を打たれた。文学に正解はない。ぼくは良い読者ではなかったが、それほどにだれかの心を摑んだのであればなんらかの真実があるだろう。そこで最終的に大賞に推した。

加えて今回は優秀作もひとつ出した。カリベユウキ「マイ・ゴーストリー・フレンド」は、「真空の裏側」へのアクセスを可能にする超古代文明装置「オルフェウスの竪琴」をめぐる物語。日常ホラーものとして始まりつつ、徐々に話が大きくなり壮大な世界観へ繫がる。設定の詰め込みすぎが原因か、百合ものになりそうでならない、スパイアクションものになりそうでならない、超古代文明ものになりそうでならない、などいささか中途半端な印象も残すが、複数ジャンルを横断し接合しようとした意欲は評価したい。じつは本作は最終候補作唯一のアマチュアによる挑戦。今後への期待も含めて選出した。

残り三作について。やまだのぼる「クラップ、クラッパー、クラップ」はクライミング競技のSF小説化。悪くないのだがいささか小粒。クラッピングの科学設定を詰めてほしかったし、「天の柱」で支えられた舞台となる世界（打ち捨てられた未来の植民惑星？）についてももっと語ってほしかった。登場するクラッパーがみなマッチョな男性であること、主人公の恋人があまりに古風な典型的「待つ女」であることも現代小説として欠点。

水町綜「バトルシュライナー・ジョーゴ　崩壊編／黎明編／飛翔編」は、おもちゃの想像力がディストピアを作ってしまった未来で、主人公が世界を救う話。ホビーアニメのパロディSFでもある。おもしろく読んだが、オタク的ガジェット満載で想定読者が狭い印象。シュライン星人の出現も唐突。宇宙人が日本のおもちゃを文明の根幹に据えた必然性が存在しない。『機動戦艦ナデシコ』のようなメタ設定があればおもしろかったのだが。

藤田祥平「あなたの音楽を聞かせて」は青春SFでファーストコンタクトSF。突然現れた宇宙人が少女に変身し、ひと夏の恋とバンド活動が始まる。雰囲気は悪くないが、SF設定が弱く全篇にちりばめられたポップミュージック関連の固有名詞の羅列も安易。なおこの作者はすでに早川書房で単行本を出版しており、社内に担当編集者もいる。公平性の観点からも受賞は好ましくないと判断した。

最後になるが、今回をもって選考委員を辞することとした。今後の発展をお祈りしたい。

選評　小川一水

　応募番号順の一作目、カリベユウキ「マイ・ゴーストリー・フレンド」。かつて自殺の名所として知られた関東の大団地を舞台に、ギリシャ神話モチーフをかぶせて、人間社会に扱いきれない大型怪異を発生させた。強い生理的嫌悪感を催させる汚濁、狂気、怪物が遠近にちらつき、次第に近づいてくる描写が非常に秀逸だった。高次元の存在の干渉を怪異の遠因として、神話のエピソードに則った儀式的な行動で怪異を鎮める流れが、コズミックホラーとして面白い。中盤からの女二人のバディ行動によって引きこまれたが、それをタイトルに持ってくるならもっと早くから動かしてもいい。主人公が別に人格者である必要はないが、もう少し魅力的であればよかった。

　二作目、藤田祥平「あなたの音楽を聞かせて」。高校生三人プラス宇宙人美少女一人がバンドを組んでキラキラした夏をやる。作曲という行為や楽器の扱いはこうやるんだろうな、と間近で見ているかのような気持ちにさせられる生き生きとした描写が魅力だった。物足りなかったのは、監視する大人社会側の不穏な動きがフレーバー程度で終わったことと、最後に現れたキャラクターが別人にしか思えなかったこと。楽しく可愛い話だが、作品が最終選考まで上がってくる過程に問題があったことがわかり、選考対象から外さざるを得なかった。

　三作目、やまだのぼる「クラップ、クラッパー、クラップ」。文明崩壊後の廃墟ビル街で、男が壁登りレースに命を懸ける。特殊な金属グローブでの「拍手・かしわで」ひとつで磁気を発して壁に貼りつく姿には、確かにある種の聖性と爽快さがあった。しかし落ちれば死ぬ競技の巨大な恐怖や狂気、勇気といったものが、真に身に迫ってこない。悪役は陳腐な小物だし、クライマックスの登攀もごり押しで閃きに欠けるし、世界は入れ子で終わったように思える。そこでは質的な変化がほしい。

　四作目、犬怪寅日子「羊式型人間模擬機」。今回もっともオリジナリティに富んだ一本だった。小川はこれがなんなのか理解しきれていない。ある一族にまつわる話だが、そこでは男が死ぬと必ず羊になる。そして一族はその肉を食わねばならない。語り手の召使ロボットが屋敷の内外に出かけてみなに触れ回る。一族の人々はジェンダー不適合や性転換の予定、両性具有、あるいは童貞のまま子を残したなどの性別にまつわる特徴を持ちつつも、この機に当たって何かをするわけではない。ただ生い立ちと性格が語られていく。これだけなのだが、様々な景色と手ざわり、匂いと仕草の美しさ、人々の個性を描いた文章がちりばめられて、どんどん読まされてしまう。選考委員によって意見が分かれたものの、文体の跳ねるようなリズムが好ましく、引きこまれた。結末はロボットによる自己言及で、本機と一族の来歴がかすかに垣間見えるようでいて、不可解。しかしこれが刺さる読者は必ずいるという確信も抱かせる。

五作目、水町綜「バトルシュライナー・ジョーゴ　崩壊編／黎明編／飛翔編」。肩に背負って接続する神輿型生体ブースター「シュライン」を中心に置き、熱血少年チームと悪の組織がけんかみこし風のバトルレースをする架空日本を描いた。ミニ四駆やベイブレードなどの、いわゆる「玩具で世界征服」系に対するジャンルパロディ作品。架空作品のパロディ自体はSFとしてアリ。物語も楽しかったが、進むにつれて中身の熱気にあぶられてパロディの包装が溶けてしまい、ラストバトルをすっ飛ばしたことが裏目に出たと思う。エピローグはまるでピリッとしない。ジャンルあるあるに対するツッコミ集大成にとどまらず、それを越えた自立した物語を成してほしい。

六作目、カスガ「コミケへの聖歌」。ポストアポカリプス滅亡譚である。もし現在の日本が分裂内戦を起こしてブレーキなしで衰退していったら、山村はこのように没落するだろう、という嫌な意味でのシミュレートを高い解像度で成し遂げてしまった。

新潟の架空村で四人の少女が「部活ごっこ」をする導入部はややオタク臭くてとっつきづらいが、彼女たちの確たるキャラ立てがわかると、不安は消えて村に入っていける。衣食は不足し文化は廃れ、おぞましい性差別と身分差別が戻ってきている。開明化は提案されるも望みはない。とどめは医療の敗北によるシャーマニズムへの陥落と、四人の関係の破綻。実に手厳しい展開で、もうやめてくれと目を逸らしかけた。だがそんな中に何本かの細い救いの糸が引かれ、自らの意志により主人公たちを、ここでないどこか、あるかもしれない明日へと歩かせた。絶望と希望の配分の妙により、今回一番の作品だと評価した。

選評

神林長平

今回の候補作はどれも面白くて、一気に読み通すことができた。しかし、ぼくの評価基準である、「この作品にこれからのSFを切り拓く力があるのか」を問えば、そこは弱かった。エンタメとしては文句なしだが、ぼくの考えるSFは「もっと変」で、理解するのに時間がかかり、それでも読ませる力がある、というものだ。

じつは今回の六作中、一作が、なんとも変な小説で、しかも内容や書き方がぼくの個人的な琴線に触れたので最高点をつけた。選考会での議論中も、初読時に覚えた「凄み」の印象は揺らがなかった。「羊式型人間模擬機」だ。本作は主人公の非生命体が、生命体である人間の生きる有り様と人工物である自分自身の存在意義というものについて語る小説だ。人間によって実存について語られる内容ならばさほど惹かれなかった。だが、非生命体から、たとえば「生命の意義は死ぬところにある」などと指摘されれば、ある種の神託のようなものに感じられる。いつ死んでもおかしくない年齢になった評者のぼくは、おおげさに言えば、この作品から生きる力をもらった気分になったのだった。ごく私的な読み方ではあるものの、語り手の設定がそういう読みを可能にしているのは間違いない。文体は主人公アンドロイドの一人語りで、その視点から外れた物語世界における環境についての説明や解説は一切なされない。いわば「説明」を省いた「描写」のみで成り立っている小説空間だ。選考会では、可読性が低く読者を無視している、独りよがりの文章だ、という意見も出た。が、ぼくは逆に、むしろそれらに小説の可能性を見た。それも推した理由の一つだ。結果として大賞になったのは嬉しいが、選考会としては、理屈ではなく、ぼくの感性を信じての授賞だろう。ぼくの読後感に共鳴する読者は多くないにしても、ともかくも読んでみてほしい。

ほかの作品の評価については、五作五様のエンタメとしての面白さがあって順位はつけがたく、「状況設定が非常識にぶっ飛んでいる」順として点数をつけた。

その一番は、「バトルシュライナー・ジョーゴ　崩壊編／黎明編／飛翔編」だ。最初設定がよくわからず読む気が失せて投げ出したのだが、これは子ども向け連続アニメをそのまま言葉に置き換えたものなのだと理解してからは、内容の馬鹿馬鹿しさに疑問を抱くことなく存分に楽しめた。ようするに、本来映像であるべき作品なのだ。作者には、本作をノベライズした小説を望みたい。

二番は「マイ・ゴーストリー・フレンド」で、現実的な導入部から、すっと異世界の存在が身近になる書き方がいい。なぜギリシャ神話なのかという疑問に対するいちおうの説明もある。だがラストで主人公が体験したことを忘れてしまうというのが、ほとんど夢オチに等しくて不満だった。主人公が物語上で体験したことをこれからの人生に生かしてこそ、読者も力をもらえるというものだ。作者はまったくの新人ということで、受賞を足がかりに頑張ってほしい。

三番は、「あなたの音楽を聞かせて」。高校生の一夏の夢体験、青春ドラマとして読んだ。場面の多くで人物の思惑や感興を既存の楽曲を持ち出して表現するのだが、小説とは、そこを作者自身の言葉で書いてこそだろう。クライマックスの場面は素晴らしいが、そこで終えればいいのに、後日譚は蛇足だ。安易にハッピーエンドにしたかったとしか思えず、夢は続く。厳しい現実に目を向けて夢を終わらせ、主人公を救い出してほしかった。

四番目は「クラップ、クラッパー、クラップ」。これは落下への恐怖が手に汗握る臨場感で描かれ、ほんとに一気に読めた。作者が表現したかったのは、ひとつのことに命を賭けている人物を描くことだ。それはよく書けているが、ＳＦ設定がそれだけのために使われていてもったいない。ガジェットは独創的だし天に伸びている柱の存在も魅力的なのに、話が広がらず、深まらない。これなら本格的な山岳小説を読むほうが楽しめる。

最後は「コミケへの聖歌」、毒母の束縛からの独り立ちの瞬間を描く。そのとき主人公は自分たちがやっていた「部活」もまた、母の価値観と同じだと悟ったはずで、いまやコミケは聖地ではなく墓地だ。それでもそこを目指して旅立つのは、現実逃避を超えた自殺行為であって、それを救うのは真の創作活動しかない。だが、そこは描かれない。主人公の意識の変化、その真相に作者が無自覚だからだろう。それで評価できなかったが、結局のところ本作は、悲劇を描いたディストピアＳＦなのだと解釈して、授賞に賛同した。

選評　菅　浩江

今回は筆力の高い人ばかりで、苦労なく読み通せました。私好みのストレートなSFというよりも、ジャンルの境界線的作品が多かったです。SF風味の拡散は嬉しいものの、少し物足りなさを感じました。

「クラップ、クラッパー、クラップ」

これに最高点をつけました。状況によって色が変化する大気、遺物たる高層建築、そこを登る賭け事と、登るためのガジェット。お膳立ては万全であり、レース途中のずるい技も設定をうまく使った面白いものでした。

他の選考委員に小粒だと指摘されたのは、敵味方の人間模様が定石すぎる点、ラストの展望が雰囲気だけで設定が見えない点、だったでしょう。女性が出てこないというのも確かにそうです。臨場感は、私はさほど不満には思いませんでした。が、工夫があるとはいえ壁登りレースで押し切っているだけなのは事実で、強く推すことができませんでした。申し訳ありません。

「バトルシュライナー・ジョーゴ　崩壊編／黎明編／飛翔編」

このタイトルにふさわしい、年少向けのおもちゃ販促ストーリーとして読みました。悪役、女の子、盛り上がり、それらにあえて定番をもってくるのも年少向けであれば正しい。問題は、せっかくいい掛け声で盛り上げるレースが、目に見えてこなかったことです。何を背負ってどこを通ってどうぶつかっているのかが判らず、これは漫画原作としてようやく成り立つ作品ではないかと感じました。そうであれば、開発話が長すぎて展開が遅すぎると思います。

「あなたの音楽を聞かせて」

ひと夏の青春ものとして、とてもみずみずしいいいお話でした。音楽と波形と宇宙と青春を日常に落とし込んだ心地良さがありました。けれど、格好をつけすぎの感があり、気恥ずかしさはいなめません。キーとなる「あなたの音楽」はどこが特殊だったのか、陰謀や秘儀の影響は薄すぎやしないか、と、不満のほうが大きかったです。

ラストのフェスが顕著ですが、全体的に固有名詞に頼り過ぎています。雰囲気で押す作品なのに、その実在のミュージシャンや曲を知っていないと雰囲気すら伝わらない。既存のナニカに頼らず、音を聞かせてほしかったと思います。

以下三作が受賞となります。私は総じて低い点数でしたが、他の選考委員のご意見ももっともで、反対する気持ちはありませんでした。

「マイ・ゴーストリー・フレンド」

とにかく読ませる作品でした。前半はホラーで描写に凄味があります。「物語」がこちらの世界を浸食するという根幹も面白い。竪琴がこちらに来たきっかけは、たまたま発掘された、で正解なのでしょうか。人類の記憶の集合として神話があるのなら、ギリシア神話のみを取り扱うのはもったいないと思いました。じっとりしたホラーで開幕し、むしろのろのろした前半に比べ、後半はアクション主体で一気に安っぽくなっています。アランの存在も軽かった。七〇年代の新書ノベルのように、とにかく活力で引き込まれる作品。

「羊式型人間模擬機」

とても好みの作品でした。語り口も世界観も、幻想文学に慣れている人には嬉しくなるたぐいです。羊になってしまう現象については選考中もいろいろな読み解きが出てきましたが、これも幻想文学であるならば絶対に設定を書かなければならないというものではありません。書かなかったけど察してくれ、なら、問題があります。

ネーミングによって人物が混乱し、語りに紛れてせっかく書き分けたキャラクターの特徴が活かされなかったきらいがあります。シープとスリープ、アンドロイドが眠りによってリセットされること、など、もっとテーマを押し出してほしかったという欲が出ました。

「コミケへの聖歌」

謝ります。ほとんど評価できませんでした。コミュニティの内部を描くのに尽力しただけのように見えてしまって。それであれば、過去の日本のムラ社会と変わりない……と言うと、これから発展するのと文明を失ったあとは違う、という意見があり、そう読まなければならなかったのか、と気がつきました。

鬱屈した気分を創作にぶつける、読んでもらい語り合いたいと願う、のであれば、全篇、創作に向き合っていてほしかった。ムラを出るかどうかに終始し、肝心の創作に対する熱意やより多くの同志への憧れ、が薄まってしまったと思います。

六人全員のこれからに期待しています！

選評　塩澤快浩（小社編集部）

前回の最終候補作のレベルは過去最高だったと書いたが、今回早くもそれが更新された印象だった。前回は六作中五作に5点満点をつけたが、今回はあえて点数に差をつけた。

3点が二作。

やまだのぼる「クラップ、クラッパー、クラップ」は、クラッピングという競技のルールと駆け引きの面白さは認めるものの、やはり世界観の解明へと物語が向かってほしかった。

大賞の一作、犬怪寅日子「羊式型人間模擬機」の、土俗と象徴がひとつながりになったような筆致のオリジナリティは高く評価するが、やはり中盤は読み通しにくく、イメージの強さがプロットの弱さに勝っていないと感じられた。

4点が三作。

水町綜「バトルシュライナー・ジョーゴ　崩壊編／黎明編／飛翔編」の、ホビーアニメのパロディというコンセプトの美しさは称賛に値するが、他作品のオリジナルなストーリーの面白さには一歩およばなかった。

優秀賞のカリベユウキ「マイ・ゴーストリー・フレンド」は、安定感のある語りとシュアな描写が素晴らしい。初読では、クライマックスでギリシャ神話に振り切りすぎてバランスが悪いと感じたが、再読では、現実と神話との緻密な照応に気づいて感心した。小泉八雲まわりのプロットが弱い点だけが惜しかった。

藤田祥平「あなたの音楽を聞かせて」は、早川書房から出版歴があり、担当編集者がいる著者の作品への授賞は、公平性の面から好ましくないとの東氏の意見に他選考委員も同意した。

文句なしの5点を、大賞のもう一作、カスガ「コミケへの聖歌」につけた。ＳＦコンテストの過去の大賞受賞作のなかでも、完成度では最高レベル。文明崩壊後の日本で伝説のコミケをめざす漫画研究会の四人の少女、というキャッチーな設定からは想像もできないシリアスな物語展開は、人間社会においていかに文化が必要であるかを、深く深く考察する。

第13回 ハヤカワSFコンテスト
募集開始のお知らせ

早川書房はつねにSFのジャンルをリードし、21世紀に入っても、伊藤計劃、円城塔、冲方丁、小川一水、小川哲など新世代の作家を陸続と紹介し、高い評価を得てきました。いまやその活動は日本国内にとどまらず、日本 SF の世界への紹介、さまざまなメディアミックス展開を「ハヤカワ SF Project」として推し進めています。

そのプロジェクトの一環として、世界に通用する新たな才能の発掘と、その作品の全世界への発信を目的とした新人賞が「ハヤカワ SF コンテスト」です。

中篇から長篇までを対象とし、長さにかかわらずもっとも優れた作品に大賞を与え、受賞作品は、日本国内では小社より単行本及び電子書籍で刊行します。

さらに、趣旨に賛同する企業の協力を得て、映画、ゲーム、アニメーションなど多角的なメディアミックス展開を目指します。

たくさんのご応募をお待ちしております。

主催　株式会社早川書房

募集要項

●対象　広義のSF。自作未発表の小説(日本語で書かれたもの)。
※ウェブ上で発表した小説、同人誌などごく少部数の媒体で発表した小説の応募も可。ただし改稿を加えた上で応募し、選考期間中はウェブ上で閲覧できない状態にすること。自費出版で刊行した作品の応募は不可。
●応募資格　不問
●枚数　400字詰原稿用紙換算 100～800枚程度(5枚以内の梗概を添付)
●原稿規定　生成AIなどの利用も可能だが、使用によって発生する責任はすべて応募者本人が負うものとする。
応募原稿、梗概に加えて、作品タイトル、住所、氏名(ペンネーム使用のときはかならず本名を併記し、本名・ペンネームともにふりがなを振ること)、年齢、職業(学校名、学年)、電話番号、メールアドレスを明記した応募者情報を添付すること。

商業出版の経歴がある場合は、応募時のペンネームと別名義であっても応募者情報に必ず刊行歴を明記する。

【紙原稿での応募】A4用紙に縦書き。原稿右側をダブルクリップで綴じ、通し番号をふる。ワープロ原稿の場合は 40字 ×30行で印字する。手書きの場合はボールペン／万年筆を使用のこと(鉛筆書きは不可)。

応募先　〒101-0046　東京都千代田区神田多町 2-2　株式会社早川書房「ハヤカワ SFコンテスト」係
【WEBでの応募】ハヤカワ・オンライン内の当コンテスト専用フォーム(下記 URL)より、PDF形式のみ可。通し番号をつけ、A4サイズに縦書き 40字 ×30行でレイアウトする。

応募先　https://www.hayakawa-online.co.jp/shop/literaryaward/form.aspx?literaryaward=hayakawasfcon2025
●締切　2025年 3月 31日(当日消印有効)
●発表　2025年 5月に評論家による一次選考、6月に早川書房編集部による二次選考を経て、8月に最終選考会を行なう。結果はそれぞれ、小社ホームページ、早川書房「SFマガジン」「ミステリマガジン」で発表。
●賞　正賞／賞牌、副賞／100万円
●贈賞イベント　2025年 11月開催予定
●出版　大賞は、長篇の場合は小社より単行本として刊行、中篇の場合は SFマガジンに掲載したのち、他の作品も加えて単行本として刊行する。
●諸権利　受賞作および次々作までの出版権、ならびに雑誌掲載権は早川書房に帰属し、出版に際しては規定の使用料が支払われる。文庫化および電子書籍の優先権は主催者が有する。テレビドラマ化、映画・ビデオ化等の映像化権、その他二次的利用に関する権利は早川書房に帰属し、本賞の協力企業に 1年間の優先権が与えられる。
*応募原稿は返却いたしません。必要な方はコピーをお取り下さい。

*他の文学賞と重複して投稿した作品は失格といたします。

*応募原稿や審査に関するお問い合わせには応じられません。

*ご応募いただきました書類等の個人情報は、他の目的には使用いたしません。

問合せ先

〒101-0046　東京都千代田区神田多町 2-2（株）早川書房内 ハヤカワ SF コンテスト実行委員会事務局
TEL：03-3252-3111 ／ FAX：03-3252-3115 ／ Email : sfcontest@hayakawa-online.co.jp

本書は、第十二回ハヤカワＳＦコンテスト優秀賞受賞作『マイ・ゴーストリー・フレンド』を、単行本化にあたり加筆修正したものです。

マイ・ゴーストリー・フレンド

二〇二五年二月 二十 日 印刷
二〇二五年二月二十五日 発行

著 者 カリベユウキ

発行者 早 川 浩
発行所 株式会社 早川書房
郵便番号 一〇一 - 〇〇四六
東京都千代田区神田多町二ノ二
電話 〇三 - 三二五二 - 三一一一
振替 〇〇一六〇 - 三 - 四七七九九
https://www.hayakawa-online.co.jp
定価はカバーに表示してあります

印刷・星野精版印刷株式会社　製本・大口製本印刷株式会社

ISBN978-4-15-210405-2 C0093

乱丁・落丁本は小社制作部宛お送り下さい。
送料小社負担にてお取りかえいたします。